D0835033

LA BATAILLE
DES JEDI

ŒUVRES DE GEORGE LUCAS
CHEZ POCKET

SCIENCE-FICTION
Collection dirigée par Jacques Goimard

TIMOTHY ZAHN

LA GUERRE DES ÉTOILES

LA BATAILLE
DES JEDI

PRESSES DE LA CITÉ

Titre original :
Star Wars – Dark Force Rising

Traduit par Michel Demuth

Si vous souhaitez être régulièrement tenu au courant
de nos publications, écrivez au :

Club S.-F./Terreur
Service Promo Pocket
12, avenue d'Italie
75627 PARIS Cedex 13

PRESSECO

PAPIER RECYCLÉ
NATURE PROTÉGÉE

ISBN 2-266-06874-1

1

Droit au-dessus, l'étoile était une agate jaune orangée, dont l'éclat était modéré par la distance et par les filtres automatiques des baies. Et autour d'elle, autour du vaisseau, il y avait toutes les autres étoiles de la galaxie, projetées comme autant de points ardents sur le fond noir de l'espace. Et, immédiatement sous le vaisseau, l'aube se levait sur la partie occidentale de la Grande Forêt Nordique de la planète Myrkr.

La dernière aube que cette forêt connaîtrait.

Debout devant l'une des baies de la passerelle du superdestroyer impérial *Chimaera*, le commandant Pellaeon observait la ligne floue du terminateur qui se dirigeait vers la cible. Dix minutes auparavant, les forces au sol, regroupées autour du point d'impact, avaient annoncé qu'elles étaient prêtes. Le *Chimaera* lui-même était en position stationnaire depuis près d'une heure. Il n'attendait plus que l'ordre d'attaquer.

Lentement, furtivement, Pellaeon tourna la tête de quelques centimètres. Sur sa droite, le Grand Amiral Thrawn était assis au poste de commandement. Son visage bleu était inexpressif et ses yeux rouges étaient fixés sur les voyants. Depuis le dernier rapport des forces au sol, il n'avait pas quitté cette position, et Pellaeon pouvait sentir monter la tension des hommes de passerelle.

Pellaeon, quant à lui, avait depuis longtemps renoncé à deviner les arrières-pensées de Thrawn. Si le dernier Empereur avait jugé digne de nommer Thrawn au titre de douzième Grand Amiral, cela prouvait qu'il avait confiance en l'homme – d'autant que Thrawn n'était pas de souche humaine et que l'Empereur était bien connu pour avoir des préjugés à cet égard. Plus encore, durant la première année où Thrawn avait commandé le *Chimaera* et entrepris de reconstituer la Flotte Impériale, Pellaeon avait eu de nombreuses preuves du génie militaire du Grand Amiral. Et s'il avait une raison de retarder l'attaque, elle devait être justifiée.

Toujours aussi lentement, il revint à la baie. Mais, apparemment, ses mouvements n'étaient pas passés inaperçus, et Thrawn demanda de sa voix douce et modulée dans le bourdonnement étouffé des conversations :

– Une question, capitaine ?

– Non, amiral, fit Pellaeon en s'efforçant de le regarder en face.

Un instant, les yeux de braise l'étudièrent, et Pellaeon s'attendit à une réprimande, ou pis encore. Mais Thrawn, et Pellaeon avait tendance à trop souvent l'oublier, n'avait pas le caractère vindicatif du légendaire Dark Vador.

– Vous vous demandez sans doute pourquoi nous n'avons pas encore attaqué ?

Le Grand Amiral haussa les épaules.

– Oui, je dois l'admettre, amiral. Toutes nos forces semblent en position.

– Nos forces militaires, certes, mais pas les observateurs que j'ai envoyés à Hyllyard City.

Pellaeon cilla.

– Hyllyard City ?

– Oui. Je me suis dit qu'il était improbable qu'un homme aussi rusé que Talon Karrde implante une base au milieu d'une forêt sans assurer des contacts avec d'autres à distance. Hyllyard City est trop éloignée de la base de Karrde pour que quiconque puisse être directement témoin de notre attaque ; par conséquent, tout surcroît d'activité en ville signifierait qu'il existe un moyen de communication plus subtil. A partir de là, nous serons en mesure d'identifier les contacts de Karrde et de les placer sous surveillance à long terme. Et ils finiront bien par nous conduire jusqu'à lui.

– Oui, amiral, fit Pellaeon. Donc, vous ne vous attendez pas à capturer vivants les hommes de Karrde.

Le sourire du Grand Amiral se fit plus caustique.

– Au contraire. Je compte bien que nos troupes ne trouveront qu'une base abandonnée et vide.

Pellaeon risqua un regard vers la baie et entrevit le croissant lumineux de la planète.

– En ce cas, amiral... pourquoi attaquons-nous ?

– Pour trois raisons, capitaine. Premièrement, même des personnages tels que Talon Karrde commettent des erreurs. Il se pourrait bien que dans la précipitation de la fuite, il laisse derrière lui des informations capitales. Deuxièmement, comme je l'ai déjà mentionné, une attaque de sa base pourrait nous conduire à ses contacts de Hyllyard City. Et, troisièmement, c'est une occasion pour nos troupes au sol d'acquérir une expérience qui leur manque fortement.

Les yeux rouges s'apesantissaient sur Pellaeon.

– Capitaine, n'oubliez jamais que notre stratégie n'est plus ce pitoyable harcèlement d'arrière-garde que nous avons pratiqué ces cinq dernières années. Avec le Mont Tantiss et la collection de cylindres spaarti de notre ex-Empereur entre nos mains, l'initiative nous revient. Bientôt, nous entamerons le processus de reconquête des planètes prises par la Rébellion, et pour ça, nous aurons besoin d'une armée aussi bien entraînée que les équipages et les officiers de la Flotte.

– Je comprends, amiral, dit Pellaeon.

– Parfait. (Thrawn se tourna vers les écrans.) Il est l'heure. Signalez au général Covell qu'il peut commencer.

– Oui, amiral.

Pellaeon regagna son poste. Il lut rapidement les données, et appuya sur la touche de son intercom, conscient que Thrawn faisait de même. Un message privé à l'intention de ses espions d'Hyllyard City ?...

– Ici le *Chimaera*. Déclenchez l'attaque.

– Bien reçu, *Chimaera*, dit le général Covell dans son comlink.

Il ravalait son mépris. Typique de la Flotte – mais prévisible et écœurant. Ils s'étaient tous agités comme des démons pour débarquer troupes et véhicules, on leur avait dit de se tenir prêts d'urgence... et ils attendaient depuis que les gens de la Flotte, avec leurs uniformes impeccables, dans leurs grands vaisseaux tout propres, veuillent bien finir leur tasse de thé pour donner enfin l'ordre d'entrer en action.

C'est ça, installez-vous bien confortablement, pensa-t-il, sardonique, en levant les yeux dans la direction du superdestroyer. Que le Grand Amiral Thrawn fût intéressé par des résultats concrets ou uniquement par un bon spectacle, il allait en avoir pour son argent. Le général se pencha sur sa console et appela plusieurs fréquences de commandement.

– Général Covell à toutes les unités : on a le feu vert. Allons-y.

Le plancher métallique vibra, et l'énorme bipode AT-AT s'avança de son pas pesant et trompeusement maladroit à travers la forêt, en direction du camp situé à un kilomètre de là. En avant de l'AT-AT, parfois visibles à travers la baie de transparacier blindé, deux bipodes éclaireurs AT-ST progressaient en parallèle sur la piste, afin de détecter les pièges et les positions ennemis.

Mais des défenses aussi futiles n'apporteraient guère à Karrde. Covell avait commandé des centaines de campagnes d'attaque au service de l'Empire, et il connaissait parfaitement bien les capacités de ses machines de combat.

Sous la baie, l'hologramme de la projection tactique était illuminé comme un disque décoratif : les points rouges, blancs et verts clignotants indiquaient les positions du cercle des AT-AT et AT-ST de Covell, ainsi que de ses hoverscouts d'attaque, qui tous se rabattaient en bon ordre sur le camp de Karrde.

C'était bien, mais pas parfait. Le flanc nord des AT-AT et les véhicules de soutien traînaient de façon perceptible derrière le nœud coulant.

– Unité Deux, recollez, lança Covell dans son comlink.

– Nous essayons, mon général. (La voix était métallique, lointaine, à cause des brouillages étranges de la flore de Myrkr, riche en métaux.) Nous rencontrons des vrilles denses qui ralentissent nos éclaireurs bipodes.

– Vos AT-AT également ?

– Non, mon général, mais je voulais maintenir la cohésion du flanc...

– Major, la cohésion est certainement une valeur appréciable durant des manœuvres, le coupa Covell, mais on ne peut risquer tout un plan de bataille pour ça. Et si vos AT-ST n'arrivent pas à suivre, laissez-les en arrière.

– Bien, mon général.

10

Covell coupa la communication. Le Grand Amiral avait raison sur un point : ses troupes avaient besoin d'un entraînement au feu avant de parvenir au niveau impérial. Mais, quand même, le potentiel brut était là. Il vit que le flanc nord se regroupait, les hoverscouts revenaient sur les positions initiales des AT-ST pendant que les AT-ST eux-mêmes se déployaient en formation d'arrière-garde.

Le senseur d'énergie émit un bip : ils étaient tout près du camp.

— Statut ? demanda Covell.

— Armement chargé et paré, répondit l'artilleur, le regard fixé sur les cibles.

— Aucun signe de résistance, active ou passive, ajouta le pilote.

— Restez en état d'alerte, ordonna Covell tout en passant sur la fréquence de commandement.

« A toutes les unités : attaquez.

Dans un dernier fracas d'arbres écrasés, l'AT-AT pénétra dans la clairière.

Le spectacle était impressionnant. Comme à la parade, les autres unités AT-AT surgirent simultanément des quatre autres côtés de la clairière, entourées des hoverscouts qui encerclèrent instantanément les bâtiments.

Covell jeta un regard acéré sur les senseurs. Deux sources d'énergie fonctionnaient encore, une dans le bâtiment central, l'autre dans un des casernements extérieurs. Il n'y avait aucun signe de présence de senseurs activés, d'armes ou de champs d'énergie. L'analyseur de formes de vie déploya ses calculs algorithmiques complexes et donna sa conclusion : il n'y avait pas trace de vie dans les bâtiments désertés.

Mais dans le grand bâtiment principal, par contre...

Le commandant de l'AT-AT quatre transmit son rapport.

— Général, je détecte au moins vingt signaux émanant de formes de vie dans le bâtiment principal. Tous dans la section centrale.

— Mais l'analyse ne confirme pas qu'ils sont humains, murmura le pilote de Covell.

— Ils ont peut-être un bouclier, grommela Covell en jetant un regard au-dehors : toujours aucun signe de mouvement dans le camp.

– Il faut aller y voir. Escouades d'assaut : en avant!

Les écoutilles arrière de chacun des hoverscouts se relevèrent, et de chacune d'elles surgit une escouade de huit soldats, les fusils-lasers braqués, la crosse contre l'épaule de leur cuirasse. Dans chaque escouade, quatre soldats restèrent en position, couverts par le scout, tandis que les quatre autres progressaient au pas de charge vers les bâtiments. Là, ils s'arrêtèrent, se mirent en position, et leurs camarades restés à l'arrière progressèrent à leur tour. Cette tactique militaire était vieille de nombreux siècles, et elle était exécutée avec une détermination exagérée, typique de jeunes soldats non formés, se dit Covell.

Les hommes continuèrent leur progression par bonds, convergeant vers le bâtiment principal, tandis que de petits groupes se portaient vers les baraquements alentour. Les escouades de pointe firent sauter la porte du bâtiment et s'engouffrèrent à l'intérieur dans un semblant de cohue.

Puis, ce fut le silence.

Il persista quelques minutes, tandis que Covell restait penché sur les écrans des senseurs. Et il reçut enfin le rapport :

– Général Covell, ici le lieutenant Barse. La zone-cible a été neutralisée. Il n'y a personne ici.

Covell hocha la tête.

– Très bien, lieutenant. Et ça ressemble à quoi ?

– On dirait qu'ils se sont retirés rapidement, mon général. Ils ont laissé des tas de choses, mais ça m'a l'air sans valeur.

– C'est à l'équipe de scanning d'en décider. Aucun signe de pièges ou autres surprises désagréables ?

– Aucun, mon général. Oh... oui, ces formes de vie que nous avons détectées ne sont que de grands animaux à fourrure qui vivent dans l'arbre géant, qui pousse à travers le toit.

Covell hocha la tête. Il croyait se souvenir qu'on les appelait des ysalamiri. Thrawn avait passé un marché important à propos de ces créatures deux mois auparavant, quoique Covell ne parvînt pas à comprendre quel rôle ils pouvaient jouer dans le conflit. Il supposait que les gens de la Flotte lui livreraient un jour leur grand secret.

– Mettez en place une alvéole de défense, ordonna-t-il

au lieutenant. Confirmez à l'équipe de scanning quand vous serez prêt. Et installez-vous tranquillement. Le Grand Amiral désire que vous préserviez cet endroit, et c'est exactement ce que nous allons faire.

– Parfait, général. Procédez au démantèlement.

La voix était faible, même avec l'énorme amplification et le scrubbing de l'ordinateur.

Mara Jade, assise à la barre du *Wild Karrde*, se tourna à demi vers Talon Karrde, derrière elle.

– Je suppose que c'est fini.

Un instant, Talon Karrde parut ne pas l'avoir entendue. Il gardait les yeux fixés sur le lointain croissant blanc-bleu de la planète, visible au-delà de l'horizon déchiqueté de l'astéroïde contre lequel le *Wild Karrde* s'était abrité.

– Oui, dit-il enfin. Je le suppose.

Dans sa voix, il n'y avait pas la moindre trace de l'émotion qu'il devait ressentir.

Mara échangea un regard avec Aves, installé dans le poste de copilote, et demanda à Karrde :

– Est-ce que nous ne devrions pas y aller, maintenant ?

Il inspira profondément, et elle devina brièvement dans son regard tout ce que la base de Myrkr avait représenté pour lui. Plus qu'une base, c'était sa maison.

Elle dut faire un effort pour chasser cette pensée. Karrde avait perdu sa maison. Et alors ?... Elle avait perdu bien plus durant sa vie, et elle avait très bien survécu. Il s'en tirerait aussi.

– Je vous ai demandé si nous pouvions y aller...

– J'ai bien entendu, fit Karrde, et l'ombre d'émotion s'effaça des plis sardoniques de son visage.

« Je crois que nous devrions quand même attendre encore un peu. Juste pour savoir si nous avons pu laisser derrière nous quoi que ce soit qui leur indique notre base de Rishi.

Une fois encore, Mara regarda Aves.

– Nous avons pris toutes les précautions, dit Aves. Je ne pense pas qu'il soit fait mention de Rishi où que ce soit, sinon dans les données du premier ordinateur, et il a été évacué en même temps que le premier groupe.

– Je suis d'accord, acquiesça Karrde. Mais êtes-vous prêt à parier votre vie là-dessus ?

– Pas vraiment, rétorqua Aves en plissant les lèvres.

– Moi non plus. C'est pour cela que nous attendons.

– Et s'ils nous repèrent? insista Mara. Se cacher derrière des astéroïdes, tout l'univers connaît ça.

– Non, ils ne nous repèreront pas. A vrai dire, je doute même que cette possibilité leur vienne à l'esprit. N'importe quel être normal cherchant à échapper au Grand Amiral Thrawn est censé ne pas s'arrêter avant une sacrée distance.

Et vous êtes prêt à parier votre vie là-dessus? se dit Mara avec aigreur. Mais elle se tut. Il avait sans doute raison. Et puis, si le *Chimaera* ou l'un de ses chasseurs Tie se dirigeaient vers eux, ils auraient tout le temps de passer en luminique avant d'être attaqués.

Pourtant, quelque chose la troublait. Elle serrait les dents tout en paramétrant les senseurs au plus haut niveau. Elle vérifia encore une fois que la séquence de prélancement était activée et s'installa pour attendre.

L'équipe de scanning fut rapide, efficace et consciencieuse. Il ne lui fallut que trente minutes pour revenir avec un rapport négatif.

– Bon, c'est fait, fit Pellaeon en observant son écran.

C'était peut-être un bon exercice pour les troupes au sol, mais l'ensemble de l'opération lui apparaissait comme inutile.

– A moins, ajouta-t-il, que vos observateurs d'Hyllyard City aient enregistré des réactions.

Il se tourna vers Thrawn.

Les yeux rouges du Grand Amiral restaient fixés sur les écrans.

– Il y a eu une réaction. Très faible, qui a disparu presque aussitôt. Mais je pense que les implications sont claires.

Ça, c'était un résultat.

– Bien, amiral. Faut-il que la Surveillance se prépare à envoyer une équipe au sol pour une mission à long terme?

– Patience, capitaine. Ce ne sera peut-être pas nécessaire, après tout. Faites-moi un scan à moyenne portée et dites-moi ce que vous voyez.

Pellaeon pivota vers son pupitre de commandes et afficha les données. Il y avait Myrkr, bien sûr, et l'essaim des chasseurs Tie autour du *Chimaera*. Quant au seul autre objet qui fût à moyenne portée...

– Vous pensiez à ce petit astéroïde ? demanda-t-il.

– Oui, précisément, acquiesça Thrawn. (Et il ajouta, avant même que Pellaeon n'y eût pensé :) Il n'a rien de particulier, n'est-ce pas ? Non, ne pointez pas un senseur sur lui. Nous ne tenons pas à faire s'égailler prématurément notre gibier, n'est-ce pas ?

– Notre gibier ? répéta Pellaeon.

Il regarda le senseur en fronçant les sourcils. Le scanning de routine sur l'astéroïde qu'ils avaient fait trois heures auparavant avait été négatif, et rien n'aurait pu passer dans le champ sans être détecté ensuite.

– Avec tout le respect que je vous dois, amiral, je ne vois aucun signe de quoi que ce soit.

– Moi non plus. Mais c'est le seul refuge possible dans une sphère de dix millions de kilomètres autour de Mỳrkr. Il n'y a qu'à partir de là que Karrde peut observer notre opération.

Pellaeon plissa les lèvres.

– Avec votre permission, amiral, je me permets de douter que Karrde soit assez stupide pour attendre tranquillement notre arrivée.

Les yeux rouges s'étrécirent presque imperceptiblement.

– Capitaine, fit Thrawn d'une voix très douce, vous oubliez que j'ai rencontré cet homme. Plus encore, j'ai pu voir quel genre d'œuvres d'art il collectionnait. (Il se tourna vers les écrans.) Non, il est par-là, j'en suis certain. Talon Karrde n'est pas un simple contrebandier, voyez-vous. Il est même autre chose avant tout. Ce qu'il aime par-dessus tout, plus que l'argent ou ses biens, c'est l'information. Plus que tout autre dans cette galaxie, il veut savoir... Et savoir ce que nous avons ou non trouvé ici est aussi précieux qu'un trésor à ses yeux. Il ne saurait s'en passer.

Pellaeon observa le Grand Amiral. Pour lui, c'était une logique plutôt aventureuse, mais il avait vu tant de fois aboutir des raisonnements aussi risqués, qu'il se devait de prendre au sérieux celui-ci.

– Dois-je envoyer un escadron de chasseurs Tie, amiral ?

– Comme je vous l'ai déjà dit, capitaine, de la patience.

Même avec ses moteurs éteints, et en mode de senseur furtif, il a dû prévoir de réactiver son vaisseau afin de s'enfuir avant d'être au contact d'une force d'attaque. (Il sourit.) Du moins, d'une force d'attaque venant du *Chimaera*.

Et Pellaeon se souvint tout à coup de la réaction de Thrawn alors que lui, Pellaeon, lançait l'ordre d'attaque aux troupes au sol.

– Vous avez prévenu le reste de la Flotte, dit-il. En même temps que je donnais mes ordres, pour masquer la transmission.

Thrawn haussa légèrement ses sourcils bleu-noir.

– Excellent, capitaine. Excellent.

Pellaeon se sentit rougir. Les compliments du Grand Amiral étaient rares.

– Merci, amiral, dit-il.

Thrawn hocha la tête.

– Pour être précis, mon message était adressé à une seule unité, le *Constrictor*. Il sera sur place dans dix minutes approximativement. Et c'est alors... (ses yeux étincelaient) que nous pourrons vérifier si j'ai bien su lire dans les calculs de Karrde.

Les rapports des équipes de scanning se déversaient des enceintes de la passerelle du *Wild Karrde*.

– Il ne semble pas qu'ils aient trouvé quelque chose, commenta Aves.

– Comme vous l'avez dit, nous avons tout fait consciencieusement, dit Mara.

Mais elle s'était à peine entendu parler. Il y avait toujours cette chose sans nom qui s'agitait au fond de son esprit, de plus en plus fort.

– Est-ce que nous allons enfin partir? ajouta-t-elle en regardant Karrde.

– Mara, essayez de vous calmer. Il est impossible qu'ils sachent que nous sommes ici. Ils n'ont envoyé aucune sonde vers l'astéroïde, et ils ne peuvent détecter notre présence.

– A moins que les senseurs d'un superdestroyer ne soient meilleurs que vous ne le croyez.

– Nous savons tout d'eux, fit Aves. Soyez tranquille, Mara, Karrde sait ce qu'il fait. Le *Wild Karrde* a sans doute le senseur furtif le plus sensible de...

Il s'interrompit a l'instant où deux des vornskrs de Karrde surgissaient en remorquant leur gardien.

– Mais qu'est-ce que tu fais ici, Chin? lança Karrde

Chin, haletant, se planta sur la passerelle, tirant de toutes ses forces sur les laisses. Sans succès évident, car les prédateurs le remorquèrent un peu plus avant.

– Navré, capitaine. Je n'ai pas pu les arrêter. Je me suis dit qu'ils avaient envie de vous voir, peut-être?...

Karrde s'accroupit devant ses deux bêtes.

– Et vous? Qu'est-ce qui vous arrive? Vous ne voyez pas qu'on a du travail?

Mais les vornskrs ne lui jetèrent même pas un regard. Ils ne semblaient même pas conscients de sa présence en cet instant. Ils avaient les yeux fixés droit devant eux, comme s'il n'était pas là.

Droit sur Mara.

Karrde tendit la main et tapota le mufle d'un des fauves.

– Sturm, je te parle. Qu'est-ce qui t'a traversé la tête?

Il s'interrompit en observant Mara.

– Mara, est-ce que vous faites quelque chose?

Elle secoua la tête, et un frisson glacé lui traversa le dos. Elle avait déjà rencontré ce regard chez les vornskrs sauvages qu'elle avait affrontés durant ses trois jours de périple dans la forêt de Myrkr en compagnie de Luke Skywalker [1].

A une différence près : les vornskrs n'en avaient jamais eu après elle. Ils ne voulaient que Skywalker. Et, généralement, ils l'attaquaient peu après.

– Mais c'est Mara, Sturm, dit Karrde en parlant au monstre comme s'il s'agissait d'un enfant. Allez, ça suffit : tu l'as toujours vue à la maison...

Lentement, avec réticence, Sturm se tourna enfin vers son maître.

Karrde le regarda droit dans les yeux.

– Mara est une amie. (Il caressa le mufle de son autre vornskr :) Tu m'entends, Drang? Une amie. Compris?

Drang parut réfléchir. Puis, avec la même réticence que son copain, il baissa la tête et cessa de tirer sur sa laisse.

– Là, c'est mieux, fit Karrde en les grattant brièvement derrière les oreilles avant de se redresser.

« Chin, tu ferais bien de les remmener. Tu pourrais

1. Voir *L'héritier de l'Empire*. (N.d.T.)

peut-être les promener un peu dans la soute principale pour qu'ils prennent de l'exercice.

– Si j'arrive à me frayer un chemin dans toutes ces piles, grommela Chin. Allez, venez mes mignons.

Le vornskrs n'eurent qu'une légère hésitation. Karrde resta une seconde le regard fixé sur la porte.

– Je me demande ce que ça signifiait, fit-il enfin en adressant un regard songeur à Mara.

– Je l'ignore.

Mais elle avait nettement lu la tension dans sa voix. L'incident terminé, l'étrange frayeur qu'elle avait éprouvée revenait en force. Elle pivota vers son pupitre, certaine de découvrir un escadron de chasseurs Tie en approche.

Mais non : il n'y avait rien. Le *Chimaera* était toujours seul et inoffensif au large de Myrkr. Il n'y avait aucune menace que les instruments du *Wild Karrde* ne soient en mesure de déceler. Mais, pourtant, au fond de son esprit, l'alerte montait, de plus en plus nette...

Et, soudain, elle ne put plus y tenir. Elle posa les doigts sur le tableau de commandes et activa les moteurs.

– Mara! s'exclama Aves en bondissant de son siège. Mais qu'est-ce que vous...?

– Ils arrivent, grinça-t-elle, consciente de l'afflux d'une dizaine d'émotions dans sa voix.

Ils avaient irrévocablement quitté le silence : le déclenchement des moteurs avait dû déchaîner tous les senseurs du *Chimaera*. A présent, ils n'avaient plus le choix.

Elle se tourna vers Karrde, soudain effrayée de ce qu'elle allait lire sur son visage. Mais il la dévisageait simplement, intrigué.

– Rien n'indique qu'ils approchent, remarqua-t-il calmement.

Elle secoua la tête : elle sentait l'urgence de la question dans son regard.

– Il faut me croire. Ils sont prêts à attaquer.

– Je vous crois, fit-il d'un ton apaisant. (A moins qu'il ne reconnût qu'ils n'avaient plus le choix.) Aves : donne-moi les données de luminique. Choisis n'importe quel cap qui ne nous rapproche pas de Rishi. Nous nous arrêterons et nous referons le point plus tard.

– Karrde...

– Mara commande en second, le coupa Karrde. Et, en

tant que tel, elle a le droit et le devoir de prendre des décisions importantes.

– Oui, mais... (Aves s'interrompit, lança un regard brûlant à Mara et se tourna vers l'ordinateur de navigation en achevant, les dents serrées :) Oui...

– Mara, reprit Karrde en s'installant dans le siège de communications vacant, vous feriez bien de nous tirer d'ici. Et gardez l'astéroïde entre nous et le *Chimaera* aussi longtemps que vous le pourrez.

– Bien, capitaine, fit Mara.

La trame de ses émotions se dissolvait à présent, laissant un arrière-goût de colère trouble. Oui, elle avait recommencé : elle avait écouté ses sentiments profonds, tenté d'accomplir certaines choses dont elle se savait incapable. Et, comme auparavant, elle s'était retrouvée avec la lame et non le manche entre les mains.

Et c'était sans doute pour la dernière fois que Karrde l'avait nommée officier en second. Commander une unité devant Aves, c'était une chose, mais dès qu'ils seraient loin de Myrkr et qu'il se retrouverait seul avec elle, elle devrait le payer très cher. Elle pourrait même s'estimer heureuse s'il ne la renvoyait pas immédiatement de l'organisation. Elle enfonça quelques touches avec violence, fit pivoter le *Wild Karrde*, et le lança dans les profondeurs de l'espace...

En un semi-éclair, une masse énorme quitta la vitesse luminique et se matérialisa dans l'espace normal à moins de vingt kilomètres.

Un croiseur impérial de la classe Interdictor.

– On a de la compagnie ! cria Aves après avoir étouffé un juron.

– Je vois, fit Karrde, toujours aussi calme. (Mara, cependant, lut de la surprise dans sa voix.) Dans combien de temps le passage en luminique ?

– Une minute, fit Aves, tendu. Il y a des tas de débris à l'extérieur du système et l'ordinateur doit les prendre en compte.

– Donc, ça va être la course. Mara ?...

– Jusqu'à sept-trois, dit-elle, en s'efforçant de tirer un maximum d'énergie des moteurs encore lents.

Oui, il avait raison : ç'allait vraiment être une course. Les croiseurs de classe Interdictor, avec leurs quatre énormes générateurs d'ondes gravifiques étaient capables de simuler des masses planétaires. Ils constituaient l'arme idéale pour piéger un ennemi en espace normal pendant que les chasseurs Tie le taillaient en pièces. Mais, quittant à peine la vitesse luminique, l'Interdictor aurait besoin d'encore une minute pour charger ses générateurs. Et si elle parvenait à mettre le *Wild Karrde* hors de portée pendant ce bref délai...

— On a d'autres visiteurs, annonça Aves. Deux escadrons de Tie qui arrivent du *Chimaera*.

— Point huit-six, dit Mara. Nous serons prêts à passer en luminique dès que l'ordinateur de navigation me donnera un cap.

— Statut de l'Interdictor?

— Les générateurs gravi sont en charge.

Sur l'écran tactique de Mara, un cône fantomatique se dessinait, révélant le champ d'altération qui serait bientôt en place. Elle dévia légèrement sa trajectoire vers le bord le plus rapproché, et jeta un coup d'œil au moniteur de navigation. Ils étaient sur le point d'être parés. Mais le cône brumeux du volume gravifique de l'Interdictor prenait rapidement de la substance...

Le scope de l'ordinateur émit un tintement. Mara empoigna les trois leviers de contrôle hyperspatial et les abaissa doucement. Le *Wild Karrde* frémit à peine, et, durant une seconde, l'Interdictor parut bien avoir gagné cette course mortelle. Puis, brusquement, les étoiles se changèrent en traits lumineux.

Ils avaient réussi.

Aves poussa un long soupir tandis que les traits de lumières cédaient la place au ciel diapré de l'hyperespace.

— C'était à un poil de coque près. Comment supposez-vous qu'ils nous soient tombés dessus?

— Je n'en ai pas la moindre idée, fit Karrde d'un ton froid. Mara?...

— Moi non plus. (Elle ne quittait pas ses écrans des yeux, n'osant affronter les regards des deux hommes.) Thrawn a peut-être suivi son intuition. Ça lui arrive.

— On a de la chance qu'il ne soit pas le seul à avoir des intuitions, fit Aves avec un écho étrange. C'était bien joué, Mara. Désolé de m'en être pris à vous.

— Oui, fit Karrde. Très bon travail.

— Merci, murmura-t-elle, en refoulant les larmes qui lui montaient aux yeux. Ainsi, ça recommençait. Elle avait espéré avec tant de ferveur que c'était par pur hasard qu'elle avait rencontré l'aile X de Skywalker. Plus à cause de lui que d'elle.

Mais non. Tout revenait, comme tant de fois durant ces cinq dernières années. Les intuitions, les avertissements sensoriels, les compulsions.

Ce qui signifiait que, très bientôt, les rêves allaient recommencer.

Elle passa la main sur ses yeux d'un geste irrité et s'efforça de desserrer ses mâchoires. Oui, le schéma était familier mais, cette fois-ci, les choses seraient différentes. Auparavant, elle n'avait jamais rien pu faire contre les voix et les pressions, si ce n'est souffrir tout au long du cycle. Souffrir, et se tenir prête à fuir vers le refuge qu'elle avait réussi à se creuser quand elle se trahissait aux yeux de ceux qui l'entouraient.

Mais, cette fois, elle n'était plus servante dans une taverne de Phorliss, elle n'était plus avec un gang sur Caprioril, ni même mécanicienne d'hyper-moteurs coincée dans les remous du Corridor d'Ison. Elle était l'assistante du contrebandier le plus puissant de la galaxie, et elle disposait de ressources et de moyens de déplacement que jamais elle n'avait eus depuis la mort de l'Empereur.

Des ressources qui allaient lui permettre de retrouver Luke Skywalker. Et de le tuer.

Alors, les voix se tairaient peut-être.

Durant une longue minute, Thrawn demeura immobile devant la baie de la passerelle, le regard fixé sur l'astéroïde et sur le croiseur Interdictor désormais inutile. Il avait, se dit Pellaeon avec un certain malaise, la même posture que lorsque Luke Skywalker s'était échappé d'un piège identique. Il retenait son souffle en se demandant si le Grand Amiral n'allait pas encore exécuter un membre de l'équipage pour sa négligence.

Il se détourna enfin.

— Intéressant. Capitaine, avez-vous noté cette séquence d'événements?

— Oui, amiral. La cible chargeait déjà ses moteurs avant que le *Constrictor* n'arrive.

— Oui. Ce qui implique trois possibilités. Ou bien Karrde était sur le point de s'enfuir de toute façon, ou alors il a paniqué pour une raison que nous ignorons... A moins que... il n'ait été prévenu.

Pellaeon sentit son dos se roidir.

– J'espère, amiral, que vous n'insinuez pas que l'un des nôtres ait pu le renseigner.

– Non, certes pas. Mis à part la loyauté de votre équipage, nul, à bord du *Chimaera*, ne savait que le *Constrictor* faisait route vers l'astéroïde. Et nul, à bord du *Constrictor*, n'aurait pu envoyer de messages sans que nous les détections. (Il revint à son poste de commandement et s'assit avec une expression songeuse.) Capitaine, voilà un puzzle assez passionnant. Il va falloir que j'y réfléchisse. Entretemps, des questions plus pressantes nous appellent. D'abord, il nous faut disposer d'autres vaisseaux de guerre. Avons-nous reçu des réponses?

– Rien de particulièrement intéressant, amiral, dit Pellaeon tout en ouvrant le dossier des communications pour se rafraîchir la mémoire.

« Huit des quinze groupes que j'ai contactés ont manifesté un certain intérêt, mais aucun n'avait de proposition précise à nous faire. Nous attendons les réactions des autres.

– Donnons-leur quelques semaines. Si nous n'avons pas de résultat, nous lancerons des offres plus... pressantes.

– Oui, amiral. Une autre communication a été également reçue de Jomark.

Thrawn posa sur son capitaine son regard brasillant.

– Capitaine, fit-il en détachant chaque mot, j'apprécierais beaucoup que vous fassiez comprendre à notre exalté de Maître Jedi C'baoth que s'il persiste dans ses communications, il met en danger tout le projet qui consiste à le débarquer sur Jomark. Car si les Rebelles se doutent qu'il existe le moindre rapport entre nous, il devra faire une croix sur son idée de retrouver Skywalker.

– Je le lui ai déjà expliqué, amiral, fit Pellaeon en grimaçant. Je ne sais combien de fois. Il répond obstinément que Skywalker est obligé de se montrer. Et il me demande régulièrement ensuite quand vous déciderez de lui livrer la sœur de Skywalker.

Thrawn demeura longtemps silencieux avant de répondre.

– Je suppose qu'il ne se taira pas avant qu'il ait obtenu ce qu'il veut. Et que nous ne tirerons rien de lui s'il n'est pas d'accord.

– Oui. Il a protesté contre cette coordination d'attaque

que vous lui avez demandée. Il m'a averti à plusieurs reprises qu'il ne pouvait prévoir avec exactitude l'arrivée de Skywalker sur Jomark.

– Et il a laissé entendre qu'une vengeance épouvantable nous attendait s'il n'était pas là quand Skywalker se montrerait, grommela Thrawn. Je connais cette chanson. Et cela commence à me lasser. Très bien, capitaine. La prochaine fois que C'baoth vous appellera, annoncez-lui que l'opération sur Taanab sera la dernière dans l'avenir immédiat. Il est improbable que Skywalker atteigne Jomark avant deux semaines – la confusion politique que nous avons provoquée au plus haut niveau de la Rébellion devrait lui prendre au moins tout ce temps. Quant à Organa Solo et à ses Jedi en gestation... dites-lui que, à partir de maintenant, c'est une affaire que je prends personnellement en main.

Pellaeon risqua un regard en direction du garde du corps de Thrawn, Rukh, qui attendait en silence devant la porte d'accès au pont arrière.

– Cela signifie-t-il que le Noghri est relevé de ses fonctions, amiral? demanda-t-il d'un ton calme.

– Cela vous pose problème, capitaine?

– Non, amiral. Mais puis-je cependant vous faire remarquer que les Noghri détestent les missions non accomplies?

– Les Noghri sont les serviteurs de l'Empire. Et j'ajouterai qu'ils me sont personnellement loyaux. Ils feront ce qu'on leur dit. Néanmoins, je réfléchirai à vos préoccupations, capitaine. En tout cas, nous en avons fini avec Myrkr. Donnez l'ordre au général Covell de rappeler ses forces.

– Oui, amiral, fit Pellaeon en adressant un signe à l'officier des communications.

– Je veux le rapport du général dans trois heures. Douze heures après, je désire qu'il me recommande ses trois meilleurs soldats d'infanterie ainsi que ses deux meilleurs opérateurs mécanisés ayant participé à l'assaut. Que ces cinq hommes soient assignés à l'opération du Mont Tantiss et acheminés immédiatement jusqu'à Wayland.

– Compris, acquiesça Pellaeon en introduisant les ordres dans le dossier de Covell.

De telles recommandations faisaient partie de la procédure impériale normale depuis plusieurs semaines, depuis que l'opération Mont Tantiss avait été montée. Mais Thrawn, depuis, en faisait régulièrement mention à ses officiers. Peut-être pour leur rappeler sans ménagement que ces choix lui étaient nécessaires pour balayer la Rébellion.

Thrawn, à nouveau, observait la planète Myrkr.

– En attendant le retour du général, dit-il, contactez la Surveillance à Hyllyard City. (Il sourit.) Cette galaxie est vaste, capitaine, mais même un homme tel que Talon Karrde devra se reposer à plus ou moins long terme.

Le Haut Château de Jomark ne méritait pas vraiment son nom. Pas pour C'baoth, en tout cas. Petit et sale, avec ses murailles bancales par endroits, aussi étranger que la race disparue qui l'avait édifié, il était blotti de façon précaire entre deux grandes failles du cône volcanique. Pourtant, avec l'horizon lointain, et les eaux bleues de l'Anneau-Lac, à quatre cents mètres et presque en à-pic, C'baoth se dit que les indigènes avaient quand même choisi un site attrayant pour édifier ce château, ce temple, ou quoi que ce fût d'autre. Pour un Maître Jedi, c'était le refuge idéal, respecté par les colonisateurs. Et l'île noire qui occupait le centre de l'Anneau-Lac constituait un terrain clandestin idéal pour les navettes bruyantes de Thrawn.

Pour l'heure, C'baoth se tenait sur la terrasse du château et observait le lac, et il ne pensait pas plus au paysage qu'à l'Empire ou à son pouvoir. Mais à cette étrange trémulation de la Force qu'il avait ressentie.

Ça n'était pas la première fois. Les liens avec le passé étaient si difficiles à suivre, ils se perdaient dans les brumes et les précipitations du présent. De son passé, il ne retrouvait que des scènes fugaces.

Mais la mémoire importait peu. C'était la concentration seule qui comptait. Il pouvait toujours faire appel à la Force quand il le voulait, pour apprendre ce qu'il voulait. Cela seul comptait. Aussi longtemps qu'il en serait capable, personne ne pourrait lui faire du mal ou lui prendre ce qu'il possédait.

Si ce n'est que le Grand Amiral Thrawn lui avait déjà tout pris. Etait-ce vraiment possible?

Il parcourut la terrasse du regard. Oui : ceci n'était pas le monde ni la cité qu'il avait choisis de façonner et de commander. Ce n'était pas Wayland, qu'il avait arrachée au Jed Sombre désigné par l'Empereur pour monter la garde sur l'entrepôt du Mont Tantiss. Il était sur Jomark. Et il attendait... quelqu'un.

Il peigna de ses doigts sa longue barbe blanche en s'efforçant de se concentrer. Il attendait Luke Skywalker... Oui, c'était bien lui. Luke Skywalker allait tomber entre ses mains, ainsi que sa sœur et ses jumeaux non encore nés. Et ils seraient à sa merci. Le Grand Amiral Thrawn le lui avait promis, en échange de l'aide qu'il apportait à l'Empire.

Il sourcilla à cette pensée. C'était tellement dur d'aider le Grand Amiral. Il devait se concentrer au maximum pour obtenir ce qu'ils voulaient. Jamais, sur Wayland, il n'avait fait pareille chose, pas depuis qu'il avait affronté le Gardien de l'Empereur.

Il sourit. Ç'avait été un formidable combat. Il lutta pour s'en souvenir, mais les détails se dispersaient comme des fétus de paille dans le vent. Cela remontait à si longtemps.

A si longtemps... comme ces frémissements de la Force.

Les doigts de C'baoth glissèrent jusqu'à son médaillon. Il serra le métal tiède sur sa paume, luttant contre les brumes du passé pour tenter de voir au-delà. Oui, il ne se trompait pas. Ces mêmes frémissements s'étaient répétés trois fois durant les quelques dernières saisons. Comme si quelqu'un avait appris à se servir de la Force durant un temps, puis l'avait perdue.

Il ne comprenait pas. Mais il ne décelait aucune menace, et donc, cela était sans importance.

Le superdestroyer impérial se plaçait maintenant en orbite haute, loin au-dessus des nuages de Jomark, là où nul ne risquait de le surprendre. Quand ils entreraient dans la nuit, la navette arriverait pour l'emporter quelque part – jusqu'à Taanab, supposait-il – afin de coordonner encore une fois un des multiples assauts de l'Empire.

Il ne se réjouissait guère à cette perspective d'efforts et de souffrance. Mais il faisait cela pour obtenir son Jedi. Il le refaçonnerait alors à son image. Et ensuite, lui et ses successeurs lui appartiendraient pour tous les jours de leurs vies.

Et alors, même le Grand Amiral Thrawn devrait bien admettre que lui, Joruus C'baoth, avait découvert le sens véritable du pouvoir.

2

La voix de Wedge Antilles, dans l'intercom, était ponctuée de crachotements de statique.

— Luke, j'ai essayé toutes les combines. J'ai usé de mon grade et même d'autres que je n'ai pas. Ça ne marche pas. Il y a un fourgueur de données, quelque part en haut, qui a donné priorité absolue en réparation aux vaisseaux de défense sluissi. Si on n'arrive pas à mettre la main sur ce type et à décrocher une dispense spéciale, personne ne touchera à notre X avant longtemps.

Luke Skywalker grimaça : ils avaient perdu quatre heures pendant que, sur Coruscant, le destin de la Nouvelle République se jouait.

— Tu as le nom du fourgueur? demanda-t-il.

— Je n'ai même pas réussi à décrocher ça. C'est la pagaille.

— Tu réagirais comme ça face à une attaque massive de l'Empire, soupira Luke.

Il comprenait parfaitement pourquoi les Sluissi avaient décidé de leurs priorités, mais, d'un autre côté il n'était pas en croisière touristique. Ils étaient encore à six jours de Coruscant et chaque heure qui passait était une de plus gagnée pour l'amiral Ackbar.

— Essaie encore, tu veux? Il faut absolument que je reparte.

— Bien sûr, dit Wedge. Je sais que tu te fais du souci à propos de Coruscant. Mais personne ne peut rien y changer. Même un Jedi.

— Je sais, admit Luke à regret. (Yan Solo était déjà en route et Leia, elle, était probablement sur place.) Mais je ne supporte pas d'être là, si loin...

26

– Moi non plus. (Wedge baissa le ton.) Il te reste encore une option. Ne l'oublie pas.

– Non, je ne l'oublie pas, promit Luke.

Il avait été tenté par cette option que lui avait proposée son ami. Mais Luke, officiellement, ne faisait plus partie des forces militaires de la Nouvelle République. Et celles-ci étaient présentes dans les chantiers de réparation sluissi, et en état d'alerte. Pour avoir confié son aile X à un civil, Wedge risquait la cour martiale. Le Conseiller Borsk Fey'lya et sa faction anti-Ackbar ne se gêneraient sans doute pas pour faire un exemple avec un simple commandant de chasse.

Wedge avait conscience de cela tout autant que Luke. Ce qui rendait sa proposition encore plus généreuse.

– Crois bien que j'apprécie, lui dit Luke, mais, sauf si la situation devient désespérée, il vaut probablement mieux que j'attende qu'on répare mon aile.

– O.K. Et que devient notre général Calrissian ?

– Il est dans le même bateau que moi. Tous les docteurs et les droïds médicaux soignent les blessés. Alors, arracher des bouts de métal et de verre sur quelqu'un qui ne saigne pas trop, ça n'est pas une priorité.

– Je parierais que ça lui plaît.

– Je l'ai connu plus heureux quand même, remarqua Luke. Je ferais bien de retourner là-bas pour donner un coup de main aux médics. Et si tu poussais un peu la bureaucratie sluissi de ton côté... Peut-être qu'on se rejoindrait au milieu, non ?...

– Tu as raison, fit Wedge en riant. A plus tard.

Dans une dernière rafale de statique, la communication fut coupée.

– Et bonne chance, ajouta Luke à voix basse avant de traverser le centre de réception de Sluis Van en direction du couloir d'accès des services médicaux. Il se dit que si l'infrastructure sluissi avait été aussi endommagée que le système de communication, il s'écoulerait pas mal de temps avant qu'on se donne la peine de réparer les générateurs hyperdrive d'une aile X civile.

Mais les choses n'étaient cependant pas aussi noires qu'elles auraient pu l'être, se dit-il en se frayant un chemin dans la cohue. Il y avait plusieurs unités de la Nouvelle République, ici, et il se pourrait bien que leurs équipages aient envie de donner un coup de main à un ex-officier comme Luke. Et si les choses s'aggravaient, il pourrait toujours contacter Coruscant pour voir si Mon Mothma était en mesure de régler les affaires courantes.

Mais s'il faisait appel à quelque assistance, il révélerait sa faiblesse... et ce n'était guère le moment, face au Conseiller Fey'lya.

Du moins, c'était ce qu'il lui semblait de prime abord. Mais, en montrant qu'il pouvait compter sur une aide personnelle du leader de la Nouvelle République, il prouvait son pouvoir et sa solidarité.

Il secoua la tête, vaguement irrité. Il se dit que c'était sans doute une des caractéristiques des Jedi que de toujours voir les deux aspects d'une situation. Ce qui rendait encore plus opaques les mécanismes de la politique. Une autre raison qui expliquait pourquoi il avait laissé tout cela entre les mains de Leia.

Il ne pouvait qu'espérer qu'elle se montrerait à la hauteur de cette épreuve.

Le pavillon médical était aussi embouteillé que tout le reste de l'immense station de Sluis Van Central mais, ici, au moins, une bonne partie des habitants étaient assis ou paisiblement allongés. Luke se fraya un chemin entre les sièges et les civières jusqu'à la salle de garde qui avait été transformée en zone d'attente pour les patients non-prioritaires. Lando Calrissian, partagé entre l'ennui et l'impatience, était assis dans un coin, une main pressée sur un médipac de désensibilisation contre sa poitrine, serrant de l'autre un bloc de données, les sourcils froncés.

— Mauvaises nouvelles? demanda Luke.

— Rien de plus grave que ce qui m'est arrivé jusque-là. Le prix du hfredium a encore chuté sur le marché. S'il ne regrimpe pas avant un mois, je vais perdre dans les cent mille.

— Aïe! C'est la principale production de la Cité Nomade, non?

— Oui, entre autres, acquiesça Lando avec une grimace.

Luke réprima un sourire. C'était bien de Lando. Il était devenu honnête et respecté, mais il ne pouvait s'empêcher de jouer un peu.

— En tout cas, si ça peut te faire du bien, j'ai de bonnes nouvelles. Etant donné que tous les vaisseaux que l'Empire a tenté de voler appartiennent à la Nouvelle République, nous n'aurons pas à rapatrier tes taupes minières. Il suffira de déposer une plainte auprès du commandement militaire de la République pour les dégager.

L'expression de Lando se fit un peu plus sereine.

– Ça c'est bien, Luke. J'apprécie. Tu ne peux pas savoir à quel point je me suis débattu pour les avoir. Alors, pour les remplacer...

– C'est le moins que nous pouvions faire, vu les circonstances. Tu en es où avec les données? Je pourrais peut-être faire avancer les choses...

– Sûrement. Tu n'as qu'à reprendre le bloc. Rien de neuf à propos de ton aile X?

– Pas vraiment, non. (Il tendit la main vers le bloc de données.) Ils disent toujours que ça va prendre au moins quelques heures et...

Il perçut brusquement le changement d'attitude de Lando, une seconde avant que l'autre ne lui saisisse le bras.

– Qu'est-ce qui se passe?

Lando avait le regard perdu, le front plissé, et il inspirait frénétiquement.

– Tu étais où, il y a un instant? demanda-t-il.

– J'ai traversé la salle de réception pour aller jusqu'aux consoles de communication.

Luke réalisa soudain que Lando, en fait, reniflait sa manche, et il ajouta :

– Pourquoi?

Lando lui lâcha le bras.

– Du tabac de carababba. Mélangé à une épice d'armudu. Je n'ai pas senti cela depuis... Oui. C'est Niles Ferrier. C'est forcément lui.

– Qui est Niles Ferrier? demanda Luke, son cœur battant plus fort, gagné par l'inquiétude de Lando.

– Un humain – très grand, costaud. Avec des cheveux sombres, probablement barbu, mais de temps en temps... Il fume généralement un cigare très long et fin. Et justement... c'est cette odeur que tu portais. Tu te souviens de l'avoir vu?

– Attends...

Il ferma les yeux et fit appel à la Force. Yoda lui avait appris cette pratique : la recherche de souvenirs à court terme. Des images se formèrent : il traversait le pavillon médical, il s'entretenait avec Wedge, il cherchait une console de communication...

Oui. L'homme était bien celui que Lando venait de lui décrire. Il était passé à moins de trois mètres de lui.

– Je l'ai.

– Et où va-t-il?

– Attends... (Un bref instant, l'homme échappa à sa vision, revint, puis disparut à la seconde où Luke atteignait les communicateurs.) Il semble qu'avec deux autres, il fonçait vers le Corridor Six.

Lando avait affiché un plan schématique de la station sur son bloc.

– Le Corridor Six... Bon sang! (Il se redressa brusquement, laissant le bloc et le médipac sur son siège.) Viens, on ferait bien de vérifier ça.

– Vérifier quoi? demanda Luke en s'élançant à la suite de Lando. Et qui est Niles Ferrier?

– L'un des meilleurs voleurs d'astronefs de cette galaxie, lança Lando par-dessus son épaule. Et le Corridor Six accède à l'une des zones d'appontement des équipes de réparation. On ferait bien d'y arriver avant qu'il mette la main sur un mitrailleur corellien ou un autre truc et qu'il s'envole.

Ils traversèrent le secteur de réception et franchirent une arche marquée « Corridor Six » en légers carioglyphes sluissi et en gros caractères basic. Luke constata à sa grande surprise que la foule, ici, s'était réduite à une simple file. Ils parcoururent encore une centaine de mètres et se retrouvèrent seuls.

– Tu m'as bien dit que c'était une des zones d'appontement, non? demanda Luke en projetant ses sens Jedi autour de lui.

Les bureaux et les ateliers étaient illuminés et tout semblait fonctionner parfaitement. Il sentit quelques droïds qui s'activaient à leur tâche. Mais, autrement, les lieux paraissaient déserts.

– Oui, fit Lando d'un air sombre. Le plan indiquait qu'on utilise aussi les Corridors Cinq et Trois, mais il y a suffisamment de trafic pour que celui-ci soit en activité. Je suppose que tu n'as pas de blaster sur toi, par hasard?

Luke secoua la tête.

– Je ne porte plus de blaster. Tu crois qu'on devrait appeler le poste de sécurité?

– Pas si nous voulons découvrir ce que prépare Ferrier. Il dispose de tout l'ordinateur de la station, maintenant, et aussi du système de communication – si on appelle la sécurité, il fichera le camp pour aller se planquer quelque part sous un autre caillou. (Lando risqua un œil dans un bureau.) Ça c'est du Ferrier pur et dur. Un de ses trucs préférés : bricoler les ordres de travail pour que tout le monde évacue le secteur où il veut...

– Une minute ! le coupa Luke. (Il sentait quelque chose. à la lisière de son esprit.) Je crois qu'on les tient. Six humains et deux non-humains. Le plus proche est à deux cents mètres, droit devant.

– Quelle race ?

– Je l'ignore. Je ne les ai jamais rencontrés, ni les uns ni les autres.

– Bien, garde le contact. Généralement, Ferrier engage les non-humains pour leurs muscles. Allons-y.

– Tu ferais peut-être mieux de rester ici, suggéra Luke en sortant son sabrolaser. Je ne suis pas certain de pouvoir te protéger efficacement s'ils décident d'engager la bagarre.

– Je prends le risque. Ferrier me connaît : il ne tiendra sans doute pas à ce que nous nous battions. Et puis, j'ai aussi une idée que je voudrais essayer.

Ils étaient à moins de vingt mètres du premier humain lorsque Luke perçut un brusque changement dans leurs esprits.

– Ils nous ont repérés, murmura-t-il. Tu veux tenter de leur parler ?

– Je ne sais pas. (Lando haussa la tête pour explorer du regard le corridor apparemment désert.) Il faudrait peut-être qu'on se rapproche...

Il y eut un mouvement à peine perceptible sur le seuil d'une porte et une onde brutale secoua la Force.

– Couche-toi ! cria Luke, tout en allumant son sabre. Dans un claquement, puis un grésillement, la lame blanc-vert apparut.

Et intercepta d'elle-même le tir de blaster dirigé droit sur eux.

– Derrière moi ! lança Luke, comme un deuxième rayon passait en crépitant.

Ses mains, guidées par la Force, brandirent le sabre, et il bloqua un troisième tir, puis un quatrième. Plus loin dans le corridor, un deuxième tireur ouvrit le feu.

Luke laissa la Force se répandre en lui, jusqu'à ses extrémités. C'était comme si sa vision était réduite à un tunnel :

seuls les attaquants étaient illuminés, et une sorte d'obscurité enveloppait le reste.

Une ombre étrange se détacha alors du mur et s'avança.

Un instant, il ne crut pas à cette vision. Car dans cette ombre, il n'y avait ni texture ni détail, mais seulement une forme presque fluide et d'une noirceur quasi absolue. Mais c'était réel... et ça venait droit sur eux.

– Lando! cria-t-il par-dessus les sifflements des blasters. A cinq mètres! Quarante degrés sur ta gauche! Tu as une idée?

– Jamais rien vu de pareil. On dégage?

Luke fit un effort intense pour détourner une partie de sa concentration de leur défense et sonder l'ombre qui approchait.

C'était une des intelligences non-humaines qu'il avait détectées dès le début. Ce qui impliquait qu'elle travaillait avec la bande de Ferrier...

– Reste avec moi, dit-il à Lando.

L'affaire s'annonçait risquée, mais en battant en retraite, ils ne résoudraient rien. Il avança alors lentement, d'une démarche sûre et fluide à la fois. Droit vers l'ombre.

Le non-humain s'arrêta, surpris de voir une proie potentielle venir sur lui au lieu de reculer. Luke profita de son hésitation pour avancer vers la paroi de gauche. Le premier tireur, dont les traits de blaster frôlaient l'ombre mouvante maintenant proche de Luke, se tut brusquement. La forme obscure bougea légèrement, et il eut le sentiment qu'elle regardait par-dessus son épaule, en quelque sorte. Il poursuivit sa progression sur la gauche, et le deuxième tireur, à son tour, fut neutralisé.

– Beau boulot, murmura Lando dans l'oreille de Luke. A moi, maintenant, si tu le veux bien.

Il fit un pas en arrière et appela :

– Ferrier? C'est Lando Calrissian. Ecoute, si tu veux garder ton copain en un seul morceau, tu ferais mieux de le rappeler. Là, c'est Luke Skywalker, Chevalier Jedi. Le type qui a dégringolé Dark Vador.

Ce qui n'était pas exactement vrai, bien sûr. Mais presque. Luke, après tout, avait bel et bien vaincu Vador dans un duel au sabrolaser, même s'il n'était pas allé jusqu'à le tuer.

Mais l'information avait été bien reçue chez leurs adversaires invisibles. Il perçut le doute et la consternation et, à la seconde où il levait de nouveau son sabre, l'ombre s'arrêta.

– Quel nom tu as dit? demanda quelqu'un.

– Lando Calrissian. Rappelle-toi l'opération salopée sur Phraetiss, il y a une dizaine d'années.

– Oh, j'ai pas oublié. Et qu'est-ce que tu veux?

– Te proposer un marché. Montre-toi, qu'on puisse parler.

Il y eut un instant d'hésitation. Puis un homme de haute taille sortit de derrière une pile de caisses, un cigare planté entre les dents.

– Tous, ajouta Lando. Allez, Ferrier, dis-leur de se montrer. A moins que tu ne penses sérieusement qu'ils puissent échapper à un Jedi.

Le regard de Ferrier se porta sur Luke.

– Les pouvoirs mystiques des Jedi ont toujours été exagérés, grinça-t-il.

Mais il n'avait fait qu'émettre cette pensée et, à l'instant où il s'avançait vers Luke et Lando, cinq humains apparurent, accompagnés d'un non-humain insectoïde, grand, mince, revêtu d'écailles vertes.

– C'est mieux, fit Lando en s'écartant. C'est un Verpine, n'est-ce pas? (Il désignait l'insectoïde.) Ferrier, je dois te reconnaître une chose : tu fais vite. Il y a à peine trente heures que les Impériaux ont évacué, et te voilà déjà à bord. Et avec un Verpine domestiqué, qui plus est. Luke, tu as déjà entendu parler des Verpine?

Luke hocha la tête. Si l'aspect de la créature ne lui était pas familier, il connaissait son nom.

– Ils ont la réputation d'être des génies dans la réparation et la reconstruction des dispositifs high-tech.

– Une réputation bien méritée, appuya Lando. La rumeur prétend que ce sont eux qui ont aidé l'amiral Ackbar dans la conception des chasseurs ailes B. Alors, Ferrier, tu as changé de spécialité? Tu fais dans le vol de vaisseaux endommagés? A moins que ton Verpine ne soit là juste pour l'occasion?...

– Tu m'as parlé d'un marché, fit Ferrier d'un ton froid. Alors, c'est quoi?

– Je voudrais d'abord savoir si tu as participé à l'attaque de Sluis Van, répliqua Lando sur le même ton. Si tu travailles pour l'Empire, pas question de marché.

L'un des hommes du gang, le blaster au poing, prit laborieusement son souffle. Luke pointa son sabrolaser sur lui et toute velléité d'héroïsme s'évanouit de l'esprit de l'autre. Ferrier le regarda brièvement avant de revenir à Lando.

– L'Empire a lancé un appel pour des vaisseaux, dit-il à regret. Surtout des bâtiments de guerre. Ils payent une prime de vingt pour cent sur la valeur courante pour tout ce qui jauge plus de cent mille tonnes.

Luke et Lando échangèrent un bref regard.

– Une demande bizarre, commenta Lando. Ils auraient perdu un de leurs chantiers ou quoi?...

– Ils ne me l'ont pas dit, et je ne l'ai pas demandé, dit Ferrier d'un ton aigre. Je suis un homme d'affaires : je donne à mes clients ce qu'ils veulent. Bon, tu es là pour me proposer un marché ou juste pour bavarder?

– Pour te proposer un marché. Tu sais, Ferrier, j'ai comme l'impression que tu es drôlement coincé. On vient de te tomber dessus alors que tu allais voler des vaisseaux de la Nouvelle République. Et tu as eu la preuve que Luke pouvait tous vous battre sans problème. Je n'ai qu'à siffler la Sécurité et ils vont vous tomber dessus pour vous expédier dans une colonie pénitentiaire pendant quelques années.

L'ombre, qui était restée immobile depuis un moment, fit un pas en avant.

– Le Jedi pourrait s'en sortir, dit Ferrier sur un ton menaçant. Mais pas toi.

– Peut-être que oui, peut-être que non, fit Lando d'un ton désinvolte. Et puis, ça n'est pas exactement le genre de situation à laquelle un homme d'affaires comme toi aime se trouver mêlé. Voilà ma proposition : tu t'éclipses maintenant, et on t'aide à te dégager du système de Sluis Van avant qu'on leur tombe dessus.

– Comme c'est généreux de ta part, ricana Ferrier. Mais qu'est-ce que tu veux vraiment? Une part dans l'opération? Un peu d'argent?

– Non, je n'ai rien à faire de ton argent. Je veux seulement que tu t'en ailles.

– Je n'apprécie pas beaucoup les menaces.

– Alors, prends-ça comme un avertissement amical en souvenir de nos anciennes associations, répliqua Lando d'un ton durci. Mais prends-le sérieusement.

– Ton « marché nous coûterait pas mal d'argent, dit Ferrier en roulant son cigare entre ses lèvres.

– J'en suis bien conscient. Et que tu le croies ou non, ça me désole. Mais la Nouvelle République ne peut pas se permettre de perdre des vaisseaux en ce moment. Mais tu devrais tenter ta chance dans le système d'Amorris. La dernière fois que j'en ai entendu parler, la bande des pirates de Cavrilhu y avait installé sa base, et ils ont toujours besoin de spécialistes en entretien. (Il se tourna vers l'ombre.) Et aussi de types musclés.

Ferrier avait suivi son regard.

– Ah, tu aimes mon spectre, hein?

– Un spectre? fit Luke en écho, les sourcils froncés.

– Ils se donnent le nom de Defel, dit Ferrier. Mais je crois que « spectres » leur convient mieux. Leur corps absorbe la lumière – c'est sans doute un système de survie évolué. (Il évalua Luke du regard.) Et toi, Jedi, que dis-tu de ce marché? Toi, le défenseur de la loi et de la justice?

Luke s'était plus ou moins attendu à cette question.

– Est-ce que vous avez volé quoi que ce soit ici? rétorqua-t-il. Ou fait quoi que ce soit d'illégal, si ce n'est craquer les autorisations d'accès de l'ordinateur de la station?

Ferrier plissa les lèvres.

– On a aussi descendu deux petits curieux qui voulaient mettre le nez là où il ne fallait pas. Ça compte?

– Du moment que vous ne les avez pas frappés, fit Luke. En ce qui me concerne, vous pouvez partir.

– C'est trop gentil, grommela Ferrier. C'est tout?

– C'est tout, oui, fit Lando. Oh, je voudrais aussi le code d'accès de votre décrypteur.

Ferrier lui décocha un regard furieux, mais fit néanmoins signe au Verpine. Silencieusement, l'insectoïde vert s'avança et tendit deux cartes de données à Lando.

– Merci, fit Lando. Je vous donne une heure pour quitter le système, et ensuite on leur tombe dessus. Bon voyage.

– Ouais, fit Ferrier d'un ton sec. Ça m'a fait plaisir de te revoir, Calrissian. Et la prochaine fois, c'est peut-être *moi* qui te rendrai un petit service.

– Essaie du côté d'Amorris. Je parierais qu'ils ont au moins deux vieux patrouilleurs de Sienar que tu pourrais leur soulever.

Ferrier ne répondit pas. En silence, avec son équipe, il passa entre Lando et Luke, se dirigeant vers le secteur de réception.

– Tu es certain que c'était une bonne idée de lui indiquer Amorris? murmura Luke en les regardant s'éloigner. L'Empire va sans doute décrocher un ou deux patrouilleurs dans cette affaire.

– Tu préférerais sans doute qu'ils mettent la main sur un superdestroyer calamarien? Ferrier en serait bien capable. Surtout dans la confusion actuelle. (Il secoua la tête.) Je me demande ce qui peut se passer dans l'Empire. C'est absurde de payer un maximum pour des vaisseaux d'occasion quand on peut les construire.

– C'est ce qui signifie qu'ils ont des problèmes, suggéra Luke en rengainant son sabrolaser. Ou alors, ils ont perdu un de leurs superdestroyers, mais ils ont récupéré l'équipage.

– Je suppose que c'est possible. Mais j'ai du mal à imaginer un accident dans lequel tout le vaisseau est détruit et l'équipage indemne. En tout cas, on ferait aussi bien d'envoyer un rapport à Coruscant. Les stars du Renseignement sauront probablement ce que ça veut dire.

– S'ils ne sont pas trop plongés dans les affaires politiques, dit Luke. (Car si les partisans du Conseiller Fey'lya essayaient de s'emparer des Services de Renseignements... Il secoua la tête.) Et maintenant? On accorde son heure de délai à Ferrier et on donne les codes de décryptage aux Sluissi?

– On peut faire cadeau de son heure à Ferrier, fit Lando d'un air pensif. Mais les codes de décryptage, c'est une autre affaire. Il m'est venu une idée : s'il s'en est servi pour faire évacuer cette station, je ne vois aucune raison pour qu'on ne s'en serve pas pour mettre notre aile X tout en haut des priorités, non?

– Ah... fit Luke.

Ça n'était pas très exactement le genre d'activité marginale à laquelle un Jedi était censé participer. Mais étant donné les circonstances, et surtout l'urgence de la situation sur Coruscant, il convenait sans doute de contourner certaines lois.

– Et on part quand?

– Tout de suite, répondit Lando. Avec un peu de chance, tu seras prêt à décoller dès que j'aurai tout arraché aux Sluissi. Viens : il faut que nous trouvions un terminal.

3

– *Faucon Millenium*, bien reçu et confirmé. Nous allons vous recevoir sur le berceau huit, dit le directeur du contrôle spatial depuis le Palais Impérial. La Conseillère Organa Solo vous attend.

– Merci, contrôle, fit Yan Solo en dirigeant le vaisseau vers la Cité Impériale. Il observait avec dégoût l'énorme nuage noir qui couvrait la région. Il n'avait jamais tellement cru aux présages, mais ce nuage n'arrangeait pas son humeur déjà très sombre.

Et, à propos d'humeur sombre... Il pressa la touche de l'intercom.

– Prépare-toi pour l'atterrissage. Nous commençons notre approche.

– Merci, capitaine Solo, répondit la voix nette et guindée de Z-6PO.

Plus guindée qu'à l'accoutumée, en fait : le droïd devait encore panser son ego blessé. Ou l'équivalent d'un ego pour un droïd.

Yan coupa l'intercom avec une légère grimace : à vrai dire, il n'avait jamais vraiment aimé les droïds. Quoique 6PO ne fût pas aussi désagréable que certains qu'il avait connus... mais il devait admettre aussi qu'il n'avait encore jamais passé six jours seul en hyperespace avec aucun des autres.

Il avait pris sur lui. Ne serait-ce que parce que Leia aimait bien 6PO et aurait apprécié qu'ils s'entendent. Après leur départ de Sluis Van, le premier jour, Yan avait accepté que 6PO reste dans le cockpit avec lui, il avait supporté son ton précieux et même tenté, vaillamment,

37

d'engager avec lui une espèce de conversation. Le deuxième jour, il l'avait laissé parler et avait passé le plus clair de son temps dans les tunnels d'entretien où il n'y avait pas place pour deux. 6PO avait admis cette limitation avec une bonne volonté typiquement mécanique et n'avait cessé de le poursuivre de ses réflexions entre deux écoutilles.

Au soir du troisième jour, Yan avait totalement banni le droïd de son existence.

Ce qui ne plairait guère à Leia lorsqu'elle l'apprendrait.

Le *Faucon* avait franchi la couche nuageuse et plongeait vers cette monstruosité qu'était l'ancien palais de l'Empereur. Yan inclina le vaisseau et s'assura que le berceau était libre avant d'entamer sa descente.

Leia avait dû les attendre sous le dais de la coupée, car elle s'avança dès que Yan eut abaissé la rampe du *Faucon*.

– Yan, que la Force soit louée, tu es de retour.

Il perçut la tension dans sa voix.

– Bonjour, mon cœur, dit-il, en prenant garde de ne pas la serrer trop fort, avec son ventre bien rond. Il sentit ses muscles se roidir sous ses mains.

– Moi aussi, je suis tellement heureuse.

Elle se dégagea doucement de leur étreinte.

– Viens... Nous avons à parler.

Chewbacca les attendait, son arbalète à l'épaule.

– Salut, Chewie, fit Yan en réponse à son grognement. Je dois te remercier d'avoir veillé sur Leia.

Chewbacca ne lui rendit qu'un autre grognement indifférent et Yan décida que ça n'était guère le moment de leur demander de raconter comment s'était passé leur séjour sur Kashyyyk.

– Qu'est-ce que j'ai manqué? demanda-t-il.

Ils descendaient la rampe en direction du Palais.

– Pas grand-chose. Après son torrent d'accusations, Fey'lya a apparemment décidé de laisser les choses se calmer. Il a demandé au Conseil de l'autoriser à assumer certains postes de sécurité interne qui dépendaient d'Ackbar, mais il se comporte plutôt en croque-mort qu'en administrateur. Il a également insisté lourdement sur ses capacités à assumer le Commandement Suprême, mais, jusqu'à présent, il ne s'est pas réengagé dans cette voie.

– Il ne souhaite pas que l'on panique, suggéra Yan.

Accuser de trahison un personnage de la dimension d'Ackbar, c'est déjà assez énorme. Il faut que les autres aient le temps de digérer. Sinon, ils pourraient bien tout recracher.

– C'est également ce que je ressens. Ce qui devrait nous laisser un peu de temps pour respirer et tirer au clair cette histoire de banque.

– Oui, mais est-ce que tu peux m'en dire un peu plus là-dessus? Tout ce que je sais, c'est qu'au cours d'une enquête de routine, vous êtes tombés sur un gros paquet d'argent qui se trouverait sur un des comptes d'Ackbar.

– Mais il s'est révélé que ça n'était pas une enquête de routine, dit Leia. Il y a eu effraction électronique dans les comptes de la banque de virement centrale de Coruscant le matin-même de l'attaque sur Sluis Van. On a ouvert plusieurs comptes importants. Les enquêteurs ont découvert qu'un énorme virement avait été effectué à la même heure sur un compte d'Ackbar à partir de la banque centrale de Palanhi. Tu connais bien Palanhi?

– Tout le monde connaît Palanhi, fit Yan d'un ton amer. Petite planète au carrefour des systèmes, avec une idée un peu gonflée de son importance.

– Et qui croit fermement que si elle peut rester neutre, elle jouera les deux camps à la fois pour son profit, ajouta Leia. En tout cas, la banque centrale prétend que l'argent ne provient pas de Palanhi même, qu'il s'agit simplement d'un transfert. Jusque-là, nos gens n'ont pas réussi à remonter plus loin la piste.

Yan acquiesça.

– Je parierais que Fey'lya a son idée sur l'origine de ce transfert.

– Hélas, il n'est pas seul, soupira Leia. Il a simplement été le premier à le suggérer.

– Pour marquer quelques points sur le dos d'Ackbar, grommela Yan. Et où ont-ils enfermé Ackbar, à ce propos? Dans la vieille prison?

Leia secoua la tête.

– Non, il est pour ainsi dire aux arrêts dans sa résidence pendant que l'enquête se poursuit. Ce qui prouve encore une fois que Fey'lya craint de faire trop de vagues.

– Ou bien qu'il sait qu'il n'a pas de quoi faire pendre un Jawa encore plus malin que les autres. Excepté cette histoire de banque, il a quelque chose d'autre sur Ackbar?

Leia eut un sourire furtif.

– Rien que le demi-fiasco de Sluis Van. Et le fait que ce soit Ackbar qui ait donné l'ordre d'envoyer tous ces vaisseaux de guerre là-bas.

– Oui, j'admets que c'est un point sérieux, dit Yan, en essayant de se souvenir des anciennes règles de l'Alliance Rebelle concernant les prisonniers militaires. S'il ne se trompait pas, un officier aux arrêts pouvait recevoir des visiteurs, à condition que ces visiteurs aient suivi un itinéraire bureaucratique qui était loin d'être simple.

– Et combien de membres du Conseil sont du côté de Fey'lya? demanda-t-il.

– *Vraiment* de son côté? Il n'y en a que deux. Mais quant à incliner dans sa direction... tu jugeras par toi-même dans quelques minutes.

Yan cilla. Perdu dans ses propres réflexions à propos de tout ce gâchis, il n'avait pas réalisé où le conduisait Leia. Il s'aperçut qu'ils suivaient le Grand Corridor qui reliait la chambre du Conseil Intérieur à l'auditorium de l'Assemblée.

– Attends une minute! protesta-t-il. *Maintenant?*

– Je suis désolée, Yan. Mon Mothma a insisté. Tu es le premier à revenir de Sluis Van, et ils ont des milliers de questions à te poser.

Yan regarda autour de lui : le plafond ornementé, les bas-reliefs, les vitraux, les arbustes mauves et verts. On disait que c'était le Grand Empereur lui-même qui avait conçu le Grand Corridor, ce qui expliquait sans doute pourquoi Yan détestait cet endroit.

– Je savais bien que j'aurais dû envoyer 6PO en avant, grommela-t-il.

Leia lui prit le bras.

– Allez, soldat, on y va. Respire à fond. Chewie, tu ferais mieux de rester en arrière.

La chambre du Conseil, d'ordinaire, était une version agrandie du Conseil Provisoire : une table ovale au centre, destinée aux Conseillers eux-mêmes, et des sièges tout autour, pour l'assistance. A sa grande surprise, Yan découvrit que les lieux avaient été réaménagés en une vaste Salle d'Assemblée. Les sièges avaient été redisposés en rangées impeccables, depuis le niveau supérieur, et chaque Conseiller était entouré de ses assistants. Face à eux, au centre, Mon Mothma avait pris place, seule, devant un simple pupitre, comme un professeur dans un hémicycle.

– Qui a eu cette idée? marmonna Yan tandis qu'ils descendaient vers un siège vide proche du pupitre de Mon Mothma et destiné à l'évidence au témoin de la session.

– Mon Mothma a tout dirigé. Mais je suis certaine que l'idée est venue de Fey'lya.

Yan s'assombrit. Intervenir dans le rôle éminent que jouait Mon Mothma dans le Conseil, cela ne ressemblait guère à Fey'lya.

– Je ne comprends pas.

Leia eut un mouvement du menton.

– En plaçant Mon Mothma sous les projecteurs, il pense apaiser les craintes de ceux qui le soupçonnent de vouloir sa place. En même temps, en plaçant les Conseillers et leurs assistants en petits groupes séparés, il espère les isoler les uns des autres.

– Là, je comprends. Assez vicieux, non?

– Oui, ça, certainement. Et il va tirer tout le parti possible de cette affaire de Sluis Van. Maintenant, fais bien attention à toi.

Ils se séparèrent. Leia s'installa au premier rang, auprès de son assistante, Winter. Yan, lui, rejoignit Mothma et s'approcha du siège qui lui avait été réservé.

– Vous voulez que je prête serment ou quoi?... demanda-t-il sans préambule.

Mon Mothma secoua la tête.

– Non, ce ne sera pas nécessaire, capitaine Solo, fit-elle d'un ton un peu crispé. Veuillez prendre place. Le Conseil désirerait vous poser quelques questions à propos des récents événements des chantiers de Sluis Van.

En s'asseyant, Yan remarqua que Fey'lya et ses camarades bothans étaient en face de lui, non loin du groupe de Leia. Il n'y avait pas de siège vacant qui aurait pu mettre en évidence l'absence de l'amiral Ackbar. Les Conseillers s'étaient apparemment répartis selon leur rang, tout en se rapprochant du bas. Une autre motivation de Fey'lya, sans doute.

– Avant tout, capitaine Solo, commença Mon Mothma, nous aimerions que vous nous expliquiez le rôle que vous avez joué lors de l'attaque de Sluis Van. A quel moment vous êtes arrivé, ce qui a suivi.... Ce genre de chose.

– Nous sommes arrivés juste au début de la bataille. Un peu avant l'assaut des superdestroyers. Nous avions reçu un appel de Wedge – il s'agit du commandant d'aile Wedge Antilles, de l'Escadron Rogue – nous disant que des chasseurs Tie venaient de faire irruption dans les secteurs d'amarrage...

– Excusez-moi, fit Fey'lya d'une voix doucereuse. Que signifie « nous » dans ce contexte ?

Yan se tourna vers le Bothan et son regard s'attarda une seconde sur son pelage soyeux et crème, ses yeux violets, son expression absolument neutre.

– Mon équipage, dit-il, se composait de Luke Skywalker et de Lando Calrissian. (Evidemment, Fey'lya savait tout cela, et il n'était intervenu que pour le déconcentrer. Minable.) Ah, oui, et il y avait aussi deux droïds. Vous désirez leurs numéros de série ?...

Quelques rires étouffés coururent dans les rangs, et Yan eut le plaisir de voir que le pelage du Bothan s'aplatissait quelque peu.

– Non, je vous remercie, dit Fey'lya.

Yan reprit alors :

– L'Escadron Rogue était engagé contre un groupe d'une quarantaine de chasseurs Tie auquel s'ajoutaient cinquante taupes minières apparemment dérobées dans les chantiers. Nous sommes intervenus en pensant que les Impériaux utilisaient les taupes pour capturer certaines des unités les plus importantes qui avaient été reconverties en cargos. C'est tout.

– Vous êtes trop modeste, capitaine Solo, fit Fey'lya. Selon les rapports que nous avons reçus, vous et Calrissian avez complètement déjoué les plans de l'Empire.

Yan était prêt. Le moment était venu. Oui, avec Lando, ils avaient stoppé les Impériaux... mais, pour cela, ils avaient dû griller le système nerveux central de quelque quarante bâtiments de guerre.

– Je suis désolé d'avoir dû payer un pareil prix, dit-il en fixant le Bothan droit dans les yeux. Vous auriez préféré que l'Empire les prennent intacts ?...

Un frisson parcourut le pelage du Bothan.

– Pour être franc, capitaine Solo, dit-il d'un ton apaisant, je n'ai vraiment rien contre vos méthodes pour combattre cette tentative de pillage de l'Empire, même si elles sont quelque peu coûteuses. Vous deviez faire avec ce dont vous disposiez. Et vous avez brillamment réussi.

Yan fronça les sourcils, soudain déconcerté. Il s'était attendu à ce que Fey'lya le charge dans cette affaire. Mais, apparemment, le Bothan avait manqué cette occasion.

– Je vous remercie, Conseiller, dit-il, ne trouvant rien de mieux.

– Cela ne veut pas dire que cette tentative de l'Empire qui a bien failli tourner à une victoire n'est pas sans importance, reprit Fey'lya en dressant le poil. Bien au contraire. Au mieux, ils déclarent que nos commandements militaires ont commis de graves erreurs d'évaluation... Au pire, ils évoquent la trahison.

Nous y voilà, se dit Yan. Non, Fey'lya n'avait pas changé de tactique : il avait tout simplement décidé de ne pas gaspiller une occasion en or comme celle-ci avec un moins que rien comme Yan.

– Avec tout le respect que je vous dois, Conseiller, ce qui s'est produit à Sluis Van n'était nullement la faute de l'amiral Ackbar. Toute cette opération...

– Excusez-moi, capitaine Solo, l'interrompit Fey'lya, avec tout le respect que je *vous* dois, mais je me permets de vous faire remarquer que si ces unités de guerre se trouvaient à Sluis Van, sans équipage et totalement vulnérables, c'était sur l'ordre de l'amiral Ackbar.

– Il n'est pas question d'invoquer quelque trahison que ce soit, insista Yan avec obstination. Nous savions que l'Empire avait accès à nos communications...

– Et qui est responsable de telles défaillances dans notre dispositif de sécurité? Une fois encore, la faute retombe sur la tête de l'amiral Ackbar.

– Donc, vous avez trouvé l'origine de la fuite! répliqua Yan. (A la limite de son champ visuel, il devinait Leia qui secouait la tête, mais il était trop en colère pour se soucier des limites du respect.) Et j'aimerais bien voir comment *vous*, personnellement, vous vous y prendriez avec un Grand Amiral de l'Empire.

Le vague murmure de conversations qui courait dans la salle fut brusquement interrompu par Mon Mothma.

– Que signifie cette dernière remarque?

Yan jura en silence. Il n'avait pas eu vraiment l'intention de lancer cet argument avant d'avoir pu consulter les archives du Palais. Mais il était trop tard désormais.

– L'Empire est dirigé par un Grand Amiral, marmonna-t-il. Je l'ai vu.

Le silence était pesant. Mon Mothma le brisa la première.

– C'est impossible. Nous avons fait le tour de tous les Grands Amiraux.

– Je l'ai vu de mes yeux, répéta Yan.

– Décrivez-le nous, demanda Fey'lya. A quoi ressemble-t-il ?

– Il ne m'a pas paru humain. Du moins, pas complètement. Il avait un corps à peu près humain, mais sa peau était bleu clair, ses cheveux d'un bleu presque noir, et ses yeux d'un rouge ardent. J'ignore à quelle race il peut appartenir.

– Nous savons pourtant que l'Empereur n'aimait guère les non-humains, lui rappela Mon Mothma.

Yan regarda Leia. Elle avait les traits tendus et ses yeux semblaient voir à travers lui avec une expression d'horreur. Elle avait compris ce que cela signifiait.

– Il portait un uniforme blanc, ajouta Yan. Contrairement à tous les officiers de la Flotte. Et mon contact l'a appelé par son titre de Grand Amiral.

– A l'évidence, il s'est auto-promu, coupa Fey'lya. Ce n'est sans doute qu'un simple amiral, ou alors il s'agit d'un Moff rejeté qui tente de rallier autour de lui ce qui subsiste de l'Empire. De toute manière, c'est sans rapport avec notre problème immédiat.

– *Sans rapport* ? fit Yan en écho. Ecoutez-moi, Conseiller, si un Grand Amiral agit en toute liberté...

– S'il existe, l'interrompit Mon Mothma d'un ton ferme, nous le saurons bientôt. Jusque-là, il me paraît inutile de débattre dans le vide. Le comité de Recherche du Conseil a ordre, dès à présent, de vérifier s'il est possible qu'un Grand Amiral soit encore en vie. Tant que cette enquête n'aura pas abouti, nous nous en tiendrons aux circonstances de l'attaque contre les chantiers de Sluis Van. (Elle se tourna vers Yan, puis inclina la tête à l'intention de Leia.) Conseillère Organa Solo, vous pouvez commencer à poser vos questions.

Sous le dôme de son crâne couleur saumon, les grands yeux de l'amiral Ackbar tournaient dans leurs orbites, et Leia se dit que jamais encore elle n'avait vu un Calamarien se comporter ainsi. Etait-ce l'effet de la surprise ? Ou de la crainte ?

44

– Un Grand Amiral, fit-il enfin, d'une voix encore plus rocailleuse que d'ordinaire. Un Grand Amiral de l'Empire. Oui... Cela expliquerait bien des choses.

– Nous ne savons pas encore vraiment s'il s'agit d'un Grand Amiral, intervint Leia, tout en notant l'expression de marbre de son époux.

Il était évident que Yan n'avait pas le moindre doute. Mais pas plus qu'elle, à vrai dire.

– Mon Mothma a ordonné des recherches.

– Ils ne trouveront rien, fit Ackbar en secouant la tête.

Un bon signe, se dit Leia. Il réagissait souvent ainsi dans ses rapports avec les humains.

– Quand nous avons repris Coruscant à l'Empire, j'ai cherché à fond dans les archives de l'Empire. Je n'ai trouvé que la liste des noms des Grands Amiraux avec quelques détails sur leurs diverses missions.

– Ils ont tout effacé avant de battre en retraite, grommela Yan.

– Ou alors, ils n'ont jamais vraiment rien commencé, suggéra Leia. Rappelle-toi qu'ils n'étaient pas les plus brillants militaires que l'Empereur ait pu trouver. Et ils faisaient également partie de son plan personnel pour maintenir les militaires de l'Empire sous son contrôle.

– Tout comme pour le projet Etoile Noire, acquiesça Ackbar. Oui, je suis d'accord, Conseillère. Si les Grands Amiraux n'étaient pas totalement intégrés militairement *et* politiquement, il n'y avait aucune raison de publier leur identité. Il fallait même la dissimuler.

– D'où impasse, conclut Yan.

– A ce qu'il me semble, dit Ackbar. Nous ne pouvons plus qu'attendre d'autres informations des sources habituelles.

Leia se tourna vers Yan.

– Tu as dit que tu avais un contact lorsque tu as vu ce Grand Amiral, mais tu n'as pas cité de nom.

– C'est exact. Et je n'en citerai aucun. Pas pour le moment, du moins.

– Mon Mothma, elle, voudra savoir.

– Mais je le lui dirai le moment venu. Jusque-là, ce sera notre petit secret.

– Notre petit moyen de pression?

– On ne peut pas le dire. (Une ombre passa sur le visage de Yan.) Pour l'heure, si le Conseil connaissait ce nom, il n'en tirerait rien de bien. Le groupe tout entier a dû aller se terrer quelque part au loin. Si l'Empire ne leur ait pas tombé dessus.

– Et tu ne sais pas comment les retrouver? demanda Leia.

Il haussa les épaules.

– Je leur ai promis de leur libérer un vaisseau qui est sous séquestre. Je peux toujours essayer de ce côté.

– Faites votre possible, dit Ackbar. Mais vous avez déclaré que le frère de la Conseillère Organa Solo était en votre compagnie à Sluis Van?

– Oui, amiral. Son hyperdrive avait besoin de quelques réparations, mais il ne devrait avoir que quelques heures de retard. (Il regarda Leia.) Ah, oui, et il va falloir aussi que nous rapatriions le vaisseau de Lando jusqu'à Sluis Van.

Ackbar émit un son qui évoquait un sifflement étouffé : l'équivalent calamarien d'un grognement de réprobation.

– Nous devrons avoir le témoignage de l'un comme de l'autre. Et également du commandant Antilles. Il est vital pour nous de savoir comment l'Empire a pu faire passer une telle force d'attaque à travers tous nos senseurs.

Leia regarda Yan.

– Si l'on en croit les rapports préliminaires de Wedge, l'Empire s'est infiltré grâce à un cargo vide.

Ackbar, encore une fois, roula des yeux.

– Un cargo vide? Je veux dire : il n'y a pas eu d'erreur de scanning ni de brouillage?...

– Oui, vide, selon Wedge Antilles, confirma Yan. Et il sait reconnaître la différence entre un brouillage et un vrai sondage.

Ackbar parut s'affaisser un peu plus dans son fauteuil.

– Vide. Ce qui ne peut signifier qu'une chose : l'Empire a réussi à mettre au point un manteau-bouclier.

– Je suppose que nous devons l'admettre, acquiesça Leia. Et que les seules bonnes nouvelles que nous puissions attendre, c'est qu'ils ont eu quelques bugs dans le système. Sinon, ils auraient tout simplement masqué l'ensemble de leur force d'attaque et Sluis Van serait en miettes.

– Non, fit Ackbar. Nous n'avons pas à nous soucier de cela, pas pour le moment du moins. De par sa nature même, un manteau-bouclier serait plus dangereux qu'utile pour celui qui l'utilise. Un vaisseau sous manteau ne disposerait plus de rayons senseurs, et il serait aussi aveugle que ses ennemis. Pis encore : à supposer qu'il soit encore en propulsion, il serait repérable simplement par les émissions d'énergie de ses propulseurs.

– Ça ne m'était pas venu à l'idée, remarqua Leia.

– Depuis des années, la rumeur circulait selon laquelle l'Empereur avait mis au point un manteau-bouclier. J'ai beaucoup travaillé là-dessus et pensé à ses faiblesses. Mais, malgré tout, un manteau-bouclier entre les mains d'un Grand Amiral serait une arme très redoutable. Il trouverait certainement le moyen de s'en servir contre nous.

– Mais il l'a déjà fait, murmura Yan.

– Apparemment. (Ackbar fixa son regard sur Leia.) Conseillère, il faut que vous me laviez de ces accusations ridicules. Très vite. En dépit de son ambition et de son assurance, le Conseiller Fey'lya ne possède pas les talents tactiques nécessaires face à une menace d'une telle gravité.

– Amiral, nous allons vous faire libérer, déclara Leia, avec l'espoir de paraître confiante. Nous nous y employons déjà.

On frappa à la porte et un droïd trapu de modèle G-2-RD se présenta.

– Veuillez m'excuser, déclara-t-il d'une voix aux résonances métalliques, mais le temps autorisé est écoulé.

Leia aurait aimé avoir plus de temps pour discuter avec l'amiral de cette nouvelle menace de l'Empire, ainsi que des stratégies de défense à adopter pour le libérer, mais les gardes droïds, et tout particulièrement les G-2-RD étaient réputés pour être intraitables.

– Amiral, dit-elle en se levant, nous reviendrons bientôt. Ce soir, ou demain...

– Au revoir, Conseillère. Et merci à vous de m'avoir rendu visite, capitaine Solo.

Ils quittèrent la pièce tandis que le droïd reprenait sa faction devant la porte.

– Ç'a dû lui faire mal, dit Yan.

– Quoi donc ?

– De me remercier d'être venu.

Elle plissa le front, mais elle vit qu'il était sérieux.

– Oh, Yan, ça suffit. Ce n'est pas parce que tu as démissionné...

– Qu'il ne me considère pas comme un demi-traître, acheva-t-il.

– Ackbar n'a jamais été du genre extraverti.

– Leia, je n'imagine rien. Pose donc la question à Lando un de ces jours – il a eu droit à la même attitude. Dès qu'on dit adieu aux militaires, pour Ackbar, on est moins que rien.

Elle soupira.

– Yan, il faut essayer de comprendre l'éthique des Mon Calamari. Ils n'avaient jamais fait la guerre jusqu'à ce que l'Empire les réduise en esclavage et ravage leur monde. Ces splendides superdestroyers étaient à l'origine des vaisseaux de ligne, tu le sais, et c'est nous qui les avons aidés à les transformer en bâtiments de guerre. S'il nous en veut, ça n'est pas forcément parce que nous avons démissionné, mais peut-être à cause d'un reste de culpabilité qu'il éprouve envers lui-même et son peuple pour être entrés dans la guerre.

– Même s'ils y ont été forcés?

Elle haussa les épaules.

– Je ne pense pas que quiconque puisse se mêler d'un conflit sans la moindre arrière-pensée qu'il pouvait y avoir une autre solution. Même lorsque tous les moyens possibles ont été essayés en vain. J'ai éprouvé ça moi-même quand je me suis ralliée à la Rébellion – et crois-moi : des personnes telles que Mon Mothma et Bail Organa ont tout tenté. Pour une race aussi pacifique que les Mon Calamari, ce doit être plus grave encore...

– Oui, peut-être, concéda Yan à regret. J'aurais préféré qu'ils s'en tirent seuls et qu'ils nous laissent à l'écart.

– Ils y arriveront. Il faut leur en donner le temps.

Il la regarda.

– Tu ne m'as pas encore dit pourquoi toi et Chewie, vous avez quitté Kashyyyk.

Leia croisa les doigts. Elle savait bien qu'elle devrait parler à Yan du marché qu'elle avait passé avec Khabarakh le Noghri. Mais le lieu ne se prêtait guère à ce genre de confession.

– Il était inutile de rester là-bas plus longtemps, dit-elle simplement. Il y a eu une autre attaque...

– *Comment*?

– Du calme. Nous l'avons repoussée. Et je me suis arrangée pour être en sécurité, tout au moins pendant deux semaines. Mais je te raconterai tout ça plus tard, quand nous serons dans un endroit plus discret.

Elle sentit le poids de son regard soupçonneux.

– D'accord, murmura-t-il enfin. J'espère seulement que tu sais ce que tu fais.

Un frisson la parcourut. Elle focalisa tous ses sens sur les jumeaux qu'elle portait. Ils avaient un tel potentiel de Force... mais ils étaient encore tellement vulnérables.

– Moi aussi, je l'espère, chuchota-t-elle.

4

JORUS C'BAOTH. HUMAIN. NÉ À REITHCAS, SUR BORTRAS, LE 4/3/112, CALENDRIER PRÉ-IMPÉRIAL.

Luke fit la grimace en regardant les données qui se déroulaient sur l'écran de la Bibliothèque de l'Ancien Sénat. Tous les nouveaux régimes avaient cela en commun : les premières lois qu'ils votaient concernaient la datation historique. Il en avait été ainsi pour l'Empire Galactique, de même que pour l'Ancienne République, bien avant. Il ne pouvait qu'espérer que la Nouvelle République ne les imiterait pas. L'histoire était déjà suffisamment complexe comme cela.

ÉTUDES À L'UNIVERSITÉ DE MIRNIC, DU 6/4/95 AU 4/32/90 PE. Centre de formation Jedi sur Kamparas du 2/15/90 au 8/3/88 PE. Formation Jedi privée à compter du 9/88 PE. Instructeur inconnu. Nommé au titre de chevalier Jedi le 3/6/86 pe. Assume le titre de maitre Jedi le 4/3/74 pe. Fin du sommaire. Desirez-vous des details sur son education et sa formation ?

– Non, fit Luke.

C'baoth avait *assumé* le titre de Maître Jedi ? Il avait toujours vécu avec la certitude que ce titre, tout comme le rang de Chevalier Jedi, était décerné par l'ensemble de la communauté Jedi.

– Donnez-moi plus d'information sur son dossier Jedi, dit-il.

MEMBRE DU GROUPE D'OBSERVATION DE DEMOBILISATION D'ANDO DE 8/82 A 7/81. Membre du comite-conseil auprès du senat interracial de 9/81 à 6/79 pe. Conseiller Jedi personnel du senateur palpatine de 6/79 à 5/77...

– Stop! lança Luke avec un frisson.

Un Jedi, conseiller du Sénateur *Palpatine*?

– Détails concernant le service de C'baoth auprès du Sénateur Palpatine.

L'ordinateur parut hésiter, puis afficha:

INFORMATION NON DISPONIBLE

– Non disponible ou classée secrète?

NON DISPONIBLE, répéta l'ordinateur.

Luke se renfrogna.

– Suite.

MEMBRE DE LA FORCE JEDI RASSEMBLEE CONTRE L'INSURREC-TION DES JEDI SOMBRES SUR BPFASSH DE 7/77 A 1/74 PE. A PARTICIPE A LA RESOLUTION DE LA CRISE DE POUVOIR D'ALDERAAN EN 11/70. ASSISTANT DU MAITRE JEDI TRAS « S M » INS DANS LA MEDIATION DU CONFLIT DE DUINUOG-WUINNGOTAL DU 1/68 AU 4/66 PE. NOMME AMBASSADEUR DELEGUE DANS LE SECTEUR XAPPHYH PAR LE SENAT A DATER DU 8/21/62. A JOUE UN ROLE DETERMINANT AUPRES DU SENAT POUR AUTORISER ET FINANCER LE PROJET DE VOL EXTERIEUR HORS DE LA GALAXIE. A FAIT PARTIE DES SIX MAITRES ATTACHES AU PROJET LE 7/7/65 PE. AUCUNE INFOR-MATION POSTERIEURE AU DEPART DU VOL DEPUIS YAGA MINOR, LE 4/1/64. FIN DU SOMMAIRE DETAILLE. AUTRES INFORMATIONS?

Luke se laissa aller en arrière, les yeux toujours fixés sur l'écran. Non seulement C'baoth avait été le conseiller de l'homme qui un jour se déclarerait Empereur, mais il avait également participé à cette attaque contre les Jedi Sombres du secteur de Sluis dont Leia lui avait parlé. L'un des rares qui avaient survécu suffisamment long-temps pour affronter Maître Yoda sur Dagobah...

Il perçut un bruit de pas.

– Commandant?

– Oh, bonjour, Winter, fit-il sans se retourner. Vous me cherchiez?

Winter se tint auprès de lui.

– La Princesse Leia désirerait vous voir dès que vous en aurez fini ici. (Elle inclina la tête vers l'écran tout en passant la main dans ses longs cheveux blancs et soyeux.) Encore sur vos recherches de Jedi?

– En quelque sorte, fit Luke.

Il glissa une carte de données dans le terminal et demanda :

– Ordinateur : copie complète du dossier du Maître Jedi Jorus C'baoth.

– Jorus C'baoth, répéta Winter d'un air songeur. Est-ce qu'il n'a pas participé à cette crise de légitimité sur Alderaan ?

– C'est ce que disent les archives. Vous savez quelque chose à ce propos ?

– Guère plus que les autres alderaaniens.

En dépit de la rigidité de sa maîtrise, il sentit un accent de chagrin dans sa voix, et il ne put s'empêcher d'éprouver pour elle un élan de sympathie. Pour Leia, il le savait, la destruction d'Alderaan et la perte de sa famille était encore une cicatrice dans son cœur, mais elle avait repoussé la douleur aux confins de son esprit. Mais pour Winter, avec sa mémoire parfaite et indélébile, le chagrin serait toujours là.

– La question était de savoir qui serait Vice-roi, le père de Bail Organa ou l'un des chefs des autres familles, reprit Winter. Après le troisième blocage des votes, ils en appelèrent au Sénat. C'baoth faisait partie de la délégation qui décida en un mois que le titre revenait légitimement aux Organa.

– Avez-vous jamais vu de portrait de C'baoth ?

– Il y avait un holo représentant l'équipe de médiation dans les archives. C'baoth était... disons de taille moyenne et plutôt grand. Très musclé, aussi, et je me rappelle avoir trouvé cela bizarre pour un Jedi. (Elle regarda Luke, les joues rosies.) Veuillez m'excuser.

– Ce n'est pas grave, fit Luke.

Il s'était aperçu de cette fausse idée : la plupart des gens considéraient qu'un Jedi, avec la Force qu'il maîtrisait, n'avait aucune raison de cultiver sa musculation. Et, pour Luke, il avait fallu plusieurs années pour parvenir au contrôle de son corps, directement lié à celui de son esprit.

– Quoi d'autre ?

– Il avait les cheveux grisonnants et une barbe courte, bien taillée, dit Winter. Il portait cette robe brune et cette tunique blanche que nombre de Jedi semblent affectionner. A part cela, il n'avait rien de particulièrement notable.

– Et quel âge semblait-il avoir?

– Oh... je dirais la quarantaine. Mais il est toujours difficile d'en juger sur une image.

– Ce qui correspondrait aux archives, acquiesça Luke en récupérant la carte. Mais si c'était exact...

« Vous disiez que Leia voulait me voir? demanda-t-il en se levant.

– Si vous êtes disponible. Elle est dans son bureau.

– Bien. Allons-y.

– Est-ce que vous connaissez la planète Bortras? demanda-t-il en marchant. En particulier, quelle est la durée de vie moyenne de ses habitants?

Elle réfléchit.

– Je n'ai jamais rien lu à ce sujet. Pourquoi?

Il hésita brièvement. Mais, de toute manière, les Impériaux avaient déjà une source d'informations dans le cœur même de la Nouvelle République. Et Winter était certainement au-dessus de tout soupçon.

– Le problème, c'est que si ce prétendu Jedi sur Jomark est bien Jorus C'baoth, il devrait avoir dans les cent ans. Je sais qu'il existe des races qui vivent plus longtemps encore, mais il est censé être humain.

Winter eut un haussement d'épaules.

– Il y a toujours des exceptions à la durée de vie moyenne d'une race. Et un Jedi, en particulier, pourrait connaître des techniques pour la prolonger.

Luke réfléchit. Oui, c'était possible. Yoda avait vécu très longtemps – près de neuf cents ans – et, d'ordinaire, les espèces de petite taille vivaient moins longtemps que les plus grandes. Mais *d'ordinaire* ne voulait pas dire *toujours*. Et après des heures de recherche, Luke n'était jamais parvenu à découvrir à quelle race Yoda avait pu appartenir. Peut-être ferait-il mieux d'essayer de savoir combien de temps l'Empereur lui-même avait vécu.

– Vous pensez que Jorus C'baoth est vivant? demanda Winter, faisant irruption dans ses pensées.

Ils avaient atteint le Grand Corridor, maintenant. Habituellement, on y rencontrait des êtres de toutes sortes, mais aujourd'hui, il semblait presque désert, et les quelques groupes d'humains et autres qu'il repéra étaient trop éloignés pour surprendre leur conversation.

– Lorsque j'étais sur Nkllon, dit-il, j'ai eu un contact mental très bref avec un autre Jedi, fit-il à voix basse.

Plus tard, Leia m'a dit que certaines rumeurs rapportaient la présence de C'baoth sur Jomark. Je ne vois pas d'autre conclusion à tirer.

Winter restait silencieuse.

– Des commentaires ? insista Luke.

– Commandant, tout ce qui se rapporte à la Force et aux Jedi échappe à mon expérience personnelle. Je n'ai aucun commentaire à faire dans quelque sens que ce soit. Mais... je dois dire que l'impression que C'baoth m'a laissée par rapport à son rôle dans l'histoire d'Alderaan me laisse sceptique.

– Pourquoi ?

– Ça n'est qu'une impression, répéta Winter. Je ne vous en aurais jamais fait part si vous ne m'aviez pas interrogée. C'baoth me semble le genre de personne qui aime se trouver au centre des événements, qui, s'il ne peut pas diriger, contrôler, ou participer, trouvera toujours un moyen d'être en vue.

– Je suppose que cela correspond avec ce que je viens de lire. J'ignore si vous êtes au courant, mais il s'est proclamé Maître Jedi. Ce qui me paraît un peu vaniteux de sa part.

– Certainement, admit Winter, mais lorsqu'il est venu sur Alderaan, personne ne lui contestait ce rang. A mon sens, quelqu'un qui aime à ce point se faire remarquer ne se serait jamais tenu complètement à l'écart de la guerre avec l'Empire.

– Un bon point. Passons à autre chose. Que savez-vous de ce projet de Vol Extérieur de l'Ancienne République ?

– Pas grand-chose. On dit que c'était une expédition montée pour aller en quête d'autres formes de vie hors de cette galaxie, mais la chose a été tenue tellement secrète que nul n'a jamais recueilli le moindre détail. Je ne suis même pas certaine que le Vol soit jamais parti.

– Les archives prétendent que oui. Et aussi que C'baoth participait au projet. Est-ce que ça pourrait signifier qu'il était à bord ?

– Ça, je l'ignore, dit Winter. On a prétendu que plusieurs Jedi faisaient partie de l'expédition, mais il n'y a jamais eu de confirmation officielle. (Elle risqua un regard vers Luke.) Est-ce que vous pensez que cela expliquerait son absence durant la Rébellion ?

— Possible. Ce qui soulèverait d'autres questions : qu'est devenue l'expédition et comment en est-il réchappé ?

— Je suppose qu'il existe un moyen de l'apprendre.

— Oui, aller sur Jomark pour lui poser la question. Je crois que c'est ce que je vais faire.

Le bureau de Leia se trouvait à proximité des appartements du Conseil Intérieur, non loin du Grand Corridor. Luke et Winter entrèrent dans la pièce de réception où les attendait un personnage familier, doré et rutilant.

— Hello, 6PO ! fit Luke.

— Maître Luke, quel plaisir de vous retrouver, roucoula le droïd. Je suppose que vous allez bien ?...

— Très bien. A propos, D2 m'a demandé de te transmettre son bonjour. Il est retenu au port par quelques travaux d'entretien sur mon aile X, mais je compte le ramener dans la soirée. Comme ça, vous vous retrouverez.

— Oh, merci, maître. (6PO inclina la tête comme s'il se rappelait brusquement que c'était à lui que revenait le rôle de réceptionniste.) La Princesse Leia et tous les autres vous attendent. Veuillez entrer.

— Merci bien, fit Luke.

6PO pouvait paraître ridicule dans n'importe quelle circonstance, mais il conservait toujours une certaine dignité à laquelle Luke s'efforçait de répondre.

— Préviens-nous si qui que ce soit d'autre se présente, ajouta-t-il.

— Certainement, maître.

Ils retrouvèrent Leia et Yan à l'intérieur, plongés dans une conversation à voix basse devant l'écran de Leia. Chewbacca, assis à l'écart avec son arbalète posée sur les genoux, poussa un grognement de bienvenue.

— Ah, Luke ! fit Leia. Merci d'être là. (Elle regarda Winter.) Ce sera tout, dit-elle.

— Oui, Votre Altesse.

Avec sa grâce habituelle, Winter glissa hors de la pièce. Luke dévisagea Yan.

— Je me suis laissé dire que tu avais lâché un détonateur thermique à double charge au Conseil d'hier.

Yan eut une grimace.

— J'ai essayé. Mais personne ne m'a réellement cru.

— C'était une de ces séances où tout le monde refuse de voir la vérité en face, expliqua Leia. Ce qu'ils redoutent avant tout de croire, c'est que dans notre élan, nous ayons pu manquer l'un des Grands Amiraux de l'Empereur.

– Et ils ont une théorie pour expliquer qu'on ait échappé de si peu au désastre à Sluis Van? demanda Luke.

– Certains prétendent que c'est à cause de la collusion d'Ackbar.

– Ah... C'était donc *ça* la cible principale du plan de Fey'lya. Je n'ai pas encore entendu tous les détails.

– Jusque-là, il a joué très serré, grommela Yan. Il prétend qu'il essaie de se montrer juste. Mais je crois qu'il veut tout déstabiliser.

Luke le regarda en plissant le front. Il lisait quelque chose d'autre sur le visage de son ami.

– Et quoi encore? insista-t-il.

Yan et Leia échangèrent un regard.

– Tu as peut-être remarqué, dit Yan, que Fey'lya a lancé ses accusations contre Ackbar immédiatement après Sluis Van. Ou bien c'est le plus grand opportuniste que l'Histoire ait connu...

– Ça, nous le savons déjà, fit Leia.

– ... ou alors, continua Yan d'un air sombre, il savait par avance ce qui allait se passer.

Luke se tourna vers Leia. Il perçut sa tension...

– Tu as conscience de ce que tu dis? fit-il. Tu accuses un membre du Conseil d'être un agent de l'Empire.

L'expression de Yan ne vacilla pas.

– Oui, parfaitement. Mais n'est-ce pas l'accusation que l'on porte contre Ackbar?

– C'est un problème de temps, Yan, expliqua Leia. J'ai déjà tenté de l'expliquer. Si nous portons quelque accusation que ce soit contre Fey'lya, ils auront tous l'impression que nous essayons d'inverser les charges, de retourner celles qui pèsent sur Ackbar contre Fey'lya. Même si c'était vrai – ce que je ne crois pas – ça ne paraîtrait qu'une astuce irréfléchie et inefficace.

– C'est peut-être pour ça qu'il n'a pas perdu de temps pour montrer Ackbar du doigt, remarqua Yan. Pour que nous ne puissions pas lui renvoyer l'accusation. Tu n'y as jamais songé?

– Mais si. Malheureusement, ça ne change rien à la situation. Jusqu'à ce que nous ayons blanchi Ackbar, nous ne pouvons attaquer Fey'lya.

– Allons, Leia, fit Yan. Je sais qu'il y a des moments où il faut jouer fin dans la politique, mais il est question de la survie de la Nouvelle République.

– Qui pourrait bien s'effondrer avec cette affaire sans que quiconque ait tiré, répliqua Leia, irritée. Regarde les choses en face, Yan : tout cela ne tient qu'avec de l'espoir et de la ficelle d'emballage. Il suffit que quelques accusations soient lancées au hasard, et la moitié des races de l'ancienne Alliance Rebelle pourraient bien se séparer pour aller chacune de leur côté.

Luke s'éclaircit la gorge.

– Si je peux faire une remarque ?...

Ils se tournèrent vers lui et la tension diminua de quelques degrés.

– Bien sûr, gamin, fit Yan.

– Je pense que nous sommes tous d'accord sur un point : quels que soient ses plans et ceux qui le soutiennent, Fey'lya prépare *quelque chose*. Il serait peut-être utile de savoir quoi. Leia, que savons-nous exactement de lui ?

Elle haussa les épaules.

– Nous savons que c'est un Bothan, bien qu'il soit né sur Kothlis, qui est une colonie, et non sur Bothawui même. Il a rejoint l'Alliance Rebelle immédiatement après la Bataille de Yavin, en compagnie d'un groupe important de Bothans. Ils ont surtout servi dans des missions de soutien et de reconnaissance, et n'ont participé qu'à de rares actions. Fey'lya s'était lancé dans des affaires à l'échelle interstellaire avant de rejoindre l'Alliance. Je suis convaincu qu'il a gardé certains contacts, mais j'ignore lesquels.

– Ça ne figure pas dans les archives ? demanda Luke.

Elle secoua la tête.

– Je les ai explorées toutes cinq fois, et j'ai vérifié toutes les références sans rien trouver.

– On va remonter la piste à partir de là, justement, décida Yan. C'est dans les petites rivières qu'on pêche souvent de gros poissons.

Leia lui adressa un regard patient.

– Yan, cette galaxie est plutôt vaste. Nous ne savons même pas par où commencer.

– Je pense que si, pourtant. Tu as dit que les Bothans avaient participé à quelques actions après Yavin. Où donc ?

– Un peu partout, fit Leia en plissant le front. (Elle fit pivoter l'ordinateur et appuya sur quelques touches.) Voyons...

– Tu peux sauter toutes les batailles auxquelles ils auraient pu participer, dit Yan. Et également toutes les situations où ils étaient en minorité dans une force multi-raciale majeure. Tout ce que je veux savoir, c'est dans quelles occasions, les Bothans sont intervenus.

Il lut sur son visage qu'elle ne comprenait pas où il voulait en venir, et Luke partageait ce sentiment. Mais elle intégra les paramètres sans commentaire.

– Eh bien... je pense que ce qui correspond, c'est un engagement très court et violent au large de New Cov, dans le secteur de Curba. Quatre vaisseaux bothans ont repéré un superdestroyer de classe *Victory* qui rôdait dans les parages, et ils l'ont occupé jusqu'à ce qu'un de nos supercroiseurs intervienne.

– New Cov, hein?... répéta Yan d'un air songeur. Est-ce qu'il est question de ce système dans le dossier de Fey'lya?

– Euh... non.

– Très bien, fit Yan. Alors, c'est par là qu'on va commencer.

– Quelque chose m'a échappé? demanda Leia en jetant un regard à Luke.

– Oh, Leia... Tu as toujours dit toi-même que les Bothans se tenaient à l'écart du conflit quand cela était possible. Ça n'est pas par hasard qu'ils sont tombés sur un superdestroyer au large de New Cov. Ils protégeaient quelque chose.

– Je crois que tu y es, fit Leia.

– Peut-être que oui, acquiesça Yan. Peut-être que non. Supposons que ce soit Fey'lya et non les Impériaux qui ait transféré cet argent sur un des comptes d'Ackbar? Un transfert sur Palanhi à partir du secteur de Churba serait plus facile qu'à partir d'un des systèmes de l'Empire.

– Ce qui renvoit à notre accusation contre Fey'lya, qui serait un agent impérial, remarqua Luke.

– Il peut s'agir aussi d'une simple coïncidence dans le temps, dit Yan. Ou bien l'un des Bothans aura entendu parler des intentions de l'Empire et Fey'lya se sera servi de cela pour neutraliser Ackbar.

Leia secoua la tête.

– Nous n'avons rien à présenter au Conseil.

– Mais je n'ai pas l'intention de porter cela devant le Conseil. Avec Luke, nous allons partir pour New Cov et vérifier par nous-mêmes. Tranquillement.

Leia dévisagea Luke. Une pensée affleurait dans son esprit.

– Il n'y a rien que je puisse faire pour t'aider, lui dit-il. Mais cela mérite sans doute un coup d'œil.

– D'accord. Mais faites ça discrètement.

Yan eut un sourire crispé.

– Fais-moi confiance. (Il regarda brièvement Luke.) Tu es prêt?

– Tu veux dire : maintenant, tout de suite?

– Pourquoi pas? Leia va s'occuper de la politique ici.

Luke sentit un frémissement dans l'esprit de Leia. Elle rencontra son regard : elle l'implorait de demeurer calme. Et il l'interrogea : *Que se passe-t-il?*

Il ne sut jamais si elle devait lui répondre. Car Chewbacca venait d'apparaître sur le seuil avec un grognement éloquent.

Yan se tourna vers son épouse.

– Tu as promis *quoi*?

– Je n'avais pas le choix, fit-elle, la gorge serrée.

– Pas le choix? Mais je t'ai donné le choix. Tu ne vas quand même pas...

– Yan...

Luke se dressa.

– Si vous voulez bien m'excuser. Il faut que j'aille m'assurer de l'état de mon aile X. Nous nous retrouverons plus tard.

– D'accord, camarade, grommela Yan sans oser le regarder.

Luke gagna la porte. Chewbacca l'épiait. Il était clair que le Wookie avait abouti à la même conclusion. Il se redressa de toute sa masse imposante et emboîta le pas à Luke.

La porte glissa derrière eux. Leia fut la première à rompre le silence.

– Yan, il faut que j'y aille, dit-elle doucement. J'ai promis à Khabarakh de le rencontrer. Tu ne comprends pas?

– Non, je ne comprends pas, fit Yan, en s'efforçant de se maîtriser.

Car cette peur déchirante qu'il avait éprouvée après ce semi-échec de Bpfassh était de retour. Il avait peur pour Leia, peur pour les jumeaux qu'elle portait. Son fils et sa fille...

– Ces... commença-t-il.

– Ces Noghri...

– ... ces Noghri qui te canardaient à la moindre occasion il y a moins de deux mois. Tu n'as quand même pas oublié le piège de Bpfassh et leur copie du *Faucon* ? Et cette embuscade sur Bimmisaari avant ça ? ... Ils ont bien failli nous avoir dans ce marché, non ? Sans Luke et Chewie, c'était fini. Et voilà que tu me dis maintenant que tu vas aller leur rendre visite seule sur leur planète ? Mais tu ferais mieux de te rendre à l'Empire : ça gagnerait du temps.

– Si je pensais cela, je n'irais pas. Khabarakh sait que je suis la fille de Dark Vador, et je ne sais pourquoi, mais pour lui, ça semble très important. Je pourrais peut-être utiliser ce moyen de pression pour les faire passer dans notre camp. De toute façon, il faut que j'essaie.

– C'est quoi ça encore ? Une autre idée folle de Jedi ?

Leia lui posa la main sur le bras.

– Yan... Je sais que je cours un risque. Mais c'est peut-être notre unique chance de résoudre cette affaire. Les Noghri ont besoin d'aide – Khabarakh me l'a avoué – et si je peux leur fournir cette aide, si je parviens à les convaincre de se joindre à nous, cela nous fera un ennemi de moins. Et je ne peux pas continuer à courir comme ça tout le temps.

– Et les jumeaux ?

– Je sais, fit-elle en portant la main à son ventre. Mais j'ai un autre choix ? Les boucler dans une des tours du Palais avec un cercle de gardes wookies ? Ils n'auront jamais la chance d'avoir une vie normale aussi longtemps que les Noghri tenteront de nous les enlever.

Ainsi, songea Yan, elle savait. Elle savait que l'Empire n'en voulait qu'à ses enfants non-nés.

Et même sachant cela, elle était quand même prête à rencontrer les intermédiaires de l'Empire. Quoi qu'il fasse, jamais il ne parviendrait à la protéger des risques de l'univers. Aussi fort que fût son amour, elle ne s'en satisferait jamais absolument. Sa vision allait au-delà de lui, tout comme elle allait au-delà d'elle-même, se projetant vers tous les êtres de la galaxie.

Et s'il cherchait à lui enlever ça, par la persuasion ou la force, il ne ferait que lui diminuer l'âme.

— Est-ce que je pourrais au moins t'accompagner?

Elle lui caressa la joue et lui sourit, avec une brume dans le regard.

— Je leur ai promis de venir seule, murmura-t-elle, la gorge serrée. Ne t'inquiète pas. Tout se passera bien.

— Bien sûr. (Brusquement, Yan se redressa.) Si tu veux partir, tu pars. Viens... je vais t'aider à préparer le *Faucon*.

— Le *Faucon*? répéta-t-elle. Mais je croyais que tu partais pour New Cov.

— Je vais prendre le vaisseau de Lando, fit-il en se dirigeant vers la porte. De toute manière, il faudra que je le lui rapporte.

— Mais...

— On ne discute pas. Si ce Noghri manigance quelque chose, tu auras plus de chance avec le *Faucon* qu'avec le *Lady Luck*.

Il sortit dans la salle de réception. Et s'arrêta net. Une montagne velue se dressait entre lui et la porte. Chewbacca. L'air furibond.

— Quoi? fit Yan.

La réplique du Wookie fut brève, dure et précise.

— Moi aussi, ça ne me plaît pas, concéda Yan. Mais que veux-tu que je fasse? Que je l'enferme?

Leia s'approcha d'eux.

— Chewie, dit-elle, je m'en sortirai.

Chewbacca grogna de nouveau. A l'évidence, il n'était guère convaincu.

— Si tu as des suggestions, on veut bien les entendre, dit Yan.

A sa grande surprise, Chewbacca en gronda quelques-unes.

— Chewie, je suis désolée, dit Leia. Mais j'ai promis à Khabarakh de venir seule.

Chewbacca secoua violemment la tête en montrant les crocs.

— Là, je pense que ça ne lui plaît guère, appuya Yan.

— J'ai compris. Ecoutez, vous deux : pour la dernière fois...

Chewbacca l'interrompit par un grondement qui la fit reculer.

– Ecoute, mon cœur, dit Yan, je pense sincèrement que tu devrais accepter qu'il t'accompagne. Du moins jusqu'au point de rendez-vous. Allons, tu sais à quel point cette dette de sang est importante aux yeux des Wookies. Et puis, tu vas avoir besoin d'un pilote...

Il perçut le reproche dans le regard de Leia : oui, elle était parfaitement capable de piloter le *Faucon* toute seule.

– D'accord, soupira-t-elle. Je suis certaine que Khabarakh n'y verra pas d'inconvénient. Mais dès que nous aurons atteint le point de rendez-vous, Chewie, tu feras ce que je te dirai, que ça te plaise ou non. D'accord?

Le Wookie réfléchit un instant avant d'émettre un grognement d'assentiment.

– D'accord, souffla Leia, soulagée. Alors, nous y allons. 6PO?

– Oui, Votre Altesse? fit le droïd d'un ton hésitant.

Pour une fois, il s'était tenu discrètement hors de la discussion. Yan se dit qu'il s'était remarquablement amélioré. Il pourrait peut-être autoriser Chewbacca à exprimer plus souvent son irritation, après tout.

– 6PO, dit Leia, je veux que tu m'accompagnes aussi. Khabarakh s'exprime assez bien en basic, mais ce n'est sans doute pas le cas des autres Noghri, et je ne tiens pas à ce que nous ayons des malentendus à cause de leurs interprètes.

– Bien entendu, Votre Altesse, fit 6PO en inclinant la tête.

– Très bien. (Leia se tourna vers Yan en passant la langue sur ses lèvres.) Je crois que nous ferions aussi bien d'y aller.

Il aurait pu lui dire un million de choses qui se pressaient à ses lèvres. Mais il fit simplement :

– Oui. Je le crois.

5

Mara achevait les derniers montages de son tableau de communication. Elle déclara à Karrde sur le ton de la conversation :

– Pardonnez-moi, mais s'il s'agit vraiment d'une planque, elle ne sent pas bon.

Karrde haussa les épaules avant d'extraire un senseur de sa boîte et de l'installer sur la table de côté avec divers matériels.

– Je dois reconnaître que ça n'est pas Myrkr. D'un autre côté, ça offre quelques compensations. Qui irait chercher le repaire d'un contrebandier au milieu d'un marécage ?

Elle glissa la main sous la manche bouffante de sa tunique afin de réajuster l'étui du minuscule blaster fixé sur son bras gauche.

– Je ne parle pas de l'odeur qui monte du vaisseau, mais de cet endroit, dit-elle.

– Ah... Cet endroit. (Karrde se tourna vers une fenêtre.) Je ne sais pas. Il est sans doute un peu fréquenté, mais cela offre aussi des compensations.

– *Un peu fréquenté* ? fit Mara en écho.

Elle observait l'alignement des grandes bâtisses beiges, à moins de cinq mètres de là, et la cohue d'humains et d'étrangers aux tenues bigarrées.

– Vous appelez ça « un peu fréquenté » ?

– Calmez-vous, Mara. Sur une planète où les seuls lieux habitables sont quelques vallées encaissées, il est évident qu'il y a risque de surpopulation. Les gens d'ici s'y sont habitués et ils ont appris à respecter l'intimité des autres. Et, de toute manière, si les autres venaient renifler par ici, ça ne leur apporterait pas grand-chose.

– Ce n'est pas une carapace de verre miroir qui arrêtera un bon senseur, rétorqua Mara. Et la foule est une couverture idéale pour les espions de l'Empire.

– Les Impériaux ne savent pas où nous trouver. (Karrde s'interrompit et lui décocha un regard étrange.) A moins que vous n'en sachiez plus.

Mara se détourna. Ce serait donc comme ça, cette fois. Ses précédents employeurs avaient réagi par la peur à ses bizarres intuitions, ou par la colère, ou encore la haine à l'état pur. Karrde, lui, optait pour une honnête exploitation.

– Je ne peux pas activer ou éteindre ça comme un bloc senseur, dit-elle enfin. Je ne peux plus.

– Ah... (Cette simple interjection signifiait qu'il comprenait. Mais pas le ton qu'il avait employé.) Intéressant. Est-ce une séquelle de quelque formation Jedi?

Elle se retourna pour le fixer.

– Parlez-moi des vaisseaux.

Il fronça les sourcils.

– Pardon?

– Les vaisseaux, répéta-t-elle. Ces bâtiments de ligne que vous avez pris grand soin de ne pas mentionner devant le Grand Amiral Thrawn quand il nous a rendu visite sur Myrkr. Vous aviez promis de m'en parler en détail plus tard. Nous sommes plus tard.

Il la dévisagea avec un léger sourire.

– D'accord. Avez-vous jamais entendu parler de la flotte *Katana*?

Elle dut chercher un instant dans sa mémoire.

– C'était ce groupe que l'on appelait également la Force Sombre, n'est-ce pas? Deux cents cuirassés lourds qui ont été perdus dix ans avant que les Guerres Cloniques n'éclatent. Tous ces vaisseaux étaient équipés d'un circuit d'asservissement absolu d'un nouveau type. Dès qu'il y a eu une anomalie dans le système, la flotte tout entière est partie en luminique et a disparu.

– C'est presque ça, dit Karrde. Les cuirassés, précisément à cette époque, avaient des équipages extravagants de seize mille hommes. Le circuit d'asservissement absolu des vaisseaux de la flotte *Katana* avait ramené ce chiffre à deux mille environ.

Mara repensa aux quelques rares cuirassés qu'elle avait vus.

– C'est le genre de conversion qui a dû coûter cher, dit-elle enfin.

– Absolument. (Karrde hocha la tête.) Tout particulièrement parce qu'ils étaient utilisés autant pour les relations publiques que pour des actions militaires. On redécorait les intérieurs à chaque occasion, l'équipement, le mobilier, tout, jusqu'à l'émail gris sombre des coques. C'est ce qui a été à l'origine de ce surnom : « La Force Sombre », d'ailleurs. Quoique certains prétendent que c'est à cause de l'éclairage intérieur qui était devenu nettement plus discret avec des équipages de deux mille hommes. En tout cas, l'Ancienne République a démontré de manière éclatante l'inefficacité d'une flotte sous circuit d'asservissement absolu.

– Ça, on peut le dire, fit Mara.

– Je suis d'accord. Mais le problème ne résidait pas dans le circuit d'asservissement. Les archives sont floues – elles ont été coupées par les responsables de l'époque – mais il semble que quelques membres d'équipage aient été attaqués par un virus en relâchant dans un port lors de leur première croisière. Les deux cents vaisseaux auraient été atteints par le virus à l'état latent, ce qui explique que presque tous aient été touchés en même temps quand l'épidémie s'est déclenchée.

Mara frissonna. Elle avait entendu parler de planètes dont les populations avaient été dévastées par des épidémies virales avant les Guerres Cloniques, avant que la science de l'Ancienne République, puis l'Empire, plus tard, aient appris à lutter contre ces fléaux.

– Les équipages, dit-elle, ont donc été décimés avant de pouvoir être secourus.

– En quelques heures apparemment, quoique ce ne soit qu'une supposition scientifique. Mais le désastre s'est transformé en débâcle, parce que ce virus avait la charmante particularité de rendre fous ses victimes avant qu'elles ne meurent. Les derniers survivants ont tenu assez longtemps pour asservir tous les vaisseaux de la flotte... ce qui signifie que lorsque l'équipage du vaisseau de commandement du *Katana* a sombré dans la folie, toute la flotte l'a suivi.

– Je m'en souviens maintenant, fit Mara en hochant

lentement la tête. On suppose que cela serait à l'origine du grand mouvement vers la décentralisation des fonctions automatiques des vaisseaux. Les grands ordinateurs tout puissants ont été remplacés par des centaines de droïds.

– Ce mouvement était déjà amorcé, dit Karrde, mais le fiasco de la flotte *Katana* n'a fait que précipiter l'issue. Quoi qu'il en soit, la flotte entière a disparu quelque part dans l'espace interstellaire et nul n'en a plus jamais entendu parler. La catastrophe est restée un moment à la une des informations, et les médias ne se gênaient pas pour ironiser et faire des jeux de mots à propos de la « Force Sombre ». Pendant plusieurs années, les équipes de sauvetage se sont excitées avec plus d'enthousiasme que de bon sens. De toute façon, l'Ancienne République avait trop de problèmes à cette période.

– Bien, fit Mara, qui comprenait où Karrde voulait en venir. Et comment l'avez-vous retrouvée?

– Par accident. Purement et simplement. A vrai dire, je n'ai compris ce que j'avais retrouvé que plusieurs jours après. Et je suppose qu'aucun membre de l'équipage n'en a jamais rien su.

Le regard de Karrde se perdit dans le souvenir.

– C'était il y a plus de quinze ans, fit-il en se frottant nerveusement les mains. Je travaillais en tant que navigateur/senseur pour un petit groupe de contrebande. On venait de manquer une récupération et, en revenant, on est tombés sur deux croiseurs *Carrack*. On s'en est tirés, mais comme je n'avais pas eu le temps d'effectuer un calcul luminique complet, nous sommes repassés en espace réel une demi-année-lumière plus loin pour revoir les données. Imaginez notre surprise quand nous avons découvert deux cuirassés lourds droit devant nous.

– Des épaves à la dérive.

Karrde secoua la tête.

– Pas exactement. Et c'est bien ce qui m'a tourmenté tous ces jours-ci. Apparemment, ils semblaient totalement opérationnels. Toutes les lumières brillaient à bord et il y avait un senseur qui fonctionnait. Mais, tout naturellement, nous en avons déduit qu'ils faisaient partie du groupe avec lequel nous avions eu un accrochage, et le commandant a décidé de sauter en urgence en luminique.

– Ça, ce n'était pas une très bonne idée, murmura Mara.

– Sur le moment, fit Karrde d'un air sombre, il fallait choisir entre deux périls. Mais, cette fois-là, l'erreur a bien failli nous êtes totalement fatale. Notre vaisseau a heurté la masse d'une grosse comète. Le moteur d'hyperdrive principal a sauté, et tout le reste du vaisseau a bien failli y rester. Cinq membres de notre équipage ont été tués, et trois autres sont morts plus tard de leurs blessures avant que nous ayons pu rallier la civilisation grâce à l'hyperdrive secondaire.

– Combien y a-t-il eu de survivants? demanda Mara après un instant de silence.

Il la regarda avec son habituel sourire sardonique.

– Ah oui... Vous voulez dire: qui est au courant de ça?

– Si vous tenez à formuler la question de cette manière...

– Nous étions six. Mais, comme je l'ai déjà dit, je ne pense pas que les autres aient compris ce que nous avions découvert. Ça n'est que lorsque j'ai repris les enregistrements du senseur et découvert qu'il y avait plus que deux cuirassés lourds dans ce secteur que j'ai commencé à avoir des soupçons.

– Et les enregistrements? ...

– Je les ai effacés. Après avoir mémorisé les coordonnées, bien entendu.

– Et vous dites que cela remonte à quinze années?

– Exactement. J'ai souvent pensé à retourner là-bas, mais jamais je n'en ai eu le temps. Débarquer sur le marché libre avec deux cents cuirassés lourds, ça demande un peu de préparation. Et encore faut-il que le marché soit en mesure de les absorber, ce qui a toujours été assez problématique.

– Jusqu'à aujourd'hui.

Il haussa un sourcil.

– Etes-vous en train de me suggérer de les vendre à l'Empire?

– Ils cherchent activement des bâtiments de ligne, lui rappela Mara. Et ils en offrent vingt pour cent de plus que leur valeur réelle.

– Je croyais que vous n'aviez pas d'intérêt particulier pour l'Empire.

– C'est exact. Mais quelle autre option avons-nous: les offrir à la Nouvelle République?

Il soutint son regard.

– A long terme, ce serait sans doute plus profitable.

Mara sentit ses doigts se crisper. Si les cuirassés lourds tombaient aux mains de la Nouvelle République, héritière de cette Alliance Rebelle qui avait détruit son existence... C'était là une pensée insupportable. Mais, d'un autre côté, l'Empire sans Empereur n'était plus qu'une pâle copie de ce qu'il avait été et méritait à peine son nom. Offrir les cuirassés de la Force Sombre aux Impériaux, ce serait donner des perles aux pourceaux.

A moins que? ... Avec un Grand Amiral à la tête de la Flotte Impériale, l'Empire avait peut-être une chance de retrouver sa gloire passée. Et si c'était le cas...

– Que comptez-vous faire? demanda-t-elle à Karrde.

– Rien pour le moment. Après tout, nous avons affronté le même problème avec Skywalker : l'Empire, si nous prenons le parti de nous dresser contre lui, sera plus rapide et précis dans sa vengeance, mais, à terme, il paraît probable que la Nouvelle République triomphera. En offrant à Thrawn la flotte *Katana,* nous ne ferions que retarder l'inévitable. Non, l'attitude la plus prudente est de rester neutre.

– Mais si nous donnions les cuirassés lourds à Thrawn, nous ne l'aurions plus aux trousses. Ce qui peut être un marché intéressant.

Un sourire fugace passa sur le visage de Karrde.

– Voyons, Mara! ... Il est possible que le Grand Amiral soit un stratège génial, mais il n'a rien d'omniscient. Il ne sait pas où nous retrouver. Et il a sans doute mieux à faire qu'à lancer ses unités à notre recherche.

– Oui, je veux bien l'admettre, fit Mara avec réticence.

Mais elle ne pouvait s'empêcher de se rappeler comment l'Empereur, au faîte de son pouvoir, avec des milliers d'autres problèmes en face de lui, avait su, souvent, se venger très précisément de tel ou tel qui avait provoqué sa colère.

Son buzzer l'arracha à ses pensées et elle appuya sur la touche de contact.

– Oui?...

– Lachton, dit une voix de femme. Est-ce que Karrde serait dans les parages?

– Oui, je suis là, fit Karrde en s'avançant. Comment se comporte notre camouflage?

– C'est presque terminé. Mais nous sommes un peu à court de filet-éclair. Est-ce qu'il en reste?

– Oui, dans un des dépôts, fit Karrde. Je vais envoyer Mara. Est-ce que tu as quelqu'un pour le récupérer?

– Bien sûr, pas de problème. Je mets Dankin sur ce coup. Il n'a pas grand-chose à faire ici.

– Bon. Le filet sera prêt quand il arrivera.

Sur un geste de Karrde, Mara coupa la communication.

– Vous savez où se trouve le dépôt Numéro Trois? lui demanda-t-il.

Elle acquiesça.

– Oui. Au 412 de la rue Wozwashi. A trois blocs vers l'ouest, et deux au nord.

– Exact. Malheureusement, il est encore trop tôt pour que des véhicules antigrav s'aventurent dans les rues. Il va falloir y aller à pied.

– Ça me va, dit Mara. (Elle avait besoin d'un peu d'exercice, de toute façon.) Deux boîtes, ça suffira?

– Si vous parvenez à les porter, dit-il en la toisant afin de vérifier qu'elle correspondait aux normes de propriété de Rishi.

Mais il n'avait pas à s'inquiéter : longtemps auparavant, l'Empereur avait enseigné jour après jour à Mara à savoir se fondre dans l'environnement.

– Sinon, Lachton pourrait en prendre une.

– D'accord. A plus tard.

Leur maison faisait partie d'un des blocs qui bordaient les centaines de petits marchés du fond de la vallée. Un instant, Mara s'arrêta dans l'entrée, à l'écart du flot des piétons, et regarda autour d'elle. Entre les immeubles les plus proches, elle distinguait les confins de la vallée. Tous les bâtiments avaient été construits avec la même pierre blanc crème, tellement appréciée des habitants. Elle apercevait quelques petites constructions accrochées de manière précaire sur les pics montagneux qui mordaient le ciel de tous côtés. Elle savait que, dans ces hauteurs sauvages, vivaient les tribus des Rishii. Sans nul doute, ces volatiles libres comme le vent devaient-ils considérer avec une perplexité amusée ces créatures étranges qui avaient élu domicile dans les recoins les plus torrides et les plus humides de leur monde.

Rabaissant les yeux sur la rue, Mara examina rapidement les alentours immédiats. Le flot habituel de piétons multicolores qui allaient et venaient entre la rue et le marché, plus à l'est, la séparait des autres immeubles. Son regard courut sur les fenêtres. Toutes étaient en verre miroir et ne révélaient rien. Pensive, elle explora alors les étroites ruelles piétonnes entre les immeubles.

Tout au fond de l'une d'elles, à peine visible, il y avait une silhouette : celle d'un homme vêtu d'une tunique verte à motif avec une écharpe bleue.

Il regardait droit dans sa direction.

Mara laissa dériver son regard comme si elle ne l'avait pas remarqué, mais son cœur battait soudain plus fort. Elle quitta le porche et plongea dans la foule, se dirigeant vers le marché.

Elle n'y demeura pas longtemps. Dès qu'elle ne fut plus dans le champ visuel du mystérieux guetteur, elle se fraya un chemin dans la cohue et rebroussa chemin en direction des résidences. A trois immeubles de la ruelle où elle avait surpris le guetteur, elle plongea dans l'ombre d'une allée et se précipita vers l'arrière. Si l'autre surveillait l'appartement de Karrde, elle avait une chance de le surprendre...

Elle contourna les immeubles... pour découvrir que sa proie s'était envolée.

Un moment, elle resta là, en quête du moindre signe qui pourrait la mettre sur la piste de l'homme. Mais elle ne percevait plus ce picotement dans son esprit qui l'avait averti de fuir Myrkr à la dernière seconde. Mais, ainsi qu'elle l'avait dit à Karrde, ce n'était pas un talent que l'on déclenchait comme ça...

Elle observa le sol. A l'endroit où s'était tenu le guetteur, il y avait des traces de pas dans la fine couche de poussière : apparemment, l'homme était demeuré là suffisamment longtemps pour faire quelques pas afin de se détendre. Plus loin, la marque d'une semelle indiquait nettement l'ouest.

Mara regarda dans cette direction avec un rictus. Il avait fait cette empreinte délibérément : elle était trop nette. Et elle ne se trompait pas. A une centaine de mètres, elle découvrit son homme qui arpentait avec désinvolture une ruelle orientée nord-sud. Oui, c'était bien lui, avec sa tunique verte et son écharpe bleue. Il l'invitait sans subtilité à le filer.

D'accord, l'ami, décida-t-elle. *Tu veux jouer ? Eh bien, on va jouer.*

Elle n'était plus qu'à quatre-vingt-dix mètres de lui

peut-être quand il rejoignit le flot des passants et s'orienta vers le nord. Une autre invite évidente, afin qu'elle puisse se rapprocher.

Mais Mara n'avait pas l'intention de le suivre dans ce piège. Elle avait mémorisé la topographie de la ville durant leur première journée ici, et il était évident qu'il voulait l'attirer vers les zones industrielles moins peuplées, au nord, là où il pourrait l'agresser sans témoins. Si elle pouvait arriver sur les lieux avant lui, elle pourrait retourner les choses à son avantage. Elle vérifia encore une fois la position de son mini-blaster, enfila une ruelle sur sa droite, et courut droit vers le nord.

La vallée s'étirait sur près de cent cinquante kilomètres, orientée est-ouest, mais, dans ce secteur nord-sud, elle ne mesurait guère que quelques kilomètres. Mara allait d'un pas vif, évitant les groupes de passants et, peu à peu, les immeubles et les boutiques cédèrent la place à des industries légères. Finalement, elle décida qu'elle était à bonne distance. Si sa proie avait continué comme un homme qui ne tient pas à semer son suiveur, elle disposait de quelque temps pour lui préparer une petite réception.

Elle risqua un coup d'œil prudent dans la rue qu'il devait avoir suivie, et le découvrit accroupi derrière une pile de barriques. Il lui tournait le dos, son écharpe bleue rejetée en arrière, une main apparemment crispée sur une arme. Il attendait sans aucun doute qu'elle tombe dans son piège. *Travail d'amateur*, songea-t-elle avec un rictus de mépris. Sans le quitter des yeux, sans même se donner la peine de dégainer son blaster, elle s'avança en silence.

— Ça ira comme ça, lança une voix moqueuse dans son dos.

Elle se figea sur place. Le personnage à l'écharpe bleue, derrière les barriques, n'esquissa pas un geste. Elle réalisa alors qu'il resterait pour toujours immobile. En embuscade éternelle.

Elle se retourna lentement, les bras écartés des hanches. L'homme qu'elle découvrit était de taille moyenne, plutôt robuste, la peau sombre, le regard songeur.

Sous sa tunique, elle vit qu'il portait un gilet blindé léger. Il pointait un blaster sur elle.

— Eh bien, ricana-t-il, qui voilà donc? C'était grand temps, je dois dire... Je commençais à me demander si vous ne vous étiez pas perdue quelque part.

– Qui êtes-vous?

– Oh, non, ma belle rousse, c'èst *moi* qui pose les questions. Quoique ce ne soit guère utile. Cette perruque que vous portez m'en dit suffisamment. Vous auriez dû vous en débarrasser. Ou alors la teindre. C'est un véritable phare.

Mara inspira à fond et laissa ses muscles se détendre.

– Qu'attendez-vous de moi?

– Ce que n'importe quel homme désire, fit l'autre avec un sourire rusé. Un gros tas d'argent.

Elle secoua la tête.

– Dans ce cas, je crains que vous ne vous soyez trompé de personne. Je n'ai que cinquante crédits sur moi.

Le sourire de l'autre s'élargit.

– Comme c'est drôle, ma Rouquine. Mais tu perds ton temps. Je sais qui tu es. C'est tes copains qui vont me rendre riche. Allez... On y va.

Mara ne bougea pas.

– On pourrait peut-être conclure un marché, suggéra-t-elle.

Une gouttelette de sueur descendait entre ses omoplates. Elle savait qu'elle ne devait pas se laisser abuser par l'attitude et le langage désinvoltes du type : il savait très bien ce qu'il faisait.

D'un autre côté, à son avantage, elle avait son mini-blaster. Son adversaire devait être loin de penser qu'une arme aussi puissante pouvait avoir cette taille. Et, jusqu'à présent, il ne l'avait pas fouillée.

Mais, si elle devait prendre l'offensive, c'était maintenant, tout de suite, pendant qu'elle l'avait encore en face d'elle. Mais, malheureusement, avec les mains écartées, il lui était impossible d'esquisser un mouvement. Elle devait donc détourner son attention.

– Un marché, hein, vraiment? fit-il d'un ton traînant. Et quel genre?

– Qu'est-ce qui te conviendrait? répliqua-t-elle.

Si seulement il y avait eu un emballage à proximité, elle aurait pu le cueillir avec son pied. Mais elle ne vit rien qui convenait. Ses bottines étaient serrées aux chevilles, et il lui serait impossible de s'en dégager sans qu'il le remarque. Elle fit rapidement l'inventaire des trucs qu'elle portait, sans rien trouver d'utilisable.

Mais le programme de formation intensive de l'Empereur avait prévu des manipulations directes de la Force en même temps que l'éducation de ses capacités de communication à longue distance qui l'avaient fait remarquer. Ces talents avaient disparu avec sa mort, pour revenir brièvement, et de façon aléatoire, des années plus tard.

Mais si ses intuitions et ses frémissements de l'esprit étaient revenus, la Force elle-même était peut-être de retour, elle aussi...

— Je suis certaine que nous pouvons t'offrir le double de ce qui t'a été proposé, fit-elle. Et même rajouter un bonus.

Le sourire de l'autre devint un rictus mauvais.

— Très généreux de ta part, la Rouquine. Vraiment très généreux. Je suis sûr qu'il y a des tas de types qui sauteraient sur cette proposition. Mais moi... (Il leva son blaster...) je préfère les choses sûres.

— Même avec la moitié de la somme?

A deux mètres derrière lui, Mara avait repéré un entassement de pièces métalliques. Et tout particulièrement un bout de tubulure qui semblait en position précaire sur le bâti d'une cellule énergétique à batterie.

Elle éclaircit ses pensées au maximum, serra les dents, et lança son esprit vers le bout de métal.

— Je dirais que la moitié d'un machin sûr, ça vaut mieux que la moitié de rien. Mais, de toute manière, faut pas que tu comptes doubler l'Empire.

Mara sentit sa gorge se serrer. Elle l'avait deviné dès les premières secondes, mais elle ne put réprimer un frisson.

— Nous disposons de moyens qui pourraient bien vous surprendre, fit-elle.

Et, dans le même instant, le bout de tube oscilla et roula sur quelques millimètres...

— Faut oublier tout ça, dit l'autre. Allez, ma Rouqine : avance.

Mara tendit l'index vers l'homme à l'écharpe bleue.

— Ça ne vous ferait rien de m'expliquer? ...

L'autre haussa les épaules.

— Qu'est-ce que tu veux que je te raconte? Il me fallait un appât. Il était là au mauvais moment et au mauvais endroit. C'est comme ça... (Son sourire disparut.) Bon, on a assez bavardé, hein? Tourne-toi et marche... A moins que tu aies envie de me cracher dessus : comme ça, j'aurai qu'à te descendre.

– Non, murmura Mara.

Elle fit appel à toutes ses forces, sachant que c'était là sa dernière chance.

Et, derrière l'autre, le segment de tubulure tomba avec un claquement étouffé.

Il réagit avec une rapidité remarquable. Il était déjà sur un genou, se retournait et arrosait les environs sans chercher à savoir qui pouvait l'attaquer. En une seconde, il prit conscience de son erreur et se retourna.

Mais Mara avait exploité cette seconde. Il recommençait à peine à ouvrir le feu quand elle le frappa en pleine tête.

Un instant, il resta là, le souffle court, les muscles tremblant. Elle attendit, puis rengaina son arme et s'agenouilla près de lui.

Comme elle s'y était attendu, elle ne trouva pas grand-chose. Une pièce d'identité – sans doute fausse – au nom de Dengar Roth, des clips de recharges pour son blaster, un couteau vibrolame, un bloc de données avec une carte, et de l'argent en monnaie impériale. Elle glissa la pièce d'identité et la carte sous sa tunique, abandonnant l'argent et les armes, et se redressa.

– Voilà ta moitié de rien, marmonna-t-elle. Profites-en bien.

Elle porta son regard sur le bout de tubulure qui lui avait sauvé la vie. Elle ne s'était pas trompée. De même que les intuitions, les instants de Force étaient revenus. Ce qui signifiait que les rêves n'allaient pas tarder à suivre.

Elle jura en silence. Elle ne pourrait que les supporter. Pour l'heure, elle avait des problèmes plus urgents. Elle jeta un dernier regard sur la scène, et rebroussa chemin.

Quand elle regagna la résidence, Karrde et Dankin l'attendaient. Dankin arpentait nerveusement la pièce.

– Ah, vous voilà! lança-t-il dès qu'elle franchit la porte arrière. Par tous les diables ...?

– On a des ennuis, coupa Mara en tendant les papiers de Dengar Roth à Karrde avant de se diriger vers la salle de communications encore inachevée. Elle repoussa une boîte de câbles, trouva un bloc de données et y inséra la carte.

– Quel genre d'ennuis? demanda Karrde qui l'avait suivie.

– Du genre chasseur de primes, fit-elle en lui présentant le bloc.

Le portrait de Karrde apparaissait au centre de l'écran, sous un *20 000* en gros caractères.

– Ça nous concerne tous. Du moins, tous ceux que connaît le Grand Amiral Thrawn.

– Alors je vaux vingt mille, murmura Karrde en parcourant la carte. J'en suis très flatté.

– Et c'est tout ce que vous trouvez à dire?

Il la dévisagea.

– Qu'est-ce que vous attendiez? Que je vous dise que vous aviez raison à propos de l'Empire et que c'était moi qui étais dans l'erreur?

– Ça ne m'intéresse pas de savoir qui est responsable, fit-elle d'un ton roide. Ce que je désire savoir, c'est ce que nous allons faire.

Karrde consulta à nouveau le bloc de données, et son visage se tendit brièvement.

– Nous allons faire la seule chose qui soit prudente. Je veux dire que nous allons battre en retraite. Dankin, passe en sécurité et dis à Lachton d'aller tout récupérer. Tu peux rester ici pour nous aider, Mara et moi. Je veux que nous ayons quitté Rishi à minuit si possible.

– Compris, fit Dankin, qui composait déjà les codes de cryptage sur le clavier de communication.

Karrde rendit le bloc de données à Mara.

– Nous ferions bien de nous y mettre tout de suite.

Elle lui posa la main sur le bras.

– Et que se passera-t-il quand nous n'aurons plus de base?

Il riva son regard au sien.

– Nous ne lâcherons pas les cuirassés sous la contrainte, fit-il d'une voix qui était à peine un murmure. Pas à Thrawn, ni à quiconque.

– Il se pourrait que nous y soyons contraints.

Son regard se fit plus dur encore.

– Nous pouvons garder le choix, rectifia-t-il. Mais nous n'y serons jamais forcés. Est-ce clair?

Elle esquissa une grimace.

– Oui.

Mara avait parié avec elle-même qu'ils ne pourraient pas rassembler le matériel en moins de vingt-quatre heures. Elle constata avec une certaine surprise que les équipes avaient tout fini d'emballer une heure après minuit. Moyennant quelques généreuses donations aux fonctionnaires de l'astroport, ils quittèrent Rishi pour passer en vitesse luminique moins d'une heure après.

Plus tard cette même nuit, tandis que le *Wild Karrde* plongeait dans le ciel diapré de l'hyperespace, Mara retrouva les rêves.

6

De loin, le vaisseau ressemblait à un croiseur de charge : ancien, lent, avec un armement léger, peu adapté au combat si l'on exceptait son gabarit. Mais dans la situation conflictuelle où ils étaient plongés, les apparences, dans ce cas, pouvaient être trompeuses, et si le Grand Amiral Thrawn ne s'était pas trouvé sur la passerelle du *Chimaera* à cet instant, Pellaeon, il devait l'admettre, aurait pu être piégé.

Mais Thrawn avait aussitôt compris qu'il était improbable que les stratèges de la Rébellion aient pu placer un convoi aussi important sous la protection d'un vaisseau aussi vulnérable. Aussi, lorsque les sabords du croiseur de charge s'abattirent soudain pour lâcher trois escadrons d'ailes A, les chasseurs Tie du *Chimaera* étaient déjà en formation au large, prêts à l'attaque.

— Tactique intéressante, commenta Thrawn à l'instant où les traits des lasers commençaient à crépiter entre le *Chimaera* et le convoi de la République.

« Mais ce n'est pas vraiment une innovation. L'idée de convertir les croiseurs de charge en transporteurs de chasseurs a été proposée il y a une vingtaine d'années.

— Je ne me rappelle pas que cela ait jamais été mis en application, dit Pellaeon en observant ses moniteurs tactiques avec un sentiment de malaise.

Les ailes A étaient encore plus rapides que ces maudites X, et il n'était pas du tout certain du comportement de ses Tie d'interception.

— D'excellents chasseurs, ces ailes A, remarqua Thrawn comme s'il lisait dans les pensées de Pellaeon. Mais avec quelques limitations, néanmoins. Et particulièrement dans ce cas : des unités à vitesse élevée comme celles-là conviennent plus à des raids éclair qu'à des missions d'escorte. L'avantage de la vitesse est lourdement handicapé par la proximité d'un convoi. (Il haussa un sourcil bleu-noir en fixant son commandant de bord.) Nous constatons peut-être le résultat du retrait de l'amiral Ackbar de son poste de Commandant Suprême.

– Peut-être.

Et, apparemment, les intercepteurs Tie semblaient bien se comporter face aux ailes A. Quant au *Chimaera*, il ne risquait pas grand-chose avec le croiseur de charge. Au-delà du front d'engagement, les autres vaisseaux du convoi se regroupaient, comme si cela pouvait leur apporter quelque avantage.

– Les gens d'Ackbar sont toujours à leurs postes, c'est évident, ajouta Pellaeon.

– Capitaine, nous avons déjà revu tout cela, fit Thrawn d'un ton plus froid. Si nous avions accumulé un faisceau de preuves contre lui, il aurait été désavoué trop rapidement. Notre attaque plus subtile va le neutraliser, tout en créant des vagues d'incertitude et de trouble dans tout le système politique de la Rébellion. Au moindre degré, cela les distraira et les affaiblira lorsque nous déclencherons la campagne du Mont Tantiss. Au mieux, toute l'Alliance pourrait être brisée. (Il sourit.) Ackbar lui-même est tout à fait remplaçable, capitaine. Mais pas le fragile équilibre politique que la Rébellion a établi.

– Je comprends tout cela, amiral, grommela Pellaeon. Ce qui me soucie, c'est que vous puissiez vous fier à ce Bothan qui siège au Conseil pour amener les choses jusqu'à votre point de rupture théorique.

– Oh, mais il va les amener, fit Thrawn avec un sourire sardonique, les yeux fixés sur la bataille. J'ai passé des années à étudier l'art des Bothans, capitaine; et je les comprends assez bien. Je ne doute pas que le Conseiller Fey'lya joue son rôle à merveille. Tout comme une marionnette dont nous tirerions les ficelles.

Il appuya sur une touche.

– Batteries tribord : l'une des frégates du convoi se met en position d'attaque. A neutraliser en tant que soutien armé. Escadrons A-2 et A-3, protégez ce flanc jusqu'à neutralisation de la frégate.

Les batteries et le commandement des Tie accusèrent réception et les tirs de turbolaser se concentrèrent sur la frégate.

– Et si Fey'lya gagne? insista Pellaeon, que se passera-t-il? Je veux dire, dans l'immédiat, avant que ne s'installe la confusion politique. Selon votre propre analyse, un Bothan qui a réussi à parvenir au poste qu'occupe Fey'lya doit être d'une intelligence élevée.

– Intelligent, oui, mais pas nécessairement dangereux en ce qui nous concerne. Il devrait certainement survivre, mais ce genre de talent verbal ne se traduit pas forcément en termes de compétence militaire. (Thrawn haussa les épaules.) A dire vrai, si Fey'lya était victorieux, cela ne ferait qu'accentuer le déséquilibre de l'ennemi. Si nous tenons compte du soutien dont Fey'lya a bénéficié au sein de la structure militaire de la Rébellion, les politiciens devront encore se battre quand ils réaliseront la faute qu'ils ont commise et tenteront de le remplacer.

– Oui, amiral, fit Pellaeon en réprimant un soupir.

Il n'avait jamais été à l'aise devant ce genre de subtilité.

– Faites-moi confiance, capitaine, dit Thrawn, s'infiltrant dans son inquiétude. J'oserai dire que l'effet politique se fait déjà sentir. Les alliés les plus fidèles d'Ackbar n'auraient pas quitté Coruscant dans une situation aussi critique, si ce n'est pour essayer une dernière fois de le blanchir.

Pellaeon le regarda, intrigué.

– Entendez-vous par-là que Solo et Organa Solo sont en route pour le système de Palanhi?

– Solo uniquement, je pense, fit Thrawn d'un air pensif. Organa Solo et le Wookie cherchent sans doute toujours un refuge pour échapper à nos Noghri. Mais Solo, lui, va mettre le cap sur Palanhi, convaincu par les astuces de nos Renseignements que la piste passe par ce système. C'est la raison pour laquelle le *Tête de la mort* est d'ores et déjà en route.

– Je vois, murmura Pellaeon.

Il avait consulté le livre de bord et s'était demandé pour quelle raison Thrawn avait détaché l'un des meilleurs superdestroyers de l'Empire.

– J'espère qu'il sera à la hauteur de la tâche qui l'attend. Souvent, dans le passé, Solo et Skywalker se sont montrés difficiles à piéger.

– Je ne crois pas que Skywalker compte se rendre sur Palanhi, fit Thrawn avec une expression proche de l'aigreur. Notre estimé Maître Jedi a vraisemblablement réussi son appel, et Skywalker a décidé de se rendre sur Jomark.

– Vous en êtes certain, amiral? Je n'ai reçu aucun message des Renseignements.

– L'information ne provient pas d'eux, mais de la Source Delta.

– Ah, fit Pellaeon.

La section des Renseignements du *Chimaera* le pressait depuis des mois pour savoir quelle était cette Source Delta qui semblait fournir des informations en provenance directe du Palais Impérial au Grand Amiral. Jusqu'à présent, le Grand Amiral s'était contenté de répondre que la Source Delta était sur place et que toutes ses informations devaient être considérées comme absolument fiables.

Les Renseignements n'avaient jamais réussi à découvrir si La Source Delta était une personne, un droïd, ou encore un système d'enregistrement nouveau et exotique capable d'échapper aux balayages quotidiens du contre-espionnage du Palais. Et ils en étaient très irrités. Pellaeon s'était dit qu'il n'appréciait guère, lui non plus, d'être maintenu dans l'ombre. Mais c'était Thrawn lui-même qui avait activé la Source Delta, et toutes ces années passées dans le protocole non écrit lui conféraient le droit de garder son contact secret s'il le souhaitait.

– Je suis convaincu que C'baoth sera ravi d'apprendre ça, dit Pellaeon. Je suppose que vous souhaitez lui apprendre vous-même la nouvelle.

Il pensait qu'il avait réussi à masquer l'irritation qu'il éprouvait à l'égard de C'baoth. Mais, apparemment, il s'était trompé.

– Vous lui en voulez toujours à propos de Taanab, fit Thrawn, tout en portant son regard vers la bataille. Et ce n'était pas une question.

– Oui, amiral, c'est vrai. J'ai tout revu, et il n'y a qu'une seule conclusion possible. C'baoth a délibérément dépassé le plan de combat mis au point par le commandant Aban – au point de désobéir. Peu m'importe qui est C'baoth ou que ses actes soient justifiés. Il s'est rendu coupable de mutinerie.

– Certainement. Dois-je donc le démettre du service impérial ou simplement le dégrader?

Une étincelle de colère brillait dans les yeux de Pellaeon.

– Amiral, je parle sérieusement.

– Mais moi aussi, capitaine. Vous savez très bien quel est l'enjeu. Nous devons utiliser toutes les armes possibles si nous voulons défaire la Rébellion. La faculté qu'a C'baoth de renforcer notre coordination et notre efficacité au combat est une de ces armes. Et si nous ne pouvons nous servir de la discipline et du protocole militaires, alors, il ne nous reste plus qu'à modifier les règles pour lui.

– Et que se passera-t-il quand nous aurons tellement modifié les règles qu'elles nous retomberont dessus? demanda Pellaeon. Il n'a pas tenu compte d'un ordre direct à Taanab – et la prochaine fois, il en ignorera deux. Puis trois, puis quatre, jusqu'à ce qu'il agisse selon son bon plaisir en envoyant au diable l'Empire. Qu'est-ce qui peut l'arrêter?

– Les ysalamari, initialement, fit Thrawn en montrant les bizarres structures tubulaires dispersées sur la passerelle, et dont chacune abritait une créature à fourrure, créant une bulle dans le champ de la Force qui pouvait résister à tous les tours de Jedi de C'baoth.

« Ils sont là pour ça, en tout cas.

– C'est parfait jusque-là, fit Pellaeon. Mais à long terme...

– A long terme, je l'arrêterai, fit Thrawn d'un ton sec, tout en pianotant sur son clavier.

« Escadron C-3, surveillez votre flanc bâbord-zénith. Il y a une bulle sur cette frégate qui pourrait bien cacher un piège.

Les chasseurs Tie virèrent de bord. La seconde suivante, trop tard, la bulle explosa et des grenades à effet de choc rayonnèrent dans toutes les directions. Les chasseurs de queue furent effleurés par la fleur embrasée et déclenchèrent une explosion secondaire. Les autres s'en tirèrent indemnes.

Thrawn porta son regard de braise sur Pellaeon.

– Capitaine, je comprends votre inquiétude. Mais ce que vous ne saisissez pas – ce que vous n'avez jamais voulu comprendre en fait – c'est que les instabilités mentales et émotionnelles d'un homme tel que C'baoth ne sauraient constituer une menace à notre encontre. Certes, il dispose d'une puissance considérable, et il peut à tout moment causer des dommages importants à notre équipage ou à notre matériel. Mais, de par sa nature, il est incapable de se servir de ses pouvoirs pendant une durée prolongée. La concentration, la réflexion à long terme, la focalisation : telles sont les qualités qui font la différence entre un guerrier et un simple combattant. Et ces qualités, C'baoth ne les possédera jamais.

Pellaeon acquiesça gravement. Mais il n'était toujours pas convaincu.

– Oui, amiral. (Et il ajouta en hésitant :) C'baoth va poser des questions au sujet d'Organa Solo.

Thrawn avait le regard brillant, irrité. Mais Pellaeon savait que ce n'était pas à cause de lui.

– Dites à Maître C'baoth de laisser une dernière chance aux Noghri de la capturer. Et quand nous en aurons fini ici, je leur adresserai personnellement un message.

Pellaeon se tourna vers le seuil de la passerelle, où se tenait le garde Noghri.

– Vous allez convoquer les commandos noghri? demanda-t-il avec un frisson.

Il avait déjà assisté à une telle réunion, et il ne souhaitait pas répéter cette expérience.

– Je crois que la situation exige plus qu'une simple convocation, dit Thrawn d'un ton glacial. Vous allez demander à la Navigation de nous définir un trajet du point de rendez-vous jusqu'au système d'Honoghr. Je pense qu'il est temps de rappeler à la populace noghri qui elle doit servir.

Il détourna le regard de la baie et revint à sa console.

– Au commandement Tie : rappelez tous les chasseurs à bord. Navigation : commencez les calculs pour le retour au point de rendez-vous.

Pellaeon observa le croiseur de charge et la frégate : certes, ils étaient immobilisés, mais le convoi lui-même n'avait pas souffert.

– Nous allons les laisser partir?

– Il est inutile de les détruire, fit Thrawn. Nous avons neutralisé leur défense, et cette leçon suffira pour le moment.

Il fit apparaître un holo tactique du secteur de la galaxie situé entre leurs deux bases. Des lignes bleues indiquaient les principales routes commerciales de la Rébellion. Les segments rouges correspondaient aux régions attaquées par l'Empire au cours du dernier mois.

— Ces attaques ne visent pas un simple harcèlement, capitaine. Quand ce groupe aura fait son rapport, tous les prochains convois en provenance de Sarka exigeront une protection renforcée. Après quelques autres attaques, la Rébellion va se trouver devant un choix : ou bien elle fait escorter ses convois par de nombreuses unités, ou elle abandonne le transit vers ces secteurs frontaliers. De toute manière, cela va les mettre dans une position précaire lorsque nous déclencherons la campagne du Mont Tantiss. (Il eut un sourire sinistre.) L'économie et la psychologie, capitaine. Pour l'heure, nous avons intérêt à ce que des survivants civils parlent de la puissance de l'Empire. Plus tard, nous aurons tout le temps de passer à la phase de destruction. Et à ce propos, avons-nous des nouvelles de notre chasse aux vaisseaux ?

— Cinq bâtiments de ligne ont été ramenés dans diverses bases impériales au cours des dix dernières heures. Le plus important n'est qu'un vieux supergalion, mais c'est un bon début.

— Nous allons avoir besoin d'aller plus loin, capitaine, fit Thrawn tout en se penchant pour observer le retour des chasseurs Tie.

« Et en ce qui concerne Talon Karrde ?

— Rien depuis cette information de Rishi, fit Pellaeon en consultant le journal de bord. Le chasseur de primes que nous avions envoyé a été tué peu après.

— Maintenez la pression. Karrde connaît beaucoup de choses sur ce qui se passe dans cette galaxie. S'il existe d'autres bâtiments récupérables, il doit savoir où ils se trouvent.

Pour sa part, Pellaeon considérait comme improbable qu'un vulgaire contrebandier, même avec les connexions de Karrde, pût disposer de sources d'informations meilleures que celles de l'immense réseau des Renseignements de l'Empire.

— Des tas de gens sont à ses trousses, dit-il. Tôt ou tard, on le trouvera.

Thrawn balaya la passerelle du regard.

– Eh bien, c'est parfait. Entretemps, toutes nos unités doivent poursuivre leurs opérations de harcèlement. Et également surveiller de près le *Faucon Millenium* et le *Lady Luck*. Dès que les Noghri sauront quelle est leur mission, je désire que leur proie soit prête.

C'baoth émergea brusquement de ses rêves ourlés de noir avec la certitude que quelqu'un approchait.

Un instant, il demeura immobile dans l'obscurité, sa longue barbe blanche se soulevant au rythme de son souffle, tandis que son esprit, propulsé par la Force, jaillissait du Haut Château pour plonger vers les villages à la base des montagnes. Il lui était difficile de se concentrer – très difficile – mais avec un effort pervers, il repoussa la fatigue. Là... oui... *là*. Un homme seul, sur un Colosse cracien, dans les hautes pentes de la route. Probablement un messager, qui pourrait lui communiquer des nouvelles des villageois des vallées. Bien sûr, elles seraient sans doute insignifiantes, mais ce qui importait, c'était que les villageois voulaient que leur Maître sache.

Maître. Le mot se répercuta en échos multiples dans l'esprit de C'baoth, déclenchant tout un faisceau de sentiments et de pensées. Les Impériaux, qui le suppliaient de les aider dans leurs batailles, eux aussi l'appelaient Maître. De même que les gens de Wayland, sur lesquels il avait régné avant que le Grand Amiral Thrawn et sa promesse de successeurs Jedi ne l'ait séduit et détourné.

Les gens de Wayland avaient été sincères. Ceux de Jomark ne savaient pas vraiment où ils en étaient. Mais les Impériaux, eux, n'avaient aucune sincérité.

C'baoth eut une moue de dégoût. Non, ils n'étaient jamais sincères. Ils l'obligeaient à livrer des batailles pour eux – par l'incrédulité qu'ils manifestaient devant ces choses qu'il n'avait plus pratiquées depuis tant et tant d'années. Et quand il avait réussi l'impossible, ils restaient enfermés dans leur mépris, cachés derrière leurs créatures ysalamiri, avec ces étranges espaces qu'elles savaient susciter au sein de la Force.

Mais il savait. Il avait vu le commandant Aban installé dans la passerelle du *Bellicose*, hurlant et blasphémant contre lui, alors qu'il l'appelait Maître. Il avait surpris sa colère et sa fureur impuissantes tandis que lui, C'baoth, calmement, infligeait une terrible punition à un vaisseau rebelle qui avait osé se risquer trop près de son bâtiment.

Le messager était tout proche du Haut Château, à présent. C'baoth lança la Force pour prendre sa robe, sortit de son lit, et éprouva un bref vertige en se redressant. Oui, cet effort qu'il avait fait pour contrôler les équipes des turbolasers du *Bellicose* pendant quelques secondes avait été particulièrement pénible. Il avait annihilé le vaisseau rebelle, mais il avait dépassé ses facultés de concentration et de contrôle, et il en payait maintenant le prix.

Il noua le cordon de sa robe tout en songeant à cet épisode. Oui, il avait été pénible, mais en même temps exaltant. Sur Wayland, il avait dirigé tout un état, plus peuplé que l'agglomération qui se déployait sous le Haut Château. Mais depuis longtemps, il n'avait plus été obligé d'imposer sa volonté. Les humains tout comme les Psadans s'étaient soumis à son pouvoir. Les Myneyrshi eux-mêmes, avec leur ressentiment, avaient fini par lui obéir sans poser de questions.

Les Impériaux, tout comme les habitants de Jomark, devraient apprendre la même leçon.

Quand le Grand Amiral Thrawn avait noué cette alliance avec lui, il avait laissé entendre que C'baoth était resté trop longtemps sans véritable défi. Et peut-être s'était-il dit en secret que conduire cette guerre de l'Empire dépasserait les capacités d'un Maître Jedi.

C'baoth eut un mince sourire. Le Grand Amiral aux yeux rouges allait avoir une surprise. Car lorsque Luke Skywalker serait enfin là, C'baoth se trouverait devant le plus grand défi de son existence : faire ployer un autre Jedi devant sa volonté sans que l'autre ait conscience de ce qui lui arrivait.

Et lorsqu'il aurait réussi, ils seraient deux... et qui pouvait dire ce qui leur serait possible alors ?

Le messager venait de descendre de son Colosse et se tenait à présent devant la porte, prêt à attendre le bon vouloir du Maître, aussi longtemps que ce soit. Oui, c'était exactement cette attitude que souhaitait C'baoth. Drapé dans sa robe, C'baoth s'avança dans le labyrinthe des pièces sombres, prêt à entendre ce que ses nouveaux sujets désiraient lui faire connaître.

7

Avec un doigté qui semblait toujours incongru chez un être de sa taille, Chewbacca engagea le *Faucon* dans une orbite absolument précise autour de la luxuriante lune verte d'Endor. Tout en grognant, il commuta les liaisons énergétiques tout en coupant les moteurs.

Leia, dans le siège de copilote, inspira profondément et sourcilla en sentant un des jumeaux bouger dans son ventre.

– Il semble que Khabarakh ne soit pas encore arrivé, fit-elle, tout en réalisant que son commentaire était superflu : elle n'avait pas quitté du regard les senseurs depuis qu'ils étaient repassés en vitesse normale.

Chewbacca grommela une question.

– Oui, nous n'avons qu'à attendre, je pense. A vrai dire, nous avons un jour d'avance. Nous sommes arrivés plus vite que je ne l'avais calculé.

Chewbacca se tourna vers sa console, tout en grommelant son interprétation personnelle de l'absence du Noghri.

– Oh, ça suffit, protesta Leia. S'il avait voulu nous attirer dans un piège, tu ne penses pas que nous aurions déjà deux superdestroyers plus un croiseur *Interdictor* sur le dos ?

– Votre Altesse ? appela 6PO depuis le tunnel. Je suis désolé de vous interrompre, mais je pense avoir trouvé la défaillance du progiciel de contre-mesures Carbanti. Pourriez-vous demander à Chewbacca de venir ici un instant ?

Elle haussa les sourcils de surprise en regardant Chewbacca. Comme toujours et désespérément avec le *Faucon*, une bonne partie de l'équipement avait été défaillante peu après leur départ de Coruscant. Chewbacca, surchargé, avait confié les réparations du Carbanti à 6PO. Leia n'avait pas soulevé d'objections, même si elle ne croyait guère au résultat, après la dernière intervention de 6PO sur le *Faucon*.

— Nous allons finir par en faire un droïd réparateur, déclara-t-elle au Wookie. Grâce à ton influence.

Chewbacca ronfla son opinion à ce sujet tout en se levant. La porte du cockpit coulissa derrière lui.

Et Leia se retrouva dans le silence absolu.

— Vous voyez cette planète, là, tout bas, mes chéris? murmura-t-elle en se caressant le ventre. C'est Endor. C'est ici que l'Alliance Rebelle a triomphé de l'Empire et que la Nouvelle République est née.

Du moins, rectifia-t-elle en esprit, c'est ce que l'histoire dirait un jour. Le reste n'avait été qu'un simple opération de nettoyage.

Une opération qui durait depuis cinq ans. Et qui pourrait se poursuivre pendant vingt années de plus, au train où allaient les choses.

Du fond du tunnel, Chewbacca gronda une question.

— Une seconde, je vérifie, répondit Leia.

Elle se pencha sur la console et tapa sur une touche.

— J'ai « standby/modulo »... Non, attends : maintenant, j'ai « système paré ». Est-ce que tu veux que...?

Elle ouvrit les yeux, surprise de les avoir fermés. Chewbacca était penché sur elle, avec un médipac ouvert dans sa grosse main tandis que 6PO, encore plus nerveux qu'à l'accoutumée, s'agitait comme une mère-poule.

— Ça va, dit-elle. Que s'est-il passé?

— Vous avez appelé au secours, fit 6PO avant que Chewbacca ait pu ouvrir la bouche. Du moins, c'est ce que nous avons supposé. Vous étiez quelque peu incohérente.

— Je n'en doute pas.

Cela commençait à lui revenir, comme la clarté de la lune ourlant un nuage. La menace, la haine, le désespoir.

— Tu n'as rien ressenti? demanda-t-elle à Chewbacca. Il eut un grognement négatif, les yeux fixés sur elle.

— Moi non plus, je n'ai rien ressenti, annonça 6PO. Elle secoua la tête.

– J'ignore ce que ça pouvait être. Une seconde avant, j'étais là, et puis...

Elle s'interrompit. Une pensée horrible venait de s'imposer à elle.

– Chewie... cette orbite nous conduit où? Est-ce qu'elle passe près de la position que l'Etoile Noire occupait quand elle a explosé?

Il la fixa un instant, avec un grondement assourdi. Puis, passant le médipac dans son autre main, il alla pianoter sur l'ordinateur. La réponse s'afficha instantanément.

– Il y a cinq minutes, murmura Leia, glacée. Ça serait exact, non?...

Chewbacca grogna une affirmation suivie d'une question.

– Je ne sais vraiment pas. Cela ressemblait un peu à ce que Luke a souffert – à ce qu'il a vécu pendant sa formation de Jedi. (Elle s'était soudain souvenu que Luke voulait garder secrète l'épreuve de Dagobah.) Mais il a eu une vision. Moi, tout ce que j'ai éprouvé c'est... Non, je ne sais pas. Il y avait de la colère et de l'amertume. Mais en même temps de la tristesse. Non, tristesse n'est pas le mot exact.(Elle secoua la tête, les yeux embués de larmes.) Mais je vais bien, vous voyez. Vous pouvez retourner à vos postes, tous les deux.

Chewbacca émit un grondement discret : apparemment, il n'était pas convaincu. Mais il ne fit aucun commentaire en refermant son médipac et en contournant 6PO.

– Toi aussi, fit Leia à l'adresse du droïd. Tu as encore du travail à faire. Je vais bien. Vraiment.

– Parfait... Parfait, Votre Altesse, fit 6PO, aussi peu satisfait que le Wookie. Si vous en êtes certaine...

– Tout à fait. Dépêche-toi.

6PO hésita encore une seconde avant de quitter le cockpit.

Et le silence revint. Plus dense encore, semblait-il. Et plus sombre.

Leia serra les dents.

– Je ne me laisserai pas intimider, dit-elle à haute voix. Pas ici, et nulle part ailleurs.

Le silence ne répondit rien. Après un instant, elle composa une correction de cap qui éviterait au *Faucon* de repasser par l'endroit où l'Empereur était mort. Certes, elle refusait de se laisser intimider, mais ce n'était pas une raison pour courir au devant des ennuis.

Ensuite, il ne lui resta plus qu'à attendre. En se demandant si Khabarakh viendrait un jour.

Les plus hautes murailles de la cité d'Ilic s'érigeaient au-dessus de l'océan de la jungle. Pour Yan, cela évoquait une sorte de droïd géant et argenté, coiffé d'un dôme et à demi noyé dans la marée végétale.

– Est-ce que tu sais comment nous nous sommes posés sur ce machin? demanda-t-il à Lando.

– Sans doute par les évents d'aération, près du sommet. (Lando désigna l'écran principal du *Lady Luck*.) Ils m'ont l'air assez vastes pour laisser entrer une barge classe W.

Yan hocha la tête, en agitant nerveusement les doigts sur le bras de son siège de copilote.

– Tu sais que cet endroit me semble encore plus dingue que ta Cité Nomade, grommela-t-il.

Lando rectifia leur altitude en hochant la tête.

– Je suis d'accord. Au moins, sur Nkllon, on ne court pas le risque de se faire dévorer par une plante exotique. Mais pour toi, c'est un bon rapport. Au dernier recensement, il y avait huit villes dans cette région de New Cov, plus deux autres en construction.

Yan eut une grimace. Tout cela à cause de ces plantes exotiques. Ou, pour être plus précis, à cause de ces biomolécules que l'on récoltait ici. Les Covies semblaient considérer que le bénéfice justifiait d'habiter dans des cités blindées. Nul ne savait ce qu'en pensaient les plantes.

– Ils sont toujours dingues, dit Yan. Attention : ils ont mis des verrous magnétiques sur ces conduits.

Lando lui octroya un regard très patient.

– Est-ce que tu veux bien te détendre? Tu sais, *j'ai déjà piloté des vaisseaux.*

– Mmouais, fit Yan en s'installant prudemment en perspective de l'atterrissage.

Ce ne fut pas aussi grave qu'il l'avait redouté. Lando reçut le O.K. du contrôle et pilota avec une habileté tolérable le *Lady Luck* dans un des conduits d'admission dont la bouche béante venait de s'ouvrir. Ils s'infiltrèrent dans la tubulure géante et parvinrent à une zone d'atterrissage brillamment éclairée, juste au-dessous du dôme de transparacier qui dominait la cité. Ils franchirent la douane sans trop de difficulté, puisque ce monde dépendait avant tout de ses exportations. Mais Yan se dit qu'ils auraient droit à un examen plus scrupuleux en repartant.

– Ça n'a pas été tellement pénible, commenta Lando tandis qu'ils descendaient une rampe en spirale qui accédait au centre spacieux. De part et d'autre, des trottoirs d'accès conduisaient au marché, aux services administratifs et aux quartiers habités.

– Où sommes-nous censés retrouver Luke?

– A trois niveaux en-dessous, dans un des secteurs de distraction, répondit Yan. La bibliothèque impériale n'est pas riche en détails sur cet endroit, mais il y est question d'un café automatique appelé le *Mishra*, près d'une version mini du théâtre Grandis Mon de Coruscant. Je pense que ça doit être là que les pontes du coin viennent s'imbiber.

– Ça me paraît un rendez-vous correct. (Lando décocha un regard en biais à Yan.) Bien. Et maintenant, tu vas m'expliquer où est l'embrouille?

– L'embrouille?

– Allons, vieux pirate! protesta Lando. Tu viens me chercher à Sluis Van, tu me demandes de t'emmener en balade jusqu'à New Cov, d'envoyer Luke avant nous vers ce guet-apens – et maintenant tu voudrais que je crois que tu vas me dire bye-bye et me laisser retourner sur Nkllon?

Yan lui répondit par son regard le plus triste.

– Lando, ça suffit.

– L'embrouille, Yan. Dis-moi quelle est l'embrouille.

Yan eut un soupir théâtral.

– Lando, il n'y a pas d'embrouille. Tu peux repartir pour Nkllon quand tu le veux. (Il ajouta d'un air détaché.) Bien sûr, si tu restes encore un peu et que tu nous donnes un coup de main, tu auras peut-être une chance de rafler des métaux qui traînent dans le coin. Par exemple un stock de hfredium ou quelque chose de ce genre.

Il n'avait pas détourné les yeux une seconde, mais il sentait l'excitation soudaine de Lando.

– C'est Luke qui t'a parlé de ça, hein?

Yan haussa les épaules.

– J'admets qu'il peut l'avoir mentionné.

– Je vais l'étrangler, fit Lando en serrant les dents. Jedi ou pas, je vais l'étrangler.

– Allons, arrête. Tu vas juste rester un ou deux jours, tu vas écouter ce que racontent les gens, tu arriveras peut-être à découvrir ce que Fey'lya faisait dans le coin, et c'est tout. Après, tu rentres chez toi, tu retrouves tes mines et je ne t'ennuierai plus.

– *Ça*, je l'ai déjà entendu! (Mais Yan sentit un accent de résignation dans sa voix.) Mais qu'est-ce qui te fait croire que Fey'lya a des contacts sur New Cov?

– Pendant la guerre, c'est le seul monde que les Bothans se sont donné la peine de défendre...

Il s'interrompit, saisit le bras de Lando et se tourna vers la colonne centrale de la rampe, sur leur droite.

– Mais qu'est-ce que...? réussit à balbutier Lando.

– Chtt! Ce Bothan... Là-bas... Tu le vois?...

Lando se détourna presque imperceptiblement.

– Oui, et alors?...

– C'est Tav Breyl'lya. Un des principaux assistants de Fey'lya.

– Tu plaisantes. Comment pourrais-tu le savoir?

– A son collier – c'est un emblème familial. J'ai vu ça des dizaines de fois dans les réunions du Conseil.

Yan se mordit la lèvre en essayant de se concentrer. S'il s'agissait bien de Breyl'lya, ils gagneraient pas mal de temps en essayant de savoir ce qu'il faisait ici. Mais Luke devait les attendre dans le café automatique.

– Je vais le suivre, dit-il à Lando, tout en lui tendant son bloc de données ainsi que le plan de la cité.

« Tu files au *Mishra*, tu retrouves Luke et vous me rejoignez.

– Mais...

– Si vous n'êtes pas là dans une heure, je vous appelle par comlink. (Ils avaient presque atteint le niveau bothan.) Mais ne m'appelle pas toi – il se pourrait que je sois dans un endroit où je n'ai pas envie d'entendre un bip.

Il quitta la rampe d'un bond.

– Bonne chance! souffla Lando.

Les non-humains étaient nombreux dans la foule d'Ilic,

mais le Bothan était très repérable avec son pelage crème. Ce qui était préférable, car Breyl'lya reconnaîtrait Yan s'il le filait de trop près.

Il allait d'une démarche tranquille, sans jamais se retourner, de rue en rue, passant devant les boutiques, traversant un atrium puis un autre, Yan rivé à ses pas, se disant qu'il avait peut-être agi trop vite en donnant le plan de la cité à Lando. Il aurait été préférable de savoir où le Bothan l'entraînait.

Ils traversèrent un autre atrium et parvinrent à des structures de style hangar aboutées à une immense fresque qui semblait avoir été peinte directement sur la muraille intérieure. Breyl'lya, sans hésiter, se dirigea droit vers un bâtiment et disparut par la porte principale.

Yan, trente mètres plus loin, plongea dans une entrée. Au passage, il avait lu une inscription ternie sur la porte qu'avait empruntée le Bothan : « Améthyste-Expédition et Stockage ».

– J'espère que ça figure sur le plan, murmura-t-il en prenant son comlink.

– Mais oui, fit une voix de femme, derrière lui.

Il se figea.

– Bonjour, dit-il.

– Bonjour. Retournez-vous, s'il vous plaît. S'il s'agit d'un vol...

– Ne soyez pas stupide.

Elle était mince et gracile, elle avait peut-être dix ans de plus que lui, des cheveux grisonnants coupés court et un visage mince qui, en d'autres circonstances, aurait paru avenant. Le blaster qu'elle braquait sur lui était une version bizarre d'un BlasTech DL-18 – pas aussi puissant que son DL-44 mais, dans l'instant, la différence ne comptait guère.

– Posez votre comlink par terre. Et votre blaster aussi, pendant que vous y êtes.

En silence, Yan s'accroupit et sortit son arme avec une prudence exagérée. Dans le même mouvement, avec l'espoir qu'elle fixait son arme, il déclencha le comlink. Puis, il se redressa et fit un pas en arrière pour prouver qu'il connaissait la procédure qui s'appliquait aux prisonniers.

– Et maintenant? ...

– Vous semblez intéressé par une petite visite, fit-elle

en récupérant le blaster et le comlink. Vous aimeriez que je vous guide?

– Ça me plairait beaucoup.

Il leva les mains avec l'espoir qu'elle ne penserait pas à inspecter le comlink avant de le glisser dans une des poches de sa combinaison.

Elle ne l'inspecta pas. Elle l'éteignit et dit sans colère :

– C'est vraiment une insulte. Ça doit être le plus vieux truc que je connaisse.

Il haussa les épaules avec l'intention de rester dans la dignité.

– Je n'avais pas le temps d'en trouver d'autres.

– J'accepte vos excuses. Allons-y. Et baissez les mains : nous ne tenons pas à ce que les passants s'inquiètent, n'est-ce pas?

– Bien sûr que non.

Ils étaient à mi-chemin de la porte d'Améthyste quand une sirène se mit à ululer dans le lointain.

En regardant autour de lui, Luke se dit que le *Mishra* lui rappelait sa première visite dans la taverne de Mos Esley, sur Tatooine, il y avait tant d'années.

Certes, le *Mishra* était infiniment plus sophistiqué, à l'image de sa clientèle. Mais au bar comme aux tables, on retrouvait la même population hétéroclite d'humains et d'étrangers, le même mélange de sons et d'odeurs. Et l'orchestre qui se déchaînait sur l'estrade jouait presque la même musique que chez Mos Esley, dans un style soigneusement adapté à toutes les races de la galaxie.

Il y avait aussi une autre différence. L'endroit était surpeuplé, mais les clients s'étaient écartés avec respect quand Luke s'était approché du bar.

Il but une gorgée de son verre – une version locale du chocolat chaud que Lando lui avait fait découvrir, mais ici avec une touche de menthe, et se tourna vers l'entrée. Yan et Lando auraient dû le suivre à deux heures de distance, ce qui signifiait qu'ils devaient surgir d'un instant à l'autre. Il prit une autre gorgée...

Et un hurlement inhumain s'éleva derrière lui.

Il pivota tout en portant la main à son sabrolaser. Un siège s'écrasa derrière lui. A cinq mètres de distance, au centre d'un cercle de clients pétrifiés, un Barabel et un Rodien s'affrontaient, leurs lasers braqués.

– Non, non! Pas de blasters! cria un serveur droïd SE 4.

En un clin d'œil, le Barabel se détourna et le détruisit avant de revenir au Rodien qui n'avait pas eu le temps de réagir.

– Hé! protesta le barman. Ça va vous coûter...

– Tais-toi! gronda le Barabel. C'est le Rodien qui va te payer. Quand il m'aura réglé.

Le Rodien se dressa de toute sa hauteur – ce qui lui laissait malgré tout cinquante centimètres de désavantage par rapport à son adversaire – et il cracha quelques mots dans un langage inconnu de Luke.

– Tu mens! répliqua le Barabel. Tu veux m'arnaquer. Je le sais.

Le Rodien proféra un son.

– Ça ne te plaît pas? Alors, je vais demander l'arbitrage d'un Jedi.

Tous les regards étaient fixés sur les deux énergumènes. Ils se tournèrent tous vers Luke.

– Comment? fit-il prudemment.

– Il veut que vous régliez leur litige, dit le barman avec un soulagement évident.

Un soulagement que Luke était loin de ressentir.

– Moi?

L'autre lui décocha un regard bizarre.

– Vous êtes bien le Chevalier Jedi Luke Skywalker, n'est-ce pas? fit-il en montrant le sabrolaser de Luke.

– Oui, certes.

– Et bien, faites.

Jedi ou pas, Luke n'avait pas la moindre autorité légale en ces lieux. Il ouvrait la bouche pour en informer le barman quand... il lut dans le regard de l'homme.

Lentement, il se détourna. Il n'y avait pas que le barman qui attendait qu'il intervienne. Tous les clients du café automatique avaient la même expression de confiance et d'espoir.

Ils attendaient le jugement d'un Jedi.

Forçant son cœur à s'apaiser, Luke prit son souffle. Ben Kenobi lui avait donné la Force. Yoda lui avait appris à s'en servir pour la self-défense et la maîtrise de soi. Mais ni l'un ni l'autre ne l'avait éduqué pour trancher des querelles.

– Bien, fit-il en atteignant la table. La première chose

que vous allez faire, l'un et l'autre, c'est déposer vos armes.

– Qui le premier? demanda le Barabel. Les Rodiens sont des chasseurs de primes : il va tirer si je laisse tomber mon arme.

Luke activa son sabre et pointa la lame ardente droit entre les deux adversaires.

– Personne ne tirera, dit-il d'un ton net. Posez ces armes.

En silence, le Barabel s'exécuta. Le Rodien l'imita après une brève seconde d'hésitation.

– Maintenant, dit Luke, quel est le problème?

– Il m'a engagé pour un boulot de dépistage! proféra le Barabel en pointant un doigt couvert de kératine sur le Rodien. Je l'ai exécuté. Mais il veut pas me payer.

Le Rodien émit quelques sons indignés.

– Une minute – quand ce sera votre tour, fit Luke, tout en se demandant comment il allait se sortir de ce double interrogatoire.

« C'était quel genre de travail?

– Il m'a demandé de rechercher des nids d'animaux. Des animaux qui se cachent dans les petits vaisseaux et qui grignotent l'intérieur. J'ai fait ce qu'il m'avait demandé. Il a brûlé un nid et il m'a payé. Mais son argent ne vaut rien.

Il montra une pile de plaques de métal dorées.

Luke en prit une. Elle était petite, triangulaire, avec un tracé complexe au centre et le chiffre « *100* » dans les trois coins.

Il la leva et demanda :

– Quelqu'un aurait déjà vu ce genre de monnaie?

– C'est une coupure impériale, lança un personnage en veste cossue avec un accent de mépris à peine voilé. On ne les accepte que sur le mondes occupés par l'Empire et leurs stations spatiales.

Luke ne put réprimer une grimace. Voilà qui lui rappelait une fois encore que la guerre pour le contrôle de la galaxie était loin d'être finie.

Il demanda au Rodien :

– Est-ce que vous lui aviez annoncé auparavant que vous alliez le payer avec cette monnaie?

L'autre répondit dans son langage et Luke se demanda si demander l'aide d'un interprète n'allait pas entamer le respect du public.

– Il dit que c'est comme ça qu'il a été payé, lui, fit une voix familière. (Lando se frayait un chemin dans la foule.) Il dit aussi qu'il a protesté mais qu'il n'avait pas le choix.

– C'est comme ça que l'Empire traite ses affaires depuis quelque temps, intervint un client. Du moins par ici.

Le Barabel se retourna.

– Je n'ai pas besoin de ton jugement, mais de celui du Jedi !

– Bien, on se calme, dit Luke. (Et il demanda au Rodien :) Est-ce qu'il n'est pas possible de changer ça en une autre monnaie ?

L'autre répondit et Lando traduisit :

– Il dit que non. On peut utiliser cet argent pour acheter ou louer des services sur les mondes de l'Empire, mais comme il n'est pas accepté dans la Nouvelle République, il n'y a pas de taux de change officiel.

– D'accord. (Il n'avait certes pas l'expérience de Lando dans les opérations clandestines, mais il n'était pas né d'hier non plus.) En ce cas, quel est le taux de change *officieux* ?

– Je n'en ai pas la moindre idée, fit Lando en contemplant la foule. Mais il doit bien y avoir ici quelqu'un qui travaille pour les deux camps. (Il éleva le ton.) Est-ce qu'il y en a un d'entre vous qui travaille avec l'Empire ?

Si tel était le cas, il n'eut droit qu'au silence en réponse.

– Ils sont plutôt timides, non ? murmura Luke.

– Parce qu'ils craignent d'avouer à un Jedi qu'ils travaillent pour l'Empire ? Moi aussi, ça me rendrait timide.

Luke acquiesça. Une sensation s'accentuait au plus profond de lui tandis qu'il examinait le groin de tapir du Rodien et ses yeux à facettes. A présent, il ne lui restait pas d'autre choix que de décider si le Rodien avait délibérément trompé son partenaire.

Il ferma à demi les yeux, prépara son esprit, et lança la Force. Mais, dans la même fraction de seconde, au plus haut de sa perception sensorielle, une odeur attira son attention : un vague relent de tabac de Carababba à l'armudu. Le parfum même sur lequel Lando avait attiré son attention à Sluis Van.

Il ouvrit les yeux et regarda autour de lui.

– Niles Ferrier. Vous voulez bien vous avancer ?

Il entendit Lando retenir sa respiration. Puis une silhouette volumineuse et familière s'avança.

– Que me voulez-vous? demanda Ferrier, la main posée sur la crosse de son blaster.

– J'ai besoin de connaître le taux d'échange officieux entre la monnaie de l'Empire et celle de la Nouvelle République. Et je me suis dit que vous pourriez avoir une idée là-dessus.

Ferrier le dévisagea avec un mépris certain.

– Ça, Jedi, c'est votre problème. Je ne tiens pas à y être mêlé.

Un ronronnement de protestation courut dans la foule. Luke ne dit pas un mot, mais soutint le regard de Ferrier. Après un instant, le chasseur de primes plissa les lèvres.

– La dernière fois que j'ai travaillé pour l'autre bord, nous nous sommes mis d'accord sur un rapport de cinq Empire pour quatre République.

– Merci. Eh bien, les choses semblent plus claires. (Luke se tourna vers le Rodien.) Vous devez régler votre associé en monnaie de la Nouvelle République au taux de cinq pour quatre et garder les coupures de l'Empire pour la prochaine fois où vous travaillerez sur leur territoire.

Le Rodien cracha quelques sons.

– Mensonge! hurla le Barabel.

– Il dit qu'il ne dispose pas de la somme suffisante en monnaie de la Nouvelle République, traduisit Lando. Mais, connaissant les Rodiens, je serais plutôt de l'opinion du Barabel.

– Peut-être. (Luke fixait les grands yeux à facettes du Rodien.) Ou peut-être pas. Il se peut aussi que nous disposions d'un autre moyen.

Il se tourna vers Ferrier.

– Jedi, ne compte surtout pas là-dessus!

– Pourquoi pas? Tu travailles pour les deux camps. Tu dois pouvoir dépenser plus facilement ton argent impérial que le Barabel.

– A supposer que je refuse? rétorqua Ferrier. Et que je n'aie pas l'intention de revenir dans le coin avant longtemps? Ou encore que je ne tienne pas à me faire prendre avec des coupures impériales sur moi?... A toi de jouer, Jedi – je ne te dois aucun service.

Le Barabel se retourna.

– Du respect! gronda-t-il. C'est un Jedi. Tu parles avec *respect*.

Un long murmure d'assentiment courut dans la salle.

— Tu ferais aussi bien d'écouter son conseil, fit Lando. Je ne crois pas que tu tiennes à te retrouver dans une bagarre, surtout avec un Barabel. Ils ont toujours eu un faible pour les Jedi.

— D'accord. Mais le taux sera de cinq pour trois. A cinq/quatre, j'ai eu un coup de chance – et ça ne se reproduira sans doute pas.

— C'est de l'arnaque, déclara le Barabel. Le Rodien me doit plus que ça.

— Oui, c'est vrai, admit Luke. Mais, vu les circonstances, c'est le maximum que vous puissiez obtenir. (Il jeta un coup d'œil au Rodien avant de revenir au Barabel.) Si ça peut vous être utile, n'oubliez pas que vous pouvez mettre en garde ceux de votre peuple de ne jamais plus traiter avec ce Rodien en particulier. Quand il ne pourra plus louer de chasseurs barabel, ça lui coûtera plus cher que ce qu'il vous doit maintenant.

Le Barabel émit un crissement qui devait être l'équivalent d'un rire.

— Le Jedi dit vrai. La punition est bonne.

Luke se tint prêt. Car le Barabel n'allait pas être très heureux d'entendre la suite :

— Néanmoins, il va falloir que vous payiez pour la réparation du droïd que vous avez abattu. Quoique le Rodien ait fait ou dit, il n'est pas responsable de ce délit.

Le Barabel fixa Luke, les mâchoires frémissantes. Et Luke soutint son regard, rappelant la Force en vue de toute attaque.

— Une fois encore, le Jedi dit vrai, fit le non-humain avec réticence, mais d'un ton ferme. J'accepte son jugement.

Luke laissa échapper un bref soupir de soulagement.

— Dans ce cas, l'affaire est close.

Il observa Ferrier avant de porter son sabrolaser à son front et de saluer les deux étrangers.

— Bien joué, murmura Lando à son oreille comme la foule se dispersait.

— Merci, fit Luke, la bouche sèche.

Tout s'était bien achevé... mais grâce à la chance, il le savait.

— Yan est en train de suivre l'un des copains bothans de Fey'lya au Niveau Quatre, dit Lando tandis qu'ils se dirigeaient vers la sortie. Il l'a repéré sur la rampe centrale-ouest et il m'a envoyé ici pour...

La clameur des sirènes pénétrait dans le *Mishra*.

– Hé, je me demande ce que ça peut être!

– Une alerte, dit un client au passage. (La tonalité des sirènes changea et il compléta :) C'est un raid.

– Un raid? fit Luke en fronçant les sourcils. (Il n'avait jamais entendu parler d'actes de piraterie dans ce secteur.) Mais de qui? ...

– De l'Empire, bien sûr, fit l'autre.

– Hon, hon, fit Luke en regardant Lando.

– Oui... On y va.

Ils quittèrent le *Mishra*. Mais, dès qu'ils se retrouvèrent sur l'avenue, Luke s'étonna de ne constater aucun signe de panique. Tout au contraire : les citoyens d'Ilic traînaient dans les rues comme si rien ne les menaçait.

Ils s'engagèrent dans une des rampes en spirale et il dit sans conviction :

– Peut-être qu'ils n'ont pas conscience de ce qui se passe.

– Ou alors, ils ont conclu un pacte avec l'Empire, répliqua Lando d'un air amer. Leurs leaders politiques ont probablement jugé qu'il était plus sûr de se ranger du côté de la Nouvelle République tout en restant dans les bonnes grâces de l'Empire. Etant donné qu'ils ne peuvent pas vraiment leur verser une taxe, ils autorisent les Impériaux à venir quand ils veulent pour attaquer leurs stocks de biomolécules. J'ai déjà vu ça.

– Mais ça peut leur retomber dessus, remarqua Luke.

– Oui. Par exemple si les Impériaux repèrent le *Lady Luck* et ton aile X sur les registres de l'astroport.

– Exact. Où se trouve Yan?

– La dernière fois que je l'ai vu, il était au Niveau Quatre et se dirigeait vers l'ouest. (Lando prit son comlink.) Il m'a demandé de ne pas l'appeler, mais je crois que les circonstances sont exceptionnelles.

– Un instant. S'il est à proximité de l'assistant de Fey'lya... et si Fey'lya travaille avec l'Empire...?

– Tu as raison, fit Lando en soufflant un juron. Alors, qu'est-ce qu'on peut faire?

Ils avaient à présent rejoint la rampe et remontaient.

– Il faut que je trouve Yan, décida Luke. Toi, tu retournes au port. Si les Impériaux ne sont pas encore posés, tu as une chance d'atteindre l'ordinateur du terminal et d'effacer nos traces. D2 pourra t'aider si tu le sors de l'aile X sans te faire remarquer.

– Je vais essayer.

– O.K. (Un trait de mémoire traversa l'esprit de Luke.) Je ne suppose pas que le *Lady Luck* est équipé de ces circuits asservis dont tu m'as parlé sur Nkllon, non?...

Lando secoua la tête.

– Non, il n'a que le dispositif de direction de base. Trajectoire directe et manœuvres élémentaires. Jamais il ne pourrai se poser au milieu d'une cité fortifiée comme celle-ci.

Et même si cela avait été, pensa Luke, ils n'en auraient pas tiré grand bénéfice. A moins de casser la muraille extérieure, le seul moyen de sortir d'Ilic pour un vaisseau était d'emprunter les canalisations d'évacuation au-dessus du port.

– C'est juste une pensée qui m'a traversé.

Lando pointa un doigt.

– Yan est sorti juste là. Et il est parti dans cette direction.

– D'accord, fit Luke en quittant la rampe. On se retrouve bientôt. Et sois prudent.

– Toi aussi.

8

La femme aux cheveux grisonnants introduisit Yan dans un petit bureau de l'immeuble d'Améthyste, le remit aux mains de deux gardes, et disparut avec son blaster, son comlink et ses papiers. Yan tenta de lier conversation avec les gardes, sans succès, et il avait à peine décidé d'attendre calmement tout en écoutant les sirènes, que la femme réapparut.

Elle était accompagnée d'une autre femme, plus grande, l'air autoritaire.

– Bonjour, fit-elle en inclinant la tête. Vous êtes le capitaine Solo, je pense?

Elle tenait sa carte dans la main.

– Oui, c'est exact.

– Nous sommes très honorés de votre visite. (Il perçut la trace de sarcasme.) Quoiqu'un peu surpris.

– Je ne vois pas pourquoi : cette visite, c'était sur votre invitation, non? Vous raflez toujours les gens dans la rue de cette façon?

– Uniquement les visiteurs particuliers. Voulez-vous me dire qui vous êtes et qui vous a envoyé ici?

– Comment ça, qui je suis?... Vous avez ma carte d'identité dans la main, non?...

– Oui, bien sûr. Mais les opinions varient quant leur authenticité.

Elle se tourna vers la porte avec un geste bref.

Et Tav Breyl'lya entra.

– J'avais raison, dit le Bothan avec un frémissement inaccoutumé de son pelage. C'est un imposteur. Je l'ai tout de suite vu en examinant sa carte. Certainement un espion de l'Empire.

– Quoi? s'écria Yan. (La situation se déséquilibrait. Il fixa le collier du Bothan : oui, c'était bien Breyl'lya.) Vous m'avez traité de quoi?

– D'espion de l'Empire, répéta l'autre avec le même frémissement de son pelage.

« Vous êtes venu ici pour détruire notre amitié, peut-être même pour nous tuer. Mais vous n'aurez pas l'occasion de faire votre rapport à vos maîtres. (Il se tourna vers la femme.) Sena, il faut l'exécuter avant qu'il appelle nos ennemis à son secours.

– Ne faisons rien d'inconsidéré, Assistant-Conseiller Breyl'lya, fit-elle d'un ton apaisant. Irenez a mis en place un écran de surveillance parfaitement efficace. (Elle se tourna vers Yan.) Voulez-vous répondre à l'accusation de l'Assistant-Conseiller?

– Les élucubrations d'un espion impérial n'ont aucun intérêt pour nous, insista Breyl'lya.

– Au contraire, Assistant-Conseiller, protesta Sena. Ici, nous nous intéressons à beaucoup de choses. (Se tournant vers Yan, elle lui montra sa carte.) Avez-vous une autre preuve que celle-ci?

– Mais peu importe qui il est, intervint à nouveau Breyl'lya, la voix soudain plus tendue. Il vous a vue, et il sait certainement que nous sommes en rapport. Qu'il appartienne à l'Empire ou à la Nouvelle République, ça n'est pas important – ils sont tous deux nos ennemis et l'un comme l'autre pourraient utiliser cette information contre vous.

Sena haussa les sourcils.

– Alors son identité vous importe peu, fit-elle froidement. Cela signifierait-il que vous n'êtes plus certain qu'il soit un imposteur?

Un nouveau frisson parcourut le pelage du Bothan. Il était évident qu'il était verbalement plus facile à déstabiliser que son supérieur.

– Il suffit d'une dissection appropriée pour le savoir, marmonna-t-il.

Sena eut un sourire pincé. Sans humour... et Yan comprit soudain que leur échange avait été un test qui n'avait pas tourné en la faveur de Breyl'lya.

– Je m'en souviendrai, dit-elle enfin d'une voix sèche.

Un bip discret se fit entendre et la femme aux cheveux gris prit un comlink. Elle souffla quelques mots, écouta, puis se tourna vers Sena.

– La surveillance dit qu'un autre homme approche. Taille moyenne, cheveux blond sombre, vêtu de noir... (Elle coula un regard vers Breyl'lya.) Il est armé d'un sabrolaser.

Sena, elle aussi, fixait Breyl'lya.

– Je crois que cela clôt notre discussion. Irenez, qu'un des hommes de surveillance se porte à sa rencontre et qu'il lui demande s'il veut bien nous rejoindre. Je veux que ce soit clair : il ne s'agit pas d'un ordre, mais d'une *demande*. Et qu'on restitue au capitaine Solo son arme et ses affaires. (Elle hocha la tête d'un air grave en rendant sa carte à Yan.) Mes excuses, capitaine. Vous comprendrez que nous devons prendre des précautions. Surtout dans ces circonstances fortuites.

Elle désigna la muraille extérieure.

Yan plissa le front, perplexe. Puis, il comprit : elle faisait allusion aux sirènes d'alerte.

– Pas de problème, dit-il. Mais pourquoi ces sirènes ?

– C'est un raid de l'Empire, fit Irenez en lui rendant son blaster et son comlink.

Il se figea.

– Un raid ?

– Rien de grave, fit Sena. Ils arrivent tous les trois ou quatre mois et prélèvent une part des biomolécules raffinées qui sont prêtes pour l'exportation. C'est une sorte de taxe clandestine et la cité a passé un accord avec eux. Ne vous en faites pas : ils ne dépassent jamais le terrain d'atterrissage.

– Oui, d'accord, mais cette fois, la routine pourrait bien varier un peu, grommela Yan en ouvrant son comlink.

Il s'était plus ou moins attendu à ce que quelqu'un le stoppe, mais non.

– Luke ?

– Je suis là, Yan. Mon escorte m'annonce qu'on me conduit jusqu'à toi. Ça va ?

– Ça n'était qu'un petit malentendu. Mais tu ferais bien de faire vite – on a de la compagnie.

– D'accord.

Yan avait vu Sena et Irenez échanger quelques phrases.

– Si vous craignez autant les Impériaux que Breyl'lya le laisse entendre, dit-il, vous devriez disparaître dans un trou.

– Nous avons déjà prévu un chemin de fuite, lui dit Sena tandis qu'Irenez quittait la pièce. Mais qu'est-ce que nous allons faire de vous et de votre ami?

– Vous ne devez pas les laisser partir, insista Breyl'lya. Vous savez très bien que si la Nouvelle République est au courant de...

– Nous avons prévenu le Commandeur, coupa Sena. C'est lui qui va décider.

– Mais...

– Ce sera, tout, Assistant-Conseiller. Rejoignez les autres à l'ascenseur. Vous m'accompagnerez à bord de mon vaisseau.

Breyl'lya adressa un regard indéchiffrable à Yan avant de s'éclipser en silence.

– Quel est donc ce Commandeur? demanda Yan.

– Je ne peux rien vous en dire. (Sena le dévisagea un instant.) Mais ne vous inquiétez pas. En dépit de ce que Breyl'lya a dit, nous ne sommes pas des ennemis de la Nouvelle République. Du moins, pas pour le moment.

– Oh... Heureux de l'apprendre.

Luke surgit dans la pièce, encadré par deux jeunes gens qui avaient gardé leur blaster engainé.

– Yan! fit-il en échangeant un regard rapide avec Sena. Tu vas bien?

– Je te l'ai dit. Ça n'était qu'un petit malentendu. Cette dame... ici présente... Sena...

– Pour l'instant, appelez-moi Sena, fit-elle.

– Bien. (Yan avait espéré qu'elle allait leur donner son nom, mais, apparemment, elle n'en avait pas l'intention pour l'heure.) Sena, en tout cas, pensait que j'étais un espion impérial. Et à propos de l'Empire...

– Je sais. Lando est monté voir s'il peut effacer nos vaisseaux des entrées.

– Non, il n'y arrivera pas, fit Yan. Pas à temps, en tout cas. Et ils vont s'emparer de la liste de transit.

Luke acquiesça.

– Donc, il faut que nous montions.

– A moins que vous ne veniez avec nous, proposa Sena. Il y a de la place dans notre vaisseau, et là où il est caché, ils ne le trouveront pas.

– Merci, mais non, fit Yan, qui n'avait pas pour habitude de s'enfuir avec des gens qu'il ne connaissait pas suffisamment. Et surtout, de quel bord ils étaient.

« Lando ne voudra jamais abandonner son vaisseau.

– Et il faut que je ramène mon droïd, acheva Luke.

Irenez revint.

– Ils sont tous en route et le vaisseau est prêt. Et j'ai aussi réussi à joindre le Commandeur.

Elle tendit un bloc de données à Sena. Qui y jeta un bref regard avant de le passer à Yan.

– Il y a un puits de service tout près qui débouche sur la bordure ouest de la zone d'atterrissage, dit-elle. Je doute que les Impériaux en connaissent l'existence. Il ne figure pas sur les plans. Irenez va vous guider jusque-là et vous aider comme elle pourra.

– Ça n'est pas vraiment nécessaire.

Sena leva le bloc de données.

– Le Commandeur m'a donné comme instructions de vous aider, fit-elle d'un ton ferme. J'aimerais que vous m'aidiez en retour à exécuter mes ordres.

Yan consulta Luke, qui lui répondit par un simple haussement d'épaules : s'il y avait de la trahison dans l'air, ses sens de Jedi ne la décelaient pas.

– Très bien, fit-il en fin. Elle peut venir. Allons-y.

– Bonne chance, fit Sena avant de disparaître.

Irenez leur désigna la porte.

– Par ici, messieurs.

Le puits de service était un combiné d'ascenseur et d'escalier installé dans la muraille extérieure de la cité, et son accès était presque invisible dans la fresque murale. Yan remarqua l'absence de cabine d'ascenseur et décida que, probablement, Sena et son groupe descendaient encore vers leur vaisseau. Précédés par Irenez, ils s'engagèrent dans l'escalier.

Yan, bientôt, cessa de compter les marches, le souffle court.

Ce qui n'était pas le cas d'Irenez ni de Luke, qui demanda :

– Et maintenant ?

– Il faut que nous retrouvions Lando, dit Yan. (Il sortit son comlik et appela :) Lando ?

– Je suis là. Et vous ?

– On est à l'ouest du terrain, à vingt mètres environ de l'aile X de Luke. Et toi ?

– A quatre-vingt dix degrés au sud, derrière une pile de caisses. Un soldat des commandos monte la garde à cinq mètres de là et je suis plutôt coincé.

– On a qui en face ?

– Toute une force d'intervention. J'ai vu arriver trois bâtiments de combat, et je crois qu'il y en avait déjà un ou deux au sol. Si les équipages étaient au complet, ça voudrait dire cent soixante à deux cents hommes. Pour la plupart, ce sont des troupes régulières, mais j'ai repéré quelques éléments d'assaut. Mais ils ne sont pas très nombreux ici : la plupart ont pris les rampes d'accès vers le bas de la cité il y a quelques minutes.

– Probablement pour patrouiller la cité à notre recherche, murmura Luke.

– Oui. (Yan se dressa pour consulter l'analyseur. Le sommet de l'aile X de Luke était visible, juste de l'autre côté de la barge W-23.) On dirait que D2 est encore dans le vaisseau de Luke.

– D'accord, mais je les ai vus bricoler dans le coin, dit Lando. Ils ont pu lui mettre un verrou de blocage.

– On peut en venir à bout, dit Yan. Je pense qu'on peut aller jusqu'à l'aile X sans être repérés. Tu m'as dit que tu avais une balise d'appel pour le *Lady Luck*, non ?

– Exact, mais ça ne me servira à rien. Avec toutes ces caisses empilées autour de moi, je ne pourrai jamais la mettre en place sans me faire canarder.

– Ça ira, lui dit Yan avec un mince sourire.

Luke avait la Force, et Irenez serait sans doute capable de grimper sans être repérée, mais il était prêt à parier qu'il pouvait les battre sur le terrain de la ruse.

– Quand je te le dirai, tu le feras décoller dans ta direction.

Il coupa le comlink.

– Maintenant, on va jusqu'à l'aile X, dit-il à Luke et Irenez, tout en serrant son blaster. Prêts ?

Il s'élança aussi silencieusement que possible, atteignit la barge sans incident et s'arrêta pour qu'ils le rejoignent.

– Chh ! souffla Luke.

Yan se colla à la paroi corrodée de la barge. A moins de cinq mètres d'eux, un soldat commando se tournait vers eux. Yan leva son blaster, les dents serrées. Mais, dans la même fraction de seconde, il surprit un geste de Luke. Et l'Impérial se retourna soudain, pointant son fusil blaster sur le sol.

– Il croit avoir entendu un bruit, chuchota Luke. Allons-y.

Quelques secondes plus tard, ils étaient accroupis près des patins d'atterrissage de l'aile X.

– D2? chuchota Yan. Allez, nabot : réveille-toi.

Un bip aussi indigné que bref lui répondit. Ce qui signifiait que le verrouillage des Impériaux n'avait pas neutralisé le droïd, mais seulement bloqué les contrôles de l'aile X.

– O.K. Allume ton comm-senseur et prépare-toi à enregistrer.

Autre bip.

– Et maintenant? demanda Irenez.

– On est bien gentils, fit Yan en reprenant son comlink. Lando? Tu es prêt? Dès que je te donne le signal, tu déclenches ta balise et tu déplaces le *Lady Luck*. Et dès que je te le dirai, tu arrêtes tout. Vu?

– Vu. J'espère que tu sais ce que tu fais.

– Fais-moi confiance. (Yan se tourna vers Luke.) Tu as saisi ton rôle?

– Je suis prêt, fit Luke en prenant son sabre.

– O.K. Lando : vas-y.

Durant un long moment, il ne se passa rien. Puis, ils perçurent la plainte des champs de répulsion qui venaient d'être activés. Yan se dressa à demi pour voir le yacht de Lando qui montait lentement au milieu des autres vaisseaux.

Un cri s'éleva non loin d'eux, et des blasters crépitèrent. Tous les tirs étaient concentrés sur le *Lady Luck*, qui venait de pivoter lentement pour se diriger vers l'endroit où se cachait Lando.

– Il n'y arrivera jamais, murmura Irenez à l'oreille de Yan. Dès qu'ils vont comprendre où il va, ils lui tomberont dessus.

– C'est bien pour ça qu'il n'ira pas jusqu'à lui, fit Yan, sans quitter le yacht des yeux.

Encore quelques secondes, et tous les soldats et les commandants de l'Empire seraient concentrés sur le vaisseau en fuite.

– Luke... Vas-y!

Et soudain, Luke bondit sur l'aile X. Yan perçut le sifflement du sabrolaser et entrevit le reflet vert de la lame.

– Verrouillage neutralisé, lança Luke. On y va?

– Pas tout de suite. (Le *Lady Luck* était à un quart de distance de la muraille extérieure de la cité, sous les tirs des blasters.) Je vais lui donner le signal. Et tu en profiteras pour décoller.

– D'accord.

L'aile X s'inclina légèrement quand Luke se glissa dans le cockpit. Aussitôt, D2 déclencha les répulseurs.

Dans la confusion générale, nul n'entendit leur plainte. Le *Lady Luck* était à mi-chemin de la muraille, à présent...

– O.K., Lando, coupe, ordonna Yan. D2, c'est à toi de jouer. Ramène-le de ce côté.

Avec les circuits ouverts, ce fut un jeu pour le droïd de dupliquer le signal de la balise de Lando. Le *Lady Luck* s'arrêta en frémissant, se réorienta selon le nouveau signal, et se dirigea tout droit vers l'aile X.

Les Impériaux ne s'étaient pas attendus à ça. Un bref instant, les tirs cessèrent.

– Et maintenant? demanda Luke.

– Maintenant, tu le fais poser et tu nous dégages un passage!

D2 gazouilla et le *Lady Luck* se stabilisa avant de descendre doucement vers le sol. Les Impériaux poussèrent quelques hurlements de triomphe vite étouffés. Car à peine le *Lady Luck* avait-il touché le sol que l'aile X jaillissait dans les airs.

Et Luke s'ouvrit un corridor mortel en déclenchant les lasers latéraux.

Yan n'avait pas l'intention de donner aux Impériaux le temps de se regrouper.

– Venez! fit-il à Irenez en s'élançant vers le yacht de Lando. Il atteignit la coupée avant que les soldats le remarquent, et il franchit le sas à la seconde où les premiers tirs reprenaient.

– Restez ici et gardez le sas! cria-t-il sans se retourner. Je vais aller récupérer Lando.

Luke continuait de semer la panique. Yan se hissa dans le cockpit, consulta rapidement les écrans et cria à l'adresse d'Irenez avant de décoller:

– Cramponnez-vous!

Le commando signalé par Lando avait disparu. Le *Lady Luck* survolait les piles de caisses. Luke était sur leur droite, et les lasers de l'aile X semaient le chaos sur le terrain. Yan fit descendre le vaisseau jusqu'à moins d'un mètre du sol et déploya la rampe d'accès. Il perçut un mouvement rapide.

– Il est rentré! lui cria Irenez depuis le sas. On y va!

Yan fit tourner le vaisseau, lança les répulseurs au maximum et se dirigea vers les grands orifices de sortie. Le yacht frémit en passant les sceaux magnétiques, et ils se retrouvèrent dans le ciel ouvert, fonçant droit vers l'espace.

Quatre chaseurs Tie survolaient la cité. Luke profita de l'effet de surprise pour en abattre trois et Yan se chargea du quatrième.

Lando se laissa tomber, haletant, dans le siège de copilote.

– O.K., on en est sortis.

– Formidable! Et les vaisseaux de poursuite n'ont pas une chance de nous rattraper, à présent.

– Oui, intervint Irenez en pointant le doigt vers le scope à moyenne portée. Mais il y a ça...

Un superdestroyer venait de s'arracher à son orbite.

– Bravo, grinça Yan en lançant le moteur principal. Luke?...

– Je le vois, répondit Luke. Et si on lui fonçait dessus?

– Ça c'est génial, dit Yan. Lando?...

– Je calcule le saut. Dès que nous serons suffisamment loin, ça ira.

– Un autre vaisseau monte vers nous, annonça Luke. Depuis la jungle.

– C'est un des nôtres, fit Irenez en jetant un regard pardessus l'épaule de Yan. Vous pouvez le suivre en parallèle en modifiant votre cap sur 26.30.

Le superdestroyer accélérait, et le scope révélait à présent un essaim de chasseurs Tie autour de lui.

– On ferait bien de dégager, fit Yan.

– Non... restez avec nous, conseilla Irenez. Sena dit que nous allons avoir de l'aide.

– Ils vont être à distance d'attaque avant que nous sautions en luminique, murmura Lando, faisant écho aux pensées de Yan.

– Oui. Luke, tu es toujours là?

– Je pense que Lando a raison.

– Moi aussi. Est-ce que tu ne pourrais pas recommencer ton coup de Nkllon?... Tu vois ce que je veux dire: juste secouer un peu la tête de leurs pilotes?...

Il remarqua l'hésitation.

– Je ne pense pas, dit enfin Luke. Je... je ne pense pas

que ça me fasse tellement de bien de faire ce genre de chose. Tu me comprends?

Oui, bien sûr que Yan le comprenait, mais ça n'avait sans doute plus d'importance. Un instant, il avait oublié qu'il n'était plus à bord du *Faucon*, avec sa batterie de lasers, ses boucliers et ses blindages. Le *Lady Luck*, même avec toutes les améliorations apportées par Lando, n'avait aucune chance de tromper les chasseurs Tie.

– O.K., on laisse tomber, fit-il. Sena a intérêt à avoir raison.

Il avait à peine fini qu'un trait de feu vert jaillit juste au-dessus du cockpit du yacht.

– Chasseurs Tie à bâbord! cria Lando.

– Ils tentent de nous séparer, dit Luke. Je vais nous débarrasser d'eux.

Il plongea sous le vecteur du *Lady Luck* et, dans le grondement du moteur principal, vira de bord à la rencontre des chasseurs.

– Votre vaisseau est armé? demanda Yan à Irenez.

– Non, il est cuirassé et bourré de déflecteurs. Vous devriez peut-être les distancer pour qu'ils supportent le plus gros de l'attaque.

– Je vais y penser, fit-il, déconcerté par l'ignorance de la fille.

Dans ce type de combat, peu importait aux chasseurs Tie quel était le premier vaisseau qui se présentait quand ils attaquaient. Et s'abriter derrière le bouclier déflecteur d'un autre vaisseau, c'était perdre toute marge de manœuvre.

L'aile X plongeait au milieu de la formation des Tie, crachant de tous ses lasers, et les chasseurs rompirent leur formation. Une seconde vague d'adversaires se rapprocha à l'instant où Luke virait de bord pour se replacer à l'arrière de la première formation. Yan retint son souffle, mais l'aile X se frayait déjà un chemin dans la mêlée et s'écartait à vitesse maximum du vecteur du *Lady Luck*, poursuivie par tout l'escadron.

– Nous voilà débarrassés de ce groupe, commenta Irenez.

– Mais aussi de Luke, peut-être, répliqua Lando d'un ton sec. Luke, ça va?

– Juste un peu grillé, mais tout fonctionne. Je ne pense pas que je puisse vous rejoindre.

– N'essaie pas. Dès que tu seras hors de leur portée, passe en luminique et dégage du secteur.

– Et vous?

La question de Luke fut partiellement couverte par une trille du communicateur.

– C'est le signal! s'écria Irenez. Ils arrivent.

Yan se tourna vers la baie en plissant le front. Mais il ne vit que les étoiles.

Et soudain, en parfaite simultanéité, ils surgirent de l'hyperespace en formation triangulaire, juste devant eux.

Lando retint son souffle.

– Mais ce sont d'anciens cuirassés.

– C'est notre force d'appui, dit Irenez. On va se placer au milieu du triangle et ils nous couvriront.

– D'accord.

Il modifia le vecteur du *Lady Luck* de trois degrés tout en essayant de prendre un peu de vitesse. La Nouvelle République comptait un bon nombre de cuirassés. Longs de six cents mètres, c'étaient des bâtiments de combats plutôt impressionnants. Mais même trois d'entre eux se battant de front auraient du mal à repousser un superdestroyer de l'Empire.

Apparemment, le Commandeur des cuirassés était de cet avis. Dès que le superdestroyer qui suivit le *Lady Luck* ouvrit le feu avec ses batteries de turbolasers, les cuirassés déchaînèrent toutes leurs pièces ioniques pour essayer de neutraliser temporairement ses systèmes afin de lui échapper.

– Ça répond à ta question? demanda Yan à Luke.

– Je crois que oui. D'accord, je dégage. Où est-ce qu'on se retrouve?

– On ne se retrouve pas, dit Yan. Lando et moi, on peut mener cette mission à bien. Si nous rencontrons des problèmes, nous te contacterons via Coruscant.

– D'accord, fit Luke, à l'évidence avec déplaisir. Prudence, vous deux.

– A bientôt.

Et Yan coupa la transmission.

Du fond du siège de copilote, Lando grommela avec un mélange d'ennui et de résignation :

– Alors, maintenant, c'est aussi *ma* mission, hein? J'en étais *sûr*.

Le transporteur de Sena était dans la poche triangulaire

des cuirassés, maintenant. Yan plaça le *Lady Luck* à proximité, tout en se maintenant à bonne distance des évents.

– Vous avez une idée de l'endroit où vous aimeriez qu'on vous dépose? demanda-t-il se tournant vers Irenez.

Les yeux levés vers la baie, elle observait le ventre du cuirassé qui les surplombait.

– A vrai dire, notre Commandeur espérait que vous nous accompagneriez jusqu'à notre base, dit-elle.

Yan jeta un regard en biais vers Lando.

– A quel point l'espérait-il? demanda Lando.

– Il le souhaitait vraiment. (Elle le fixa.) Mais ne vous y trompez pas : ça n'est pas un ordre. Mais, lorsque je lui ai parlé, il m'a paru extrêmement intéressé à l'idée de retrouver le capitaine Solo.

Yan fronça les sourcils.

– Me *retrouver*?

– C'est ce qu'il a dit.

Yan et Lando échangèrent un regard.

– Encore un vieil ami dont tu ne m'aurais pas parlé? hasarda Lando.

– Je ne me souviens pas avoir jamais eu des amis qui possédaient des cuirassés. Qu'est-ce que tu en penses?

– Je pense que je me suis gentiment laissé manœuvrer, fit Lando. De plus, qui que soit ce Commandeur, il semble avoir des contacts avec tes copains bothans. Si tu veux vraiment savoir ce que mijote Fley'lya, c'est peut-être à lui qu'il faut le demander.

Yan réfléchit. Lando avait raison, bien sûr. D'un autre côté, ils risquaient de tomber dans un piège.

– O.K., dit-il à Irenez. Quel cap faut-il prendre?

– Aucun, rétorqua-t-elle en levant les yeux.

L'un des cuirassés avait basculé afin de naviguer en parallèle avec eux. Et, au devant, le vaisseau de Sena s'avançait vers deux baies d'amarrage brillamment illuminées.

– Laissez-moi deviner, fit-il.

– Relaxez-vous et laissez-nous nous occuper du plan de vol.

– Vu, soupira-t-il.

Tandis que les traits de laser de la bataille d'arrière-garde zébraient toujours l'espace, il pilota le *Lady Luck* vers une des baies.

Tout en se rappelant que, dans la cité, Luke n'avait pas perçu la moindre intention de traîtrise chez Sena et les siens.

Mais, par ailleurs, il n'avait rien deviné non plus chez les Bimms, sur Bimmisaari, juste avant l'attaque des Noghri.

Cette fois, se dit-il, le gamin avait intérêt à ne pas s'être trompé.

Le premier cuirassé disparut dans l'hyperespace, emportant avec lui le transporteur de Sena et le *Lady Luck*. Quelques secondes après, les deux autres cessèrent leur bombardement ionique du superdestroyer et, dans une ultime volée de tirs de turbolasers, ils s'enfuirent à leur tour.

Et Luke resta seul. Avec, bien sûr, l'escadron de chasseurs Tie toujours lancé à sa poursuite.

Une trille aiguë et marquée par l'impatience et l'inquiétude s'éleva derrière lui.

— D'accord, D2, on y va, fit-il au petit droïd.

Il enclencha le levier hyperspatial. Les étoiles se changèrent en traits multicolores, puis en un ciel diapré.

Il inspira à fond, puis soupira. C'était fait. Yan et Lando étaient partis vers leur rendez-vous avec le mystérieux Commandeur, et il n'avait aucun moyen de retrouver leur trace. Jusqu'à ce qu'ils réapparaissent, sa mission était terminée.

Ce qui était sans doute aussi bien.

D2 pépia une question.

— Non, on ne regagne pas Coruscant, fit-il avec un sentiment soudain de déjà vu. On va sur un monde appelé Jomark. Pour y rencontrer un Maître Jedi.

9

Le petit patrouilleur d'intervention avait surgi de l'hyperespace à moins de cent kilomètres du *Faucon* avant que les senseurs du vaisseau ne l'aient détecté. Quand Leia apparut dans le cockpit, le pilote avait déjà établi le contact.

– C'est bien toi, Khabarakh? demanda-t-elle, à présent installée dans le siège de copilote, auprès de Chewbacca.

– Oui, Dame Vador, lui répondit le Noghri en un miaulement rauque de félin.

« Je suis venu seul, comme promis. Etes-vous seule, vous aussi?

– Mon compagnon Chewbacca me pilote. De même qu'un droïd de protocole. J'aimerais amener le droïd avec moi à titre d'interprète. Chewbacca, comme nous en sommes convenus, demeurera ici.

Le Wookie se tourna vers elle en grognant. Elle coupa le transmetteur à temps.

– Non, fit-elle fermement. Désolée, mais c'est ce que j'ai promis à Khabarakh. Tu restes sur le *Faucon*, c'est un ordre.

Il grogna de nouveau, de façon plus insistante. Avec un picotement soudain dans la nuque, Leia prit conscience que, depuis des années, elle avait oublié que le Wookie était tout à fait capable d'ignorer un ordre.

– Chewie, il faut que j'y aille seule. Tu le comprends? C'était convenu ainsi.

Il grogna encore.

– Non. Ma sécurité n'est plus question de Force. Ma seule chance est de convaincre le Noghri qu'il peut me faire confiance. Que lorsque je fais des promesses, je les tiens.

– Le droïd ne pose aucun problème, dit enfin Khabarakh. Je vais me porter à votre hauteur pour l'abordement.

Leia rétablit la transmission.

– Parfait. J'ai aussi une malle de vêtements et d'affaires personnelles. Plus un bloc senseur/analyseur pour tester l'air et le sol.

– Ils sont sans danger pour vous.

– Je te crois. Mais je ne suis pas seulement responsable ma propre vie. J'en porte en moi deux autres que je dois protéger.

– Des héritiers du Seigneur Vador?

Leia n'hésita que brièvement : si c'était inexact philosophiquement parlant, ça l'était génétiquement.

– Oui.

–- Vous pouvez apporter ce que vous souhaitez, siffla le Noghri. Mais il faut m'autoriser à tout sonder. Avez-vous des armes?

– Mon sabrolaser. Y a-t-il sur votre monde des animaux dangereux? Assez pour que je prenne mon blaster?

– Il n'y en a plus, répondit Khabarakh d'un ton amer. Mais j'accepte aussi votre sabrolaser.

Chewbacca rugit d'un ton menaçant et sortit ses longues griffes d'arboricole. Leia réalisa qu'il était sur le point de perdre son contrôle... et peut-être de prendre les choses entre ses grosses pattes.

– Il y a un problème? interrogea Khabarakh.

Leia sentit son estomac se serrer. *L'honnêteté*, songea-t-elle.

– Mon pilote n'apprécie guère l'idée de me laisser aller seule. Il a envers moi... tu ne comprendrais pas.

– Une dette de vie? demanda le Noghri.

Elle ne s'était pas attendue à ce que Khabarakh ait entendu parler de la dette de vie du Wookie.

– Oui, fit-elle. La dette d'origine était envers mon époux, Yan Solo. Durant la guerre, Chewie l'a étendue à mon frère et moi.

– Et à présent aux enfants que vous portez?

Elle risqua un coup d'œil vers Chewbacca.

– Oui.

Le silence persista. Le patrouilleur se rapprochait toujours. Leia se demandait ce que pensait le Noghri et elle se surprit les doigts crispés sur les accoudoirs de son siège. S'il décidait que les protestations de Chewbacca trahissaient leurs engagements...

– Le code d'honneur du Wookie est semblable au nôtre, dit-il enfin. Il peut vous accompagner.

Chewbacca grommela, mais il était clair qu'il préférait tomber dans un piège avec Leia plutôt que de la laisser partir seule.

– Merci, Khabarakh, nous acceptons. Nous serons prêts dès que tu arriveras. A ce propos, combien de temps va prendre ce trajet jusqu'à ton monde?

– Quatre jours environ. J'attends d'avoir l'honneur de vous recevoir à mon bord.

Quatre jours, songea-t-elle avec un frisson. Quatre jours seulement pour tout savoir sur Khabarakh et le peuple des Noghri.

Et pour se préparer à la plus importante mission diplomatique de toute son existence.

Durant le voyage, elle n'apprit guère sur la société noghri. Khabarakh restait la plupart du temps à l'écart, partageant son temps entre le cockpit et sa cabine. Occasionnellement, il lui arrivait de venir lui parler, mais la conversation était toujours brève et laissait régulièrement à Leia le sentiment gênant qu'il était encore indécis quant à sa décision de la conduire sur sa planète. Lorsqu'ils avaient décidé de cette rencontre sur Kashyyyk, le monde du Wookie, elle lui avait suggéré d'en parler au préalable avec ses amis mais, comme la fin du voyage approchait, elle devina à certains signes qu'il n'en avait rien fait. Il avait pris cette décision de son propre chef.

Et sa confiance diminuait.

Au milieu de la quatrième journée, ils atteignirent le monde des Noghri... et ce fut pire encore que ce qu'elle avait redouté.

Elle se tenait auprès de Chewbacca devant l'unique hublot, observant la planète dont ils s'approchaient rapidement. Un nœud douloureux s'était formé dans sa gorge.

– C'est incroyable, souffla-t-elle.

En-dessous du moutonnement des nuages, la surface semblait d'un brun uniforme, marquée parfois de quelques lacs et de mers peu étendues. Pas la moindre trace de verts ou de jaunes, de bleus ou de mauves. En fait, aucune des couleurs qui annonçaient une vie végétale n'était visible. Ce monde aurait pu tout aussi bien être totalement mort.

Chewbacca grommela.

— Oui, je sais que Khabarakh nous a dit qu'il avait été ravagé pendant la guerre. Mais je ne pensais pas que la planète *tout entière* avait été touchée.

Elle secoua la tête, bouleversée, tout en se demandant quel camp avait été responsable d'un tel désastre.

Responsable? se répéta-t-elle. Non, le monde de Khabarakh avait été ravagé lors d'une bataille spatiale... et dans cette guerre, il n'y avait eu que deux camps. L'Alliance Rebelle était tout autant responsable de ce désert que l'Empire.

— Pas étonnant que l'Empereur et Vador aient pu aisément les retourner contre nous, murmura-t-elle. Il faut que nous trouvions un moyen de les aider.

Chewbacca grommela à nouveau en désignant le hublot.

Ils approchaient de la ligne du terminateur, le ruban flou du crépuscule entre le jour et la nuit. Au-delà, dans l'obscurité, une tache vert pâle était visible.

— Je vois, dit Leia. Tu supposes que c'est tout ce qui subsiste?

Le Wookie haussa les épaules, proposant l'unique suggestion.

— Oui, je suppose que ce serait le meilleur moyen de le savoir. Mais je ne sais pas si j'ai envie de lui poser cette question. Attendons d'être plus près pour en voir plus et...

Elle sentit le Wookie se raidir une fraction de seconde avant que son hurlement ne lui déchire les tympans.

— Mais qu'est-ce que...?

Elle vit alors, et son ventre se crispa brusquement. Droit devant eux, un superdestroyer impérial venait d'apparaître au-dessus de l'arc de la planète.

Ils avaient été trahis.

— Non, souffla-t-elle en observant l'énorme flèche sombre. Non, je ne peux pas le croire. Khabarakh n'aurait pas fait ça.

Avec un choc, elle prit conscience que Chewbacca

n'était plus là. Elle se retourna et entrevit sa forme brune qui s'enfonçait dans le corridor du cockpit.

– Non! cria-t-elle en s'élançant derrière lui.

« Chewie, non!

Mais elle perdait son temps, elle le savait. Le Wookie voulait tuer, et il parviendrait à Khabarakh même s'il devait arracher la porte du cockpit à mains nues.

Elle était à mi-chemin quand le premier coup résonna, et en vue de la porte quand le second fit vibrer le métal. Chewbacca, déjà, levait ses énormes poings...

Et, à la stupéfaction de Leia, la porte coulissa.

Chewbacca lui aussi fut surpris, mais il ne resta pas longtemps immobile. Il fonça en avant dans le cockpit en ululant un cri de guerre wookie.

– Chewie! hurla Leia en se précipitant.

Juste à temps pour voir Khabarakh, qui n'avait pas quitté son siège de pilote, lancer son bras droit en avant et projeter Chewbacca sous le panneau de contrôle dans un fracas énorme.

Elle s'arrêta net, osant à peine en croire ses yeux.

– Khabarakh...

– Je ne les ai pas prévenus, fit le Noghri en détournant à peine la tête. Je n'ai pas failli à ma parole d'honneur.

Chewbacca ne le croyait pas et le fit comprendre dans un bruit de tonnerre tout en se débattant pour se redresser dans cet espace réduit.

– Vous devez l'arrêter! lança le Noghri. Et le calmer. Il faut que je leur envoie un signal de reconnaissance, sinon nous sommes perdus.

Leia leva les yeux vers le superderstroyer encore lointain et serra les dents. *Une trahison*... Mais si Khabarakh avait mis au point une trahison, pourquoi avait-il accepté que Chewbacca les accompagne? Quelle que fût la technique de combat qu'il avait utilisée pour repousser le premier assaut furieux du Wookie, il ne réussirait pas forcément une seconde fois.

Elle fixa son visage, ses yeux sombres, sa mâchoire protubérante, ses dents acérées. Et il répondit à son regard, oublieux de la menace du Wookie déchaîné, la main posée sur la touche de communication. Un bip résonna et il tendit les doigts avant de s'interrompre. Le bip se répéta.

– Dame Vador, je ne vous ai pas trahie, répéta-t-il d'un ton pressant. Vous devez me croire.

Elle s'efforça de se maîtriser.

– Chewie, du calme, dit-elle. Chewie? Tu m'entends? *Reste calme*!

Le Wookie ignora son ordre. Enfin debout, il rugit en lançant les mains vers la gorge du Noghri. Khabarakh s'élança en avant, cette fois, bloqua les poignets énormes de Chewbacca avec ses mains noueuses et le repoussa. Mais, lentement et sûrement, ses bras ployèrent sous la pression du Wookie.

– Chewie, je t'ai dit d'arrêter, répéta Leia. Sers-toi de ta tête : s'il nous avait tendu un piège, tu ne crois pas qu'il se serait arrangé pour le déclencher pendant que nous dormions?...

Chewbacca se contenta de pousser un grognement sans rompre le combat.

– Mais s'il ne s'identifie pas, ils vont nous tomber dessus.

– Dame Vador dit la vérité, fit le Noghri, la voix tendue par l'effort. Je ne vous ai pas trahis, mais si je ne leur donne pas mon signal d'identification, vous serez détruits en même temps que moi.

– Il a raison. C'est notre seule chance, Chewie.

Le Wookie gronda en secouant la tête.

– Alors, ça ne me laisse pas le choix, fit Khabarakh.

Tout soudain, une lumière bleue explosa, et Chewbacca s'effondra sur le sol.

– Mais...? (Leia s'agenouilla près du Wookie inerte.) Khabarakh!

– Ce n'est qu'un paralyseur, fit le Noghri, haletant, en retournant à sa console. Un système de défense automatique.

Elle palpa le torse velu du Wookie pour s'assurer que son cœur battait encore.

– Que faisons-nous, maintenant?

– Maintenant, vous gardez le silence, répondit Khabarakh en appuyant sur la touche de contact avant de miauler quelques sons dans son langage. Un autre Noghri lui répondit et ils conversèrent quelques instants. Leia restait agenouillée auprès de Chewbacca, regrettant qu'elle n'ait pas eu le temps d'appeler D2 avant le début de la conversation.

Khabarakh coupa enfin la communication avec un soupir.

– Pour l'instant, nous ne sommes pas en danger, dit-il. Je les ai convaincus que nous avions des défaillances techniques.

– Espérons-le.

Il leva vers elle son visage de cauchemar avec une étrange expression.

– Je ne vous ai pas trahie, Dame Vador. (Il avait un ton calme, dur mais subtilement suppliant.) Il faut me croire. J'ai promis de vous défendre, et je le ferai. Au prix de ma vie s'il le faut.

Leia ne le quittait pas des yeux... et, par quelque effet de sensibilité dû à la Force, ou simplement grâce à sa longue expérience diplomatique, elle comprit enfin la position du Noghri. Quels qu'aient pu être ses doutes et ses hésitations durant leur voyage, la soudaine irruption du superdestroyer les avait dissipés. Sa parole d'honneur avait été mise en question et il devait maintenant prouver définitivement qu'il n'y avait pas failli.

Il devrait pour ça aller jusqu'au bout. Même jusqu'à la mort, comme il l'avait dit.

Il y avait sans doute plus de similitudes entre la culture du Wookie et celle de Khabarakh, se dit-elle en pensant à la dette de vie.

– Je te crois, dit-elle enfin en s'installant dans le siège de copilote. Alors?...

– Alors, il faut prendre une décision. Mon intention était de vous conduire dans la cité de Nystao et d'attendre la nuit complète pour vous présenter au dynaste de mon clan. Mais c'est maintenant impossible. Notre Seigneur impérial est arrivé et il va convoquer tous les dynastes.

Leia ressentit un picotement familier dans la nuque.

– Votre Seigneur est le Grand Amiral? demanda-t-elle prudemment.

– Oui. Et ceci est son vaisseau-amiral, le *Chimaera*. Je me souviens encore de ce jour où le Seigneur Dark Vador nous l'a envoyé. (Il avait pris un ton songeur.) Le Seigneur Vador nous a dit que les ennemis de l'Empereur requéraient désormais tout son temps. Et que désormais le Grand Amiral serait notre seigneur et commandant. (Une sorte de ronronnement félin et étrange monta de sa poitrine.) Ce qui causa bien du chagrin à nombre d'entre nous. A part l'Empereur, le Seigneur Vador avait été le seul à se préoccuper de la survie des Noghri. A nous redonner espoir et vaillance.

Leia eut une grimace. Oui, la vaillance d'aller mourir comme commandos de la mort sur la volonté de l'Empereur. Mais, cela, elle ne pouvait le dire à Khabarakh. Et elle se contenta de murmurer :

– Oui...

Chewbacca bougea.

– Il va bientôt se réveiller, dit Khabarakh. Je ne tiens pas à le paralyser une deuxième fois. Est-ce que vous pourrez le contrôler ?

– Je le pense.

Ils descendaient dans l'atmosphère, à présent, et leur trajectoire allait les faire passer sous le superdestroyer en orbite.

– J'espère qu'ils ne vont pas utiliser de rayon senseur, marmonna-t-elle. Car s'ils détectent trois formes de vie à bord, tu vas avoir des explications à fournir.

– L'amortissement de statique devrait nous protéger. Il est au maximum.

– Et ça ne risque pas de les intriguer ?

– Non. Je leur ai expliqué que cela faisait partie de la défaillance qui était à la base de nos problèmes d'émetteur.

Un ronflement sourd : Leia se pencha sur Chewbacca. Le Wookie, encore impuissant, roulait des yeux pleins de fureur.

– Nous avons passé le contrôle, lui dit-elle. Nous descendons vers... vers *où* exactement, Khabarakh ?

Le Noghri émit une sorte de sifflement bizarre.

– Nous allons vers ma maison, dans un petit village en lisière des Terres Propres. Je vais vous y cacher jusqu'au départ de notre Seigneur le Grand Amiral.

Leia réfléchit.

– Tu peux faire confiance aux autres villageois ?

– Ne vous inquiétez pas. Je veillerai à votre sécurité.

Mais il avait hésité avant de répondre et, tandis qu'ils continuaient leur descente vers le sol, Leia réalisa avec un certain malaise qu'il n'avait pas réellement répondu à sa question.

Le dynaste s'inclina une dernière fois avant de reprendre sa place dans la ligne de ceux qui étaient venus rendre hommage à leur chef. Thrawn, assis sur le Haut

Siège de la Chambre Commune d'Honoghr, inclina solennellement la tête comme le leader de clan se retirait avant d'inviter le suivant à s'avancer. Ce qu'il fit, en se livrant à cette danse rituelle qui semblait être une marque de respect. Puis il posa le front au sol devant le Grand Amiral.

Pellaeon se trouvait un peu en retrait et à deux mètres à droite de Thrawn. Il se balança sur ses pieds, réprima un bâillement et se demanda quand la cérémonie allait prendre fin. Il avait cru jusqu'alors qu'ils étaient venus sur Honoghr pour encourager les commandos, mais, jusque-là, ils n'avaient vu que des gardes de parade et ce rassemblement de leaders de clans passablement ennuyeux. Thrawn avait probalement ses raisons personnelles pour endurer ce rituel, mais Pellaeon ne souhaitait qu'une chose : repartir aussi vite que possible.

– Commandant ? souffla une voix au creux de sa nuque.

Il reconnut le lieutenant Tschel.

– Veuillez m'excuser, mais le Grand Amiral Thrawn a demandé à être informé sur l'heure de tout événement insolite.

Pellaeon acquiesça imperceptiblement, heureux, en fait, de cette distraction.

– De quoi s'agit-il ?

– Ça ne semble pas dangereux, commandant, ni même important. Un vaisseau commando noghri de retour a failli ne pas donner son signal d'identification à temps.

– Une défaillance matérielle, je suppose, dit Pellaeon.

– C'est ce qu'a dit le pilote. Ce qui est bizarre, c'est qu'il a demandé à ne pas se poser sur le terrain de Nystao. Quelqu'un qui aurait des problèmes ferait mettre son vaiseau en réparation dès que possible, non ?

– Un défaut d'émetteur ne constitue pas exactement une situation critique, grommela Pellaeon.

Mais Tschel avait quand même raison sur ce point : Nystao était le seul port d'Honoghr à posséder des ateliers de réparation.

– Vous avez l'identification du pilote ?

– Oui, commandant. Il se nomme Khabarakh, du clan de Kihm'bar. J'ai consulté tout ce que nous avons sur lui.

Il tendit un bloc de données à Pellaeon.

Pellaeon le prit subrepticement, perplexe. Thrawn avait effectivement donné des instructions afin d'être prévenu de toute activité anormale dans le système, mais interrompre ce genre de cérémonie ne semblait pas une très bonne idée.

Comme d'habitude, ce fut Thrawn qui le précéda. Il leva la main et tourna le regard de ses yeux ardents sur son commandant.

– Vous avez un rapport à me faire, capitaine?

– Il ne s'agit que d'une simple petite anomalie, amiral. Un vaisseau commando de retour a mis un certain temps à émettre son signal d'identification, puis a refusé de se poser sur le terrain de Nystao. Probablement un problème de défaillance matérielle...

– Probablement. A-t-on sondé le vaisseau à ce propos? Pellaeon consulta le bloc.

– Sans conclusion réelle, dit-il. L'amortissement de statique était au maximum et pouvait bloquer le...

– Amortissement de statique, hein? fit Thrawn en le fixant d'un regard dur.

– Oui, amiral.

Sans un mot de plus, Thrawn tendit la main. Pellaeon lui donna le bloc de données et, un instant, le Grand Amiral parcourut le rapport.

– Khabarakh, du clan Kihm'bar... Intéressant. (Il regarda Pellaeon.) Et où est allé ce patrouilleur?

Pellaeon consulta Tschel.

– Selon le dernier rapport, il faisait route au sud, dit le lieutenant. Il doit encore être à portée de nos rayons tracteurs, amiral.

– Est-ce que nous devons le stopper, amiral? demanda Pellaeon.

– Non. dit enfin Thrawn, les yeux fixés sur le bloc. Laissons-le se poser en suivant sa trajectoire. Donnez l'ordre à une équipe technique du *Chimaera* de nous retrouver au point de destination de ce vaisseau. (Il leva les yeux vers les dynastes noghri et déclara:) Dynaste Ir'haim. du clan Kihm'bar, veuillez vous avancer.

Le Noghri obéit.

– Quel est votre souhait, monseigneur? miaula-t-il.

– L'un des vôtres vient de rentrer, dit Thrawn. Nous allons nous rendre jusqu'à son village afin de lui souhaiter la bienvenue.

Ir'haim s'inclina.

– Si telle est la volonté de monseigneur.

Thrawn se redressa.

– Capitaine, faites préparer la navette. Nous partons immédiatement.

– Oui, amiral. (Pellaeon transmit l'ordre au lieutenant Tschel.) Mais ne serait-il pas plus facile de faire venir le vaisseau et son pilote ici?

– Plus facile, certes, mais pas aussi riche d'enseignements. Il est évident que vous n'avez pas reconnu le nom de ce pilote, mais Khabarakh, du clan Kihm'bar, a fait partie jadis du commando 22. Est-ce que cela ne vous rappelle pas quelque chose, capitaine?

Pellaeon eut un pincement au creux de l'estomac.

– C'est le commando qui était chargé d'enlever Leia Organa Solo sur Kashyyyk.

– Et dont Khabarakh a été l'unique survivant, compléta Thrawn. Je pense qu'il serait très instructif qu'il nous donne lui-même des détails sur cette mission ratée. Et qu'il nous explique pourquoi il lui a fallu aussi longtemps pour rentrer. Et, également, pourquoi il tient tellement à nous éviter.

10

Au cœur de la nuit, Khabarakh posa son vaisseau près de son village, qui n'était qu'un groupe serré de cabanes aux fenêtres brillamment illuminées.

— Les vaisseaux se posent souvent là ? demanda Leia à l'instant où Khabarakh descendait vers une structure sombre, non loin du centre du village.

Dans la clarté des balises, l'ombre se changea en un large bâtiment cylindrique au toit en cône tronqué. Les murs étaient faits de massifs piliers de bois alternant avec des lattes d'une essence plus claire. Sous l'avant-toit, Leia discerna un cerclage de métal.

— Pas couramment, fit le Noghri en coupant les répulseurs et en mettant les systèmes du vaisseau en standby. « Mais ça arrive.

Autrement dit, ils n'allaient pas passer inaperçus. Chewbacca, que Leia avait installé dans l'un des sièges, avait apparemment la même crainte.

— Les villageois sont tous proches du clan Kihm'bar, répondit Khabarakh. Ils considéreront ma promesse de vous protéger comme étant la leur. Venez.

Leia se leva en réprimant une grimace. Il lui fallait espérer que la confiance de Khabarakh n'était pas seulement l'effet de l'idéalisme de la jeunesse.

Ele aida le Wookie à se désharnacher et, au passage, ils prirent 6PO dans sa cabine.

— Je dois y aller le premier, annonça Khabarakh. La coutume exige que je me rende seul au *dukha* du clan Kihm'bar dès mon arrivée. Selon la loi, je dois annoncer les visiteurs étrangers au clan au chef de ma famille.

– Je comprends, dit Leia, avec un nouveau malaise. Nous vous attendrons ici.

L'idée de cette conversation entre Khabarakh et ses amis noghri en son absence ne lui plaisait guère. Mais, encore une fois, il n'y avait pas grand-chose à faire.

Il pressa deux fois la paume contre la porte et, dès que le panneau coulissa, il disparut dans l'ombre.

Chewbacca grommela quelque chose d'à peine intelligible.

– Mais il va revenir bientôt, le rassura-t-elle, tout en se demandant ce qui inquiétait à ce point le Wookie.

– Je suis certain qu'il dit la vérité, intervint 6PO fort à propos. Les coutumes et les rites de ce genre sont très communs dans les sociétés primitives de l'âge pré-spatial.

– A cette différence près que celle-ci n'est pas pré-spatiale, corrigea Leia.

Elle avait porté la main à la poignée de son sabrolaser, les yeux fixés sur la porte du sas. Khabarakh aurait pu quand même la laisser ouverte afin qu'ils le voient revenir.

– C'est évident, Votre Altesse, reconnut 6PO d'un ton professoral, mais néanmoins, je suis persuadé que leur changement de statut a été récent et que... Bien !

Chewbacca venait de le bousculer sans égard pour se précipiter vers le centre du vaisseau.

– Où vas-tu ? cria-t-elle.

Il se contenta d'un commentaire grondant sur les Impériaux qu'elle ne saisit pas entièrement.

– Chewie, reviens ! Khabarakh va être de retour d'une minute à l'autre !

Cette fois, Chewbacca ne lui répondit même pas.

– Parfait, murmura-t-elle.

– Comme je le disais, reprit 6PO, tous les éléments que j'ai recueillis jusqu'à présent sur cette société indiquent qu'ils ignoraient encore les voyages dans l'espace jusqu'à une date récente. Khabarakh a fait référence à un *dukha* – à l'évidence un centre pour le clan, quel qu'il soit – et il y a les structures familiales, plus ce respect devant votre statut royal...

– La haute cour d'Alderaan avait elle aussi une hiérarchie, remarqua Leia d'un ton acerbe, les yeux fixés sur le corridor désert.

Non, se dit-elle, elle avait tout intérêt à attendre le retour du Noghri en compagnie de 6PO.

Et elle ajouta :

– La plupart des autres peuples de la galaxie ne nous considéraient pas comme étant socialement primitifs.

– Non, certes non, fit 6PO, quelque peu embarrassé. Je n'ai rien voulu insinuer.

La porte du sas coulissa brusquement.

– Venez, dit Khabarakh. (Son regard alla de Leia au droïd.) Où est le Wookie ?

– Il est retourné à l'intérieur du vaisseau, je ne sais pourquoi. Tu veux que je le retrouve ?

Khabarakh émit un son qui ressemblait à la fois à un miaulement et à un ronronnement.

– Nous n'avons pas le temps. Le maitrakh nous attend. Venez.

Il dévalait déjà la rampe.

– Tu as une idée du temps qu'il va te falloir pour assimiler leur langue ? demanda Leia à 6PO.

– Je ne saurais le dire, Votre Altesse, répondit le droïd tandis que le Noghri les entraînait dans une cour boueuse au-delà du grand bâtiment de bois. Le *dukha* du clan, décida-t-elle. Ils semblaient se diriger vers la plus petite des constructions.

Apprendre une langue entièrement nouvelle serait certes difficile, reprit 6PO. Néanmoins, si elle comporte quelque similitude avec l'une des six millions de formes de communication qui me sont familières...

– Je comprends, le coupa-t-elle.

Ils étaient presque parvenus à la bâtisse éclairée. A leur approche, deux petits Noghri sortirent de l'ombre pour ouvrir la double porte. Leia prit son souffle et entra derrière Khabarakh.

Elle s'était attendue à trouver un intérieur brillamment illuminé et même éblouissant. A sa grande surprise, il y faisait plus sombre qu'au-dehors. Un bref regard lui en apprit la raison : les « fenêtres » si généreusement éclairées étaient en vérité des panneaux lumineux autonomes orientés vers l'extérieur. Seules deux lampes à mèches répandaient leur lueur dans la pièce. Et elle se souvint des supputations de 6PO : apparemment, il ne s'était guère trompé.

Au milieu de la pièce, cinq Noghri alignés, silencieux, lui faisaient face.

Leia, la gorge nouée, comprit qu'ils allaient parler les

premiers. Khabarakh s'avança vers celui du centre, se laissa tomber à genoux et posa le front contre le sol tout en portant les mains à ses côtés. C'était le même geste de respect qu'il avait eu à son égard dans sa cellule de Kashyyyk, se souvint-elle.

« *Ilyr'ush mir lakh svoril'lae. Mir'lae karah siv Mal'ary'ush vir'ae Vadr'ush.*

— Tu peux comprendre ça? souffla Leia à 6PO.

— A un certain degré, oui. Il semble qu'il s'agisse d'un dialecte dérivé de l'ancienne langue des marchands...

— *Sha'vah!* cracha le Noghri du centre.

6PO sursauta.

— Il vient de nous dire « silence ».

— J'avais saisi l'essentiel, dit Leia en rassemblant tout le poids de ses ascendants de la Cour Royale d'Alderaan afin d'affronter ces étrangers. Le respect des coutumes et des autorités locales, c'était une chose, mais elle était la fille du Seigneur Dark Vador, et elle ne saurait supporter l'irrespect.

— Est-ce donc ainsi que l'on s'adresse à la *Mal'ary'ush*? jeta-t-elle.

Six têtes de Noghri se redressèrent brusquement. Elle lança la Force pour tenter de deviner les pensées derrière ces regards. Mais, comme toujours, ces esprits étrangers lui étaient fermés. Elle devait donc s'exprimer clairement.

— Je vous ai posé une question.

Le Noghri du centre fit un pas vers elle, et pour la première fois, Leia remarqua les deux petites bosses dures qui saillaient sous sa tunique. Une femelle?...

— Le maitrakh? murmura-t-elle à 6PO.

— Une femelle, oui, chef d'une famille locale ou d'une structure clanique, traduisit le droïd dans un souffle nerveux.

Il avait horreur qu'on l'interpelle.

— Merci, fit Leia en fixant la Noghri. Vous êtes le maitrakh de la famille?

— Je suis *la* maitrakh, dit la Noghri en un basic compréhensible en dépit de son lourd accent.

« Quelle preuve nous apportez-vous de votre prétention au titre de *Mal'ary'ush* ?

En silence, Leia leva la main. La maitrakh hésita, puis s'avança et la renifla avec prudence.

— N'est-ce pas ce que j'ai dit? fit Khabarakh.

– Silence, troisième fils! lança la maitrakh en fixant Leia. Je vous salue, Dame Vador. Mais je ne vous souhaite pas la bienvenue.

Leia soutint son regard. Elle ne percevait toujours rien chez les étrangers, mais, en étendant le champ de sa perception, elle sut que Chewbacca avait quitté le vaisseau et approchait de la maison. Très rapidement, et avec une certaine agitation dans son esprit. Elle émit le souhait qu'il n'allait pas donner l'assaut et ruiner cette tentative de courtoisie.

– Puis-je demander pour quelle raison?

– Avez-vous servi l'Empereur? répliqua l'autre. Et servez-vous à présent notre seigneur, le Grand Amiral?

– Non aux deux questions.

– Alors, vous n'apportez que la discorde et le poison parmi nous, conclut la maitrakh d'un air sombre. La discorde entre ce qui était et ce qui maintenant est. (Elle secoua la tête.) Nous n'avons pas besoin de nouvelles discordes sur Honoghr, Dame Vador.

Elle avait à peine prononcé ces paroles que la porte s'ouvrit avec violence et que Chewbacca fit irruption dans la pièce.

La maitrakh sursauta à la vue du Wookie, et l'un des autres Noghri émit un son d'alarme. Mais tout autre réaction fut instantanément coupée par le grondement de Chewbacca.

– Es-tu certain que ce sont des Impériaux? demanda Leia, un poing glacé refermé sur son cœur. Et elle supplia en silence : *Non. Pas maintenant.*

La réponse du Wookie fut évidente : deux navettes de classe *Lambda* étaient en approche. L'une avait quitté l'orbite du superdestroyer, l'autre la cité de Nystao.

Khabarakh se porta au côté de la maitrakh et proféra quelques mots.

– Il lui dit qu'il a juré de nous protéger, traduisit 6PO. Et il demande à ce que son serment soit honoré.

Un long moment s'écoula, et Leia fut convaincue que la maitrakh allait refuser. Puis, avec un soupir, elle inclina légèrement la tête.

Khabarakh se tourna alors vers Leia.

– Suivez-moi. (Il passa près d'elle et du Wookie.) La maitrakh a accepté de vous cacher de notre seigneur le Grand Amiral, du moins pour l'heure.

– Et où allons-nous ?

– Votre droïd, ainsi que votre matériel d'analyse, je vais les cacher au milieu des droïds de nettoyage qu'on met dans un hangar extérieur pour la nuit. (Il désigna un bâtiment aveugle à cinquante mètres de là.) Vous et le Wookie, c'est un autre problème. Si les Impériaux ont des senseurs, vos profils vitaux vont apparaître comme nettement différents de ceux des Noghri.

– Je sais, fit Leia.

Elle leva les yeux vers les feux des navettes, essayant de se rappeler tout ce qu'elle savait des algorithmes d'identification des formes de vie.[1] Le rythme cardiaque était l'un des paramètres, elle le savait, ainsi que l'atmosphère ambiante, les rejets respiratoires, et les effets magnétiques de polarisation des chaînons moléculaires. Mais le paramètre le plus important, et de loin, était...

– Nous avons besoin d'une source de chaleur, dit-elle à Khabarakh. Aussi importante que possible.

– Le four à boulangerie, dit le Noghri en montrant un bâtiment non loin de là. A l'arrière, des tourbillons de fumée s'élevaient d'une cheminée trapue.

– Ça me semble notre meilleure chance, acquiesça Leia. Khabarakh, tu vas aller cacher 6PO. Chewie, tu viens avec moi.

Les Noghri les attendaient quand ils descendirent de la navette : trois femelles côte à côte, ainsi que deux enfants montant une garde d'honneur de part et d'autre des portes du bâtiment du *dukha*. Thrawn jeta un regard sur le groupe, balaya les environs, avant de se tourner vers Pellaeon.

– On attend l'arrivée de l'équipe technique, capitaine, fit-il calmement. Que vos hommes commencent par vérifier le matériel de communication et de contre-mesure de ce vaisseau, là-bas. Puis rejoignez-moi à l'intérieur.

– Bien, amiral.

Thrawn se tourna ensuite vers Ir'khaim.

– Dynaste, fit-il avec un geste d'invite.

---

1. Un algorithme est une suite finie d'opérations élémentaires formant un schéma de calcul d'un problème. Les algorithmes sont surtout employés en informatique. Leur nom dérive du surnom d'un mathématicien arabe, Al-Khârezmi. *(N.d.T).*

Le dynaste s'inclina et les précéda. Thrawn jeta un bref regard à Rukh, qui avait repris sa position à son côté.

Ils eurent droit aux formalités de bienvenue habituelles, puis les femelles entrèrent avant eux dans le *dukha*.

La navette du *Chimaera* arriva deux minutes plus tard. Pellaeon donna ses instructions à l'équipe technique avant de gagner à son tour le *dukha*.

Il s'était dit que pour cette visite impromptue et tardive de son glorieux seigneur et maître, la maitrakh n'aurait réussi qu'à rassembler une poignée de villageois. Surpris, il constata que la moitié des habitants devait être là. Ils étaient sur deux rangs, enfants comme adultes, depuis la grande carte généalogique jusqu'au cabinet de méditation, en passant par la double porte. Thrawn était assis sur le Haut Siège, aux deux tiers du fond de la salle, et Ir'khaim avait repris sa place auprès de lui. Les trois femelles qui les avaient accueillis à leur descente de navette leur faisaient face, et un second rang d'anciens se tenait à un pas en arrière. Au milieu des femelles, se tenait un jeune Noghri reconnaissable à sa peau gris acier, en contraste avec celle de ses aînés.

Pellaeon, apparemment, avait manqué plus que l'habituel échange de rites absurdes dont les Noghri ne se lassaient jamais. A l'instant où il contournait les rangs silencieux pour aller rejoindre Thrawn, le jeune mâle s'avança et s'agenouilla devant le Haut Siège.

— Je vous salue, monseigneur, miaula-t-il d'un ton grave en ouvrant les bras. Votre présence en ces lieux est un honneur pour ma famille et le clan Kihm'bar.

— Tu peux te relever, dit Thrawn. Tu es Khabarakh, du clan Kihm'bar?

— Certes, monseigneur.

— Tu as fait partie de l'équipe commando 22. Qui a cessé d'exister sur la planète Kashyyyk. Dis-moi ce qui s'est passé.

Khabarakh avait pu avoir une crispation. Mais Pellaeon n'aurait su le dire avec certitude.

— J'ai établi un rapport, monseigneur, immédiatement après avoir quitté ce monde.

— Oui, je l'ai lu, fit Thrawn d'un ton froid. Très attentivement, et j'ai noté quelques questions demeurées sans réponses. Par exemple, comment et pourquoi tu avais pu survivre alors que tous les autres avaient été tués. Et comment tu es parvenu à fuir une planète qui était tout entière en alerte. Et pourquoi tu n'es pas revenu immédiatement sur Honoghr ni aucune des autres bases après l'échec de cette mission.

Cette fois, la crispation nerveuse de Khabarakh n'échappa pas à Pellaeon. Mais il avait pu réagir au mot *échec*.

– Après la première attaque, les Wookies m'ont laissé inconscient sur le terrain. Lorsque je me suis réveillé, j'étais seul et j'ai réussi à regagner le vaisseau. Là, j'ai appris le sort du reste de notre équipe de source officielle. Je suppose qu'ils ne s'attendaient pas à ce que je m'échappe aussi vite et furtivement. Quant au lieu où j'ai séjourné plus tard, monseigneur... (Il hésita.) J'ai transmis mon rapport, et j'ai voulu rester seul quelque temps.

– Pourquoi?

– Pour penser et méditer, monseigneur.

– Mais Honoghr n'aurait-il pas mieux convenu pour cela? insista Thrawn en levant la main vers l'assemblée.

– J'avais beaucoup à réfléchir, monseigneur.

Un instant, Thrawn fixa sur lui un regard songeur.

– Lorsqu'on t'a demandé de te faire connaître, tu as mis longtemps à réagir. Puis, tu as refusé de te poser sur le port de Nystao.

– Je n'ai pas refusé, monseigneur. On ne m'a jamais donné l'ordre de le faire.

– J'apprécie le distinguo, fit Thrawn d'un ton sec. Mais dis-moi pourquoi tu as préféré te poser ici?

– Je voulais parler à ma maitrakh. Lui rapporter ma méditation et lui demander pardon pour... pour cet échec.

– Et c'est ce que tu as fait? demanda Thrawn en se tournant vers la maitrakh.

– Nous avions commencé, fit-elle en un basic atroce. Mais nous n'avons pas terminé.

Au fond de la salle, la double porte du *dukha* s'ouvrit sur l'un des techniciens de l'équipe.

– Vous avez un rapport à faire, enseigne? lui demanda Thrawn.

L'autre s'avança d'un pas hésitant entre les anciens Noghri.

– Oui, amiral. Nous avons terminé notre exploration préliminaire des circuits de communication et de contremesure, selon vos ordres.

Thrawn coula un regard vers Khabarakh.

– Et...?

– Nous pensons avoir localisé la défaillance, amiral. Le bobinage de l'émetteur principal semble avoir subi une surcharge qui a fait sauter un capacitor, ce qui a endommagé les circuits proches. L'ordinateur de compensation a rétabli la liaison, mais la déviation était trop près d'une des lignes d'amortissement de statiquc pour que la charge d'inductance la déclenche.

– Intéressant faisceau de coïncidences, commenta Thrawn, le regard de ses yeux rouges toujours fixé sur Khabarakh.

« Pensez-vous qu'il puisse s'agir d'une défaillance normale ou artificiellement provoquée?

La maitrakh s'agita, comme si elle était sur le point d'intervenir. Thrawn la regarda et elle reprit son calme.

– Impossible de le dire, amiral, fit le technicien, en choisissant soigneusement ses mots. (A l'évidence, il ne lui était pas venu à l'esprit qu'il frôlait l'insulte au milieu d'une assemblée de Noghri qui risquaient d'en prendre offense.) Quelqu'un de très habile aurait pu parvenir à ce résultat. Mais je dois vous dire, amiral, que ces ordinateurs de compensation ne sont pas réputés pour leur fiabilité. Ils fonctionnent très bien lorsque des pilotes non chevronnés sont en difficulté sérieuse, mais dans les situations non-critiques, ils auraient tendance à bousiller d'autres éléments.

– Je vous remercie, fit Thrawn.

S'il était déçu de ne pas avoir pris Khabarakh en flagrant délit de mensonge, cela ne se voyait pas sur son visage.

– Que votre équipe emmène le vaisseau à Nystao pour y être réparé.

L'enseigne se retira.

Et Thrawn revint à Khabarakh.

– Ton équipe ayant été anéantie, il va falloir te réinscrire. Dès que ton vaisseau aura été réparé, tu te rendras à la base de Valtar, dans le secteur de Glythe, où tu te présenteras au rapport.

– Oui, monseigneur.

Thrawn se leva.

– Vous avez des raisons d'être fiers, fit-il en inclinant la tête vers la maitrakh. Tous ceux d'Honoghr se souviendront longtemps du service que votre famille a rendu au clan Kihm'bar ainsi qu'à l'Empire.

– Et nous de votre autorité et de votre protection, répondit la maitrakh.

Flanqué de Rukh et Ir'khaim, Thrawn quitta son siège et se dirigea vers la porte. Pellaeon le suivit. La seconde d'après, ils se retrouvèrent dans la nuit glacée. La navette était prête à décoller et, sans un mot, Thrawn ouvrit la marche. Comme ils quittaient le sol, Pellaeon surprit les Noghri qui sortaient de la *dukha* pour regarder partir leurs maîtres.

– C'était vraiment très agréable, souffla-t-il.

Thrawn le dévisagea.

– C'était une perte de temps, selon vous, capitaine? demanda-t-il d'un ton doucereux.

Pellaeon regarda Ir'khaim, assis à l'avant de la navette. Le dynaste ne semblait pas les écouter, mais il fallait néanmoins faire preuve de tact.

– Diplomatiquement, amiral, je suis certain qu'il était utile que vous montriez que vous vous préoccupez d'Honoghr, ainsi que de tous les villages. Mais, puisqu'il y a eu une défaillance réelle sur le patrouilleur, je ne crois pas que nous ayons gagné grand-chose.

Thrawn se tourna vers la baie latérale.

– Ça, capitaine, je n'en suis pas convaincu. Il y a quelque chose qui ne va pas. Rukh, comment as-tu jugé ce jeune commando, Khabarakh?

– Il était mal à l'aise. Je l'ai lu dans ses mains comme sur son visage.

Ir'khaim fit pivoter son siège.

– Nul n'est jamais naturellement à l'aise devant le seigneur des Noghri, dit-il.

– Et tout particulièrement quand on a les mains encore humides d'un échec? rétorqua Rukh.

Ir'khaim se dressa à demi et, le temps de quelques battements de cœur, la tension fut palpable entre les deux Noghri.

– Cette mission, intervint Thrawn, a provoqué quelques échecs. Et, en cela, le clan Kihm'bar n'est pas une exception.

Lentement, Ir'khaim se rassit.

– Khabarakh est encore jeune, fit-il.

– Certes oui, admit Thrawn. C'est pourquoi, je présume, il se montre si mauvais menteur. Rukh, le dynaste Ir'khaim aimerait peut-être profiter de la section de proue. Veuillez l'escorter.

– Oui, monseigneur. (Rukh se dressa.) Dynaste Ir'khaim? fit-il en désignant la porte.

Un instant, le Noghri ne réagit pas. Puis il s'exécuta, avec une réticence évidente.

– Monseigneur, dit-il d'un air roide.

Thrawn attendit que la porte se soit refermée sur les deux Noghri avant de se tourner vers Pellaeon.

– Capitaine, Khabarakh cache quelque chose. J'en ai la certitude.

– Oui, amiral, fit Pellaeon, en se demandant comment le Grand Amiral était parvenu à cette conclusion.

« Dois-je ordonner un balayage sur le village?

– Ça n'est pas ce que j'entendais par-là. Khabarakh n'aurait pas ramené sur Honoghr quoi que ce soit qui puisse l'incriminer. On ne peut cacher quoi que ce soit très longtemps dans ces petits villages. Non, il s'agit d'une chose dont il ne nous a pas parlé et qui concerne ce blanc d'un mois dans sa mission. Ce mois qu'il aurait passé à méditer, selon lui.

– Son vaisseau pourra peut-être nous en apprendre plus.

– Je l'admets. Veillez à ce qu'une équipe fasse un scanning complet avant de le confier aux techniciens. Qu'ils travaillent au millicube près. Et que la Surveillance mette quelqu'un sur Khabarakh.

– L'un des nôtres... ou un Noghri, amiral?

Thrawn haussa un sourcil.

– Ce qui est ridiculement évident ou lourdement politique, en d'autres termes? Oui, vous avez raison. Essayons la troisième option : y a-t-il des droïds d'espionnage sur le *Chimaera*?

– Je ne le crois pas, amiral. (Pellaeon appuya sur quelques touches de l'ordinateur.) Non. Mais nous disposons de droïds sondeurs Vipères d'Arakyd. Rien de plus compact.

– En ce cas, nous allons improviser. Que l'Ingénierie installe un motivateur Vipère dans un droïd de nettoyage et l'équipe de senseurs optiques et audio et d'un enregistreur. On le mêlera au groupe de droïds du village de Khabarakh.

– Bien, amiral. (Pellaeon transmit l'ordre.) Vous désirez qu'on installe aussi un émetteur?

Thrawn secoua la tête.

– Non, un enregistreur suffira. L'antenne serait difficile à dissimuler. Nous ne tenons pas à ce que les Noghri se posent des questions. (Les yeux ardents de Thrawn se portèrent vers la baie.) Nous ne sommes pas particulièrement pressés. C'est le calme avant la tempête, capitaine. Et jusqu'à ce que la tempête éclate, nous devrons consacrer notre temps et notre énergie à nous assurer que notre illustre Maître Jedi sera prêt à nous assister quand nous aurons besoin de lui.

– Ce qui implique que nous devrons lui livrer Leia Organa Solo.

– Exactement. (Thrawn se tourna vers la porte de proue.) Si les Noghri ont besoin de ma présence pour les inspirer, ils peuvent compter dessus.

– Pour combien de temps? demanda Pellaeon.

Un mince sourire effleura les lèvres de Thrawn.

– Pour aussi longtemps que ce sera nécessaire.

11

– Yan? fit la voix de Lando près de la couchette. Réveille-toi!

– Mais je suis réveillé, grommela Yan tout en se frottant les yeux d'une main et en faisant pivoter l'horloge de l'autre.

Il avait appris une chose durant ses années de hors-la-loi : passer du sommeil le plus profond à l'état d'éveil absolu le temps d'un battement de cœur.

– Que se passe-t-il?

– On y est, dit Lando. Quant à savoir où...

– J'arrive.

Il surgit dans le cockpit du *Lady Luck* et jeta un bref regard au croissant bleu-vert moucheté de nuages d'une planète qui ressemblait à des centaines d'autres avant de demander :

– Où est Irenez?

– Au poste de contrôle arrière, dit Lando. J'ai l'impression qu'elle voulait transmettre certains codes d'identification sans qu'on puisse regarder par-dessus son épaule.

– Tu as une idée de notre position?

– Pas vraiment. Le temps de transit a été de 47 heures, ce qui ne nous apprend pas grand-chose.

– Un cuirassé, fit Yan en cherchant dans sa mémoire, ça peut atteindre... quoi? Point Quatre?

– Environ. Dans les cas d'urgence.

– Donc, on n'a pas pu faire plus de cent cinquante années-lumière depuis New Cov.

– Moins que ça, je pense. Ça serait absurde d'utiliser

New Cov comme point de contact s'ils étaient aussi éloignés.

– A moins que ce ne soit Breyl'lya qui ait eu l'idée de New Cov.

– Possible. Mais je pense quand même qu'on n'a pas dépassé cent cinquante années-lumière. Ils ont très bien pu prendre tout leur temps pour nous donner le change.

Yan leva les yeux vers le cuirassé qui les avait portés à travers l'hyperespace durant ces deux derniers jours et dit :

– Ou bien pour préparer un comité de réception.

– Justement, acquiesça Lando. Je ne sais pas si je te l'ai dit, mais après qu'ils se furent excusés pour avoir décentré le couplage magnétique sur notre écoutille, je suis allé jeter un coup d'œil.

– Tu ne me l'as pas dit, mais j'ai fait la même chose, dit Yan d'un ton amer. Ils l'ont fait délibérément, n'est-ce pas ?

– C'est ce que je pensais, moi aussi, dit Lando. Comme s'ils avaient voulu trouver une excuse pour nous coller ici et éviter qu'on s'aventure dans leur vaisseau.

– A cela, il peut y avoir des tas de raisons, bonnes et innocentes.

– Et d'autres encore, pas si innocentes que ça, répliqua Lando. Tu es certain de ne pas connaître ce fameux Commandeur ?

– Je n'en ai pas la moindre intuition. Mais on ne va pas tarder à le savoir.

Le circuit de communication crachota.

– *Lady Luck,* ici Sena. Nous sommes arrivés.

– On avait cru le remarquer, dit Lando. Je suppose que vous voulez qu'on descende avec vous...

– Exact. Le *Faucon Pèlerin* va larguer le couplage magnétique dès que vous serez parés.

Yan entendit à peine la réponse de Lando. Un vaisseau appelé *Faucon Pèlerin?*

– Hé, tu m'entends ?

Yan fixa Lando.

– Oui, bien sûr. C'est seulement que... Ce nom : *Faucon Pèlerin.* Ça me rappelle vaguement quelque chose.

– Tu l'as déjà entendu ?

– Non, pas à propos de ce vaisseau. La légende du « Faucon Pèlerin », on me la racontait souvent quand j'étais gosse. Une histoire à faire peur, à propos d'un vieux fantôme qui avait été condamné à errer éternellement autour du monde sans jamais retrouver sa maison. Ça me fichait vraiment la trouille.

Un claquement résonna au-dessus de leurs têtes. Une secousse, et ils furent libérés du cuirassé. Lando les dégagea en levant les yeux.

– Essaie de ne pas perdre de vue que ça n'était qu'une légende, dit-il.

– Bien sûr, fit Yan, un peu trop vivement. Je sais.

Ils suivirent le cargo de Sena et se retrouvèrent bientôt à basse altitude au-dessus d'une immense prairie parsemée de bouquets de conifères. Une muraille de falaises déchiquetées se dressait droit devant.

Son vieil instinct de contrebandier souffla à Yan que c'était l'endroit idéal pour abriter une base spatiale. Quelques minutes plus tard, il en eut confirmation : au-delà d'une chaîne peu élevée, ils surgirent au-dessus du camp.

Un camp bien trop vaste pour n'être qu'une simple base d'entretien. Des structures se déployaient derrière les falaises, rangée après rangée. Cela allait des simples casernements à un énorme hangar de réparation au toit camouflé, en passant par des bâtiments administratifs et des entrepôts de vivres, de matériel et d'outils. Le périmètre était parsemé d'armes Golan anti-personnel, plus quelques batteries anti-blindés de type Speizoc, ainsi que des véhicules d'assaut Freerunner KAAC en position de défense.

Lando siffla.

– Tu veux regarder ça ? C'est quoi ? Une armée privée ?

– On le dirait bien, fit Yan avec un frisson dans la nuque.

Il avait déjà rencontré des armées privées, dans le passé, pour son malheur.

– Je crois que tout ça commence à me déplaire, fit Lando en manœuvrant avec prudence au-dessus de la ligne des sentinelles.

Devant eux, le cargo de Sena approchait de la zone d'atterrissage à peine distincte.

– Tu es certain que tu ne veux pas qu'on s'en aille ?

– Avec trois cuirassés lourds juste au-dessus de nos

têtes? Je ne pense pas qu'on ait le choix. Surtout dans ce cageot.

– Tu as sans doute raison, fit Lando, tendu au point de ne pas relever l'insulte faite à son yacht. Alors, qu'est-ce qu'on fiche?

Le cargo de Sena venait de sortir ses patins et se posait.

– Je crois qu'on va descendre et se comporter comme des invités, dit Yan.

Lando lui montra son blaster.

– Et tu penses que nos hôtes ne verront aucune objection à ce que leurs invités arrivent armés?

– Attendons qu'ils nous en fassent la remarque. Ensuite, on pourra toujours discuter.

Quand ils descendirent, Irenez les attendait, son propre blaster bien en vue à sa hanche. Un youyou de transfert les attendait. A l'instant où ils escaladaient la coupée, ils virent Sena et plusieurs membres de son équipage se précipiter vers la proue du *Lady Luck*. Les hommes portaient un uniforme brunâtre de coupe vaguement corellienne, alors que Sena, par contraste, avait encore les mêmes vêtements civils qu'elle avait portés sur New Cov.

– Bienvenue sur notre base d'opérations! lança-t-elle en englobant tout le campement d'un geste. Le Commandeur va vous recevoir.

Elle les rejoignit et Yan lui dit :

– On dirait qu'il y a pas mal d'activité dans le secteur. Vous allez déclencher une guerre ou quoi?...

– Déclencher les guerres, ça n'est pas notre spécialité, répliqua Sena froidement.

Ils pénétraient dans le camp et Yan éprouva un sentiment vaguement familier.

Mais ce fut Lando qui l'exprima.

– Vous savez, cet endroit me rappelle beaucoup les bases de l'Alliance, dit-il à Sena. Si ce n'est qu'elles étaient souterraines.

– N'est-ce pas? fit Sena, sans rien révéler.

– Alors, vous avez eu des contacts avec l'Alliance? insista courtoisement Lando.

Elle ne répondit pas. Lando interrogea Yan du regard et eut droit à un haussement de sourcils en réponse.

Le youyou se posa près d'un bâtiment administratif indiscernable des autres, si l'on exceptait les deux gardes plantés sur le seuil. Ils saluèrent Sena et l'un d'eux ouvrit la porte.

– Le Commandeur demande à vous voir seul un instant, capitaine Solo, déclara Sena. Je vais attendre ici avec le général Calrissian.

– Bien, fit Yan.

Et, inspirant à fond, il entra.

Il fut à peine surpris de se retrouver dans une salle d'état-major de guerre totalement équipée. Sur tous les murs étaient alignées des consoles de tracking et de communication, et il repéra au moins un récepteur de piège gravifique à cristal et ce qui pouvait bien être le clavier de portée du canon ionique du type Défenseur Planétaire KDY v-150 pareil à celui que l'Alliance avait dû abandonner sur Hoth. Au centre de la salle, un secteur stellaire scintillait dans un vaste hologramme. Des centaines de repères multicolores et de lignes vectorielles brillaient entre les systèmes.

Et, près de l'holo, il y avait un homme.

Son visage était quelque peu déformé par les couleurs de la projection holo. Yan ne l'avait jamais vu qu'en photo, mais il le reconnut en un éclair.

– Sénateur Bel Iblis! souffla-t-il.

– Bienvenue au Nid du Faucon Pèlerin, capitaine Solo, fit l'autre d'une voix grave. Je suis flatté de constater que vous vous souvenez encore de moi.

– Les Corelliens ne risquent pas de vous oublier, sénateur. Mais vous...

– Je suis censé être mort, n'est-ce pas? fit Bel Iblis avec un demi-sourire.

– Eh bien...oui. Je veux dire : tout le monde croit que vous avez trouvé la mort sur Anchoron.

– Au strict sens du terme, oui, fit Bel Iblis, dont le sourire s'était effacé.

En s'approchant, Yan fut frappé par les rides du visage du sénateur.

– L'Empereur n'a pas pu me tuer à Anchoron, mais il aurait très bien pu le faire. Il a pris tout ce qui comptait dans ma vie : ma famille, ma profession, et toutes mes relations avec la société corellienne. Il m'a rejeté de cette loi que j'avais eu tant de mal à établir et à maintenir. (Le sourire revint, faible comme le reflet du soleil au pourtour d'un nuage.) Il m'a forcé à devenir un rebelle. J'imagine que vous comprenez ce que j'ai pu éprouver.

– Assez facilement, oui, fit Yan avec un sourire oblique.

On lui avait raconté à l'école l'histoire légendaire du sénateur Garm Bel Iblis, et il se sentait redevenir un petit garçon sous l'effet de son charme.

– Je n'arrive pas à le croire. J'aurais aimé que nous nous rencontrions plus tôt – nous aurions pu utiliser votre armée pendant la guerre...

– Nous n'aurions sans doute pas été très utiles. Il nous a fallu beaucoup de temps pour monter ce que vous voyez ici. Mais nous en parlerons plus tard. Pour l'instant, je devine que vous essayez de vous rappeler dans quelles circonstances nous nous sommes rencontrés.

Yan songea soudain qu'il avait totalement oublié cette référence faite par Sena à propos d'une première rencontre.

– Pour être franc, dit-il, je n'en ai pas la moindre idée. A moins que ce ne soit après Anchoron et que vous ayez été déguisé...

Bel Iblis secoua la tête.

– Non, je n'étais pas déguisé. Mais je ne m'attendais pas à ce que vous en ayez un souvenir précis. Je vous donne un indice : à cette époque, vous ne deviez pas avoir plus de onze ans.

– Onze ans ? Vous voulez dire que j'étais encore à l'école ?

– Exact. Absolument exact. En fait, vous aviez été convoqué à votre école pour entendre un cours sur la politique fait par un groupe de vieux fossiles.

Yan se sentit rougir. Il ne retrouvait pas l'instant, mais il se rappelait l'opinion qu'il avait des politiciens à cette époque. Et qui n'avait guère changé après toutes ces années.

– Je suis désolé, mais je ne vois toujours pas.

– Comme je vous l'ai dit, je ne m'y attendais guère. Mais pour ma part, je me souviens très bien de cet incident. Après l'exposé, vous avez posé deux questions de façon irrévérencieuse : la première concernait la politique anti-étrangère qui commençait à se répandre dans les structures de la République, et la seconde la corruption dans laquelle plusieurs de mes collègues du Sénat avaient été compromis.

Cela commençait à revenir de façon vague dans l'esprit de Yan.

– Oui... fit-il lentement. Je me rappelle que l'un de mes

amis m'avait mis au défi de vous questionner là-dessus. Il s'était sans doute dit que j'allais me ficher dans une mauvaise situation. Mais j'avais déjà suffisamment d'ennuis pour ne pas m'inquiéter à ce sujet.

— Vous aviez déjà défini le cours de votre existence, non? suggéra Bd Iblis. En tout cas, je ne m'étais pas attendu à ce genre de question de la part d'un gamin de onze ans et j'ai été suffisamment intrigué pour ne jamais vous quitter de l'œil depuis.

Yan fit une grimace.

— Et ce que vous avez constaté ne vous a pas réellement impressionné, n'est-ce pas?...

— Il m'est arrivé d'être extrêmement déçu. Par exemple quand vous avez été renvoyé de l'Académie Impériale. Vous étiez un élève prometteur, et à l'époque je pensais qu'un corps d'officiers loyaux était l'un des derniers remparts de la République avant de s'effondrer vers l'Empire. Vu les circonstances, c'était préférable. Avec votre mépris marqué pour l'autorité, vous auriez été tôt ou tard victime d'une de ces purges que l'Empereur affectionnait. Et la suite aurait été bien différente, non?...

— Un peu, oui, concéda Yan avec modestie. Mais... depuis combien de temps êtes-vous dans ce... Nid de Faucon Pèlerin, comme vous l'appelez?

— Oh, nous n'y séjournons jamais très longtemps, fit Bel Iblis en posant la main sur son épaule tout en l'entraînant vers la porte. Si vous vous immobilisez trop longtemps, les Impériaux vous trouvent. Mais nous parlerons travail plus tard. Je pense que votre ami doit commencer à s'inquiéter. Présentez-le moi.

Lando semblait en fait assez tendu lorsque Bel Iblis et Yan réapparurent.

— Tout va bien, lui dit Yan. Nous sommes amis. Sénateur, voici Lando Calrissian, ex-général de l'Alliance Rebelle. Lando, je te présente le sénateur Garm Bel Iblis.

Il ne s'était certes pas attendu à ce que Lando se souvienne d'un ancien politicien corellien. Et il ne s'était pas trompé.

— Sénateur... fit Lando d'un ton neutre.

— Très honoré de vous rencontrer, général Calrissian, dit Bel Iblis. J'ai beaucoup entendu parler de vous.

Lando risqua un regard inquiet vers Yan.

— Appelez-moi simplement Calrissian. Général n'est plus qu'un titre honorifique.

– Alors, nous sommes à égalité, sourit Bel Iblis. Moi non plus, je ne suis plus sénateur. (Il fit un geste à l'adresse de Sena.) Vous avez déjà fait la connaissance de ma conseillère et ambassadrice officieuse, Sena Leiikvold Midanyl. Et... (Il regarda autour de lui.) Je crois savoir qu'Irenez vous accompagnait.

– On avait besoin d'elle à bord, intervint Sena. Notre invité avait besoin d'être calmé.

– Ah, oui, l'assistant-conseiller Breyl'lya, approuva Bel Iblis. Ça n'était peut-être pas très avisé de votre part.

– Oui, je l'admets, monsieur. Je n'aurais sans doute pas dû l'amener, mais sur le moment, je n'ai vu aucune autre solution possible.

– Je vous l'accorde, dit Bel Iblis. Le laisser au beau milieu d'un raid des Impériaux eût été encore plus maladroit.

Yan éprouva un frisson glacé. Excité par ces retrouvailles avec l'ex-sénateur, il avait totalement oublié la raison première de sa visite sur New Cov.

– Vous semblez en bons termes avec Breyl'lya, sénateur, avança-t-il prudemment.

L'autre le fixa.

– Vous voulez savoir jusqu'où vont ces bons termes ?

Yan se figea sur place.

– A vrai dire, oui, sénateur...

Un sourire effleura les lèvres de Bel Iblis.

– Vous avez toujours ce fond qui refuse toute autorité, n'est-ce pas ? Bien. Allons jusqu'au bureau de l'état-major, et là, je vous dirai tout ce que vous désirez savoir. Ensuite... moi aussi, j'aurai certaines questions à vous poser.

La porte coulissa et Pellaeon entra dans l'alcôve ténébreuse de la chambre de commandement privée de Thrawn. Ténébreuse et apparemment déserte. Mais Pellaeon connaissait son amiral.

– J'apporte des informations essentielles au Grand Amiral, clama-t-il. Je n'ai pas de temps à perdre avec ces petits jeux.

– Ce ne sont pas des jeux, miaula Rukh à son oreille, de sa voix graveleuse. (Il tressaillit malgré tous ses efforts pour se maîtriser.) Je dois bien entretenir mes talents de chasseur en m'entraînant, sous peine de les perdre.

– Entraîne-toi sur quelqu'un d'autre, gronda Pellaeon. J'ai à faire.

Il alla jusqu'à la porte intérieure tout en maudissant en silence Rukh et toute la race des Noghri. Pour l'Empire, ils étaient des outils très utiles. Mais il fréquentait depuis trop longtemps ces primitifs structurés en clans soudés pour ne pas savoir qu'à long terme, ils ne créaient que des ennuis.

La porte coulissa, révélant la pièce ténébreuse éclairée discrètement par quelques chandelles.

Pellaeon s'arrêta brusquement, se souvenant de cette crypte sinistre sur Wayland, dans laquelle des milliers de cierges marquaient les tombes des étrangers venus d'autres mondes et qui avaient été assassinés par Joruus C'baoth. Et Thrawn avait transformé sa chambre de commandement en une copie de cet endroit...

– Non, je ne suis pas tombé sous l'influence de notre capricieux Maître Jedi, dit le Grand Amiral d'un ton cassant. Regardez de plus près, capitaine.

C'est à peine si Pellaeon pouvait distinguer les yeux rouges de Thrawn.

Pellaeon obéit, pour s'apercevoir que ces quelques « chandelles » étaient en fait des images holographiques de délicates sculptures illuminées.

– Superbe, n'est-ce pas ? demanda Thrawn d'une voix rêveuse. Ce sont des flammes miniatures corelliennes. Elles relèvent de ces quelques rares formes d'art que d'autres ont essayé de copier sans y réussir. Ce ne sont guère plus que des fibres transoptiques façonnées, un matériau pseudo-luminescent et des sources lumineuses goorlish. Pourtant, nul n'est jamais parvenu à en capter l'essence. (Les flammes holographiques s'effacèrent et, au centre de la chambre, apparut l'image de trois cuirassés lourds.)

– Ceci a été pris par le *Sans Répit* il y a deux jours, au large de la planète New Cov, capitaine. Regardez attentivement.

Il lança l'enregistrement. Pellaeon vit les cuirassés, en formation triangulaire, ouvrir le feu avec leurs canons ioniques. A demi cachés dans le déchaînement de la salve, un cargo et ce qui semblait être un yacht léger se glissèrent au centre de la formation. Sans cesser de tirer, les cuirassés se retirèrent et, l'instant d'après, toute la formation passa en luminique. L'hologramme s'estompa et une douce lumière vint baigner la chambre.

– Des commentaires? demanda Thrawn.

– Il semble bien que nos vieux amis soient de retour. Et qu'ils se soient remis de la frayeur que nous leur avons causée sur Linuri. C'est ennuyeux.

– Malheureusement, tout indique qu'ils s'apprêtent à devenir plus qu'ennuyeux. Le *Sans Répit* a identifié l'un des deux vaisseaux comme étant le *Lady Luck*. Avec Yan Solo et Lando Calrissian à son bord.

Pellaeon se rembrunit.

– Solo et Calrissian? Mais...

– Oui, ils étaient censés se trouver dans le système de Palanhi, acheva Thrawn. Une erreur de ma part. A l'évidence, ils ont rencontré quelque chose de plus important que la défense de la réputation d'Ackbar.

– De nouveaux renforts militaires pour la Rébellion? demanda Pellaeon.

– Je ne pense pas qu'ils en soient encore là. Pas plus que je ne considère une telle alliance comme inévitable. Capitaine, c'était un Corellien qui dirigeait cette force d'intervention, j'en suis persuadé. Et je ne vois que quelques possibilités quant à son identité.

– Mais Solo est Corellien, n'est-ce pas? fit Pellaeon.

– Oui. C'est une des raisons qui, pour moi, expliquerait qu'ils en soient encore au stade de la négociation. Si leur leader est bien celui auquel je pense, il est fort capable de questionner longuement un compatriote avant de se risquer à une collusion avec les leaders de la Rébellion.

Le communicateur tinta.

– Amiral? Nous avons établi le contact avec le *Sans Répit*, selon vos ordres.

Thrawn appuya sur une touche. Un holo d'un officier impérial âgé se matérialisa. Il semblait se tenir près d'un pupitre de contrôle de bloc de détention.

– Grand Amiral, fit-il en hochant solennellement la tête.

– Bonjour, capitaine Dorja. Vous avez le prisonnier que j'ai demandé?...

– Ici-même, amiral.

Une nouvelle image apparut, hors-champ, celle d'un humain trapu, les mains liées par des menottes sur son torse, affichant une expression neutre sous sa barbe bien taillée.

– Il se nomme Niles Ferrier, dit Dorja. Nous l'avons capturé, lui et son équipe, lors de notre raid sur New Cov.

– Celui dont Skywalker, Solo et Calrissian ont réchappé, dit Thrawn.

Dorja sourcilla.

– Exact, amiral.

Thrawn porta son attention sur Ferrier.

– Capitaine, nos dossiers disent que vous êtes un spécialiste du vol de vaisseaux. Sur New Cov, on vous a pris avec un chargement de bio-molécules. Avez-vous des explications à nous fournir?

Ferrier haussa à peine les épaules.

– Piquer un vaisseau, ça ne se fait pas tous les jours. Il faut saisir les occasions et tout préparer. Quand on a la cargaison en plus, ça nous aide à boucler notre budget.

– Vous saviez, bien entendu, que ces bio-molécules n'étaient pas déclarées.

– Oui, c'est ce que m'a dit le commandant Dorja, fit Ferrier, avec un mélange bien dosé d'indignation et d'étonement. Croyez-moi : si j'avais seulement deviné que j'arnaquais l'Empire...

– Je suppose que vous savez, l'interrompit Thrawn, que pour ce genre d'acte, je peux non seulement confisquer votre cargaison mais également votre vaisseau.

– J'ai rendu quelques services à l'Empire, amiral. J'ai détourné des tas de chargements de la Nouvelle République et, récemment, j'ai même livré trois patrouilleurs sienar.

– Pour des sommes fabuleuses, remarqua Thrawn. Mais il est inutile de nous faire remarquer que nous vous sommes redevables de ces services passés. Cependant... il existe peut-être pour vous un moyen de vous acquitter de la dette présente. Quand vous avez tenté de vous enfuir de New Cov, avez-vous identifié les vaissseaux qui attaquaient le *Sans Répit* ?

– Bien sûr, dit Ferrier avec une note d'orgueil professionnel. Il s'agissait de cuirassés à moteur interstellaire de type Rendili. Très vieux, mais encore valables. Ils ont sans doute été radoubés.

– C'est le cas, fit Thrawn avec un vague sourire. Je les veux.

Ferrier mit un certain temps à comprendre. Il prit un air stupéfait.

– Vous voulez dire que je dois...?

– Ça vous pose un problème? fit Thrawn, d'un ton froid.

– Et bien... Amiral, avec tout le respect que je vous dois...

– Vous disposez de trois mois standard pour me livrer ces vaisseaux, ou au moins me donner leur position exacte. Capitaine Dorja?...

– Oui, amiral?

– Vous allez libérer le capitaine Ferrier ainsi que son équipage et mettre à leur disposition un cargo banalisé des Services de Renseignements. Leur vaisseau personnel demeurera à bord du *Sans Répit* jusqu'à ce qu'ils aient accompli leur mission.

– Compris, acquiesça Dorja.

– Encore une chose, capitaine Ferrier, ajouta Thrawn. Au cas fort improbable où vous décideriez d'abandonner cette mission et de vous enfuir, ce cargo sera équipé d'un mécanisme de destruction totale réglé sur trois mois. J'espère que vous me comprenez.

Ferrier était devenu un peu plus pâle.

– Oui, balbutia-t-il.

– Parfait. (Thrawn revint à Dorja.) Capitaine, je vous laisse les derniers détails. Tenez-moi informé.

L'hologramme disparut.

– Comme je vous l'ai dit, capitaine, reprit le Grand Amiral en revenant à Pellaeon, je ne pense pas qu'une alliance avec la Rébellion soit inévitable.

– Si Ferrier s'en sort, commenta Pellaeon d'un air sceptique.

– Il a une bonne chance. Après tout, nous savons en gros où ils se cachent. Mais nous ne disposons pas des moyens de les débusquer. Et même si nous les avions, une attaque à grande échelle aboutirait sans doute à la destruction des cuirassés, que je préférerais capturer intacts.

– Oui, amiral, fit Pellaeon.

Le terme *capturer* venait de lui rappeler la raison première de sa visite.

– Amiral, l'équipe de scanning a rendu son rapport sur le vaisseau de Khabarakh.

Il tendit la carte de données à Thrawn et attendit, visiblement tendu.

— Des poils de Wookie, dit enfin le Grand Amiral, en se laissant aller en arrière dans son fauteuil.

— Oui, amiral. Il y en a partout dans le vaisseau.

— Ce que vous interprétez comment ?...

— Je ne vois qu'une explication, amiral. Khabarakh n'a pas échappé aux Wookies sur Kashyyyk. Ils l'ont capturé... puis l'ont laissé repartir.

— Après un mois d'emprisonnement et d'interrogatoire.

— Très certainement. La question est : que leur a-t-il révélé ?

— Il n'existe qu'un seul moyen de le savoir. (Thrawn pressa la touche du communicateur.) Hangar ? Ici le Grand Amiral. Préparez ma navette. Je descends vers la planète. Je veux une navette de combat et une double escouade commando pour m'accompagner, plus deux escadrilles de bombardiers d'assaut *Cimeterre* comme couverture aérienne.

Il revint à Pellaeon.

— Capitaine, il se pourrait bien que les Noghri aient oublié à qui ils doivent allégeance. Je crois qu'il est grand temps que l'Empire le leur rappelle. Regagnez la passerelle et préparez-nous une démonstration.

— Bien, amiral. (Pellaeon hésita.) Un simple avertissement, pas une destruction réelle ?...

Les yeux de Thrawn brillèrent d'un éclat un peu plus ardent, l'espace d'une seconde.

— Pour le moment, oui. Et qu'ils prient pour que je ne change pas d'idée.

12

Leia, en s'éveillant doucement, prit conscience de l'odeur de fumée. Elle lui rappelait les feux de bois des Ewoks sur Endor, avec cependant une note plus pénétrante, chaleureuse. Elle se souvint des campements en pleine nature, sur Alderaan, alors qu'elle n'était qu'une enfant.

Puis, elle fut suffisamment éveillée pour se rappeler où elle était. Et elle ouvrit les yeux.

Pour se retrouver sur la paillasse où elle avait sombré dans le sommeil, au fond de la boulangerie communale des Noghri.

Elle se redressa. Elle se sentait reposée tout en éprouvant un léger sentiment de honte. Après cette visite inopinée du Grand Amiral, la veille au soir, elle s'était presque attendue à se réveiller dans une cellule de son superdestroyer. Mais elle avait sous-estimé la loyauté des Noghri.

Elle avait l'estomac creux et, un peu plus bas dans son ventre, l'un des jumeaux lui donna un coup de pied qui pouvait être pris pour un rappel.

Elle n'avait rien mangé depuis longtemps.

– D'accord, souffla-t-elle. J'ai compris. C'est l'heure du breakfast.

Elle prit une barre de ration dans ses bagages, mordit dedans et promena les yeux autour d'elle. Près de la porte, la double paillasse installée pour Chewbacca était vide. Un instant, elle fut effleurée par la crainte d'une éventuelle trahison mais, en se concentrant sur la Force, elle ne perçut aucun signal inquiétant. Chewbacca était à proximité, mais il n'émanait de lui aucun sentiment de danger. Elle s'habilla. A l'évidence, ces Noghri n'étaient pas des sauvages mais des gens tout à fait honorables à leur façon. Ils ne la livreraient pas à l'Empire. Du moins, pas jusqu'à ce qu'ils aient tout appris sur elle.

Elle sortit son sabrolaser de la paillasse, se rappelant que Khabarakh avait semblé rassuré quand elle s'était présentée avec cette preuve de son identité de Jedi. Elle se livra rapidement à ses exercices de décontraction et sortit.

Trois petits enfants noghri jouaient avec un ballon gonflable non loin de là, leur peau grise luisante de sueur sous le soleil du matin.

Ils interrompirent leur jeu à son approche et se placèrent en ligne devant elle.

– Hello, fit-elle en risquant un sourire.

L'enfant qui était au centre s'agenouilla, imitant plus ou moins bien le salut de ses aînés.

– *Mal'ary'ush*, miaula-t-il. *Miskh'ha Êra isf chrak'mi' sokh. Mir'es kha.*

– Je vois, fit-elle, en regrettant amèrement l'absence de 6PO.

A la seconde où elle hésitait à l'appeler par comlink, l'enfant reprit :

– Ja vous saluer, *Mal'ary'ush*. La maitrakh attendre dans *dukha*.

– Merci, fit-elle.

Gardiens la nuit, officiers de protocole le lendemain matin. Les enfants noghri semblaient être élévés très tôt dans les rites et responsabilités de leur société.

– Escortez-moi jusqu'à elle.

L'enfant répéta sa génuflexion avant de la précéder vers le grand bâtiment où Khabarakh s'était posé la nuit d'avant. Les deux autres encadrèrent Leia.

Le *dukha*, en pleine lumière, lui apparut plus complexe qu'elle ne l'avait cru. Les piliers espacés de plusieurs mètres étaient constitués de sections de troncs entiers, écorcés et polis comme du marbre. L'ensemble de la structure devait mesurer une vingtaine de mètres de diamètre pour quatre mètres de hauteur, plus trois ou quatre mètres jusqu'au sommet du toit.

Deux enfants noghri montaient la garde de part et d'autre de la porte double qu'ils ouvrirent à son approche en inclinant la tête.

L'intérieur était à peine moins impressionnant. Il était constitué d'une pièce unique, avec un siège semblable à un trône, disposé aux deux tiers du fond, avec une alcôve contre le toit en angle, et une fenêtre tressée entre deux piliers, sur la droite. A gauche, elle vit une sorte de carte. Mais elle ne décela aucun pilier : de lourdes chaînes les remplaçaient. Elles allaient de chacun des piliers extérieurs jusqu'au bord d'une grande vasque suspendue au centre de la chambre. Des faisceaux lumineux diffus montaient du centre de la vasque vers le plafond, dispensant une clarté douce.

A quelques mètres de distance de la carte, un groupe d'environ vingt enfants était assis en demi-cercle autour de 6PO, qui était lancé dans un discours parsemé d'effets sonores. Cela semblait rappeler une version condensée de leur combat contre l'Empire telle qu'il l'avait livrée aux Ewoks, et Leia émit le souhait que le droïd ne noircisse pas trop l'image de Dark Vador. Elle avait bien insisté sur ce point durant leur voyage.

Elle surprit un mouvement sur sa gauche : Chewbacca et Khabarakh étaient assis face à face, apparemment engagés dans une sorte de jeu tranquille avec les mains et les poignets. Le Wookie venait de s'interrompre pour lui adresser un regard interrogateur. Leia hocha la tête pour le rassurer, tout en essayant de deviner ce qu'ils pouvaient faire.

– Dame Vador? (Leia se retourna pour découvrir la maitrakh.) Je vous salue. Avez-vous bien dormi?

– Très bien. Votre hospitalité était un honneur.

Elle jeta un coup d'œil vers 6PO en se demandant si elle pouvait le rappeler à ses devoirs d'interprète.

La maitrakh se méprit.

– Pour les enfants, c'est le moment des contes, dit-elle. Votre machine s'est gracieusement proposée pour leur narrer l'histoire de notre Seigneur Dark Vador.

Oui, l'ultime défi et sacrifice de Vador envers l'Empereur, et la vie de Luke comme enjeu, songea Leia.

– Oui... murmura-t-elle. Il a tenu jusqu'à la fin, mais il a réussi à se débarrasser du tissu de pièges de l'Empereur.

Un instant, la maitrakh garda le silence. Puis elle parut s'éveiller.

– Venez avec moi, Dame Vador.

Elle suivit la maitrakh tout en remarquant pour la première fois que les murs eux aussi étaient gravés. Que racontaient ces dessins? L'histoire de la famille?

— Mon troisième fils a beaucoup de respect pour votre Wookie, déclara la maitrakh en montrant Chewbacca et Khabarakh. Notre seigneur le Grand Amiral est venu hier soir afin de prouver que notre troisième fils l'avait trahi à propos de la panne de son vaisseau. Et, à cause de votre Wookie, il n'a su trouver aucune preuve.

Leia approuva.

— Oui. Chewie m'a dit hier soir qu'il allait maquiller le vaisseau. Je n'ai pas sa science de la mécanique, mais je pense qu'il ne doit pas être facile de simuler deux défaillances simultanées comme il l'a fait. Il est heureux pour nous tous qu'il ait su deviner ce qu'il fallait faire à temps.

— Le Wookie n'est pas de votre famille ni de votre clan, remarqua la maitrakh. Néanmoins, vous lui faites confiance comme s'il était un ami?...

— Je n'ai jamais connu mon vrai père, dit Leia, le Seigneur Vador, qui m'a donné la vie. On m'a conduite sur Alderaan où j'ai été élevée par le Vice-roi comme sa propre enfant. Sur Alderaan, comme cela semble être le cas chez vous, les relations familiales étaient la base de notre culture et de la société. J'ai grandi en mémorisant les listes de mes tantes, de mes oncles, de mes cousins, en apprenant à les placer par rapport à ma propre lignée. (Elle désigna Chewbacca.) Chewie était autrefois simplement un ami. A présent, il fait partie de ma famille. Tout autant que mon époux et mon frère.

Elles avancèrent encore de plusieurs pas avant que la maitrakh ne demande :

— Pourquoi êtes-vous venue ici?

— Khabarakh m'a dit que son peuple avait besoin d'aide. Je me suis dit que je pourrais faire quelque chose.

— Certains disent que vous n'êtes venue que pour semer la discorde parmi nous.

— Vous l'avez dit vous-même hier soir, lui rappela Leia. Je ne peux que vous jurer que telle n'est pas mon intention.

La maitrakh émit un long sifflement qui s'acheva par un claquement de crocs.

— Le but et le résultat ne se confondent pas toujours, Dame Vador. Aujourd'hui, nous ne servons que le clan supérieur. Vous auriez besoin d'en servir un autre. Voilà bien le grain de la discorde et de la mort.

Leia plissa les lèvres.

– Servir l'Empire vous donne satisfaction, donc? demanda-t-elle. Cela apporte-t-il aux vôtres une meilleure vie ou plus d'honneurs?

– Nous servons l'Empire comme un clan. Nous demander de vous servir ramènerait les anciens conflits. (Elles étaient à présent devant la grande carte, et la maitrakh leva une main gracile.) Dame Vador, vous voyez notre histoire?

Leia leva la tête vers les caractères gravés jusqu'aux deux tiers du mur. Chaque mot était relié à une dizaine d'autres par des lignes verticales, horizontales ou obliques qui formaient un réseau déroutant, et chacune avait une largeur et une profondeur précises. Elle comprit que la carte était un arbre généalogique, sans doute du clan Kihm'bar ou bien de cette seule famille.

– Je vois, dit-elle.

– Vous voyez alors les terribles ravages causés à la vie par les conflits des anciens. (Elle désigna trois ou quatre endroits qui, aux yeux de Leia, ne différaient pas du reste.) Je ne veux pas revoir de tels jours, continua la maitrakh. Même pour la fille du Seigneur Dark Vador.

– Je comprends, fit Leia d'un ton tranquille.

Mais les fantômes de Yavin, Hoth et Endor et de cent autres batailles lui apparaissaient et elle frissonna.

– J'ai vu plus de combats et de morts durant mon existence que je ne l'aurais cru possible. Je ne tiens pas à en ajouter à cette liste.

– En ce cas, il vous faut partir. Et ne jamais revenir aussi longtemps que vivra l'Empire.

Elles se remirent en marche.

– N'y a-t-il pas d'alternative? demanda Leia. Et si j'arrivais à convaincre les vôtres de ne plus servir l'Empire? Il n'y aurait plus de conflit parmi vous.

– L'Empereur nous a aidés alors que personne ne le faisait.

– C'est seulement parce que nous ignorions que vous aviez besoin d'aide, fit Leia avec une arrière-pensée.

Oui, l'Alliance n'avait jamais eu connaissance de la situation désespérée des Noghri, c'était vrai. Et Mon Mothma et les autres seraient certainement intervenus. Mais quant à savoir s'ils en auraient eu les moyens à l'époque, c'était une autre question.

– A présent, nous savons, et nous vous offrons notre aide.

– Est-ce que vous nous offrez votre aide pour notre seul bien, ou simplement pour nous détourner de l'Empire? Nous ne voulons pas être un os que se disputent des *stava* affamés.

– L'Empereur s'est servi de vous, dit Leia d'un ton neutre. Tout comme le Grand Amiral à présent. L'aide qu'ils vous ont apportée est-elle justifiée par les fils qu'ils vous ont pris pour les envoyer à la mort?

– Oui, nos fils sont partis. Mais ils nous ont acheté la vie. Vous êtes arrivée dans un engin volant, Dame Vador. Vous avez vu ce que l'on a fait à notre pays.

– Oui... Je... je n'avais jamais eu conscience de l'étendue de la destruction.

– La vie sur Honoghr a toujours été une lutte, dit la maitrakh. Il nous a fallu un rude travail pour exploiter les terres. Vous pouvez lire dans l'histoire tous les moments où cette lutte a été une défaite. Mais après la bataille dans le ciel... C'était comme une guerre entre les dieux. Nous savons aujourd'hui que ce n'étaient que de grands engins volants, mais alors, nous ignorions tout de ces choses. Les éclairs ont déchiré le ciel durant toute la nuit et dans le jour qui suivit, illuminant les montagnes lointaines. Puis, le tonnerre s'est tu, comme si les dieux étaient trop courroucés pour s'invectiver en se battant. Je me souviens d'avoir été plus effrayée encore par ce silence. A un moment, il y a eu un craquement énorme. Ce n'est que bien plus tard que nous avons appris qu'un des plus hauts pics des montagnes avait été arraché. Puis, les éclairs se sont arrêtés, et l'espoir nous est venu : les dieux étaient peut-être partis se battre plus loin.

« Mais alors, le sol a tremblé. Et nous avons su que c'était le marteau de guerre des dieux. Des cités entières ont disparu quand le sol s'est ouvert. Les montagnes de feu qui étaient endormies depuis longtemps se sont réveillées, elles ont craché des flammes, et le ciel est devenu obscur sur tout le pays. Les morts ont répandu le mal, et bien d'autres les ont suivis. Et quand nous avons recommencé à espérer que tout était fini, cette pluie à l'odeur étrange s'est mise à tomber.

Leia hocha la tête, en replaçant douloureusement les événements dans l'ordre. L'un des vaisseaux s'était écrasé en déclenchant d'énormes séismes et en libérant les gaz toxiques qui avaient été emportés dans toute l'atmosphère. Les vaisseaux modernes avaient encore de telles armes chimiques, mais seuls les anciens bâtiments de guerre avaient été équipés de gaz aussi mortels.

Et ces anciens bâtiments avaient constitué la majeure partie de la force de l'Alliance Rebelle, au début de la guerre.

La culpabilité était soudain comme une lame froide au creux de son estomac. *C'est nous qui avons fait ça. C'était un de nos vaisseaux. C'est notre faute.*

– Est-ce que la pluie a tué les plantes?

– Les gens de l'Empire avaient un nom pour ce que portait la pluie, dit la maitrakh. J'ignore lequel.

– Ils sont donc arrivés peu après le désastre. Le Seigneur Vador et les autres?...

– Oui. (La maitrakh leva les mains.) Nous étions tous rassemblés ici, tous ceux qui avaient survécu et réussi à faire le voyage. C'est toujours ici que les clans avaient conclu leurs trêves. Mais nous n'étions venus que pour essayer de survivre. Et c'est ici que le Seigneur Vador nous a trouvés. Certains d'entre nous pensaient qu'il était un dieu. Ils le redoutaient, lui et son grand vaisseau d'argent descendu du ciel. Mais ils avaient aussi de la colère envers les dieux, pour tout ce qu'ils nous avaient fait, et deux dizaines de nos guerriers décidèrent d'attaquer le Seigneur Vador et ses aides.

– Et ils furent massacrés sur place, conclut Leia d'un air sombre.

– Ils n'ont pas été massacrés, répliqua la maitrakh avec une indéniable trace d'orgueil dans la voix. Seuls trois d'entre eux périrent dans le combat. En revanche, ils tuèrent de nombreux aides du Seigneur Vador, malgré leurs armes à éclair et leurs armures de roc. Les guerriers ne furent vaincus que lorsque le Seigneur Vador lui-même intervint. Mais, plutôt que de nous tuer, comme le lui conseillait un de ses aides, il nous offrit la paix. La paix, ainsi que la bénédiction et la protection de l'Empereur.

Leia acquiesça : une autre pièce du puzzle venait de se mettre en place. Elle s'était souvent demandée pour quelle raison l'Empereur s'était préoccupé d'un groupe de primitifs non-humains. Mais avec ce talent naturel pour le combat, cela changeait tout.

– Quelle sorte d'assistance vous a-t-il fournie?

– Tout ce dont nous avions besoin, fit la maitrakh. De la nourriture, des médicaments, et des outils. Tout de suite. Plus tard, quand l'étrange nuage a commencé à détruire nos récoltes, il a envoyé les droïds de métal pour commencer à nettoyer le poison de nos terres.

Leia frémit, consciente de la vulnérabilité de ses jumeaux. Mais leur analyse, quand ils avaient approché du village, n'avait rien signalé de toxique, et Chewbacca et Khabarakh avaient répété les mêmes tests dans le sol. Quel qu'ait été le gaz libéré par le vaisseau, les droïds de décontamination avaient bien fait leur travail.

– Mais rien ne pousse plus sur les terres qui ont été nettoyées?...

– Rien que l'herbe *kholm*. Elle n'est pas mangeable. Mais elle ne sent même plus comme avant.

Ce qui expliquait cette couleur brunâtre uniforme qu'ils avaient découverte depuis l'espace, songea Leia. Cette plante était parvenue à s'adapter aux terrains toxiques.

– Est-ce que des animaux ont survécu?

– Certains. Ceux qui broutaient l'herbe *kholm*, et ceux qui les dévoraient. Mais ils ne sont pas nombreux. Ce pays n'a jamais été très riche, Dame Vador. C'est peut-être pour ça que les clans l'ont élu pour y conclure leurs trêves. Mais il y avait encore des plantes et des animaux en grand nombre. Et à présent, il n'y en a plus.

La maitrakh se redressa, repoussant visiblement les mauvais souvenirs.

– Mais le Seigneur Vador nous a aidés de bien d'autres façons. Il a envoyé des aides afin d'éduquer nos fils et nos filles selon les coutumes de l'Empire. Il a décrété des lois nouvelles pour permettre à tous les clans de partager le Pays Propre, ce qui obligeait les clans à vivre les uns auprès des autres, ce que l'on n'avait jamais vu. Et il a aussi expédié de puissants vaisseaux dans les terres de désolation, afin de retrouver nos *dukhas* de clan et de nous les rapporter. (Elle regarda Leia.) C'était une paix honorable, Dame Vador. Et quel qu'en ait été le prix, nous l'avons payé avec joie.

Un mouvement attira l'attention de Leia : Khabarakh était tombé sur le côté, et Chewbacca lui bloquait le poignet. Cela ressemblait à un combat singulier, si ce n'est que Chewbacca ne montrait aucun signe de colère.

– Mais que font-ils donc?

– Votre Wookie a demandé à mon troisième fils de lui enseigner nos méthodes de combat. Les Wookies sont certes très forts, mais ils ignorent les subtilités du combat.

– Je suis surprise qu'il ait demandé à Khabarakh de les lui apprendre. Il ne lui a jamais vraiment fait confiance.

– C'est sans doute ce qui aura éveillé son intérêt, fit la maitrakh d'un ton sec.

– Peut-être, dit Leia en s'efforçant de sourire.

– A présent, Dame Vador, vous connaissez le cycle de nos existences. Vous comprenez que nous ne survivons que par un fil d'araignée. En ce moment même, nous ne disposons pas de suffisamment de terres propres pour en tirer notre subsistance. Et nous devons continuer à accepter ce que l'Empire nous envoie.

– Et que vous payez avec les services de vos fils, souligna Leia.

Oui, c'était une dette permanente – la plus ancienne forme d'esclavage dissimulé de toute la galaxie.

– Mais cela nous permet aussi d'envoyer nos fils au loin, fit la maitrakh avec amertume. Même si l'Empire nous l'autorisait, nous ne pourrions pas élever tous nos enfants. Nous n'avons pas de quoi les nourrir.

Leia hocha de nouveau la tête. C'était le piège le plus parfait qu'elle eût jamais rencontré. Mais ce n'était pas une surprise de la part de Vador et de l'Empereur.

– Vous ne vous acquitterez jamais de votre dette, fit-elle d'un ton tranchant. Vous le savez, n'est-ce pas? Le Grand Amiral y veillera.

– Oui, je sais. Il m'aura fallu beaucoup de temps, mais je le sais à présent. Et si tous les Noghri le croient également, des changements pourraient peut-être intervenir.

– Mais les autres Noghri croient encore que l'Empire est leur ami?

– Pas tous. Mais suffisamment... (La maitrakh leva la main.) Vous voyez la clarté des étoiles, Dame Vador?

Leia leva les yeux vers la coupelle suspendue à quatre mètres au-dessus du sol par les chaînes. Le centre était fait d'un métal noir perforé de centaines de trous minuscules. L'effet produit évoquait assez bien un ciel nocturne.

– Oui, je la vois.

– Les Noghri ont toujours aimé les étoiles, poursuivit

la maitrakh d'un ton songeur. Autrefois, nous les ado-
rions. Même après que nous avons eu connaisance de ce
qu'elles étaient vraiment, elles sont demeurées nos amies.
Bien des nôtres auraient eu du plaisir à partir avec le Seigneur Vador, même avec notre dette, pour la seule joie de
voyager avec lui.

— Je comprends, murmura Leia. Nombreux sont les
peuples de la galaxie qui éprouvent la même envie. C'est
notre marque de naissance à tous.

— Mais nous, nous l'avons perdue.

— Peut-être pas perdue, mais simplement égarée.

— Dame Vador, il est possible que les choses changent
un jour. Mais, jusque-là, vous courez un danger et nous
aussi. Je veux bien honorer la promesse de protection
faite par mon troisième fils et ne pas dévoiler votre présence parmi nous à notre seigneur le Grand Amiral. Mais
il faut que vous partiez.

— Oui, fit Leia, et le mot fut douloureux dans sa gorge.
Qu'avais-je donc en tête en venant ici? se demanda-
t-elle, vidée de tout espoir.

— Je vais repartir. Parce que je ne souhaite pas vous
causer le moindre ennui, à vous ni à votre famille. Mais
un jour viendra, maitrakh, où votre peuple devra bien
devenir conscient de ce que fait l'Empereur. Et, quand
cela se produira, rappelez-vous que j'ai toujours été à
votre disposition pour vous aider.

La maitrakh s'inclina profondément devant elle.

— Peut-être ce jour viendra-t-il bientôt, Dame Vador.
J'attends, comme d'autres.

Leia acquiesça.

— Alors, nous passerons des accords pour que...

Elle s'interrompit et s'avança jusqu'à la double porte.
L'un des enfants qui montaient la garde sur le seuil entra
en titubant.

— Maitrakh! Mira'kh saar khee hrach'mani vher ahk!

Dans la seconde, la maitrakh était debout. Et Leia vit
que 6PO s'était roidi.

— Que se passe-t-il?

— C'est l'engin volant de notre seigneur le Grand Amiral, dit la maitrakh d'une voix soudain lasse et très lointaine.

« Il arrive.

13

Un bref instant, Leia garda les yeux fixés sur la maitrakh, tétanisée, ses pensées fuyant dans toutes les directions. Non : c'était impossible. *Impossible.* Le Grand Amiral était venu la veille au soir – impossible qu'il ressurgisse aussi tôt.

Puis, dans le lointain, elle entendit le son des champs répulseurs en approche, et elle sortit de sa paralysie.

– Il faut que nous partions. Chewie?...

– Vous n'avez plus assez de temps, lança Khabarakh en s'élançant vers elle, suivi par Chewbacca. La navette a certainement déjà franchi les nuages.

Leia regarda autour d'elle, maudissant cet instant d'indécision.

Il n'y avait pas la moindre issue.

– Tu es certain qu'il vient ici? lança-t-elle à Khabarakh. Je veux dire : ici, au *dukha*?

– Mais où pourrait-il aller? contra-t-il, le regard sombre, en observant la maitrakh. On ne l'a peut-être pas trompé, comme on le pensait...

Elle regarda autour d'elle. Si les Impériaux entraient par la double porte, cela leur laisserait quelques secondes pour courir vers l'arrière. Et si elle profitait de ces quelques secondes pour se frayer une issue de fuite avec son sabrolaser...

Chewbacca grommela, en écho à sa pensée.

– Oui, mais le problème n'est pas tellement de creuser un trou, lui dit-elle, mais de le masquer ensuite.

Le Wookie grommela de nouveau, en tendant une de ses mains énormes vers l'alcôve.

– Ah, oui, au moins, le trou sera masqué de l'extérieur, acquiesça Leia. C'est mieux que rien.

Elle risqua un regard vers la maitrakh, soudain consciente que ce partage de l'ancien *dukha* du clan équivaudrait à un sacrilège.

– Maitrakh...

– Si ça doit être fait, qu'il en soit ainsi, trancha la Noghri.

Elle aussi était sous l'effet du choc, mais elle se maîtrisait déjà.

– Il ne faut pas que l'on vous trouve ici.

Leia se mordit la lèvre. Elle avait déjà vu cette expression plusieurs fois sur le visage de Khabarakh durant leur voyage depuis Endor. Elle avait deviné alors qu'il regrettait sa décision de l'emmener chez lui.

– Nous ferons du mieux possible, promit-elle en dégageant son sabre. Et dès que le Grand Amiral sera reparti, Khabarakh pourra ramener son vaisseau et nous repartirons avec lui.

Elle se tut à l'instant où Chewbacca grogna. Ils entendirent le bruit encore lointain de la navette qui approchait. Et puis, soudain, une plainte trop familière secoua le *dukha*.

Des bombardiers d'assaut *Cimeterre*! souffla Leia en voyant tout à coup s'effondrer son plan improvisé.

Avec les bombardiers en couverture, il allait leur être impossible de quitter le *dukha* sans être repérés.

Ce qui ne leur laissait qu'une seule option.

– Il va falloir nous cacher dans l'alcôve, fit-elle à Chewbacca.

Mais si le toit en pente qu'elle avait vu à l'extérieur n'était là que pour la décoration, ils auraient du mal à y tenir à deux, elle et Chewbacca...

– Voulez-vous que je vous rejoigne, Votre Altesse?

Leia s'arrêta, à la fois surprise et désolée : elle avait complètement oublié 6PO.

– Vous n'aurez pas assez de place, siffla la maitrakh. Votre présence nous a trahis, Dame Vador...

– Silence! lança Leia, tout en explorant désespérément les lieux du regard.

Il n'y avait aucune autre cachette possible. A moins que...

Elle fixait la coupelle aux étoiles, au centre de la pièce.

– Il va falloir le monter là-haut, dit-elle à Chewbacca. Tu t'en crois capable?

Elle avait à peine posé sa question que Chewbacca agrippait 6PO et escaladait à toute allure l'un des piliers. Sur son épaule, le droïd émit des protestations véhémentes.

– Silence, 6PO, fit Leia depuis le seuil de l'alcôve.

Elle jeta un coup d'œil à l'intérieur. Le plafond suivait la pente du toit, ce qui ménageait plus de volume qu'elle ne l'avait jugé de l'extérieur, et, au fond, il y avait une sorte de banquette. Ils tiendraient. Juste, certes, mais ils tiendraient.

– D'ailleurs, ajouta-t-elle à l'adresse du droïd, tu ferais bien de couper tes circuits : il se pourrait qu'ils fassent un balayage de senseurs.

S'ils ne l'avaient déjà fait. Auquel cas, la partie était finie. Elle guetta le son des champs répulseurs avec l'espoir que leur sondage négatif du soir ne les inciterait pas à en faire un autre.

Chewbacca déposa 6PO sans cérémonie dans la coupelle avant de regagner le sol avec un bruit sourd, à la seconde précise où les répulseurs se taisaient.

– Vite! fit Leia.

Chewbacca traversa le *dukha* et plongea par l'étroite ouverture. Il sauta sur la banquette, courba la tête et écarta les jambes. Leia le suivit et s'installa dans l'espace précaire, entre les jambes du Wookie. Ils avaient à peine refermé que la double porte du *dukha* s'ouvrit avec violence.

Leia s'efforça de respirer lentement et d'appliquer les techniques sensorielles Jedi que Luke lui avait enseignées. Elle avait le souffle rauque du Wookie dans les oreilles, mais la chaleur de son corps était comme une cataracte invisible et agréable sur sa tête et ses épaules.

Des voix résonnèrent dans le *dukha*.

– Bonjour, maitrakh. Je vois que votre troisième fils, Khabarakh, est en votre compagnie. C'est parfait.

La voix était froide, calme, soigneusement modulée, et Leia fut parcourue par un frisson.

Elle ne pouvait pas ne pas reconnaître cette voix. Elle était celle du commandement absolu, avec toute la sérénité et le poids de l'autorité. Une autorité qui allait bien au-delà de la condescendance et du mépris qu'elle avait lue chez le Gouverneur Tarkin, à bord de l'Etoile Noire.

Cette voix ne pouvait être que celle du Grand Amiral.

– Je vous salue, monseigneur, miaula la maitrakh, d'un ton totalement maîtrisé. Votre visite nous honore.

– Je vous en remercie. (Il y avait un écho d'acier froid dans sa voix.) Et toi, Khabarakh du clan Kihm'bar : prends-tu plaisir à me voir ici en cet instant ?

Lentement, prudemment, Leia pencha la tête vers la droite, dans l'espoir d'entrevoir le nouveau-venu à travers le treillis sombre de la fenêtre de l'alcôve. En vain : Mais, à la seconde où elle se retirait, elle perçut un bruit de pas mesurés et, l'instant d'après, au centre du *dukha*, le Grand Amiral fit son apparition.

Leia l'observa, glacée. Elle avait entendu Yan lui décrire le personnage qu'il avait vu sur Myrkr – la peau bleu pâle, les yeux d'un rouge ardent, revêtu d'un uniforme impérial blanc. Elle avait également entendu Fey'lya accuser ce même personnage de n'être qu'un imposteur, ou, au mieux, un Moff qui s'était auto-promu. Et elle s'était quelquefois demandé si Yan ne s'était pas trompé.

Elle savait maintenant que non.

– Oui, bien sûr, répondit enfin Khabarakh. Pourquoi ne le devrais-je pas ?

– Est-ce donc sur ce ton que tu parles au Grand Amiral ? demanda une voix noghri.

– Veuillez m'excuser, dit Khabarakh. Je ne voulais pas manquer de respect.

Leia tressaillit. Mais le mal était fait. Même si elle ignorait les subtilités du langage noghri, les paroles de Khabarakh avaient été trop vives. Et le Grand Amiral connaissait cette race bien mieux qu'elle...

– Que voulais-tu dire, en ce cas ? fit le Grand Amiral.

– Je... balbutia Khabarakh. (Le Grand Amiral attendait en silence.) Je suis désolé, monseigneur. J'ai été troublé par la visite que vous avez bien voulu rendre à notre modeste village.

– Une excuse évidente. Et peut-être crédible... si ce n'est que ma visite d'hier soir ne t'a nullement troublé. (Il haussa un sourcil bleu-noir.) Ou bien est-ce que tu ne t'attendais pas à m'affronter à nouveau si tôt ?...

– Monseigneur...

– Quel est le châtiment prévu par les Noghri pour avoir menti au seigneur du clan supérieur ? l'interrompit le

Grand Amiral, d'un ton soudain plus dur. La mort, comme autrefois? Ou bien les Noghri méprisent-ils désormais des concepts aussi dépassés que l'honneur?

– Monseigneur n'a nullement le droit de porter de telles accusations contre un fils du clan Kihm'bar, fit la maitrakh d'une voix sèche.

Le Grand Amiral détourna légèrement le regard.

– Vous feriez bien de garder vos conseils pour vous-même, maitrakh. Ce fils du clan Kihm'bar m'a menti, et je ne prends pas ce genre de chose à la légère. (Il revint à Khabarakh.) Khabarakh du clan Kihm'bar, parle-moi de ta détention sur Kashyyyk.

Leia serra la poignée de son sabrolaser. C'était durant son emprisonnement sur Kashyyyk qu'elle avait persuadé le Noghri de la conduire sur Honoghr. Si jamais il venait à tout avouer...

– Je ne comprends pas, dit Khabarakh.

– Vraiment? rétorqua le Grand Amiral. En ce cas, permets-moi de te rafraîchir la mémoire. Tu ne t'es pas enfui de Kashyyyk ainsi que tu l'as déclaré dans ton rapport et répété en ma présence, ainsi que celle de ta famille et du dynaste de ton clan. En fait, tu as été capturé par les Wookies après l'échec de ta mission. Et tu as passé le mois suivant, non pas en méditation, mais en interrogatoires dans une prison wookie. Est-ce que je réveille tes souvenirs?

Leia retint son souffle. Elle ne pouvait croire ce qu'elle venait d'entendre. Quoi que le Grand Amiral ait pu apprendre à propos de la capture de Khabarakh, il avait tout traduit à l'envers. Ce qui leur laissait une seconde chance... si seulement Khabarakh parvenait à se maîtriser encore quelque temps.

Mais, visiblement, la maitrakh ne se fiait guère à son tempérament.

– Mon troisième fils ne mentirait pas sur des sujets aussi importants, monseigneur, intervint-elle. Il a toujours su où était son honneur et quels étaient ses devoirs.

– Mais aujourd'hui? rétorqua le Grand Amiral. Un commando noghri capturé par l'ennemi et interrogé – et encore en vie? Cela correspond-il à son honneur, à ses devoirs?

– Je n'ai pas été capturé, monseigneur, fit Khabarakh d'un ton roide. Je me suis enfui de Kashyyyk ainsi que je l'ai déclaré.

Longtemps, le Grand Amiral le toisa en silence.

– Et moi, je dis que tu mens, Khabarakh du clan Kihm'bar, fit-il doucement. Mais peu importe. Avec ou sans ta coopération, je saurai la vérité à propos de ce mois manquant... et le prix que tu as payé pour ta liberté. Rukh ?...

– Monseigneur ? fit la troisième voix de Noghri.

– Khabarakh du clan Kihm'bar est mis aux arrêts par l'Empire. Avec la Deuxième Escouade, tu vas l'escorter jusqu'à la navette et le conduire jusqu'au *Chimaera* pour y être interrogé.

La maitrakh siffla.

– Monseigneur, ceci est en violation de...

– Silence, maitrakh. Ou je vous fais emprisonner avec lui.

– Je ne me tairai pas, gronda la maitrakh. Un Noghri accusé de trahison par le clan supérieur doit être déféré aux dynastes du clan selon les règles anciennes de révélation et de jugement. Telle est la loi.

– La loi des Noghri ne s'étend pas à moi, dit le Grand Amiral d'un ton froid. Khabarakh a trahi l'Empire. Et c'est selon les lois impériales qu'il sera jugé et condamné.

– Les dynastes du clan vont exiger...

– Les dynastes du clan ne sont pas en position d'exiger quoi que ce soit ! aboya le Grand Amiral en portant la main au comlink dissimulé sous l'insigne de sa tunique.

« Avez-vous besoin que je vous rappelle ce que cela signifie de défier l'Empire ?

Leia perçut le faible soupir de la maitrakh.

– Non, monseigneur, fit-elle enfin, d'un ton accablé.

Il l'observa un instant avant de dire :

– Je vais quand même vous le rappeler.

Il effleura de nouveau son comlink.

Et, soudain, une clarté verte et aveuglante se déversa dans le *dukha*.

Leia plongea sa tête entre les jambes de Chewbacca en fermant les yeux. Durant une seconde d'horreur absolue, elle se dit que le *dukha* venait d'être touché par un coup direct, un tir de turbolaser assez puissant pour réduire l'édifice en ruine fumante. Mais une image résiduelle lui montra le Grand Amiral encore debout, immobile et orgueilleux. Et elle comprit trop tard.

Elle essayait désespérément d'atténuer ses sens quand

le coup de tonnerre éclata. Ce fut comme si un Wookie furieux venait de lui donner une gifle.

Elle se rappela plus tard de plusieurs turbolasers tirés par le superdestroyer sur les collines qui entouraient le village.

Quand elle ouvrit enfin les paupières, elle dut lutter contre la douleur. Le Grand Amiral était toujours là, au centre du *dukha*... et il parla.

– Maitrakh, c'est *moi* qui suis la loi sur Honoghr. Si je choisis de me plier aux lois anciennes, je le ferai. Si je choisis de les ignorer, je les ignorerai. Est-ce bien clair?

Quand la maitrakh répondit enfin, sa voix était presque méconnaissable. Si le Grand Amiral avait eu l'intention de l'effrayer par sa démonstration, il avait réussi.

– Oui, monseigneur.

– Bien. (Le Grand Amiral ménagea un instant de silence.) Mais je reconnais en vous de loyaux serviteurs de l'Empire, et je suis prêt à faire des compromis. Khabarakh sera interrogé à bord du *Chimaera* mais, avant cela, je vous autoriserai à exercer les anciennes lois de révélation. Rukh, tu vas conduire Khabarakh du clan Kihm'bar au centre de Nystao et le présenter devant les dynastes. Trois jours de honte publique permettront sans doute aux Noghri de se souvenir que nous sommes encore en guerre.

– Oui, monseigneur.

Un bruit de pas, puis la double porte s'ouvrit. Chewbacca, coincé contre le plafond, grommela doucement. Leia, elle, serrait les dents. La honte publique... et des lois de révélation.

L'Alliance Rebelle avait sans le vouloir détruit Honoghr. A présent, elle allait faire la même chose avec Khabarakh.

– Vous êtes bien calme, maitrakh, remarqua le Grand Amiral.

– Monseigneur m'a ordonné le silence.

– Certes. (Il la dévisagea.) La loyauté à son clan et à sa famille est une bonne chose, maitrakh. Mais ce serait folie que de l'étendre à un traître. Et potentiellement désastreux pour votre famille et votre clan.

– Je n'ai entendu aucune preuve de la traîtrise de mon troisième fils.

Le Grand Amiral plissa les lèvres.

– Vous en entendrez.

Il sortit et Leia perçut le bruit de ses pas. Il s'arrêta : il attendait, à l'évidence. L'instant d'après, la maitrakh le rejoignit, d'une démarche plus légère. Leia et Chewbacca restèrent seuls.

Seuls. En territoire ennemi. Sans vaisseau désormais. Et avec leur unique allié sur le point de subir un interrogatoire des Impériaux.

– Chewie, fit doucement Leia, je crois que nous avons de sérieux ennuis.

14

L'une des vérités mineures concernant le vol inter-stellaire est que tout observateur apprend très vite qu'une planète vue de l'espace ne ressemble en rien à toutes les cartographies qui ont pu en être dressées. La couverture nuageuse, les ombres des montagnes, les effets de contraste des régions à végétation dense, les jeux de lumière : tout contribue à déformer les tracés impeccables effectués par les ordinateurs de cartographie. Ce qui avait sans doute alimenté les innombrables plaisanteries à propos des navigateurs néophytes.

Luke fut donc particulièrement surpris, en abordant la planète Jomark, de découvrir que le continent principal correspondait exactement à la carte. Mais, il fallait bien l'avouer, il était plutôt petit.

Et là en bas, quelque part sur ce continent-carte parfait, songea-t-il, il y avait un Maître Jedi.

Sans quitter des yeux le territoire brun et vert qui se déployait sous l'aile X, Luke tapota sa console. Il sentait la présence de l'autre – en fait, il l'avait sentie depuis qu'il avait quitté l'hyperespace. Mais, jusqu'à présent, il n'avait pas établi de contact direct.

Maître C'baoth ? appela-t-il silencieusement. *Je suis Luke Skywalker. M'entendez-vous ?*

Aucune réponse. Ou bien il s'y prenait mal, ou C'baoth était dans l'incapacité de lui répondre... ou bien encore, il testait délibérément les dons de Luke. Il était d'accord.

– D2, dit-il, tu veux faire un balayage de senseur sur le continent principal ? Cherche les signes de technologie et les principaux centres de population.

D2 émit quelques légers sifflements tout en filtrant les données de l'aile dans son programme algorithmique. Il lança quelques bips, et, dans le même temps, un réseau de points se surimposa à l'image.

– Merci, fit Luke en l'examinant.

Rien de surprenant : la population se concentrait sur le littoral. Mais quelques agglomérations étaient également visibles dans l'intérieur. Y compris un essaim de bourgades à proximité de la berge méridionale d'un lac presque parfaitement annulaire.

Il demanda un schéma de contour. Oui, ça n'était pas un lac ordinaire : il s'était apparemment formé au centre d'une montagne conique, qui avait laissé une île de vastes dimensions au centre. Probablement volcanique, si l'on considérait le terrain environnant.

Une région sauvage entourée de montagnes où un Maître Jedi avait pu vivre à l'abri depuis longtemps. Et des villages dispersés alentour, où il avait pu se manifester quand il était sorti de son isolement.

Un endroit idéal.

– D'accord, D2, on va se poser ici, dit-il en marquant la cible. Je pilote, tu surveilles les senseurs, et tu me préviens dès que tu détectes quelque chose d'intéressant.

D2 bippa une question inquiète.

– Oui, ou quoi que ce soit de suspect, acquiesça Luke.

D2 n'avait jamais admis que la dernière attaque de l'Empire ait été l'effet d'une pure coïncidence.

Ils plongèrent dans l'atmosphère et déclenchèrent les répulseurs à mi-chemin, juste en dessous des plus hauts pics des montagnes. A basse altitude, la région apparaissait comme assez tourmentée mais pas aussi désolée que Luke l'avait redouté. Dans les vallées, la végétation paraissait assez riche. Il discerna des maisons nichées dans les failles et, çà et là, des hameaux qui avaient échappé aux senseurs de l'aile X.

Ils approchaient du lac en venant du sud-ouest lorsque D2 repéra le manoir perché sur la crête.

– Je n'ai encore jamais vu une architecture pareille, commenta Luke. Tu as décelé des traces de vie ?

D2 pépia un instant : non – pas de conclusion.

– Bien, on va faire un premier essai, décida Luke en pianotant sur le clavier d'atterrissage. Si nous nous sommes trompés, ça nous vaudra tout au plus une bonne marche jusque dans la vallée.

Le manoir se dressait dans une cour cernée par une clôture qui était visiblement plus faite pour la décoration que pour la protection. Luke se posa à quelques mètres du portail. Il était occupé à couper les systèmes lorsque D2 trilla un avertissement.

Une silhouette venait d'apparaître.

Luke sentit les battements de son cœur s'accélérer. L'homme, apparemment, était âgé. Il avait les cheveux gris et le vent soufflait dans sa longue barbe. Mais il était fermement campé, le regard vif, et les rafales de vent révélaient une poitrine aux muscles fermes.

Luke sauta hors du cockpit.

Le vieil homme n'avait pas bougé.

— Maître C'baoth, fit Luke en s'inclinant légèrement. Je suis Luke Skywalker.

L'autre eut un faible sourire.

— Oui, je sais. Bienvenue sur Jomark.

— Je vous remercie.

— Je vous attendais plus tôt, fit C'baoth comme s'il lisait dans ses souvenirs.

— Oui, j'en suis désolé. Depuis quelque temps, les événements semblent échapper à mon contrôle.

— Et pourquoi?

La question surprit Luke.

— Je l'ignore.

Les yeux du Jedi se rétrécirent.

— Comment, vous l'ignorez? Etes-vous un Jedi, oui ou non?...

— Eh bien... oui...

— Alors, vous devriez garder votre contrôle. Sur vous, et sur les autres, ainsi que sur les événements. Toujours.

— Oui, Maître, fit Luke avec prudence, en s'efforçant de dissimuler sa gêne. Les seuls autres Maîtres Jedi qu'il avait connus Obi-wan Kenobi et Yoda... mais jamais ils ne lui avaient parlé ainsi.

Durant un moment, C'baoth parut l'étudier. Puis, brusquement, son expression se fit moins dure.

— Mais vous êtes enfin là, dit-il. C'est le plus important. Ils n'ont pas pu vous arrêter.

— Non, ils ont essayé, cependant. J'ai bien dû essuyer quatre attaques des Impériaux depuis que je me suis mis en route.

C'baoth lui adressa un regard aigu.

– Et elles étaient spécifiquemnt dirigées contre vous?

– L'une d'elles. Quant aux autres, je me suis trouvé au mauvais endroit au mauvais moment. Ou peut-être au bon endroit au bon moment.

Le regard de C'baoth se fit lointain.

– Oui, murmura-t-il. Oui... Le mauvais endroit au mauvais moment. Telle est l'épitaphe de nombreux Jedi. C'est l'Empire qui les a détruits, savez-vous?...

– Oui, je le sais, fit Luke. Dark Vador et l'Empereur les ont traqués.

– Et ils avaient avec eux un ou deux Jedi Sombres, fit C'baoth d'un ton sinistre et songeur. Comme Vador. J'ai affronté les derniers d'entre eux sur... (Il secoua lentement la tête.) Il y a si longtemps.

Luke acquiesça, mal à l'aise, comme s'il venait de poser le pied dans des sables mouvants. Il lui était difficile de suivre les changements d'humeur du Jedi et ses préoccupations bizarres. Etait-ce le résultat de l'isolement de C'baoth? Ou bien voulait-il mettre sa patience à l'épreuve?

– Il y a longtemps, acquiesça-t-il. Mais les Jedi peuvent revivre. Et nous avons toujours une chance de tout reconstruire.

C'baoth reporta son attention sur lui.

– Oui, votre sœur, dit-il. Elle va donner le jour à des jumeaux Jedi, bientôt.

– Potentiellement Jedi, rectifia Luke, quelque peu surpris de savoir que C'baoth était au courant de la grossesse de Leia.

Les informateurs de la Nouvelle République avaient répandu la nouvelle, mais il avait cru que Jomark était bien trop à l'écart des grandes voies stellaires.

– A dire vrai, ajouta-t-il, les jumeaux sont la raison pour laquelle je suis là.

– Non. Vous êtes là parce que je vous ai appelé.

– Eh bien... Oui, peut-être, mais...

– Il n'y a pas de *mais*, Jedi Skywalker, fit C'baoth d'un ton sec. Etre Jedi, c'est servir la Force. C'est par la Force que je vous ai appelé, et quand la Force vous appelle, vous devez obéir.

– Je comprends.

Mais Luke aurait aimé vraiment comprendre. C'baoth avait-il employé une image? Ou bien était-ce encore un détail qui lui avait échappé durant son éducation de Jedi ? Un « appel » ?...

– Maître C'baoth, quand vous parlez d'un appel de la Force, que voulez-vous dire ?...

– Je vous ai appelé pour deux motifs. D'abord, afin de compléter votre éducation. Ensuite... parce que j'ai besoin de votre aide.

C'baoth esquissa un sourire. Il y avait de la lassitude dans ses yeux.

– J'approche du terme de ma vie, Jedi Skywalker. Bientôt, je vais accomplir le long voyage qui conduit de cette vie à ce qui trouve par-delà.

Luke sentit sa gorge se nouer.

– Je suis désolé.

– C'est le sort de toute vie, fit C'baoth avec un haussement d'épaules. Pour les Jedi comme pour les êtres inférieurs.

– Et comment puis-je vous aider ? demanda Luke.

– En apprenant avec moi. En vous ouvrant à moi. En absorbant ma sagesse, mon expérience et mon pouvoir. C'est ainsi que vous prolongerez mon existence et mon œuvre.

– Je vois, fit Luke, tout en se demandant à quoi l'autre faisait référence. Mais vous comprenez aussi que j'ai un travail à poursuivre...

– Et êtes-vous préparé ? *Pleinement* préparé ? Ou bien êtes-vous venu ici sans avoir rien à me demander ?

– En fait, oui. Je suis envoyé par la Nouvelle République pour requérir votre assistance dans le combat contre l'Empire.

– A quelle fin ?

Luke se renfrogna : il avait cru que les raisons étaient explicites.

– L'élimination de la tyrannie. Le rétablissement de la liberté et de la justice pour tous les êtres de la galaxie.

– La justice, grimaça C'baoth. N'allez pas chercher la justice chez les êtres inférieurs, Jedi Skywalker. (C'baoth le frappa deux fois du bout des doigts, au creux de la poitrine.) Nous sommes la véritable justice de cette galaxie. Nous deux, et le nouvel héritage Jedi qui nous suivra. Laissez les batailles mesquines aux autres, et préparez-vous pour l'avenir...

– Mais je... balbutia Luke.

– De quoi ont donc besoin les jumeaux de votre sœur?

– Ils ont besoin de... Eh bien, il leur faudra un jour un professeur, fit Luke avec une certaine réticence.

Il ne fallait pas toujours se fier aux premières impressions, il le savait. Mais il n'était pas du tout certain que le personnage qu'il avait devant lui fût le genre d'humain auquel il confierait l'éducation de sa nièce et de son neveu. C'baoth était trop imprévisible, à la limite de l'instabilité.

– Il est entendu que je serai chargé de leur éducation quand ils en auront l'âge, tout comme j'éduque Leia. Le fait d'être un Jedi ne signifie pas forcément que vous ferez un bon professeur. C'est le problème. (Il hésita.) Obi-wan Kenobi se faisait le reproche d'être responsable du fait que Dark Vador se soit tourné vers le côté sombre. Je ne voudrai pas que cela se répète avec les enfants de Leia. Je m'étais dit que vous pourriez peut-être m'enseigner les méthodes d'instructions Jedi appropriées...

– Ce serait du temps perdu, fit C'baoth avec une certaine violence. Amenez-les. Je les éduquerai.

– Oui, Maître. (Luke choisit ses paroles avec prudence.) J'apprécie votre offre. Mais, ainsi que je vous l'ai dit, j'ai du travail. Tout ce que je désire, ce sont certaines indications...

– Mais vous, Jedi Skywalker? l'interrompit C'baoth. N'avez-vous donc pas besoin d'un complément d'éducation? Dans le domaine du jugement, peut-être?...

Luke serra les dents. Cette conversation le rendait beaucoup trop transparent, et ça ne lui plaisait guère.

– Oui, il est certain que j'ai encore à apprendre dans ce domaine, concéda-t-il. Je me dis parfois que le Maître Jedi qui m'a éduqué espérait que je saurais trouver le reste de moi-même.

– Il suffit simplement d'écouter la Force. (Un instant, le regard de C'baoth se fit vague.) Mais venez. Nous allons visiter les villages et je vous montrerai.

– Tout de suite?

– Pourquoi pas? J'ai demandé un véhicule. Il nous attend sur la route. (Le regard du Jedi se fixa un peu au-dessus de l'épaule de Luke.) Non, restez là!

Luke tourna la tête. D2 avait réussi à s'extraire de l'aile X et s'avançait sur la coque.

– Ce n'est que mon droïd, fit-il.

– Je veux qu'il reste là où il est, insista C'baoth. Les droïds sont des abominations – des créations douées de raison mais qui ne font pas authentiquement partie de la Force.

Luke ne dit rien : si les droïds étaient uniques, il n'existait aucune raison de les qualifier d'abominations. Mais ce n'était ni le lieu ni l'heure pour en discuter.

– Je vais le ramener, fit-il avant de se ruer vers le vaisseau. Il fit appel à la Force et s'élança sur la coque.

– Désolé, D2, mais il va falloir que tu demeures ici. Viens : on rebrousse chemin.

D2 bipa d'un ton indigné.

– Je sais, et je suis désolé, fit Luke en replaçant le droïd dans son socle. Mais le Maître C'baoth ne veut pas te voir. Tu ferais aussi bien d'attendre ici – au moins, tu pourras toujours bavarder avec l'ordinateur de l'aile X.

Le droïd gazouilla en réponse, avec cette fois une note plaintive et inquiète.

– Mais non, je ne crois pas qu'il y ait le moindre danger, l'assura Luke. Si tu as quelque doute, tu peux toujours veiller sur moi avec les senseurs de l'aile X. (Il réduisit sa voix à un murmure.) Et à ce propos, je voudrais que tu me fasses un scanning complet du secteur. Essaie de voir si tu trouves de la végétation déformée. Comme ces arbres qui poussaient près de la grotte, sur Dagobah. D'accord ?

D2 lui répondit par un bip perplexe.

– Bien. A bientôt, fit Luke en se laissant retomber au sol.

« Je suis prêt, ajouta-t-il, à l'adresse de C'baoth.

Le Jedi acquiesça.

– Par ici, fit-il en s'avançant sur la pente.

Ils n'avaient pas parcouru plus de deux cents mètres lorsque le véhicule appelé par C'baoth arriva. C'était un vieux motospeeder SoroSuub qui tirait un char aux roues complexes. Le conducteur était un personnage de haute taille, efflanqué.

– Je crains que ce ne soit guère qu'un chariot de ferme amélioré, dit C'baoth en s'installant à côté de Luke. (Le véhicule était entièrement fait de bois mais les sièges étaient confortables.) Les artisans de Chynoo l'ont construit pour moi quand je suis arrivé ici.

Le conducteur réussit à faire tourner l'attelage sur l'étroit sentier.

– Combien de temps avez-vous vécu seul auparavant? demanda Luke.

– Je ne sais pas, fit C'baoth en secouant la tête. Le temps n'était pas mon grand souci. Je vivais, je méditais, je pensais. C'est tout.

– Mais vous vous souvenez de votre arrivée ici? insista Luke. Après le Vol Extérieur, je veux dire...

Lentement, C'baoth se tourna vers lui, et son regard était de glace.

– Vos pensées vous trahissent, Jedi Skywalker. Vous cherchez à savoir si je n'étais pas un serviteur de l'Empereur.

Luke s'efforça d'affronter son regard.

– Le Maître qui m'a éduqué, m'a dit que j'étais le dernier Jedi. Il ne comptait pas Vador et l'Empereur dans sa liste.

– Et vous craignez que je sois un Jedi Sombre, n'est-ce pas?

– Et l'êtes-vous?

C'baoth sourit, et même, à la surprise de Luke, il se mit à rire. Cela faisait un effet étrange, dans ce visage tendu.

– Allons, Jedi Skywalker, dit-il enfin. Croyez-vous réellement que Joruus C'baoth – *Joruus C'baoth* – se tournerait vers le côté sombre.

Le sourire s'effaça.

– L'Empereur ne m'a pas détruit, Jedi Skywalker, pour la simple raison que durant la plus grande partie de son règne, j'étais hors de sa portée. Et après mon retour... (Il secoua la tête.) Il y en a un autre, savez-vous. En dehors de votre sœur. Ce n'est pas encore un Jedi. Mais j'ai senti des rides dans la Force. Des vaguelettes qui se formaient, puis retombaient.

– Oui, je sais à quoi vous faites allusion. Cette presque Jedi, je l'ai rencontrée.

C'baoth se tourna vers lui, le regard étincelant.

– *Cette*?... souffla-t-il. Et vous l'avez rencontrée?

– Je le crois, du moins, corrigea Luke. Je suppose qu'il est possible que quelqu'un d'autre puisse...

– Quel est son nom?

Luke plissa le front, essayant de déchiffrer l'expression de C'baoth. Il sentait là quelque chose de déplaisant.

– Elle déclare s'appeler Mara Jade.

C'baoth se laissa aller en arrière dans les coussins, le regard vague.

– Mara Jade, répéta-t-il doucement.

– Dites m'en plus à propos du Vol Extérieur, demanda Luke, décidé à ne pas se laisser détourner du sujet.

« Je me souviens que vous êtes partis de Yaga Minor, et que vous vouliez aller à la découverte d'autres civilisations hors de la galaxie. Qu'est-il arrivé au vaisseau et aux autres Maîtres Jedi qui étaient à son bord ?

C'baoth avait un regard perdu.

– Ils sont morts, bien sûr. Tous. Moi seul ai survécu. (Il fixa Luke.) Cela m'a changé, vous savez.

– Je le comprends. (Ainsi, se dit-il, cela pouvait expliquer l'étrange comportement de C'baoth. Quelque chose lui était arrivé durant ce vol.)

« Racontez-moi.

Un long moment, C'baoth garda le silence. Luke attendait patiemment, dans les cahots de l'attelage.

– Non, fit enfin C'baoth. Pas maintenant. Plus tard peut-être. Nous sommes arrivés.

Luke découvrit une dizaine de maisons modestes, puis d'autres encore, tandis que l'attelage s'avançait. Cinquante en tout, peut-être : de petits cottages dans lesquels se mêlaient des matériaux anciens et des éléments de technologie moderne.

Une vingtaine de personnes étaient occupées à des tâches diverses qu'elles interrompirent à l'arrivée de la motospeeder et de l'attelage. Ils s'arrêtèrent devant une sorte de trône de bois poli protégé par un pavillon en dôme.

– Je l'ai fait apporter du Haut Château, fit C'baoth. Je suppose que, pour ceux qui l'ont sculpté, c'était un symbole d'autorité.

– Et il sert à quoi désormais ? demanda Luke.

Le trône semblait déplacé, dans ces lieux rustiques.

– C'est là que je rends la justice à mon peuple, déclara C'baoth en descendant. Mais aujourd'hui, nous ne serons pas aussi cérémonieux. Venez.

Tout en suivant C'baoth dans le public immobile, Luke lança la Force.

Tous semblaient être surpris, respectueux, et dans l'attente d'un événement. Il ne décela aucune trace de peur : rien que de l'affection.

– Vous êtes là depuis combien de temps? demanda-t-il à C'baoth.

– Moins d'une année. Ils ont accepté très lentement ma sagesse, mais j'ai fini par les convaincre.

Les villageois étaient retournés à leur travail, mais ils ne quittaient pas les visiteurs du regard.

– Que voulez-vous dire? insista Luke.

– Je les ai persuadés qu'il était de leur intérêt de m'écouter. Projetez vos sens, Jedi. (Il désigna le cottage qui se trouvait devant eux.) Dites-moi ce qu'il y a dans cette demeure, parlez-moi de ceux qui l'habitent.

Sans avoir même à focaliser son attention, Luke perçut la colère, l'hostilité, qui couvaient à l'intérieur. Et comme une étincelle d'envie de meurtre...

– Hon, hon... fit-il. Il faut vraiment que nous...?

– Bien sûr que oui. Suivez-moi.

C'baoth ouvrit la porte. Luke le suivit, la main sur la poignée de son sabrolaser.

Deux hommes se trouvaient au centre de la pièce. L'un menaçait l'autre avec un long couteau. Ils se tournèrent vers les intrus.

– Pose ton couteau, Tarm, fit C'baoth d'un ton sévère. Et toi aussi, Svan.

Lentement, l'homme au couteau posa son arme sur le plancher. L'autre regarda C'baoth avant de revenir à son adversaire impuissant.

– Je t'ai dit de poser ton arme! fit le Jedi.

L'homme sortit un pistolet de sa poche et le jeta près du couteau.

– C'est mieux ainsi, fit C'baoth. Maintenant, expliquez-moi.

Il écouta avec une apparente attention les salves d'accusations et de démentis des deux hommes. Luke attendait, tout en se demandant s'il allait bien pouvoir démêler les faits. Pour autant qu'il pût deviner, les deux hommes semblaient avoir des arguments égaux.

Mais ils se turent enfin.

– Parfait, dit C'baoth. Le jugement de C'baoth est le suivant: Svan paiera à Tarm l'intégralité des gages demandés. Le jugement est exécutable immédiatement.

Luke regarda tour à tour les deux villageois, bien conscient que le fait de discuter devant eux risquait de miner l'autorité que C'baoth avait réussi à établir.

– Je pensais que vous pourriez proposer un compromis, dit-il.

– Il n'en est pas question, fit C'baoth avec fermeté. Svan est en défaut et il va payer.

– Oui, mais...

Luke surprit l'intention un éclair de seconde avant que Svan tente de récupérer son pistolet. Il avait déjà dégagé son sabre et l'avait allumé. Mais C'baoth fut le plus rapide. A l'instant où la lame blanche grésillait, il leva la main. Et, de l'extrémité de ses doigts jaillit une salve d'éclairs bleutés.

Svan fut atteint de plein fouet à la tête et à la poitrine. Il bascula en arrière avec un cri de douleur. C'baoth tira une seconde fois et le pistolet jaillit de la main de Svan dans une aura blanc-bleu.

Durant un instant, il n'y eut plus que les plaintes de l'homme effondré dans l'odeur d'ozone. Luke le contemplait avec horreur.

– C'baoth...!

– Vous m'appellerez *Maître*, répliqua le Jedi avec calme.

Luke se maîtrisa. Il rengaina son sabre et s'agenouilla auprès du blessé. Svan semblait souffrir, il était brûlé aux bras et au torse, mais il n'était pas gravement atteint. Luke posa la main sur les traces de brûlures les plus importantes et appela la Force pour essayer d'apaiser les souffrances de l'homme.

– Jedi Skywalker, fit C'baoth. Il n'est pas mort. Retirons-nous.

– Mais il souffre.

– Il avait besoin d'une leçon, et la souffrance est un excellent professeur. Allez. A moins que vous n'ayez préféré que ce fût Tarm qui meurt?

– Il existait d'autres moyens de l'empêcher.

C'baoth le fixa.

– Aucun dont il ne puisse se souvenir longtemps. Rappelez-vous cela, Jedi Skywalker : si l'on oublie votre justice, vous serez obligé de répéter les mêmes leçons plusieurs fois. Nous en avons fini ici.

Les étoiles brillaient dans le ciel quand Luke ouvrit la porte du Haut Château et sortit de la cour. D2 avait décelé son approche et, à la seconde où il refermait le battant, le droïd alluma les feux d'atterrissage de l'aile X.

— Hello, D2, fit Luke en grimpant jusqu'au cockpit. Je voulais juste savoir comment tu allais... et le vaisseau aussi.

D2 bipa avec une note assurée.

— Bien, fit Luke en scrutant rapidement les écrans et en demandant une vérification du statut général de l'aile X.

« Le scanning que je t'avais demandé a donné quelque chose?

Cette fois, la réponse fut un peu moins optimiste.

— A ce point? ... fit Luke en hochant la tête. C'est ce qui se passe toujours quand on grimpe dans les montagnes.

D2 grommela sans humour avant de gazouiller une question.

— Ça, je l'ignore. Il nous faudra encore quelques jours au moins. Peut-être plus. Je ne le sais pas à vrai dire, D2. Tout cela est inattendu. Je suis allé sur Dagobah dans l'espoir de rencontrer un grand guerrier, et j'y ai trouvé le Maître Yoda. Et ici, alors que je m'attendais à trouver un Maître Jedi... je tombe sur Maître C'baoth.

D2 émit un gargouillis peu flatteur et Luke, devant la traduction, ne put s'empêcher de sourire.

— Oui, mais n'oublie pas que Maître Yoda, lui aussi, t'avait donné du fil à retordre lors de cette première rencontre.

Il se souvint avec émotion qu'il avait eu droit, lui aussi, au même genre de traitement.

Et qu'il avait raté son examen de passage.

D2 émit une trille critique.

— Là, tu as raison, fit Luke. Même lorsqu'il nous éprouvait, Yoda n'avait jamais cette dureté que montre C'baoth. A vrai dire, je ne sais pas, D2. Aujourd'hui, il a blessé quelqu'un. Gravement. Et il a prononcé un jugement dans une querelle où il n'avait rien à faire. Je n'imagine pas Ben ou Yoda agissant de cette façon. Mais il est un Jedi, tout comme eux. Alors, quel exemple suis-je censé suivre?

Le petit droïd parut digérer lentement cette question. Puis, comme à regret, il gazouilla quelques notes.

— Oui, c'est évidemment la question qui se pose, fit Luke. Mais pour quelle raison un Jedi Sombre aussi fort que C'baoth s'amuserait-il à ce genre de jeu? Pourquoi ne pas me tuer tout de suite et en finir?...

D2 poussa un horrible grognement électronique, et une liste de raisons se déroula sur l'écran. Il était évident qu'il avait consacré de longues secondes à réfléchir.

– D2, j'apprécie ta question, fit Luke avec l'espoir de le calmer. Mais je ne pense vraiment pas qu'il soit un Jedi Sombre. Il est capricieux et ombrageux, mais je ne sens pas autour de lui cette aura maléfique, comme chez Vador et l'Empereur. (Il hésita.) Je crois qu'il est plus probable que le Maître C'baoth est fou.

Pour la première fois, Luke découvrit que D2 pouvait rester sans voix. Il attendit une longue minute dans la plainte du vent sur les montagnes et le Haut Château.

Le droïd trilla enfin.

– Non, protesta Luke, je ne vois pas comment une pareille chose pourrait se passer. Mais j'ai mon idée... Après la mort de Ben, sur la première Etoile Noire... je me suis aperçu que je pouvais entendre sa voix, quelquefois, tout au fond de mon esprit. Et lorsque l'Alliance a dû évacuer Hoth, je l'ai vu.

D2 pépia.

– Oui, c'est avec lui que je parlais parfois sur Dagobah, admit Luke. Et ensuite, après la bataille d'Endor, j'ai revu non seulement Ben et Yoda, mais aussi mon père. Je n'ai pas parlé à Ben et Yoda, et je ne les reverrai sans doute jamais. Je crois que les Jedi, en mourant, sont capables de... Oh, comment dire ?... de s'ancrer à un autre Jedi ?...

D2 parut réfléchir sérieusement à cette hypothèse.

– Je n'ai jamais prétendu que c'était la théorie la plus solide de la galaxie, grogna Luke. Je suis peut-être complètement à côté de la question. Mais sinon, il est possible que les cinq autres Maîtres Jedi qui sont partis avec le Vol Extérieur aient pu s'ancrer en mourant à Maître C'baoth.

D2 sifflota d'un ton pensif.

– Oui, d'accord, fit Luke avec mélancolie, ça ne me gênait pas que Ben revienne – en fait, j'aurais aimé qu'il me parle plus souvent. Mais Maître C'baoth avait plus de pouvoir que moi. Et, avec lui, cela s'est peut-être passé différemment.

D2 poussa un bref gémissement et d'autres suggestions apparurent.

– D2, je ne peux pas le laisser comme ça. Pas quand je peux l'aider.

Mais Dark Vador, se souvint-il, avait eu lui aussi besoin de son aide et il avait tenté de le sauver du côté sombre. Au prix de sa vie. *Mais qu'est-ce que j'essaie de faire? Je ne suis pas un guérisseur!*

Luke?

Il s'arracha à ses pensées.

– Il faut que je parte, dit-il en quittant son siège. Maître C'baoth m'appelle.

Il éteignit les écrans, non sans avoir lu celui de D2.

– Calme-toi, dit-il. Je reviendrai. Je suis un Jedi, tu ne l'as pas oublié, non?... Veille bien sur tout. D'accord?

Le droïd émit une trille grave, presque funèbre, tandis que Luke redescendait l'échelle.

Le droïd n'avait pas tort : les talents de Luke n'étaient nullement faits pour exploiter les pouvoirs de guérison de la Force. S'il apportait son aide à C'baoth, ce serait une épreuve longue et épuisante, sans la moindre garantie de succès à terme. Un Grand Amiral commandait l'Empire, il y avait des querelles politiques au sein de la Nouvelle République, le destin de la galaxie était en jeu... Et ne perdait-il pas son temps ici?

Il leva les yeux vers les montagnes qui dominaient le sombre manoir et le lac. Certains sommets étaient couronnés de neige qui brillait faiblement sous les lunes de Jomark. Il se souvint des montagnes de Manarai, au sud de la cité impériale, sur Coruscant. Et il revit alors un certain Luke Skywalker, contemplant ces mêmes montagnes depuis la terrasse du Palais, expliquant avec une infinie sagesse à un certain 6PO qu'un Jedi responsable de la politique galactique pouvait perdre de vue le sort des individus.

Ce discours lui avait paru si noble à l'époque. Il avait maintenant une chance de prouver qu'il n'avait pas prononcé des paroles vides de sens.

Il inspira à fond et se dirigea vers le portail.

15

– Tangrene aura sans doute été notre couronnement, déclara le Sénateur Bel Iblis en finissant son verre avant de l'élever au-dessus de sa tête.

Le salon d'état-major était en grande partie désert, et le barman approuva en silence avant de retourner à son distributeur.

– Sur ce secteur précis, nous avons harcelé les Impériaux depuis trois ans, reprit Bel Iblis. Nous avons frappé leurs bases mineures, leurs convois de ravitaillement et, pour résumer, nous les avons secoués au maximum. Mais, jusqu'à Tangrene, ils ne se sont pas trop inquiétés de nous.

– Et que s'est-il passé à Tangrene? demanda Yan.

– Nous avons pulvérisé un de leurs principaux centres Ubiquetorateur, répondit Bel Iblis avec une satisfaction visible. Et ensuite, on est allés chatouiller trois superdestroyers qui étaient censés garder les lieux. Je pense que c'est alors qu'ils se sont dit que nous commencions à devenir un peu trop irritants. Et qu'il fallait nous prendre au sérieux.

– Ça, j'en suis convaincu, fit Yan en hochant la tête.

Pénétrer dans le secteur d'une base Ubiquetorateur des Renseignements de l'Empire, c'était compliqué, mais arriver à la détruire et à dégager...

– Et vous avez eu combien de pertes?

– Pour aussi surprenant que ça paraisse, nous avons réussi à ramener nos cinq bâtiments d'assaut, dit Bel Iblis. Certes, ils avaient subi de sérieux dégâts, et l'un d'eux a été en réparation durant sept mois. Mais cela valait l'enjeu.

– Mais je croyais que vous aviez parlé de six cuirassés, intervint Lando.

– Oui, actuellement, nous en disposons de six, mais alors, nous n'en avions que cinq.

– Ah bon, fit Lando, avant de retourner au silence.

– Et c'est après ça que vous avez modifié la position de votre base? demanda Yan.

Bel Iblis jeta un bref regard à Lando.

– Oui, la mobilité était devenue alors notre priorité absolue. Mais nous n'étions pas restés exactement sur nos lauriers avant cela. Cette base, c'est notre treizième en sept ans, n'est-ce pas, Sena?...

– La quatorzième, dit Sena. Si l'on compte les bases de Womrik et des astéroïdes de Mattri.

– Bien, cela fait donc quatorze, acquiesça Bel Iblis. Vous aurez probablement remarqué qu'ici chaque bâtiment a été construit en plastique-à-mémoire. Ce qui nous permet simplement de replier le tout et de le charger à bord des cargos. (Bel Iblis gloussa de rire.) Ce qui n'est pas sans inconvénient. Une fois, sur Lelmra, vous avons été pris dans une énorme tempête et les éclairs ont déclenché le système de pliage de deux baraquements et d'un stand de tir qui se sont repliés comme des emballages. Avec une cinquantaine de personnes à l'intérieur.

– Atrocement drôle, ajouta Sena d'un ton sec. Mais, heureusement, personne n'a été tué. Il nous a quand même fallu une bonne partie de la nuit pour les dégager. En pleine tempête, bien sûr.

Le barman arrivait avec une nouvelle tournée. Bel Iblis avait appelé ce cocktail un *twistler* : un mélange de cognac corellien avec un alcool de fruit inconnu. Pas exactement le genre de boisson que Yan aurait pensé trouver dans une base militaire, mais c'était plutôt agréable. Le Sénateur tendit deux verres à Yan et Sena, prit les deux autres... Et Lando dit alors :

– Pour moi, ça ira.

Yan fronça les sourcils. Lando se tenait d'un air roide, le visage impassible, son verre encore à demi plein. C'était son *premier* verre, se dit Yan. Lando n'avait rien bu depuis une heure et demie. Il surprit son regard. Lando gardait son expression de granit. Il baissa les yeux et but une gorgée.

– C'est environ à peu près un mois après Tangrene,

poursuivit Bel Iblis, que nous avons rencontré Borsk Fey'lya.

Yan se tourna vers lui avec un soudain sentiment de culpabilité. Il s'était laissé capter à tel point par le récit de Bel Iblis qu'il avait complètement oublié pourquoi Lando et lui avaient interrompu leur mission. Ce qui expliquait sans doute le regard de glace pure de Lando.

– Oui... Fey'lya... Quel genre d'accord avez-vous passé avec lui ?

– Un accord beaucoup moins étroit qu'il le souhaiterait, croyez-moi. Il nous a rendu quelques services durant les années les plus âpres de la guerre, et il semble croire que nous devrions lui en être reconnaissants.

– Quel genre de services ? demanda Lando.

– Oh, sans grande importance. Tout au début, il nous a assuré une ligne de ravitaillement qui passait par New Cov, et il a fait intervenir quelques superdestroyers à un moment où les Impériaux étaient venus renifler dans notre secteur. Et puis, avec quelques autres Bothans, il nous a fait parvenir des fonds, qui nous ont permis de nous équiper plus vite que nous l'avions prévu. Ce genre de chose...

– Et jusqu'où va votre reconnaissance ? insista Lando.

Un sourire effleura les lèvres de Bel Iblis.

– Autrement dit, qu'est-ce que Fey'lya veut de moi ?

Lando ne répondit pas à son sourire.

– Oui, on pourrait commencer par-là, dit-il.

– Lando, intervint Yan, d'un ton de mise en garde.

– Non, non, ne vous inquiétez pas, dit Bel Iblis, perdant son sourire. Mais avant de répondre, cependant, j'aimerais que vous me parliez un peu de la hiérarchie de la Nouvelle République. De la position de Mon Mothma dans le gouvernement, des relations que Fey'lya entretient avec elle...

Yan haussa les épaules.

– C'est du domaine de l'information publique.

– Oui, c'est ce que dit la version officielle. Mais ce que je vous demande, c'est de m'expliquer la situation *réelle*.

Yan risqua un regard vers Lando.

– Je ne comprends pas.

Bel Iblis but une gorgée de son *twistler*.

– Permettez-moi d'être plus direct. Que vise donc Mon Mothma ?

Yan sentit monter la colère du fond de sa gorge.

– Breyl'lya vous a dit cela? Qu'elle préparait quelque chose?

Bel Iblis leva les yeux.

– Cela n'est nullement en rapport avec les Bothans, fit-il paisiblement. Je ne parle que de Mon Mothma.

Yan essaya de remettre de l'ordre dans ses pensées. Oui, il y avait des choses qu'il n'appréciait pas chez Mon Mothma – beaucoup des choses, en fait. A commencer par son obstination à envoyer Leia vers des missions diplomatiques au lieu de la laisser se concentrer sur sa formation de Jedi. Et, en y songeant bien, il y avait d'autres points qui le rendaient furieux. Mais, en résumant le tout...

– Pour autant que je sache, dit-il enfin, elle ne fait qu'essayer de mettre sur pied un nouveau gouvernement.

– Dont elle prendrait la tête?

– Pourquoi? Elle n'en a pas le droit?

Une ombre passa sur le visage de Bel Iblis et il regarda de nouveau son verre.

– Je suppose que c'était inévitable, murmura-t-il. (Il demeura silencieux un instant, puis parut s'extraire de ses pensées moroses.) Ainsi, vous êtes en voie de devenir une république en fait et non pas seulement en titre?

– Oui, acquiesça Yan. Mais quel rapport cela peut-il avoir avec Fey'lya?

– Fey'lya considère que Mon Mothma a trop soif de pouvoir. Je suppose que vous n'êtes pas d'accord?

Yan hésita.

– Je ne sais pas. Mais elle n'est pas responsable de toute la maison, comme pendant la guerre.

– Mais la guerre se poursuit, lui rappela Bel Iblis.

– Oui, c'est vrai...

– Mais Fey'lya, que pense-t-il que nous devrions faire? demanda Lando. Oh... Il a des idées personnelles et peu surprenantes quant au renforcement de la puissance de la République. Mais vous connaissez les Bothans. On leur fait goûter la soupe et ils se battent tous pour avoir la louche.

– Surtout quand ils se vantent d'avoir été des alliés essentiels du camp victorieux, ajouta Lando. A la différence de certains que je ne saurais mentionner.

Sena s'agita nerveusement. Mais, avant qu'elle ait pu déclarer quoi que ce soit, Bel Iblis leva la main.

– Vous vous demandez pour quelle raison je n'ai pas rejoint l'Alliance, n'est-ce pas? Pourquoi j'ai choisi de mener ma guerre personnelle contre l'Empire?...

– C'est très exactement la question que je me pose, oui...

Bel Iblis le mesura du regard.

– Je pourrais vous donner plusieurs raisons pour expliquer notre indépendance. D'abord, la sécurité. Les unités de l'Alliance échangeaient tout un flot d'informations, dont une bonne part était interceptée par l'Empire. A une certaine époque, un cinquième des bases rebelles, semblait-il, tombait aux mains des Impériaux par pure négligence.

– Nous avions des problèmes, c'est vrai, dit Yan. Mais nous les avons très rapidement résolus.

– Vraiment? Mais qu'en est-il de ces fuites qui proviendraient du Palais Impérial?

– Oui, c'est exact, mais nous nous en occupons, fit Yan, avec le sentiment d'être un gamin que l'on gronde parce qu'il n'a pas fait ses devoirs.

– Il faut vous en occuper plus que sérieusement, insista Bel Iblis. Si nos analyses des divers communiqués impériaux sont exactes, cette fuite a un nom – la Source Delta – et elle est en connexion directe avec le Grand Amiral.

– D'accord, intervint Lando. La sécurité. Passons maintenant aux autres raisons.

– Du calme, Lando, fit Yan. Nous ne sommes pas dans un tribunal.

Bel Iblis lui fit un signe.

– Je vous remercie, Solo, mais je suis capable de justifier mes actes, dit le Sénateur. Et avec plaisir... Mais ce sera pour plus tard, le moment venu. (Il regarda sa montre, puis Lando.) Pour l'instant, d'autres urgences m'appellent. Irenez a fait déposer vos bagages dans des locaux vacants. Ils sont assez petits, je le crains, mais plutôt confortables. Nous pourrons sans doute poursuivre cette discussion après le dîner.

Yan interrogea Lando du regard. Dont l'expression lui répondit : *Ça nous laisse parfaitement le temps.* Mais il se contenta de déclarer :

– Oui, ça conviendra très bien.

– Excellent, fit Bel Iblis. Sena doit m'accompagner, mais nous allons vous mettre sur le chemin. A moins que vous ne désiriez que je vous confie à un guide?...

– Nous ne nous perdrons pas, l'assura Yan.

– Parfait. Quelqu'un viendra vous prendre à l'heure du dîner. En attendant...

Ils étaient à mi-distance des quartiers qui leur avaient été assignés lorsque Lando retrouva sa voix.

– Tu veux bien continuer et qu'on en finisse? demanda-t-il.

– Qu'on en finisse avec quoi?

– Avec l'engueulade que tu veux me passer parce je ne me suis pas prosterné devant ton ami le Sénateur. Et fais vite, parce qu'on a à parler.

Yan regardait droit devant lui.

– Oh, ça d'accord, mon vieux copain, tu ne t'es pas prosterné, loin de là. J'ai connu Chewie plus aimable que toi, tu sais.

– Tu as raison. Tu veux que je t'explique pourquoi?

– Ça, ça risque d'être intéressant, ricana Yan. Alors, tu as une raison plausible pour te montrer grossier avec un ex-Sénateur de l'Empire?...

– Il ne nous dit pas la vérité. Du moins, pas *toute* la vérité.

– Et alors? Qui l'oblige à tout révéler à des étrangers?

– Il nous a amenés ici. Alors, pour quelle raison nous ment-il à présent?

Pour la première fois, en dépit de son trouble, Yan lut la tension sur le visage de son ami. Quelles que fussent ses intentions, il était grave et sincère.

– D'accord. A propos de quoi a-t-il menti?

– D'abord, au sujet de ce camp. Ton Sénateur nous a dit qu'il déménageait fréquemment. Qu'ils avaient transporté leur camp sur quatorze sites, si tu t'en souviens?... Mais ils sont ici depuis plus de six mois...

Yan observa le bâtiment devant lequel ils se trouvaient, les angles mous du plastique mémoriel, les indices de contrainte dans les soubassements...

– Mais il y a d'autres signes évidents, reprit Lando. Tu as remarqué toute cette décoration dans leur quartier général? Ces sculptures et ces luminaires?... Sans parler de tous les trucs installés sur les murs. De ce panneau d'affichage-horloge antique au-dessus du bar. De ce vieux chrono de vaisseau près de la porte...

– Oui, j'étais là, moi aussi, et j'ai vu, fit Yan. Tu veux en venir à quoi?...

– Au fait que tout ça n'est pas prêt à décoller dans les cinq minutes. En tout cas, plus maintenant. Et qu'on ne s'installe pas aussi confortablement dans le luxe quand on déclenche des attaques contre les bases de l'Empire.

– Ils ont peut-être décidé de nous mentir pendant quelque temps, suggéra Yan. Défendre Bel Iblis les met mal à l'aise.

– C'est possible. Mais, dans ce cas, la question est : pourquoi ? Pour quelle raison le Sénateur garde-t-il ses vaisseaux et ses troupes en réserve ici ?

Yan devina où Lando voulait en venir.

– Tu penses qu'il a passé un accord avec Fey'lya ?

– C'est évident. Tu l'as entendu parler de Mon Mothma, comme s'il attendait qu'elle se déclare impératrice d'un jour à l'autre... Tu crois que c'est dû à l'influence de Fey'lya ?

Yan réfléchit. C'était une histoire folle, mais pas autant qu'il l'aurait cru. Mais si Fey'lya croyait qu'il pouvait monter un coup d'état avec six cuirassés privés, il allait avoir une sacrée surprise. (Mais, d'un autre côté.) Une minute, Lando, c'est complètement fou. S'ils complotent contre Mon Mothma, pourquoi nous ont-ils amenés ici ?

Lando siffla doucement entre ses dents.

– Ce qui nous amène au scénario le plus noir, mon vieux Yan. C'est-à-dire que ton ami le Sénateur ment sur toute la ligne... et que l'Empire nous a monté un coup géant.

– Là, je ne te suis plus.

– Mais réfléchis, fit Lando tout en baissant la voix au passage d'un groupe d'hommes en uniforme.

« Garm Bel Iblis, censé avoir été tué, ressurgit soudain d'entre les morts ? Et non seulement il est vivant, mais il a encore son armée personnelle. Une armée dont ni toi ni moi n'avons entendu parler, non ?...

– Oui, d'accord, mais Bel Iblis n'était pas du genre ermite. Quand j'étais jeune, il y avait des holos et des enregistrements de ses discours un peu partout. Il faudrait un sacré travail pour en faire une copie.

– Je te l'accorde... si tu avais ces enregistrements sous la main, là... Mais tu n'as que tes souvenirs. Et vis-à-vis de ça, crois-moi, ça ne serait pas très difficile de le recréer. Et toi et moi, nous savons que cette base existe depuis plus d'un an. Elle a sans doute été abandonnée par quelqu'un.

Et monter une armée artificielle, ça n'a rien de très difficile. Surtout pour l'Empire.

– Lando, tu es ancré dans des idées fixes. L'Empire ne monterait jamais un coup pareil rien que pour nous.

– Mais il n'était peut-être pas pour nous. Tout cela a été organisé dans l'intérêt de Fey'lya et nous sommes tombés dessus par hasard.

– *Dans l'intérêt de Fey'lya?...*

– Bien sûr. Au départ, nous avons l'Empire qui trafique les comptes bancaires d'Ackbar. Ce qui fait de lui un suspect facile à déloger de son perchoir. Arrive Fey'lya, convaincu d'avoir le soutien du légendaire Garm Bel Iblis et d'une armée privée. Il revendique le pouvoir, la hiérarchie de la Nouvelle République est déstabilisée et, sans que personne ne s'en inquiète, l'Empire avance ses pions et reprend un ou deux secteurs. Rapide, propre, et très simple.

– Tu trouves ça simple? grommela Yan.

– Nous avons affaire à un Grand Amiral, Yan. Avec lui, tout est possible.

– Possible ne signifie pas forcément probable. Et pourquoi nous auraient-ils amenés ici?

– Pourquoi pas? Ça ne met pas leur plan en péril. Ça pourrait même les aider un peu. Ils nous montrent leur dispositif, ils nous renvoient, on dénonce Fey'lya, et Mon Mothma rappelle des vaisseaux afin de défendre Coruscant contre un coup d'état qui ne se réalise pas. Un peu plus de désorganisation, et d'autres secteurs affaiblis dont l'Empire s'empare sans problème.

Yan secoua la tête.

– Je pense que tu inventes un peu trop.

– Peut-être, fit Lando d'un air sinistre. Et peut-être aussi que tu te fies un peu trop au fantôme d'un Sénateur corellien.

Ils étaient arrivés devant leurs quartiers, au centre d'une double rangée de petits bâtiments d'environ cinq mètres de côté. Yan composa le code que Sena lui avait donné et ils entrèrent.

L'appartement était simple et austère tout en étant presque fonctionnel. Il était meublé d'un combiné table/console brun et de deux fauteuils d'un gris militaire qui occupaient le maximum de l'espace, plus deux lits repliables.

– Un nid douillet, commenta Lando.

– Et probablement prévu pour être remballé et évacué en trois minutes maximum, fit Yan.

– D'accord, acquiesça Lando. Ce studio a été prévu pour donner cette impression. Mais c'est manqué.

– Ils ont sans doute pensé qu'ils devaient avoir au moins un logement qui ne date pas des Guerres Cloniques, protesta Yan.

– Peut-être. (Lando s'accroupit entre les fauteuils et examina le dessous du rembourrage. Il y introduisit un doigt.) Ils les ont probablement récupérés sur un des cuirassés. Mais j'ai comme l'idée qu'ils ne les ont pas fait rembourrer après...

Il s'interrompit, le visage figé.

– Qu'est-ce qu'il y a? s'inquiéta Yan.

Lentement, Lando se tourna vers lui.

– Le capitonnage de ce fauteuil n'est pas gris, dit-il, mais bleu et or.

– D'accord. Et ça veut dire quoi?...

– Tu ne comprends pas. La Flotte n'a jamais tapissé l'intérieur de ses vaisseaux de guerre en bleu et or. Jamais. Même sous l'Empire, la Nouvelle République, ni même sous l'Ancienne République. A une exception près.

– Et qui était?...

– La flotte *Katana*.

Yan le fixa tandis qu'un trait de glace pénétrait sa poitrine. La flotte *Katana*...

– Tu dois te tromper, Lando, dit-il enfin.

– Non. (Lando, en secouant la tête, lui montra le tissu.) J'ai passé deux mois complets à rechercher la Force Sombre. La voilà.

Yan fixait l'étoffe décolorée par le temps avec un sentiment irréel. La flotte *Katana*. La Force Sombre. Perdue depuis un demi-siècle... et qu'ils venaient soudain de retrouver.

Peut-être...

– Nous avons besoin de preuves supplémentaires, dit-il.

Lando hocha la tête.

– Cela peut expliquer qu'ils aient préféré nous garder à bord du *Lady Luck* pendant tout le voyage, dit-il. Ils n'auraient pas pu nous dissimuler le fait que leur cuirassé avait seulement deux mille hommes d'équipage et non pas seize mille. C'est la flotte *Katana*.

– Il faut que nous allions jeter un coup d'œil dans un de leurs vaisseaux, insista Yan. Irenez a émis un code de reconnaissance – je suppose que tu ne l'as pas enregistré ?

Lando lâcha d'un ton sec :

– Nous pourrons probablement le reconstituer. Mais s'ils ont un peu de bon sens, leur code d'entrée n'aura rien à voir avec leur code de sortie. Et je ne pense pas que nous soyons obligés de grimper dans leurs vaisseaux.

« Tout ce dont j'ai besoin, c'est d'examiner l'affichage de leur répéteur, dans leur quartier général.

– O.K., fit Yan d'un air sombre. On y va.

16

Il ne leur fallut que quelques minutes pour retourner au quartier général. Yan surveillait la circulation avec l'espoir qu'ils seraient de retour dans des locaux encore déserts. Il serait déjà assez difficile d'examiner l'écran du répéteur sans avoir des témoins tout autour.

– On cherche quoi exactement? demanda-t-il.

– Il doit y avoir des fentes d'entrée à l'arrière des circuits asservis. Ainsi que des numéros de série.

Yan hocha la tête. Ils allaient donc être obligés de décrocher l'ensemble de la paroi. Superbe.

– Comment se fait-il que tu en saches autant sur la flotte?

– Je te l'ai dit : j'ai pas mal étudié. Mais si tu veux savoir, je me suis retrouvé avec un faux plan de la flotte Katana quand je revendais des vaisseaux d'occasion. Je me suis dit alors que si je pouvais en apprendre suffisamment pour passer pour un expert, je pourrais toujours refourguer le plan et récupérer mon argent.

– Et tu y es arrivé?

– Tu tiens vraiment à le savoir?

– Je pense que non. Tiens-toi prêt.

Ils avaient de la chance : à l'exception du barman et de deux droïds-serveurs désactivés, derrière le bar, l'endroit était désert.

– Heureux de vous revoir, messieurs, dit le barman. Que puis-je vous proposer?

– Nous aimerions emporter quelque chose dans nos quartiers, fit Yan en jetant un regard sur les étagères. Le choix était large, avec plus d'une centaine de bouteilles de tailles et de formes diverses. Sur le côté, une petite porte permettait sans doute d'accéder à une réserve. C'était leur meilleure chance.

– Je suppose que vous n'avez pas de Vistulo, comme bière de garde?...

– Mais je crois que si. Oui... tenez, là.

– Quel millésime?

– Ah... C'est une '49.

Yan grimaça.

– Vous n'auriez pas de la '46? Peut-être dans la réserve, non?...

– Je n'en suis pas sûr, mais je vais vérifier, dit le barman, aimable, en franchissant la porte.

– Je vous accompagne, fit Yan en passant sous le bar. Si vous n'avez pas de '46, on trouvera peut-être autre chose.

Une brève seconde, l'autre hésita. Mais il avait vu les deux hommes buvant en compagnie de Bel Iblis en personne, et puis, Yan était déjà à mi-chemin de la réserve.

Il ignorait combien de temps il faudrait à Lando pour décrocher l'écran du mur, l'examiner et le remettre en place. Par mesure de sécurité, il décida qu'il lui faudrait cinq bonnes minutes pour trouver éventuellement une Kibshae '48. Il croisa les doigts en suivant le barman.

Quand il ressurgit dans le bar, Lando était toujours à la même place, les mains posées sur le bar, le visage tendu : pour une excellente raison. Irenez se tenait à quelques pas derrière lui, la main sur la crosse de son blaster.

– Oh, bonsoir, Irenez! fit Yan avec son sourire le plus innocent. C'est drôle de vous retrouver là.

– Pas aussi drôle que ça. Sena m'a chargée de ne pas vous quitter des yeux. Vous avez trouvé ce que vous étiez venus chercher?...

Yan consulta Lando du regard, entrevit l'ombre d'un acquiescement.

– Oui, je le pense.

– Heureuse de l'apprendre. Maintenant... nous sortons.

Yan tendit la bouteille de Kibshae '48 au barman.

– Gardez-la. On dirait bien que la soirée a été remise.

Un vieux landspeeder à cinq places les attendait.

– On monte, dit Irenez .

Ils obéirent. Sena Leiikvold Midanyl attendait, roide.

– Messieurs, asseyez-vous, fit-elle d'un ton froid.

Yan s'installa, fit pivoter son siège, et lui demanda :

– C'est déjà l'heure du dîner ?

Sena l'ignora et dit :

– Irenez, prends les commandes. Promène-nous autour du camp. Peu importe où...

Ils décollèrent.

– Vous n'êtes pas restés très longtemps dans votre chambre, dit Sena à Yan.

– Je ne me souviens pas que le Sénateur nous ait confinés dans nos quartiers, répliqua-t-il.

– C'est juste. D'un autre côté, un invité bien élevé ne devrait pas se risquer dans les zones dangereuses.

– Je vous fais toutes mes excuses. Il ne m'est pas venu une seconde à l'esprit que votre réserve d'alcools était dangereuse. (Il coula un regard vers le hublot.) Mais si vous avez l'intention de nous reconduire à nos appartements, vous n'êtes pas dans la bonne direction.

– Je suis venue vous demander un service, fit-elle après l'avoir étudié une seconde.

C'était bien la dernière chose qu'il aurait cru entendre.

– Quel genre de service ?

– Je voudrais que vous parliez à Mon Mothma pour moi. Pour qu'elle et le Conseil invitent Bel Iblis à se joindre à la Nouvelle République.

Yan haussa les épaules. C'était donc pour ça, et seulement pour ça, qu'ils les avaient amenés ici, Lando et lui ?

– Mais vous n'avez pas besoin d'une invitation spéciale. Il vous suffit de contacter n'importe quel Conseiller et de proposer vos services.

– Je crains que dans le cas du Sénateur, ce ne soit pas aussi facile, dit Sena. Pour lui, il s'agit de *re* – joindre la Nouvelle République.

– Oh ?... fit Yan en risquant un regard vers Lando.

– Cela s'est passé il y a longtemps, dit Sena dans un soupir. Avant même que les groupes qui combattaient l'Empire ne se fondent pour devenir l'Alliance Rebelle. Est-ce que vous savez quelque chose de cette période ?

– Uniquement ce qu'il y a dans les chroniques officielles, dit Yan. Mon Mothma et Bail Organa d'Alderaan ont rassemblé trois des groupes les plus importants et les ont convaincus de conclure une alliance. Ensuite, cela a fait boule de neige.

– Vous connaissez les termes de ce premier accord?

– Bien sûr. On l'a appelé le Traité Corellien. (Il s'interrompit et répéta :) Le Traité *Corellien* ?

– Oui, acquiesça Sena. C'est le Sénateur Bel Iblis, et non Mon Mothma qui a convaincu ces trois groupes de résistance de s'unir. Et qui, de plus, leur a garanti sa protection.

Durant une longue minute, seul le chant des répulseurs résonna dans le speeder.

– Et que s'est-il passé? demanda enfin Lando.

– Pour dire les choses sans détours, Mon Mothma a pris de l'influence. Le Sénateur Bel Iblis lui était largement supérieur dans le domaine de la stratégie et des tactiques de combat, plus encore que les amiraux et généraux de la Rébellion, à cette époque. Mais Mon Mothma était inspirée, elle avait un véritable don pour amener des factions et des races différentes à travailler ensemble. Graduellement, elle est devenue la figure de proue de la Rébellion, et Organa et le Sénateur ont été relégués en arrière-plan.

– Un personnage comme Bel Iblis n'a pas dû digérer ça facilement, murmura Lando.

– Certainement. Mais il faut bien comprendre que ça n'est pas par orgueil qu'il a fini par se retirer. Bail Organa avait un puissant effet modérateur sur Mon Mothma – c'était un des rares hommes qu'elle respectait. Quand il a été tué durant l'assaut de l'Etoile Noire contre Alderaan, nul ne pouvait le remplacer. Et elle a acquis de plus en plus d'importance. Le Sénateur en est venu à la soupçonner de vouloir renverser l'Empereur uniquement pour prendre sa place.

– Et alors, vous avez quitté l'Alliance et il a entrepris sa propre guerre contre l'Empire, conclut Lando. Yan, tu savais tout cela?...

– Je n'ai jamais entendu le moindre mot à ce sujet.

– Ce qui ne me surprend guère, dit Sena. Est-ce que vous auriez tenu à rendre publique la défection d'un allié de la stature du Sénateur? Surtout en pleine guerre.

– Sans doute pas, admit Yan. Ce qui me surprend, c'est que d'autres groupes n'aient pas également choisi de se retirer. Mon Mothma sait être très oppressante quand elle le veut.

Yan se tourna vers Sena.

– C'est la raison pour laquelle vous avez interrompu vos raids contre l'Empire? Afin d'être prêts à vous retourner contre Mon Mothma si elle faisait de la Nouvelle République une dictature?

– Ce n'est pas exactement cela. Nous nous sommes installés ici, dans le Nid du Faucon-Pèlerin il y a trois ans, nous avons suspendu toutes les opérations, et nous avons commencé à mettre au point des plans stratégiques pour des éventualités possibles. Et nous avons attendu que le Sénateur revendique triomphalement ses droits. Nous attendons toujours.

Yan regarda par le hublot avec un sentiment de perte.

– Cela n'arrivera jamais, dit-il doucement.

– Je le sais. (Sena hésita.) Et lui aussi.

– Si ce n'est qu'il ne peut ravaler plus longtemps son orgueil pour aller trouver Mon Mothma et lui demander de le laisser revenir, acquiesça Yan. Alors, il vous a demandé de nous approcher afin de...

– Non, le Sénateur n'a rien à voir avec cette démarche! Il ignore même que je vous parle en ce moment. Je ne fais cela que sous ma seule responsabilité.

– Oui, d'accord.

– Je suis désolée. Je ne voulais pas vous offenser.

– N'en parlons plus, fit-il avec un élan de sympathie.

– Yan, fit Lando.

Il regarda son ami qui levait les sourcils.

– Sena, reprit-il, nous allons conclure un marché. Nous validerons la cause du Sénateur auprès de Mon Mothma. Et vous allez nous parler de la flotte *Katana*.

– La flotte *Katana*? répéta Sena, le visage soudain figé.

– C'est d'elle que viennent vos six cuirassés lourds, insista Lando. Ne niez pas : j'ai bien examiné cet écran que vous avez derrière le bar, dans le salon.

– Non. Je ne peux rien vous dire.

– Et pourquoi pas? Nous allons être de nouveau des alliés, rappelez-vous.

Yan éprouva un frisson désagréable.

– A moins que vous n'ayez déjà promis de livrer la flotte à Fey'lya.

– Nous n'avons rien promis à Fey'lya, repartit Sena d'un ton sec. Quoiqu'il ne se soit pas gêné pour le demander.

Yan grimaça.

– Ainsi, il prépare vraiment un coup d'état.

– Pas du tout. Fey'lya ne saurait pas quoi faire d'un coup d'état militaire, même si on le lui présentait dans du papier cadeau sur une table roulante avec des rubans partout. Il faudrait que vous compreniez que les Bothans pensent en termes d'influence politique et militaire, et non pas par rapport à la *puissance* militaire. Le but typique d'un Bothan est d'avancer dans la vie avec de plus en plus de gens autour de lui pour l'écouter. Fey'lya considère donc que s'il ramène le Sénateur au sein de la Nouvelle République, il aura un large avantage dans cette direction.

– Et plus particulièrement si Ackbar n'est plus là pour lui faire obstacle ? demanda Yan.

Sena acquiesça.

– Oui, car c'est malheureusement un autre trait de caractère typique des Bothans. Dès qu'un leader bothan trébuche, les autres lui passent dessus. Dans le passé, c'était au sens propre : ils allaient jusqu'au couteau, à la mort. Mais de nos jours, ils se satisfont de l'assassinat verbal. C'est un progrès, je pense.

– Ackbar n'est pas un Bothan, protesta Lando.

– Les autres races s'adaptent facilement à cette technique.

Yan grommela :

– Des alliés précieux. Ils vous poignardent, ou est-ce qu'ils vous font tomber aussi ?

– Vous faites allusion au transfert bancaire ? (Sena secoua la tête.) Non, je doute que ce soit le fait de Fey'lya. Les Bothans se sont fait une règle de ne jamais aller trop loin dans ce genre de complot. Ils préfèrent manipuler les autres.

– Nécrophages, pas chasseurs, fit Yan d'un ton aigre. Alors, que devons-nous faire avec lui ?

– Il vous suffit de faire libérer Ackbar. Dès lors qu'il ne pourra plus s'en prendre à qui que ce soit, Fey'lya battra en retraite.

– Magnifique. Mais le problème, avec un Grand Amiral à la tête de l'Empire, c'est que nous n'aurons sans doute pas le temps nécessaire.

– Et si nous ne l'avons pas, vous non plus, ajouta Lando. Si l'on met de côté sa dignité blessée, Sena, le Sénateur devrait regarder la réalité en face. Vous constituez un petit groupe isolé qui détient la flotte *Katana*, et l'Empire a désespérément besoin de nouveaux bâtiments de guerre. A la seconde où l'Empereur vous tombera dessus, il lancera toute la Flotte Impériale en un clin d'œil. Si vous apportez la flotte *Katana* à la Nouvelle République, vous serez des héros. Si vous attendez plus longtemps, vous perdrez tout.

– Je le sais, fit Sena d'une voix presque inaudible. Mais nous ne savons pas vraiment où la flotte se trouve. Nos cuirassés nous ont été livrés par un homme qui prétend qu'il est tombé sur eux il y a quinze ans. Il est mince, de taille un peu inférieure à la moyenne, et il fait songer à un rongeur. Il a des cheveux blancs très courts, un visage aux rides marquées, mais je pense que c'est probablement à cause d'une ancienne maladie.

– Quel est son nom? demanda Yan.

– Je ne sais pas. Il ne nous l'a jamais dit. (Elle hésita avant d'ajouter :) Il aime jouer. Nous l'avons constamment rencontré à bord du *Coral Vanda*, devant des tables de jeu. Les gens semblaient bien le connaître, mais il distribuait tellement d'argent autour de lui que ça risque de n'avoir aucune signification. Les croupiers apprennent toujours très vite à connaître les perdants.

– Le *Coral Vanda*? demanda Yan.

– Oui, c'est un casino sous-marin de luxe de Pantolomin, dit Lando. Il circule dans la ligne des récifs au large du continent nord. J'ai toujours rêvé d'aller là-bas...

– Eh bien, maintenant, tu tiens ta chance, fit Yan en regardant Sena. Je suppose que la prochaine question est : comment ficher le camp d'ici?

– Ça ne posera aucun problème. Le *Harrier* pourra vous reconduire à New Cov. Quand voulez-vous partir?

– Tout de suite, dit Yan. (Il ajouta, voyant l'expression de Sena :) Vous savez que vous allez avoir à fournir des explications au Sénateur. Il faut que nous battions l'Empire de vitesse – quelques heures pourraient nous être fatales.

– Je suppose que vous avez raison. Irenez, reconduis-les à leur vaisseau. Je m'occupe du reste.

Le Sénateur Bel Iblis les attendait au bas de la coupée du *Lady Luck* lorsqu'ils arrivèrent.

– Hello, Solo et Calrissian, fit-il en souriant. Je ne vous ai pas trouvé dans vos quartiers, et je me suis dit que vous deviez être ici. Je constate que je ne me suis pas trompé.

Il se tourna vers Sena qui émergeait du speeder avant de revenir à Yan. Et de perdre brusquement son sourire.

– Sena? Que se passe-t-il donc?

– Commandeur, ils savent tout à propos de la flotte *Katana*, fit-elle en se portant à la hauteur de Yan. Et... je leur ai révélé notre contact.

– Je vois. Et vous allez repartir. Pour essayer de le persuader de ramener la Force Sombre à la Nouvelle République.

– C'est exact, Commandeur, fit Yan, sur le même ton. Nous avons besoin de ces vaisseaux. Le plus grand besoin. Mais pas autant que nous avons besoin de bons combattants. Et de bons commandants.

Bel Iblis le dévisagea longuement.

– Je ne me présenterai pas devant Mon Mothma comme un mendiant.

– Vous êtes parti pour de bonnes raisons. Et vous pouvez revenir de la même façon.

– Non. Trop de gens savent ce qui s'est passé entre nous. Je passerais pour un vieil idiot. Je n'ai rien à apporter, Solo. Autrefois, j'ai rêvé de posséder une flotte qui rivaliserait avec les meilleures de la Nouvelle République. Et aussi de remporter des victoires décisives sur l'Empire. Ainsi, peut-être, j'aurais pu revenir dans la dignité et le respect. (Il secoua la tête.) Mais ce que nous avons ici n'a rien d'une force d'attaque.

– Peut-être, mais nul ne saurait mépriser six cuirassés lourds, intervint Lando. Ni vos états de service. Oubliez un instant Mon Mothma : n'importe qui, dans la Nouvelle République, serait heureux de vous avoir à ses côtés.

Bel Iblis haussa un sourcil.

– Peut-être. Je pense que cela mérite réflexion.

– Surtout avec un Grand Amiral à la tête de l'Empire. S'il vous surprend ici, ce sera votre fin.

– Cette pensée m'est venue, fit Bel Iblis avec un mince sourire. Plusieurs fois. Le *Harrier* va décoller dans une demi-heure afin de remmener Breyl'lya à New Cov. Je vais donner des instructions pour que vous les accompagniez avec le *Lady Luck*.

Yan et Lando se regardèrent.

– Vous pensez que nous pouvons retourner en toute sécurité à New Cov, Commandeur? demanda Yan. Il se peut qu'il y ait encore des Impériaux dans le coin.

199

– Non, certainement pas. J'ai étudié la stratégie des Impériaux depuis longtemps. Ils ne s'attendent pas à nous revoir si tôt, et ils ne peuvent s'attarder longtemps sur tel ou tel monde. Et puis... il faut bien que Breyl'lya récupère son vaisseau.

– En ce cas, je pense que nous ferions bien de préparer le nôtre.

– Oui. (Bel Iblis, après une brève hésitation, tendit la main.) Solo, ça m'a fait plaisir de vous revoir. Et j'espère bien que nous nous retrouverons.

– J'en suis certain, Commandeur.

Bel Iblis se tourna vers Calrissian et le salua avant de s'éloigner.

Yan le suivit du regard, tout en se demandant si le sentiment qu'il éprouvait était de l'admiration ou de la pitié. En vain.

– Nos bagages sont encore là-bas, dit-il à Sena.

– Je vais vous les faire envoyer. (Une étincelle nouvelle apparut dans ses yeux.) Mais je voudrais que vous n'oubliiez pas une chose. Si vous veniez à trahir le Sénateur, je vous tuerais.

– Je comprends, dit-il gravement après avoir imaginé toutes les réponses possibles. Mais je ne faillirai pas à ma promesse.

Les étoiles, autour du *Harrier* se changèrent en traits lumineux dans la fraction de seconde où ils passaient dans l'hyperespace.

– Et nous voilà repartis, fit Lando d'un ton résigné. Mais pourquoi je me laisse toujours embarquer dans tes discours ?

– Parce que c'est toi le type respectable. Et parce que, tôt ou tard, l'Empire va savoir que quelqu'un a retrouvé la flotte *Katana* et se mettre à la chercher.

– C'est Leia qui t'inquiète, hein ?

– Je n'aurais jamais dû la laisser partir, marmonna Yan. Quelque chose a mal tourné, je le sais. Ce petit menteur de Noghri a dû la livrer à l'Empire, ou alors le Grand Amiral nous a devancés. Mais il s'est passé quelque chose.

– Leia peut s'en sortir toute seule, fit Lando avec calme. Et les Grands Amiraux eux-mêmes commettent des erreurs.

200

Yan secoua la tête.

– Il a commis une erreur à Sluis Van, Lando. Mais il ne la répétera pas. Je te parie le *Faucon*.

Lando lui donna une grande claque sur l'épaule.

– Allez, mon vieux, ça ne sert à rien de ruminer. On a deux jours à tuer. On va monter sur le pont pour une petite partie de sabbac.

Le Grand Amiral relut le message avant de porter son regard de braise sur Pellaeon.

– Capitaine, vous répondez de l'authenticité de cette information?

– Pour autant que je puisse me porter garant d'un rapport qui n'émane pas d'un agent de l'Empire. D'un autre côté, ce contrebandier nous a fourni cinquante-deux rapports de ce genre durant ces dix dernières années, dont quarante-huit se sont révélés exacts. Je dirai donc qu'il est fiable.

– Endor, murmura Thrawn. Pourquoi Endor?

– Je ne sais pas, amiral. Ils cherchaient peut-être un autre abri?...

– Chez les Ewoks? fit Thrawn d'un ton de dérision. Ce serait vraiment un acte de désespoir. Mais peu importe. Si le *Faucon Millenium* y est, alors Leia Organa Solo doit s'y trouver aussi. Alertez la Navigation et les Machines: nous partons immédiatement pour Endor.

– Oui, amiral, fit Pellaeon en pianotant sur sa console. Dois-je faire ramener Khabarakh de Nystao?

– Oui... Khabarakh... fit Thrawn d'un air pensif. Voyez comme les événements se conjuguent, capitaine. Khabarakh revient sur Honoghr après un mois d'absence, au moment où Solo et Organa Solo se lancent dans de mystérieux voyages vers New Cov et Endor. Simple coïncidence?...

– Je ne vous suis pas, amiral.

– Je crois, capitaine, que nos ennemis ont franchi un degré dans la subtilité. Ils se sont dit que le retour d'un survivant de cette opération manquée de Kashyyyk attirerait mon attention. Ils ont donc déclenché simultanément leurs diverses missions, dans l'espoir que je serais trop préoccupé pour le remarquer. Il ne fait aucun doute que si nous faisons parler Khabarakh, nous en tirerons d'innombrables choses qui nous coûteront des heures avant de se révéler erronées. Nous allons le laisser là où il est. Vous pouvez informer les dynastes que je leur ai accordé les sept jours de honte publique, après quoi ils pourront accomplir leurs rites de révélation à leur choix. Même s'il n'a aucune information à nous livrer, Khabarakh pourrait toujours servir l'Empire par une mort douloureuse. Ce qui sera une leçon pour son peuple.

— Puis-je vous faire remarquer, amiral, qu'une telle fragmentation psychologique et un pareil reconditionnement dépassent de loin les procédures habituelles de la Rébellion.

— Ce qui signifie de toute évidence que quoi qu'Organa Solo cherche sur Endor, cela est plus essentiel à l'effort de guerre de la Rébellion qu'un simple refuge.

Pellaeon plissa le front.

— Ce qui pourrait subsister du projet Etoile Noire ? risqua-t-il.

— Bien plus que cela. Il se pourrait qu'ils espèrent trouver des informations que l'Empereur détenait lorsqu'il a trouvé la mort.

— L'entrepôt de l'Empereur, sur le Mont Tantiss.

— C'est la seule chose qui expliquerait tous ces efforts de leur part. En tout cas, nous ne pouvons pas courir un tel risque. Pas en ce moment.

— D'accord. (Pellaeon vit que la Navigation et les Machines étaient prêts.) Devons-nous quitter notre orbite, amiral ?

— C'est vous qui commandez, capitaine.

— Nous dégageons, annonça Pellaeon. Cap selon Navigation.

La planète s'éloignait déjà quand une trille aiguë annonça un message en urgence.

— Amiral ? fit Pellaeon en le lisant rapidement. C'est un rapport en provenance du *Diamant*, dans le système d'Abregado. Ils ont capturé un des cargos de Talon Karrde. La transcription de l'interrogatoire préliminaire suit. C'est plutôt court, amiral.

— Merci.

Thrawn retourna à son poste avec le rapport. Il le relisait quand le *Chimeara* sauta en luminique.

17

Mara Jade n'avait encore jamais abordé le spatioport d'Abregado-rae, mais, en s'engageant dans les rues, elle se dit qu'il méritait complètement son ignoble réputation.

En surface, cela n'était guère visible. Au contraire, les lieux étaient propres et presque douloureusement propres, avec cependant une qualité aseptisée qui révélait que c'était un décret du gouvernement qui sous-tendait cette hygiène et non pas la volonté des habitants. Cependant, le port semblait paisible et de nombreux gardes en uniforme patrouillaient autour des silos.

Mais, sous le vernis de surface, la pourriture se devinait. Dans les allures furtives des habitants des lieux, dans l'attitude arrogante des gardes de la sécurité, dans les regards un rien trop appuyés de certains faux civils. Tout le port – et toute la planète, sans doute – était bouclé, au centre d'un faisceau de blasters.

Un régime totalitaire, et une population qui n'avait même plus l'espoir de se libérer. Le genre d'endroit où chacun était prêt à dénoncer son voisin pour le prix d'un ticket vers n'importe quel autre monde. Ce qui signifiait que si quiconque avait vent de la présence d'un vaisseau de contrebande ici-même, sous le nez des agents de la sécurité, Mara ne disposait plus que de quelques secondes avant que tous lui tombent dessus.

Tout en se dirigeant vers une vieille porte ternie marquée « Silo 21 », elle espéra sardoniquement qu'elle n'allait pas tomber dans un piège. L'idée de mourir ici était vraiment insupportable.

La porte n'était pas verrouillée. Elle prit son souffle et

entra, parfaitement consciente de la présence de deux agents de la sécurité, non loin de là.

Oui, c'était bien l'*Etherway,* aussi délabré et décrépit que lorsque Fynn Torve avait dû l'abandonner dans le silo 63 de ce même port. Mara inspecta rapidement les lieux avant de se concentrer sur un jeune homme brun enfoncé dans un fauteuil, près de la coupée du vieux cargo. Même dans cette attitude, elle devina le militaire qu'il était.

– Salut, fit-il en reposant le bloc de données qu'il lisait. C'est une très belle journée pour aller faire un tour. Vous voulez louer un vaisseau?

– Non, fit-elle, sans rien perdre de sa vigilance. Je serais plutôt là pour acheter, voyez-vous. Cette boîte de conserve volante, c'est quel genre?...

– Un Harkners-Balix 903, fit l'autre en s'efforçant de prendre une attitude d'orgueil blessé. Une boîte de conserve...!

Il n'était certainement pas doué pour la comédie, mais il prenait visiblement plaisir à jouer les espions. Mara maudit Torve pour ce ridicule cérémonial d'identification.

– Pour moi, ça serait plutôt un 917, récita-t-elle. Ou même encore un 922.

– Mais non, c'est bien un 903. Vous pouvez me croire : mon oncle fabriquait des patins d'atterrissage. Entrez et vous pourrez juger de la différence.

– Avec plaisir, marmonna Mara en le suivant.

Tout en haut de la coupée, un homme les attendait. Il grommela par-dessus son épaule :

– Heureux de constater que vous êtes enfin arrivée. Je commençais à craindre qu'ils vous aient mis la main dessus.

– Ça pourrait arriver si vous ne la fermez pas. Un ton plus bas, voulez-vous?

– Mais non, tout va bien. J'ai mis tous vos droïds de brouillage au travail sur la coque extérieure. On ne risque pas le moindre sondage audio, croyez-moi.

– Vous avez eu des problèmes pour faire lever la saisie?

– Pas vraiment. L'administrateur du port m'a dit que tout ça était parfaitement illégal, mais il n'a pas trop insisté vu le pot-de-vin que nous lui avons versé. A propos, mon nom est Wedge Antilles. Je suis un ami du capitaine Solo.

– Heureux de vous connaître. Solo n'a pas pu venir lui-même?

– Non, il devait quitter Coruscant pour une mission spéciale, alors il m'a délégué ici.

Mara le scruta. Vu son allure et ses manières...

– Pilote d'aile B? risqua-t-elle.

– Aile X. Et il faut que je sois de retour avant que mon convoi ait fini de décharger. Vous voulez que je vous escorte?

– Non, merci, ça ira. (Elle résista à l'envie d'une réponse sarcastique; la règle première des contrebandiers était de garder un profil bas, et décoller d'un spatioport de troisième ordre avec une aile X flambant neuve de la Nouvelle République n'était sans doute pas recommandé.) Remerciez Solo de ma part.

– D'accord. Ah, oui, autre chose. Yan voulait aussi que je vous demande si vous seriez prêts à nous vendre des informations sur notre ami aux beaux yeux.

Mara lui décocha un regard incisif.

– Notre ami aux beaux yeux?

Antilles haussa les épaules.

– Oui, c'est ce qu'il a dit. Il a ajouté que vous comprendriez sûrement.

– Oui, je comprends. Dites-lui que je transmettrai le message.

– O.K. (Antilles hésita.) Ça semblait très important pour lui...

– J'ai dit que je transmettrais le message.

– Je ne fais que mon boulot, vous savez. Bon voyage.

Il hocha la tête d'un air amical et redescendit. Mara, guettant encore un piège éventuel, referma le sas et gagna la passerelle.

Elle quitta très vite le silo et fila vers l'espace.

Elle était à bonne distance pour passer en luminique quand elle sentit un picotement avertisseur dans sa nuque.

– Oh, non... murmura-t-elle en balayant les écrans du regard.

Il n'y avait rien en vue, mais à proximité d'une masse planétaire, elle pouvait s'attendre à tout. D'un simple escadron de chasseurs Tie à un superdestroyer.

Elle lança la puissance au maximum et fut écrasée dans son siège pendant quelques secondes.

C'est alors que la forme massive d'un superdestroyer de classe *Victory* émergea à l'horizon planétaire.

Il venait droit sur elle.

Longtemps, elle demeura paralysée, toutes les hypothèses possibles jouant dans son esprit. Mais c'était un exercice vain. Le commandant du superdestroyer avait exécuté cette interception avec un talent exquis. Si l'on considérait les vecteurs de course de l'*Etherway* et du bâtiment de guerre, plus la proximité de la planète, elle n'avait aucune chance d'échapper aux rayons tracteurs et de passer en luminique.

– Cargo *Etherway*. Ici le superdestroyer *Diamant*. Vous avez ordre de mettre en panne vos moteurs et de vous préparer à être amené à bord.

Oui, c'était bien ça. Ils l'avaient guettée. Et, dans quelques minutes, elle serait leur prisonnière.

A moins que...

Elle ouvrit son micro.

– Superdestroyer *Diamant*, ici l'*Etherway*, fit-elle d'un ton enjoué. Je vous félicite pour votre vigilance. J'avais peur d'avoir à explorer encore cinq systèmes avant de trouver un bâtiment de l'Empire.

– Coupez tous vos systèmes déflecteurs...

La voix, soudain, était moins assurée. La réponse qu'elle avait donnée ne correspondait pas au comportement standard d'un prisonnier de l'Empire.

– Je désire m'entretenir avec votre commandant dès que je serai à votre bord, continua Mara, profitant du blanc dans la conversation. Je désire que nous fixions une rencontre avec le Grand Amiral Thrawn et que l'on me conduise là où se trouve le *Chimaera* à l'heure présente. Et préparez-moi un rayon tracteur : je ne tiens pas à poser moi-même ce monstre dans votre hangar d'amarrage.

Le malheureux officier était débordé.

– Euh... Cargo *Etherway*...

– Mais j'y pense, rajouta Mara, passez-moi votre commandant. Personne ne peut enregistrer cette communication.

Autre silence. Mara ne changea rien à son cap, mais une trace de doute s'infiltrait dans sa détermination. *Pourtant,* se dit-elle, *c'est bien le seul moyen...*

– Ici le commandant, dit une voix nouvelle. Qui êtes-vous?

– Une personne qui apporte une information importante au Grand Amiral Thrawn, fit-elle, passant à un ton presque hautain. Pour l'instant, c'est tout ce que vous avez besoin de savoir.

Mais le commandant, apparemment, n'était pas aussi facile à manipuler que ses sous-officiers.

– Vraiment... Si j'en crois nos sources, vous faites partie du gang de contrebandiers de Talon Karrde...

– Et vous ne pensez pas qu'une telle personne ne pourrait pas apporter des renseignements utiles au Grand Amiral? rétorqua Mara en accentuant encore un peu son ton glacial.

– Oh, mais j'en suis certain. Mais, tout simplement, je ne vois aucune raison de perdre du temps pour ce qui ne sera après tout, qu'un interrogatoire de routine.

Elle serra les poings. Elle devait éviter à tout prix le filtrage que tentait le commandant du *Diamant*.

– Ça, je ne vous le conseillerais pas, fit-elle en mettant dans sa voix toute la force et la dignité de l'ancienne cour impériale. Le Grand Amiral en serait extrêmement irrité. Je dis bien *extrêmement*.

Une pause suivit. Le commandant, apparemment, admettait qu'il avait affaire à plus fort qu'il n'avait cru, mais il n'était pas prêt à faire marche arrière.

– J'ai mes ordres. Pour faire une exception, il me faut plus que de vagues allusions.

Et là, elle se prépara. Le moment était venu, après toutes ces années de clandestinité.

– Envoyez un message au Grand Amiral. Dites-lui que le code de reconnaissance est Hapspir, Barrini, Corbolon, Triaxis.

Une autre fraction de silence, et Mara se dit qu'elle avait sans doute réussi.

– Et le nom? fit le commandant, avec une nouvelle note de respect.

Le cargo frémit à l'instant où le rayon tracteur le prenait en charge.

– Dites-lui simplement qu'il m'a connue sous le nom de La Main de l'Empereur.

On la laissa seule dans une cabine durant le reste de la journée et toute la nuit suivante. Elle ne vit personne, ne parla à personne. Un droïd serviteur SE 4 lui apportait ses repas, mais la porte resta verrouillée.

Elle ignorait aussi quelle était leur destination, mais à en juger par le son des moteurs, elle estimait qu'ils forçaient la vitesse à plus de 27 années-lumière à l'heure.

Vingt-quatre heures après leur départ d'Abregado, ils parvinrent au point de rendez-vous. Et c'était bien le dernier endroit auquel Mara se serait attendue. Le dernier monde de la galaxie où elle aurait voulu se retrouver. Le lieu même où l'univers avait connu une mort violente et soudaine.

Endor.

Le chef du commando d'attaque s'écarta de la porte et lui fit signe d'avancer.

— Le Grand Amiral va vous recevoir.

Mara jeta un bref regard au Noghri silencieux qui veillait de l'autre côté et franchit le seuil.

— Ah... fit une voix dont elle se souvenait trop bien.

Le Grand Amiral Thrawn se tenait au centre de la pièce, au milieu du double anneau de projections holo, dans son uniforme blanc, ses yeux de feu fixés sur elle.

— Entrez.

Mara n'esquissa pas un mouvement.

— Pourquoi m'avoir amenée jusqu'à Endor? demanda-t-elle.

— Je vous demande pardon?...

— Vous m'avez bien entendue. Endor. Là où l'Empereur est mort. Pourquoi avoir choisi ce point de rendez-vous?

Thrawn réfléchit.

— Approchez un peu plus près, Mara Jade.

Sa voix était sous-tendue par des harmoniques impératives, et Mara s'avança avant d'en avoir conscience.

— S'il s'agit d'une plaisanterie, elle est d'assez mauvais goût, cracha-t-elle. Mais si vous prenez cela comme une épreuve, finissons-en.

— Ni l'une ni l'autre. Ce choix nous a été imposé par un tout autre travail, sans rapport avec celui-ci. Du moins pas *absolument* en rapport. Ça reste à voir. Dites-moi : est-ce que vous sentez la présence de l'Empereur ici?

208

Mara prit une profonde inspiration et éprouva une douleur presque tangible dans ses poumons. Thrawn devinait-il à quel point cet endroit la faisait souffrir? se demanda-t-elle. A quel point ses souvenirs d'Endor étaient encore vifs? Et s'en souciait-il seulement?

Oui, il savait. Elle le comprit à son regard.

– Je ressens l'évidence de sa mort, dit-elle. Ça n'est pas agréable. Finissons-en, afin que je puisse quitter ces lieux.

Il plissa les lèvres, comprenant sans doute qu'elle voulait quitter le *Chimaera*.

– Très bien. Commencez par me donner la preuve de votre identité.

– J'ai donné au commandant du *Diamant* un code de reconnaissance à haut niveau.

– C'est pour cette raison que vous vous trouvez ici et non dans une cellule. Mais le code n'est pas une preuve en soi.

– D'accord. Nous nous sommes déjà rencontrés, lors de l'inauguration de la nouvelle aile d'Assemblage du Palais Impérial, sur Coruscant. Pendant la cérémonie, l'Empereur m'a présentée comme étant Lianna, l'une de ses danseuses favorites. Plus tard, pendant la cérémonie plus intime qui a suivi, il vous a révélé ma véritable identité.

– Et quelle était cette cérémonie intime?

– Nous fêtions votre promotion au rang de Grand Amiral.

Il ne l'avait pas quittée du regard un instant.

– Vous étiez vêtue de blanc pour l'une et l'autre de ces cérémonies, dit-il. Si j'omets la ceinture, la robe n'avait qu'une simple décoration. Vous vous en souvenez?

Elle chercha une seconde dans sa mémoire.

– Une épaulette. A gauche. Xyquine, si je m'en souviens bien.

– Oui, exactement. (Thrawn se porta vers son tableau de contrôle, et brusquement la pièce fut emplie d'hologrammes d'épaulettes sculptée disposées sur des pilastres.) Celle que vous portiez se trouve là. Montrez-la moi.

Mara sentit sa gorge se serrer tout en pivotant. Elle avait porté des centaines de robes à la cour de l'Empereur. Et pour se rappeler une épaulette entre toutes...

Elle affina ses souvenirs, luttant contre l'aura dérangeante des lieux, se concentra et désigna enfin un délicat filigrane bleu et or.

– Celle-ci.

L'expression de Thrawn ne changea pas, mais il parut se détendre dans son fauteuil.

– Bienvenue à la Main de l'Empereur. (Il effleura une touche et l'exposition retourna au néant.) Vous avez mis un certain temps à revenir.

– Qui pouvait m'attendre? Qui, sinon un Grand Amiral capable de reconnaître ma légitimité?

– Etait-ce l'unique raison?

Mara hésita, devinant le traquenard. Thrawn dirigeait l'Empire depuis plus d'un an, et elle ne l'avait pas approché.

– J'avais d'autres raisons, dit-elle. Mais je ne veux discuter d'aucune d'elles pour le moment.

Le visage de Thrawn se durcit.

– Je présume donc que vous ne souhaitez pas m'expliquer pourquoi vous avez aidé Skywalker à échapper à Talon Karrde?

VOUS ALLEZ TUER LUKE SKYWALKER.

Elle tressaillit, le cœur glacé. Avait-elle réellement entendu cette voix ou bien avait-elle résonné dans son esprit? L'étrange interférence s'intensifiait et, un instant, elle crut presque voir le visage ridé de l'Empereur, son regard féroce. L'image se fit plus précise, en même temps que la pièce tournoyait...

Elle lutta pour se maîtriser. Elle ne devait pas s'effondrer, pas ici, devant le Grand Amiral.

– L'idée de laisser Skywalker s'enfuir ne venait pas de moi, dit-elle enfin.

– Et vous, la Main de l'Empereur, avez été incapable de renverser cette décision?

– Nous étions sur Myrkr, sous l'influence de tous les ysalamari de ce monde. (Elle risqua un regard vers l'ysalamir accroché à son support de nutrition.) Je doute que vous ayez pu oublier l'effet qu'ils ont sur la Force.

– Je m'en souviens parfaitement. A vrai dire, c'est leur altération de la Force qui prouve que Skywalker a bénéficié d'une aide pour s'enfuir. Tout ce que je vous demande, c'est si Karrde lui-même a donné cet ordre, ou quelque autre membre de son groupe agissant indépendamment.

Il voulait donc savoir sur qui focaliser sa vengeance. En affrontant les yeux rouges de Thrawn, Mara commença enfin à se rappeler pourquoi l'Empereur avait fait de lui un Grand Amiral.

– Peu importe qui est responsable, dit-elle. Je suis ici pour vous proposer un marché qui règlera cette dette.

– Je vous écoute.

– Je veux que vous cessiez de harceler Karrde et son organisation. Que vous annuliez la prime offerte pour chacun d'entre nous, et que vous nous accordiez le droit de circulation entre les forces impériales et tous les mondes que vous contrôlez. (Elle hésita, mais ce n'était guère le moment de se montrer timide.) Je désire aussi que vous fassiez un dépôt de trois millions de crédits au nom de Karrde, destiné à l'achat de biens et de services impériaux.

– Vraiment? fit Thrawn avec un sourire amusé. Je crains que Skywalker ne vaille pareil prix. A moins que vous ne me proposiez de me livrer Coruscant en même temps?...

– Je ne vous offre ni Skywalker ni Coruscant, mais la flotte *Katana*.

Le sourire de Thrawn s'effaça.

– La flotte *Katana*? répéta-t-il.

– Exactement. La Force Sombre, si vous préférez ce nom qui sonne plus dramatique. Je présume que vous en avez entendu parler?

– Certes oui. Et où est-elle?

Il avait usé à nouveau de son ton impérieux. Mais, cette fois, Mara était prête.

– Je l'ignore. Mais Karrde, lui, le sait.

– Comment?

– Cela s'est passé au cours d'une mission de contre-bande qui a mal tourné. Ils ont réussi à échapper à quelques chiens de garde de l'Empire, mais sans avoir le temps de calculer exactement leur saut dans l'hyper-espace. Ils sont tombés au beau milieu de la flotte, ils ont cru que c'était une embuscade, et ils ont sauté à nouveau, en détruisant presque le vaisseau. Karrde était au poste de navigation. Ce n'est que plus tard qu'il a compris sur quoi ils étaient tombés.

– Intéressant, murmura Thrawn. Et cela s'est passé quand exactement?

– Je ne vous en dirai pas plus jusqu'à ce que nous ayons conclu un marché. (Elle surprit son expression et ajouta :) Et si vous songez à me remettre aux gens des Renseignements, oubliez : je ne sais *vraiment pas* où est la flotte *Katana*.

– En ce cas, dites-moi où se trouve Karrde.

– Pour que vos Renseignements l'interroge au lieu de moi ? Non. Laissez-moi le rejoindre et je vous trouverai la position de la flotte. Ensuite, nous traiterons. Si les termes vous conviennent.

– N'essayez pas de me dicter ce que je dois faire, Mara Jade, fit Thrawn avec une ombre nouvelle sur le visage. Pas même en privé.

Elle eut un frisson. Oui, elle se rappelait pourquoi on l'avait nommé Grand Amiral.

– J'étais là Main de l'Empereur, lui rappela-t-elle, en prenant le même ton d'acier que lui. Mais elle se dit dans la seconde que ce n'était qu'un faible écho.

« Je parlais en son nom... et les Grands Amiraux eux-mêmes devaient m'écouter.

Il eut un sourire sardonique.

– Vraiment. Votre mémoire vous fait défaut, Main de l'Empereur. Au bout du compte, vous n'étiez guère plus qu'une messagère hautement spécialisée.

– C'est peut-être *votre* mémoire qu'il faut rafraîchir, Grand Amiral Thrawn. Je voyageais à travers l'Empire en son nom, et je prenais des décisions qui bouleversaient le gouvernement au plus haut niveau...

– Vous ne faisiez que transmettre ses volontés, trancha Thrawn d'un ton acéré. Ni plus ni moins. Il est absurde que vous ayez plus connaissance de ses ordres que les autres Mains. Vous ne faisiez qu'appliquer ses décisions.

– Les autres Mains ? Que voulez-vous dire ? J'étais la seule...

Elle s'interrompit en surprenant l'expression de Thrawn. Et soudain, sa colère s'écoula.

– Non. Vous vous trompez...

– Croyez donc ce que vous voulez. Mais n'essayez plus d'éblouir les autres avec des souvenirs exagérés de votre importance. (Il appuya sur une touche.) Capitaine ? Avons-nous des nouvelles à propos de cet arraisonnement ?

La réponse fut inaudible. Mais Mara ne s'intéressait

plus aux faits et gestes de Thrawn. Il se trompait. Il *devait* se tromper. N'était-ce pas l'Empereur en personne qui lui avait donné son titre? Qui l'avait amenée sur Coruscant pour l'éduquer et lui apprendre à se servir de cette sensibilité qu'elle avait par rapport à la Force?

Non, il n'avait pas pu lui mentir.

— Vous n'auriez pas une idée des raisons qui ont pu pousser Leia Organa Solo à revenir sur Endor? demanda Thrawn.

Mara fit un effort pour s'extirper du passé.

— Organa Solo est ici?

— En tout cas, le *Faucon Millenium* est en orbite, ce qui ne nous laisse malheureusement guère de chances de la repérer. Si toutefois elle est bien sur Endor. (Il revint à sa console.) Très bien, capitaine. Qu'on amène le vaisseau à bord. Un examen plus serré nous en apprendra peut-être quelque chose.

Il se tourna à nouveau vers Mara.

— Très bien, Main de l'Empereur. Nous passons un accord. La Force Sombre contre la mise à prix de Karrde. Combien de temps vous faudra-t-il pour regagner la base actuelle de Karrde?

Elle hésita, mais une telle information n'apporterait pas grand-chose à Thrawn.

— Trois jours environ, avec l'*Etherway*. Disons deux jours et demi si je pousse les moteurs.

— Ce que je vous suggérerais. Vu que vous disposez exactement de huit jours pour obtenir la position de la flotte et me la rapporter.

— Huit jours? Mais c'est...

— J'ai dit huit jours. Sinon, je le retrouve et j'obtiens l'information à ma manière.

Une dizaine de répliques défilèrent dans l'esprit de Mara. Mais il lui suffit d'affronter encore une fois ces yeux ardents pour n'en exprimer aucune.

— Je vais faire mon possible.

Elle se dirigea vers la porte.

— J'en suis persuadé, lança Thrawn. Plus tard, nous aurons une longue conversation. A propos de vos quatre années d'absence de l'Empire... et de tout ce temps qu'il vous a fallu pour revenir.

Pellaeon fixait son supérieur, le cœur battant.

— La flotte *Katana*? répéta-t-il.

– C'est du moins ce que m'a dit notre jeune Main de l'Empereur. Bien sûr, elle peut mentir.

Pellaeon acquiesça mécaniquement. Toutes les implications pesaient soudain sur ses épaules.

– La Force Sombre... Savez-vous qu'il m'est arrivé autrefois d'espérer la retrouver?...

– C'est un rêve que tous ceux de votre âge ont en commun, fit Thrawn d'un ton sec. Le dispositif de repérage a-t-il été installé à bord de son vaisseau?

– Oui, amiral.

Pellaeon promena vaguement son regard autour de la pièce. Et plissa le front en observant les sculptures. La plupart lui semblaient assez familières.

– Ce sont les œuvres d'art qui décoraient les bureaux de la Rendili Interstellaire et du bureau d'études de la Flotte à l'époque où ils travaillaient sur le schéma de base de la *Katana*, répondit Thrawn à sa question muette.

– Je vois... Mais, amiral, avez-vous conscience de l'improbabilité de ce que prétend Jade?

– Oui, c'est très certainement improbable. Mais c'est vrai également.

Thrawn appuya sur une touche et une grande partie de la galerie d'art disparut.

– Regardez.

Pellaeon découvrit la même scène que le Grand Amiral lui avait présentée quelques jours auparavant : les trois cuirassés lourds couvrant le *Lady Luck* et ce cargo non identifié afin qu'ils s'échappent de New Cov.

Il retint sa respiration.

– Vous voulez dire... *ces vaisseaux*?

– Oui. Les différences entre les cuirassés asservis et les cuirassés normaux sont subtiles, mais assez visibles quand on les recherche.

Pellaeon plissait les yeux en observant la projection.

– Je m'excuse, amiral, mais pour Karrde, il serait absurde de fournir des vaisseaux à ce renégat corellien.

– Je suis d'accord. Il est évident que quelqu'un d'autre, à bord de ce maudit vaisseau de contrebande, a compris sur quoi ils étaient tombés. Et c'est lui que nous devons retrouver.

– Nous avons des pistes?

– Quelques-unes. Si j'en crois Jade, ils ont échappé à une force d'intervention impériale à la suite d'un coup raté. Tous les incidents de ce genre sont stockés quelque part dans les données. Nous allons faire la corrélation avec ce que nous avons du passé de Karrde et nous verrons bien ce qu'il en sort. Jade a dit aussi que le vaisseau avait été sérieusement endommagé avant de faire son deuxième saut. S'ils ont dû gagner un spatioport important pour des réparations, ça aussi, nous devrions l'avoir.

— Je vais mettre les Renseignements là-dessus, fit Pellaeon.

— Et entrez également en contact avec Niles Ferrier.

— Le voleur de vaisseaux que vous avez envoyé à la recherche de la base corellienne?

— Lui-même. Dites-lui d'oublier cette mission et de se concentrer uniquement sur Solo et Calrissian. Après tout, si le Corellien a l'intention de rallier la Rébellion, la flotte *Katana* ne serait-elle pas une dot magnifique?...

Le signal de communication tinta.

— Oui? fit Thrawn.

— Amiral, la cible est passée en luminique. Nous avons capté un signal intense de la balise et nous procédons aux extrapolations de probabilités.

— Parfait, lieutenant. Mais ne comptez pas trop sur les extrapolations : elle va modifier son cap encore une fois avant de se diriger vers son objectif.

— Bien, commandant.

— Mais, cependant, nous ne tenons pas à ce qu'elle prenne trop d'avance, ajouta Thrawn en se tournant vers Pellaeon. Capitaine, vous feriez bien de regagner la passerelle pour lancer le *Chimaera* à sa poursuite.

— Oui, amiral. Je croyais que nous devions lui donner le temps de nous révéler l'emplacement de la flotte *Katana*.

L'expression de Thrawn se durcit.

— Elle ne fait plus partie de l'Empire, capitaine. Il se peut qu'elle veuille nous faire croire qu'elle nous est revenue – et qu'elle le croit elle-même. Mais non. Peu importe. Elle va nous conduire à Karrde, et c'est la seule chose qui compte. Entre lui et notre renégat corellien, nous avons déjà deux échelons. Et d'une façon ou d'une autre, nous trouverons la flotte *Katana*.

— Amiral, fit Pellaeon, j'ai l'impressiuon que notre ultime offensive contre la Rébellion sera prête avant la date prévue.

Thrawn lui sourit.

— Capitaine, je crois bien que vous pourriez avoir raison.

18

Depuis le début de la matinée, ils étaient assis autour de la table de la maison de la maitrakh, étudiant des cartes, des plans et des diagrammes, essayant de mettre sur pied un plan d'action qui serait plus qu'une reddition compliquée. Peu avant midi, Leia demanda une pause.

– Je ne veux plus voir tout ça, fit-elle à Chewbacca en se massant les tempes. Viens faire un tour dehors.

Chewbacca grommela une protestation.

– Oui, bien sûr qu'il y a des risques, fit-elle d'un ton las. Mais tout le village sait que nous sommes là et que les autorités ne sont pas au courant. Allons-y. Tout se passera bien.

Elle leva les yeux vers le ciel clair avec le sentiment soudain d'être nue. Mais, peu avant minuit, la maitrakh lui avait annoncé que le superdestroyer s'apprêtait à décoller. Elle l'avait observé en compagnie de Chewbacca, avec les macrolunettes du Wookie. Mais elle avait ajouté que Khabarakh était encore sous interrogatoire public au centre de Nystao.

A moins qu'elle n'ait menti. Ou qu'on ne lui ait menti. Mais si le Grand Amiral avait flairé le mensonge, pourquoi toute une légion de soldats impériaux ne s'était-elle pas déjà abattue sur eux ?

Cependant, il s'agissait d'un Grand Amiral, avec toute la ruse, la subtilité et le génie tactique que cela impliquait. Tout cela pouvait n'être qu'un piège parfaitement orchestré et complexe. Si tel était le cas, elle ne le devinerait même pas avant qu'il ne se referme sur elle.

Chewbacca grogna une suggestion.

– Non, on ne peut pas faire ça, fit Leia en secouant la tête. Ça ne vaudrait pas mieux qu'une attaque de plein fouet du spatioport. Il faut réduire au minimum les risques civils et matériels sur Nystao.

Le Wookie montra les crocs avec un grondement irrité.

– Mais *non*, je ne sais pas quoi faire! Tout ce que je sais, c'est que la mort et la destruction nous renverront au point de départ. Ce n'est pas comme ça que nous réussirons à convaincre les Noghri qu'ils devraient quitter l'Empire pour passer de notre côté.

Son regard se porta vers les collines. Les vastes prairies brunes d'herbe *kholm* ondoyaient sous la brise. Une dizaine de droïds de décontamination brillaient sous le soleil. Ils peletaient le sol avec une sorte de frénésie, filtraient l'humus par quelque effet catalytique magique avant de le rejeter, pur et neuf, par l'arrière. C'était ainsi que lentement, mais avec opiniâtreté, les Noghri repoussaient les effets de la catastrophe. Tout en ayant sous les yeux la preuve permanente du bénévolat de l'Empire.

– Dame Vador, miaula une voix rauque.

Elle se retourna.

– Oh, bonjour, maitrakh. (Elle inclina solennellement la tête.) J'espère que vous allez bien?...

– Oui, bien, fit Leia, tout en percevant la fausseté de son ton.

La maitrakh n'avait pas eu la discourtoisie de dire quoi que ce soit, mais il était clair qu'elle savait sa situation désespérée, que le déshonneur et peut-être la mort attendaient sa famille si le Grand Amiral découvrait ce que Khabarakh avait fait. Et Leia savait que tôt ou tard elle se dirait que livrer les intrus à l'Empire était sans doute la solution la moins désastreuse pour elle.

– Et comment évoluent vos plans?

Leia jeta un regard à Chewbacca.

– Nous progressons. (Ce qui était vrai, d'une certaine manière : en éliminant toutes les solutions, ils progressaient.) Mais nous avons encore bien du chemin à parcourir.

La maitrakh regardait au loin.

– Votre droïd a passé beaucoup de temps avec les autres machines.

– Il n'avait pas grand-chose à faire ici. Vous et votre peuple parlez bien mieux le basic que je ne l'avais cru.

– Nous avons été éduqués par le Grand Amiral.

– Et aussi par mon père, le Seigneur Dark Vador, avant lui.

La maitrakh garda le silence un instant avant de répondre : « Oui. »

Leia frissonna. Le prochain pas vers la trahison serait de mettre une distance émotionnelle entre les Noghri et leur ex-seigneur.

– Ils en auront bientôt terminé avec ce secteur, dit la maitrakh en montrant les droïds au travail. Dans dix jours, nous pourrons peut-être semer.

– Est-ce que les terrains que vous avez regagnés vous suffiront à être autonomes ? demanda Leia.

– Cela nous aidera. Mais pas complètement.

Leia hocha la tête : le plan de l'Empire était aussi évident que cynique. En réglant avec précision le processus de décontamination, ils pouvaient laisser indéfiniment les Noghri au seuil de l'indépendance. Et elle se dit que la maitrakh, elle aussi, devait le comprendre. Mais quant à en donner la preuve...

– Chewie, demanda-t-elle brusquement, est-ce que tu connais bien ces droïds de décontamination ? Par exemple, pour déterminer combien de temps il faudra à tous les droïds d'Honoghr pour décontaminer toutes les terres ?

Le Wookie gronda une réponse affirmative et récita toutes les durées probables.

– Je n'ai pas besoin d'une analyse complète, fit Leia, submergée par ce torrent d'estimations et d'extrapolations. Mais d'une limite maximum.

Huit années, répondit le Wookie.

– Je vois. (L'étincelle d'espérance s'éteignit.) Ce qui nous mènerait au plus fort de la guerre, n'est-ce pas ?

– Vous persistez à croire que le Grand Amiral nous a trahis ? proféra la maitrakh.

– Je *sais* qu'il vous trompe, répliqua Leia. Mais je ne peux pas le prouver.

La maitrakh garda le silence un bref instant, avant de demander :

– Que comptez-vous faire ?

– Il va falloir que nous quittions Honoghr. Ce qui implique que nous pénétrions dans le spatioport de Nystao pour y voler un vaisseau.

— Ce ne doit pas être tellement difficile pour la fille du Seigneur Dark Vador.

Leia réprima une grimace : la maitrakh avait réussi à se glisser jusqu'auprès d'eux sans être remarquée la minute d'avant. Et les gardes du spatioport seraient plus jeunes et bien mieux entraînés. Les Noghri avaient dû être des chasseurs prodigieux avant que l'Empereur ne les transforme en machines à tuer.

— Voler un vaisseau, ça ne posera aucun problème. Mais il va falloir que nous emmenions Khabarakh avec nous.

La maitrakh se raidit.

— Que venez-vous de dire?

— C'est le seul moyen. S'il reste entre les mains de l'Empire, ils lui arracheront tout ce qui s'est passé ici. Et alors, vous mourrez tous. Ainsi que votre famille. Nous ne pouvons le permettre.

— Alors, vous-mêmes affronterez la mort. Les gardiens ne vous laisseront pas libérer Khabarakh facilement.

— Je le sais, fit Leia en songeant aux deux vies qu'elle portait dans son ventre. Mais c'est un risque que nous devons prendre.

— Il n'y aura pas d'honneur dans un tel sacrifice, grinça la vieille Noghri. Le clan Kihm'bar ne restera pas gravé dans l'histoire. Et nul ne se souviendra longtemps des Noghri.

— Je ne le fais pas pour la fierté des Noghri, soupira Leia, soudain consciente de se heurter sans cesse à des malentendus entre races.

« Je ne fais cela que parce que je suis lasse de voir des gens mourir à cause de mes erreurs. J'ai demandé à Khabarakh de m'accompagner jusqu'à Honoghr – je suis responsable de ce qui se passe. Je ne peux pas m'enfuir et vous laisser en proie à la vengeance du Grand Amiral.

— Jamais notre seigneur le Grand Amiral ne nous traiterait aussi cruellement.

Leia fixa son regard dans le sien.

— L'Empire, autrefois, a détruit un monde entier à cause de moi, fit-elle d'un ton très calme. Je ne veux pas que ça se reproduise.

Elle refoula ses larmes tout en portant la main à son ventre. Yan comprendrait. Sinon, jamais il ne l'aurait autorisée à venir sur ce monde.

Mais, si elle ne revenait pas, il se le reprocherait toute sa vie.

— La période d'humiliation a été prolongée de quatre jours, murmura la maitrakh. Dans deux jours, les lunes brilleront de leur dernier éclat. Mieux vaudrait attendre jusque-là.

— Vous m'offrez votre aide? demanda Leia, en soutenant le regard étrange de la Noghri.

— Il y a de l'honneur en vous, Dame Vador. Pour la vie et l'honneur de mon troisième fils, je vais vous suivre. Et peut-être mourrons-nous ensemble.

— Peut-être, fit Leia avec un serrement de cœur.

Mais elle savait qu'elle ne mourrait pas. La maitrakh et Chewbacca peut-être, mais pas elle. Ils voudraient Dame Vador vivante. Car elle serait un précieux cadeau pour leur seigneur le Grand Amiral.

Qui sourirait, prononcerait quelques mots polis, et lui enlèverait à jamais ses enfants.

Elle promena son regard sur les champs. Elle aurait tellement aimé que Yan soit là. Et elle se demanda s'il saurait jamais quel avait été son sort.

— Venez, dit la maitrakh. Retournons à la maison. Vous avez encore à apprendre bien des choses à propos de Nystao.

— Je suis heureuse que vous ayez enfin appelé, dit la voix de Winter, légèrement déformée par le brouilleur imparfaitement réglé. Je commençais à m'inquiéter.

— Tout va bien — nous avons seulement dû garder le silence pendant un certain temps. Vous avez des ennuis, là-bas?

— Pas plus que lorsque vous êtes partis. Les Impériaux continuent d'attaquer nos convois, et personne n'a encore trouvé de parade. Fey'lya essaie toujours de convaincre le Conseil qu'il ferait un bien meilleur travail à la défense que les gens d'Ackbar, mais jusqu'à présent, Mon Mothma a décliné ses offres. J'ai l'impression que certains membres du Conseil commencent à avoir des arrière-pensées à propos de ses motivations.

— Parfait. Ils finiront peut-être par lui dire de se taire et de rétablir Ackbar à son poste.

— Malheureusement, Fey'lya a trop de partisans pour qu'on l'ignore. Surtout dans le camp des militaires.

– Oui. (Yan retint son souffle.) Je suppose que vous n'avez pas de nouvelles de Leia?

– Pas encore. (Il décela la tension dans sa voix : elle aussi était inquiète.) Mais j'en ai de Luke. Et c'est pour ça que je voulais vous joindre, en fait.

– Il a des ennuis?

– Je l'ignore. Le message ne le disait pas. Il vous donne rendez-vous sur New Cov.

– New Cov? Mais pourquoi?

– Il ne l'a pas précisé dans son message. Il désire vous rencontrer, je cite : au centre d'échange monétaire. Fin de citation.

– Le quoi? ... (Yan regarda Lando, le front plissé.) C'est censé signifier quoi?

– Il veut dire le café automatique *Mishra*, à Ilic, où nous nous sommes retrouvés pendant que tu suivais Breyl'lya. Humour privé. Mais je t'expliquerai plus tard.

– Ça veut donc dire que c'est bien Luke qui a envoyé le message? demanda Winter.

Lando allait répondre, mais Yan l'interrompit :

– Vous ne lui avez pas parlé personnellement?

– Non, c'était un message imprimé, dit Winter. Mais il n'était pas codé.

– Il n'a pas de brouillage sur son aile X, n'est-ce pas? demanda Lando.

– Non, mais il peut faire coder ses messages par n'importe quel poste diplomatique de la Nouvelle République, fit Yan, lentement. Est-ce que vous seriez les seuls à connaître cette plaisanterie à propos du *Mishra*?

– Avec une bonne centaine d'autres clients. Tu crois que c'est un piège?

– Ça se pourrait. Merci, Winter. Nous vous contacterons plus souvent, désormais.

– Soyez prudent.

– Ça, vous pouvez en être sûre.

Il coupa la communication et se tourna vers Lando.

– C'est ton vaisseau, camarade. Tu veux descendre pour aller jeter un coup d'œil ou bien filer vers ton casino flottant?

– Je ne crois pas qu'on ait vraiment le choix. Si le message était bien de Luke, c'est sans doute important.

– Et s'il ne venait pas de lui?

Lando eut un sourire crispé.

– Dis, nous sommes déjà tombés dans des pièges des Impériaux. Allez, on descend.

Compte tenu de la façon dont ils s'étaient échappés d'Ilic quelques jours auparavant, il était douteux que les autorités locales se réjouissent de revoir le *Lady Luck*. Heureusement, Lando avait bien utilisé leurs deux journées de loisir. Quand ils franchirent le dôme du spatioport, l'ordinateur enregistra avec bonheur l'arrivée du yacht privé *Tamar's Folly*.

– C'est formidable de se retrouver là, commenta Yan d'un ton cassant comme ils descendaient la coupée. On ferait peut-être aussi bien de renifler le coin avant de descendre jusqu'au *Mishra*.

Lando se roidit.

– Je ne pense pas que nous ayons du souci à nous faire à propos du *Mishra*, dit-il calmement.

Yan lui jeta un bref regard tout en portant la main à son blaster. A cinq mètres au bas de la coupée du yacht, un personnage corpulent les attendait. Il portait une tunique ornementée, fumait un cigare et les observait avec une innocence feinte.

– Un ami à toi? murmura Yan.

– Je ne dirais pas ça. Il s'appelle Niles Ferrier. Voleur de vaisseaux et contrebandier à l'occasion.

– Il était dans le coup du *Mishra*, non?

– Oui, c'était un des joueurs-clés.

Yan hocha la tête.

Ils étaient au bas de la coupée et ils attendirent. Le sourire de Ferrier s'élargit quelque peu et il s'avança à leur rencontre.

– Salut, Calrissian. On n'arrête pas de se rencontrer, hein?

– Hello, *Luke*, fit Yan avant que Lando ait pu répondre. Tu as changé.

Le sourire de Ferrier devint presque minable.

– Oui, je suis navré pour cette histoire. Je me suis dit que vous ne viendriez pas si je signais le message de mon nom.

– Et où se trouve Luke? demanda Yan.

– Vous pouvez toujours me fouiller, dit Ferrier en haussant les épaules. Il a dégagé d'ici le même jour que vous – et c'est la dernière fois qu'on l'a vu.

Yan l'observa.

– Et qu'est-ce que tu veux?

– Passer un marché avec la Nouvelle République. Pour d'autres bâtiments de guerre. Ça t'intéresse?

Yan éprouva un picotement familier dans la nuque.

– Ça se pourrait. Mais de quel genre de bâtiment parlons-nous?

Ferrier leva la main.

– Et si nous discutions à l'intérieur?

– Et si nous discutions ici? rétorqua Lando.

Ferrier parut vexé.

– Doucement, Calrissian. Qu'est-ce que tu crois que je suis en train de faire? Que je compte partir avec ton yacht dans ma poche?...

– C'est quoi, ces vaisseaux? redemanda Yan.

– De *très gros* vaisseaux. Du genre cuirassés lourds. (Ferrier baissa la voix.) La flotte *Katana*.

Yan dut faire un effort sérieux pour prendre son masque impassible de joueur de sabbac.

– La flotte *Katana*. O.K.

– Mais je ne plaisante pas. On l'a retrouvée... Et je suis en contact avec le type qui a fait cette trouvaille.

– Ah, oui?

Il venait de surprendre quelque chose sur le visage de Ferrier.

Il se retourna brusquement, mais ne surprit rien dans les ombres proches.

– Tu as senti quelque chose? demanda Lando.

– Non. (Yan revint à Ferrier.) Qu'est-ce qui te fait croire que ce type a quelque chose?

Ferrier lui répondit par un sourire rusé.

– On veut des renseignements gratuits, Solo? Allons... ça n'est pas ton genre.

– Et qu'est-ce que tu attends de nous?

– Je connais le nom du type. Mais j'ignore où il se trouve. Je m'étais dit qu'on pourrait mettre nos moyens en commun pour essayer de le joindre avant que l'Empire ne le fasse.

– Qu'est-ce qui te fait croire que l'Empire soit mêlé à cette affaire? demanda Yan, la gorge serrée.

– Le Grand Amiral Thrawn. Il est chargé de tout.

– Thrawn?... Merci, Ferrier.

Le visage de Ferrier se ferma à la seconde où il prenait conscience d'en avoir trop dit.

– Ça, c'était gratuit, marmonna-t-il.

– On ne sait toujours pas ce que ce marché va nous rapporter, lui rappela Lando.

– Tu sais où il est? demanda Ferrier.

– On a une piste. Et qu'est-ce que tu nous proposes? Ferrier les jaugea du regard.

– Je vous donne la moitié des vaisseaux. Plus une option d'achat à un prix raisonnable pour la Nouvelle République.

– C'est quoi un prix raisonnable? demanda Yan.

– Tout dépend de leur état. Mais je suis sûr qu'on fera affaire.

– Mmm... (Yan consulta Lando.) Tu en penses quoi?

– Laissons tomber, dit Lando d'une voix soudain plus dure. Tu veux nous donner le nom : parfait. S'il est exact, on te paiera après livraison des vaisseaux. Sinon, tu fiches le camp d'ici...

Ferrier recula.

– Bon, c'est bien. Vous voulez tout faire tout seuls, alors allez-y, faites. Mais si nous sommes les premiers à tomber sur les vaisseaux, votre chère Nouvelle République va être obligée de cracher beaucoup plus. *Enormément* plus.

Il s'éloigna.

– Viens, Yan, on s'en va, marmonna Lando, sans quitter Ferrier des yeux.

– Ouais, commenta Yan.

Il garda la main sur son blaster jusqu'à ce que le sas du *Lady Luck* se soit refermé sur eux.

– Je m'occupe du décollage, dit Lando en gagnant le cockpit. Toi, tu contactes le Contrôle pour qu'on nous attribue une sortie.

– O.K. Mais tu sais, si on avait marchandé un peu plus...

– Je ne lui fais pas confiance. Encore moins à son sourire. Et il a cédé trop facilement.

Difficile de réfuter ce genre de commentaire. Et puis, c'était le vaisseau de Lando. Il appela le contrôle spatial.

Ils repartaient dix minutes après, laissant derrière eux, une fois encore, des contrôleurs mécontents.

– J'espère que c'est la dernière fois que nous venons dans le coin, fit Yan d'un air renfrogné. Je crois que nous ne serons plus les bienvenus.

– Hé là! Depuis combien de temps tu te soucies de ce que les gens pensent de toi?

– Depuis que j'ai épousé une princesse et que je fais partie d'un gouvernement, grommela Yan en retour. Et moi je pensais que tu étais censé être un type respectable.

– Ça dépend. Ah,ah! ... On dirait bien que pendant que nous bavardions avec Ferrier, quelqu'un a collé quelque chose contre notre coque. Je parie dix contre un que c'est une balise de repérage.

– Comme c'est surprenant, fit Yan en pressant les touches de repérage.

La chose se trouvait à l'arrière, sous la coque, protégée par la rampe contre les turbulences du décollage.

– Et tu comptes en faire quoi?

– Le système de Terrijo est plus ou moins dans la direction de Pantolomin, fit Lando en consultant son écran. On va faire le détour en nous en débarrasser.

– D'accord. Dommage qu'on ne puisse pas le coller sur un autre vaisseau ici-même. Comme ça, ils n'auraient même pas idée de notre direction.

Lando secoua la tête.

– Si nous revenons vers New Cov, il saura que nous avons trouvé la balise. A moins que tu ne comptes nous en débarrasser ici en essayant de la lancer sur un autre vaisseau au passage. Mais non... Ne fais pas cette tête.

– D'accord. Mais au moins, nous ne l'aurions plus sur le dos.

– Et tu pourrais être tué pendant l'opération, rétorqua Lando. Et c'est moi qui devrais aller expliquer à Leia ce qui s'est passé. Laissons tomber.

– Oui, grinça Yan avec un soupir.

– On se calme, camarade. On va gagner. Ferrier n'a pas la moindre chance.

Yan hocha la tête. A vrai dire, il ne pensait pas à Ferrier. Ni même à la flotte *Katana*.

Le *Lady Luck* avait disparu au-delà du dôme de transparacier, et Ferrier passa son cigare sur l'autre coin de ses lèvres.

– Tu es certain qu'ils ne vont pas découvrir la deuxième balise? demanda-t-il.

Auprès de lui, la forme étrangère bougea entre deux piles de caisses.

– Non, ils ne la trouveront pas.

Et sa voix était comme une eau vive et glacée.

– Tu ferais bien d'avoir raison. Je ne leur ai pas amené cette poubelle pour rien. (Il décocha un regard furieux au spectre.) Tu as bien failli faire échouer la partie. J'ai vu Solo regarder droit vers toi.

– Aucun danger, fit le Defel. Pour voir, les humains ont besoin de mouvement. Les ombres immobiles leur sont indifférentes.

– Cela a marché, concéda Ferrier. Tu as eu de la chance que ce soit Solo et non Calrissian qui te fixe – car il t'avait déjà deviné une fois. A la prochaine, tu as intérêt à ne pas bouger tes gros pieds.

Le spectre ne dit rien.

– Ça va, on retourne au vaisseau. Dis à Abric d'être paré au décollage. On a une fortune à se faire. (Il leva les yeux une ultime fois.) Et peut-être aussi que nous allons nettoyer un joueur trop malin.

19

L'*Etherway* était maintenant nettement visible. Il tombait depuis le ciel, comme un roc bizarre, vers le silo d'atterrissage. Karrde observa son arrivée dans l'ombre du tunnel de sortie, tout en triturant la crosse de son blaster du bout des doigts, essayant d'ignorer le malaise qu'il ressentait. Mara avait mis trois jours de plus que prévu pour ramener le cargo d'Abregado. Ce n'était pas un retard inquiétant dans des circonstances normales, et ce voyage-là avait été un peu différent de la normale. Mais Mara était arrivée seule, sans le moindre vaisseau à ses trousses et elle avait émis tous les codes appropriés.

Karrde grimaça un sourire : durant ces trois derniers jours, il avait souvent pensé à la haine de Mara à l'égard de Luke Skywalker et il avait fini par se demander si elle n'avait pas décidé de quitter sa vie aussi mystérieusement qu'elle y avait pénétré. Mara Jade n'était pas le genre de personne à accorder facilement sa loyauté, mais, une fois sa décision prise, elle s'y tenait. Si jamais elle le quittait, il savait que ce ne serait pas dans un vaisseau volé. Pas à lui, en tout cas.

Egalement, il ne s'était pas trompé pour Solo. Même si l'autre n'avait pas été crédule au point d'envoyer un superdestroyer MonCal sur Myrkr, il avait du moins tenu sa promesse, et l'*Etherway* avait été libéré de la fourrière. Apparemment, ses inquiétudes de ces trois derniers jours étaient sans fondement.

Pourtant, tout au fond de son esprit, le malaise restait. Karrde sortit son comlink.

– Dankin ? Rien de suspect en vue ?

– Rien. Le coin a l'air sacrément calme.

– Bien. Reste en planque, mais tiens-toi prêt à tout.

L'*Etherway* déployait sa rampe et il serra son blaster. Si piège il y avait, il allait se refermer maintenant.

Le sas s'ouvrit et Mara apparut. Elle jeta un regard autour d'elle tout en descendant la coupée et le repéra aussitôt.

– Karrde?

– Bienvenue, Mara, dit-il en quittant l'ombre. Vous êtes un peu en retard.

– J'ai fait un léger détour.

– Ça peut arriver.

Elle gardait une expression tendue et ne cessait d'inspecter les environs.

– Des ennuis? demanda Karrde paisiblement.

– Je ne sais pas. Je sens comme...

Elle n'acheva pas sa phrase. Le comlink de Karrde grinça sous un flot de parasites avant de se taire.

– Venez! lança Karrde en dégainant et en courant vers la sortie.

Tout au bout du tunnel, il entrevit des silhouettes et ouvrit le feu.

Le coup de tonnerre d'une arme sonique fracassa le ciel. A demi assommé, il faillit s'écrouler. Il leva la tête, les oreilles tintantes, à l'instant où deux chasseurs Tie passaient lentement au-dessus de lui et crachaient un jet de laser sur l'orifice du tunnel. La chaussée éclata en fragments de céramique à demi fondus, bloquant tout passage possible. Par réflexe, il tira en vain vers les chasseurs. Il allait dévier son feu sur le tunnel lorsqu'une dizaine de soldats commandos surgirent au bord du silo, lancèrent des filins et se laissèrent tomber vers le terrain.

– Baissez-vous! lança-t-il à Mara.

Il se colla lui-même au sol, roula sur le bras gauche, tout en braquant son blaster sur le commando le plus proche. Il le manqua de 50 centimètres et, à la seconde où il s'interrogeait sur l'absence de riposte des Impériaux, on lui arracha prestement son blaster.

Il roula sur lui-même et leva les yeux vers Mara, abasourdi.

– Qu'est-ce que?...

Elle le dominait, le visage déformé par une émotion intense : elle était presque méconnaissable, et ses lèvres formulaient des paroles qu'il ne pouvait entendre.

Mais il n'avait besoin d'aucune explication. Bizarrement, il n'éprouvait aucune colère à son encontre. Elle lui avait dissimulé son passé avec l'Empire, et maintenant, elle retournait à ses origines. Il ne ressentait que du chagrin pour s'être laissé abuser si facilement et habilement... et le regret bizarre d'avoir perdu une associée aussi douée.

Les soldats le remirent sur pied et l'entraînèrent sans ménagement vers un bâtiment d'assaut qui venait de se poser juste à côté de l'*Etherway*. Une pensée lui traversa soudain l'esprit.

Il avait été trahi, capturé, et la mort l'attendait sans doute... mais au moins, il avait une partie de la réponse au mystère que posait cette volonté de Mara de tuer Luke Skywalker.

Tremblant de rage, les yeux flamboyants, les poings crispés, Mara affrontait le Grand Amiral.

– Huit jours, Thrawn, gronda-t-elle, et sa voix éveilla des échos insolites dans la vaste baie d'amarrage du *Chimaera*.

« Vous aviez dit huit jours. Vous me les aviez *promis*.

Thrawn la dévisagea avec une sérénité courtoise qui lui donna l'envie de le carboniser sur place.

– J'ai changé d'idée. Il m'est apparu que Karrde non seulement pouvait refuser de nous révéler la situation de la flotte *Katana*, mais aussi bien vous abandonner ici, ne serait-ce que pour lui avoir suggéré qu'il pouvait conclure un marché avec nous.

– Par les portes de l'enfer, vous mentez! Depuis le début, vous n'aviez qu'une idée en tête : vous servir de moi.

– Et j'ai eu ce que nous voulions. C'est tout ce qui compte.

Quelque chose céda au fond de Mara Jade. Sans se soucier des soldats campés derrière elle, elle se jeta sur Thrawn, et voulut refermer ses ongles sur sa gorge comme un rapace...

Et brutalement, le garde du corps noghri de Thrawn bondit sur elle, referma un bras sur son cou et son épaule et la projeta au milieu du pont.

Elle agrippa le bras de fer tout en lançant son épaule droite contre le torse du Noghri. Mais le coup se perdit, et le Noghri lui écrasa la carotide de son avant-bras.

Elle se sentit basculer dans l'inconscience, mais elle n'avait rien à gagner dans le néant. Elle se détendit et sentit la pression de l'autre diminuer. Thrawn la contemplait avec une expression amusée.

– Pour la Main de l'Empereur, ça n'était pas très professionnel, gronda-t-il.

Mara, cette fois, lança la Force. Thrawn plissa brièvement le front, et porta les mains à son cou comme pour se dégager d'une toile d'araignée intangible.

– Ça suffit, dit-il, d'une voix altérée, marquée par la colère. Arrêtez-ça, sinon Rukh va devoir vous faire mal. Je pense que vous avez appris les limites de vos pouvoirs. Un petit truc que l'Empereur vous a appris?

Son ton était froid, et il se massait la gorge.

– Il m'a appris bien des tours! cracha-t-elle, les tempes douloureuses. Comment punir les traîtres, par exemple.

– Un peu de respect, Jade, fit Thrawn d'une voix doucereuse. C'est *moi* qui dirige l'Empire à présent. Et non pas vous, ni quelque Empereur mort depuis longtemps. Se défier de mes ordres est une traîtrise. Je suis prêt à vous laisser reprendre le poste qui vous revient dans l'Empire – celui de commandant d'un des cuirassés de la flotte *Katana*, peut-être. Mais une agression de plus, et vous serez écartée.

– Ensuite, vous me tuerez, je suppose, fit Mara.

– Mon Empire n'a pas l'habitude de gaspiller des talents valables. Au contraire : je vous offrirai à Maître C'baoth comme un petit cadeau. Et je pense que vous ne tarderez guère à regretter que je ne vous aie pas fait exécuter.

– Qui est ce C'baoth? demanda Mara avec un long frisson.

– Joruus C'baoth est un Maître Jedi fou, dit Thrawn d'un air sombre. Il a consenti à nous aider dans notre effort de guerre en échange des Jedi que nous pourrions lui livrer afin de les façonner selon ses caprices. Votre ami Skywalker est déjà tombé dans sa toile, et sa sœur, Organa Solo, nous l'espérons, ne tardera guère à le suivre. Sincèrement, l'idée que vous puissiez les rejoindre m'est haïssable.

Mara prit son souffle.

– Je comprends. Ça ne se répétera plus.

Il la fixa avant d'acquiescer.

– J'accepte vos excuses. Rukh, laisse-la aller. Bien? A présent, dois-je comprendre que vous souhaitez rejoindre les rangs de l'Empire?

Le Noghri lui libéra le cou à regret, avant de faire un pas en arrière.

– Et à propos du reste des hommes de Karrde?...

– Comme nous en sommes convenus, ils ont le droit de vaquer à leur travail. J'ai d'ores et déjà annulé tous les ordres d'enquête et d'arrestation de l'Empire, et le commandant Pellaeon, en ce moment-même, annule toutes les offres des chasseurs de primes.

– Y compris pour Karrde?

Thrawn l'observa attentivement.

– Il va demeurer à bord jusqu'à ce qu'il me dise où se cache la flotte *Katana*. S'il réussit sans nous faire trop dépenser d'efforts et d'argent, il touchera trois millions de crédits, ainsi que convenu sur Endor. Sinon... il ne restera pas grand-chose de lui...

– Est-ce que je peux lui parler?

– Pourquoi?

– Je pourrais le convaincre de coopérer.

– Ou, au moins, l'assurer que vous ne l'avez pas trahi?

– Il sera encore en détention, lui rappela Mara. Il n'y a aucune raison pour qu'il ne sache pas la vérité.

Thrawn haussa les sourcils.

– Au contraire. Le sentiment d'être totalement abandonné est notre meilleur outil psychologique. Quelques jours avec cette seule pensée pour occuper la monotonie de sa vie pourraient bien le convaincre de coopérer sans employer des traitements plus rudes.

– Thrawn... commença Mara, puis elle se tut, repoussant une vague de fureur.

– C'est mieux, approuva-t-il. Surtout si l'on considère que mon seul recours est de le confier directement à un droïd d'interrogation. C'est ce que vous voulez?

– Non, amiral. C'est seulement que... Karrde m'a aidée alors que j'avais nulle part où aller.

– Je comprends vos sentiments, mais ils n'ont pas leur place ici. Des loyautés mêlées sont un luxe qu'un officier de la Flotte Impériale ne saurait se permettre. Encore moins si elle souhaite obtenir un jour un commandement.

Mara se dressa de toute sa hauteur.

– Oui, amiral. Ça ne se reproduira .plus.

– J'y compte. (Sur un geste, le soldat se retira.) Le poste de l'officier de pont se trouve immédiatement sous la tour de contrôle. Il va vous assigner une navette et un pilote afin de vous reconduire à la surface.

Il était clair qu'elle pouvait disposer.

– Oui, amiral.

Elle se dirigea vers la porte qu'il lui avait indiquée. Un instant encore, elle sentit le poids de son regard, puis elle entendit le bruit léger de ses pas.

Oui, le Grand Amiral avait marqué un point. Mais sans doute pas celui qu'il avait eu en esprit. Par ce seul acte de trahison, il avait détruit la faible trace d'espoir qu'elle avait gardée jusque-là que son Empire puisse un jour être à la hauteur de celui que Luke Skywalker avait détruit.

Cet Empire qu'elle avait été tellement fière de servir et qui avait sombré. A jamais.

C'était une révélation douloureuse, et qui lui coûtait cher. Elle pouvait effacer d'un trait tout ce qu'elle avait construit durant toute l'année dernière.

Cela pouvait aussi coûter sa vie à Karrde. Et il mourrait avec la certitude qu'elle l'avait délibérément livré à Thrawn.

Cette pensée lui pénétrait le ventre comme une lame chauffée à blanc. Tout ce gâchis était sa faute.

Il lui appartenait de redresser cette situation.

Près de la porte qui accédait au bureau de l'officier de pont, il y avait l'arc imposant qui allait de la baie du hangar de chargement aux secteurs de services et de préparation. Mara jeta un bref regard par-dessus son épaule et surprit Thrawn à l'instant où il pénétrait dans un des turbo-élévateurs, escorté de son Noghri. L'escorte de Mara avait disparu : les groupes d'assaut devaient être au rapport après leur mission au sol. Et personne ne semblait lui accorder une attention particulière.

Elle tenait sans doute son unique chance. Guettant le cri – ou la détonation de blaster – qui l'avertirait qu'elle avait été repérée, elle contourna le bureau de l'officier de pont et gagna le secteur de préparation.

Immédiatement à l'intérieur de l'arche, elle trouva un terminal d'ordinateur contre la paroi. Il était accessible depuis le secteur de préparation avant et la baie du hangar de poupe. Ce qui le rendait évidemment accessible à des personnes non autorisées. Par conséquent, il ne faisait aucun doute qu'il était protégé par un code d'entrée complexe. Qui changeait toutes les heures, si elle avait bien jugé Thrawn. Mais ce que même un Grand Amiral ignorait, c'était que l'Empereur avait fait aménager une porte d'accès privé dans l'ordinateur principal de tous les superdestroyers de la Flotte. Une précaution qui lui avait garanti, durant les années de consolidation de son pouvoir et les premiers soulèvements rebelles, qu'aucun de ses commandants ne pourrait lui interdire l'accès à ses propres bâtiments. Pas plus à lui qu'à ses principaux agents.

Mara composa le code d'entrée avec un mince sourire : Thrawn pouvait toujours la considérer comme une sorte de super-courrier s'il le voulait. Mais le code cliqueta et elle entra.

Elle appela un annuaire en s'efforçant de repousser l'impression qu'elle avait d'ores et déjà alerté les commandos qui allaient surgir d'une seconde à l'autre. Le code de la porte arrière était une fonction câblée dans le système et impossible à éliminer, mais si jamais Thrawn en avait soupçonné l'existence, il avait très bien pu mettre un indicateur en place pour déclencher l'alarme dès que le code était composé. Et dans ce cas, elle ne s'en tirerait pas par une humble promesse de loyauté.

Quand l'annuaire se déploya, personne n'était encore intervenu. Elle composa le code de la section de détention et parcourut le listing. Elle souhaita une seconde avoir avec elle un droïd astromécano R2 comme celui de Skywalker. Il se pouvait que Thrawn ait délaissé le code de la porte arrière de l'ordinateur, mais il avait dû prévenir l'officier de pont de son arrivée. Si quelqu'un s'apercevait qu'elle était très en retard et décide de se mettre à sa recherche...

Ça y est : elle avait ce qu'elle cherchait. La liste actuelle des prisonniers. Elle l'ouvrit tout en déroulant un diagramme complet du bloc de détention. A côté, il y avait un tableau de service, avec les changements de quarts, les ordres du jour, ainsi qu'un listing des destinations du *Chimaera* pour les six prochains jours. Thrawn avait laissé entendre qu'il patienterait huit jours avant de commencer un véritable interrogatoire, afin que l'isolement et les pensées de Karrde érodent sa résistance. Le seul espoir de Mara était qu'elle puisse revenir avant le terme de cette période préparatoire.

Elle éteignit l'écran et sentit une goutte de sueur ruisseler dans son dos. Elle allait maintenant aborder la partie la plus douloureuse. Elle y avait réfléchi en traversant le pont, pour se retrouver face à la même réponse insupportable. Karrde avait eu certainement un repéreur secondaire pour l'approche de l'*Etherway*, qui avait dû enregistrer une vue en avant-plan du piège des Impériaux. Si elle revenait sans problème du *Chimaera*, jamais elle ne parviendrait à convaincre les hommes de Karrde qu'elle ne l'avait pas trahi. En vérité, elle avait eu de la chance qu'ils ne la carbonisent pas à vue.

Elle ne pouvait sauver Karrde seule. Elle ne pouvait attendre aucune assistance de son organisation. Ce qui ne lui laissait qu'une seule personne dans toute la galaxie. Une seule et unique personne qui pouvait avoir le sentiment d'être redevable à Karrde.

Les dents serrées, elle demanda la localisation du Maître Jedi appelé Joruus C'baoth.

L'ordinateur mit un temps inhabituel à sortir l'information. Mais elle eut enfin le nom de la planète : Jomark, et entreprit aussitôt d'effacer toute trace de cette dernière interaction.

Elle venait à peine d'achever son nettoyage et se dirigeait vers l'arche, qu'un jeune officier et trois soldats sortirent du hangar, le regard en alerte. L'un des soldats la repéra.

— Excusez-moi, fit Mara. Pouvez-vous me dire où je puis trouver l'officier de pont?

— C'est moi, l'officier de pont! jeta le jeune officier. Vous êtes Mara Jade?

— Oui, fit-elle en prenant son expression la plus innocente. On m'a dit que votre bureau était quelque part par-là, mais je n'ai pas réussi à le trouver.

— Il est de l'autre côté. J'ai reçu des ordres pour vous reconduire sur la planète.

— Je sais, acquiesça-t-elle. Je suis prête.

Mara regarda la navette impériale remonter vers l'espace. Une odeur de brûlé s'élevait du pavé.

— Aves? appela-t-elle. Allez, Aves, vous devez bien être dans le coin...

– Tournez-vous et levez les mains, proféra une voix venue du fond des ombres de la coupée. Comme ça... Et n'oubliez pas que je sais que vous avez ce petit blaster dans la manche.

– Ce sont les Impériaux qui l'ont, maintenant, fit-elle en obéissant. Je ne suis pas venue pour me battre mais pour chercher du secours.

– Si vous voulez du secours, allez donc voir vos nouveaux amis, là-haut. A moins qu'ils n'aient toujours été vos amis, hein?...

Il la provoquait. Il avait besoin de libérer sa colère dans un duel.

– Aves, je ne l'ai pas trahi. J'ai été prise par les Impériaux et j'ai pensé que le rideau de fumée que je leur avais balancé nous donnerait le temps de ficher le camp d'ici. Mais ça n'a pas marché.

– Je ne vous crois pas, fit Aves d'un ton froid tout en descendant la rampe.

– Mais si, vous me croyez. Autrement, vous ne seriez pas venu là.

Il la fouilla rapidement.

– Très bien. Retournez-vous.

Il se tenait à un mètre d'elle, le visage tendu, son blaster braqué sur sa poitrine.

– Aves, retournez la question. Si j'avais livré Karrde aux Impériaux, pour quelle raison serais-je revenue? Et surtout seule?

– Vous aviez peut-être besoin de récupérer quelque chose à bord de l'*Etherway*? Ou bien c'est un nouveau piège pour nous capturer tous.

– Si vous croyez vraiment ça, alors, tirez. Je ne pourrai jamais leur arracher Karrde sans votre aide.

Aves resta longtemps silencieux.

– Les autres ne vous aideront pas, dit-il enfin. La moitié pensent que vous avez manipulé Karrde dès le début. Les autres considèrent que vous êtes du genre à changer de camp deux fois par an.

Elle eut un rictus.

– Ça été vrai. Ça ne l'est plus.

– Et vous avez une preuve à me donner?

– Oui : en faisant sortir Karrde de là. Ecoutez, je n'ai pas le temps de discuter. Vous m'aidez ou vous tirez?

Il hésita avant d'abaisser son arme.

— Je signe sans doute mon arrêt de mort, grommela-t-il. Vous avez besoin de quoi?

— Pour commencer, il me faut un vaisseau, fit Mara en laissant échapper un soupir. Quelque chose de plus petit et de plus rapide que l'*Etherway*. Un de ces trois Skiprays à booster que nous avons ramenés de Vagran serait parfait. Il me faudrait aussi l'un de ces ysalamari que nous avions dans le *Wild Karrde*. De préférence sur un de leurs supports nutritifs.

Aves plissa le front.

— Pourquoi un ysalamir?

— Je dois parler à un Jedi. J'ai besoin d'être certaine qu'il m'écoute.

Aves l'étudia un instant.

— Je pense que je ne tiens pas à vraiment le savoir. Quoi d'autre encore?

Elle secoua la tête.

— Ce sera tout.

— Tout?

— Mais oui, tout. Dans combien de temps aurai-je tout ça?...

— Disons une heure. Ce grand marais, à cinquante kilomètres au nord de la ville — vous le connaissez?

Elle acquiesça :

— Il y a une sorte d'île spongieuse près de la berge est.

— Exact. Vous amènerez l'*Etherway* jusqu'à l'île et c'est là qu'on fera la substitution. (Il leva les yeux vers l'énorme cargo.) Si vous pensez que vous pouvez encore le bouger sans casse.

— Ça ira. Thrawn m'a dit qu'il avait levé tous les avis de recherche et d'arrestation pour le reste du groupe. Mais vous feriez bien de disparaître dès que je serai partie. Si j'arrive à tirer Karrde de là, on va avoir toute la Flotte sur le dos. Et faites un scanning à fond de l'*Etherway* avant d'aller où que ce soit. Il doit y avoir une balise collée quelque part pour que Thrawn me soit tombé dessus comme ça. (Elle plissa les lèvres.) Et tel que je le connais, il a sûrement mis quelqu'un sur mes traces. Il va falloir que je m'en débarrasse avant de débarquer.

— Pour ça, je peux vous donner un coup de main, proposa Aves d'un air sinistre. Après on disparaît, non?...

— C'est d'accord. On y va.

Il hésita.

– Mara... je ne sais toujours pas de quel côté vous êtes. Mais si c'est du nôtre... bonne chance.

Ele acquiesça, la gorge nouée.

– Merci.

Deux heures plus tard, elle était sanglée dans le cockpit du Skipray et elle fila vers l'espace avec un sentiment bizarre de déjà vu. C'était dans ce même engin qu'elle avait sillonné le ciel au-dessus de la forêt de Myrkr seulement quelques semaines auparavant, à la poursuite d'un prisonnier évadé. Et à présent, une fois encore, elle pourchassait Luke Skywalker.

Mais, cette fois, elle n'allait pas essayer de le capturer ou de le tuer. Cette fois, elle avait besoin de son aide.

20

Le dernier couple de villageois se détacha du groupe rassemblé contre la paroi du fond et se dirigea vers le trône du jugement. C'baoth les regardait approcher. Puis, ainsi que Luke l'avait prévu, le Maître Jedi se leva.

– Jedi Skywalker, déclara-t-il en le désignant, cette dernière affaire est à vous.

– Oui, Maître C'baoth.

Luke monta les degrés et prit place tant bien que mal. Pour lui, ce trône était parfaitement inconfortable : trop large, trop tiède, et bien trop ornementé. Plus encore que tout le reste de la demeure de C'baoth, il avait un parfum étranger, et il en émanait une aura dérangeante que Luke ne pouvait expliquer que par l'effet rémanent de toutes les heures que le Maître Jedi avait passé là à juger ses gens.

Maintenant, le tour de Luke était venu.

Il inspira à fond, luttant contre cette fatigue qui s'attachait en permanence à lui, et hocha la tête à l'adresse des deux villageois.

– Je suis prêt. Commencez, je vous prie.

Apparemment, l'affaire était simple. Le troupeau du premier villageois avait franchi la clôture du second et dépouillé une demi-douzaine d'arbustes fruitiers avant d'être repoussé. Le propriétaire du troupeau était prêt à payer les dommages, mais le second exigeait qu'il répare également la clôture. Le premier riposta qu'une clôture correctement construite n'aurait pas dû céder, et que, de plus, ses bêtes avaient été blessées par les poteaux acérés. Luke les écouta patiemment et attendit que cesse le jeu des argumentations et protestations.

– Très bien, dit-il enfin. Pour ce qui est des arbustes (il inclina la tête à l'adresse du premier villageois), mon jugement est que vous payiez pour ceux qui ne sont pas replantables, plus un paiement additionnel afin de compenser les fruits mangés ou détruits par vos bêtes. Ce dernier montant devra être déterminé par le conseil du village.

C'baoth s'agita nerveusement et Luke sentit sa désapprobation. Une seconde, il se demanda s'il ne devait pas revenir sur ses propos. Mais il n'avait pas d'idée meilleure.

Et que faisait-il donc ici ?

Il regarda la salle : tous les yeux étaient fixés sur lui. Tous attendaient une décision juste. C'baoth, les deux plaignants, et le public des villageois.

– Quant à la clôture, j'examinerai cela demain, reprit-il. Je désire voir à quel degré elle a été endommagée avant de prendre ma décision.

Les deux hommes s'inclinèrent avant de se retirer.

– Je déclare close la session ! annonça C'baoth.

Le flot des villageois s'écoula. C'baoth s'éclaircit la voix et Luke se prépara.

– Parfois, Jedi Skywalker, je me demande si vous m'avez ou non écouté depuis ces derniers jours, dit le Maître Jedi avec gravité.

– Je suis navré, Maître C'baoth, fit Luke, avec un nœud familier dans la gorge.

– Navré ? (Les sourcils de C'baoth prirent un pli sardonique.) Navré ? Jedi Skywalker, vous teniez tout entre vos mains. Vous auriez dû faire taire leurs chicaneries bien avant : notre temps est trop précieux pour ces récriminations mesquines. Vous auriez dû prendre vous-même la décision au lieu d'invoquer cette excuse absurde du conseil de village. Quant à cette clôture, vous n'aviez aucune raison de reporter votre jugement Tout ce qu'il vous fallait savoir quant aux dommages était inscrit dans leur esprit. Même vous, vous auriez pu le lire sans difficulté.

– Oui, Maître C'baoth, fit Luke, la gorge serrée. Mais lire dans l'esprit d'une autre pesonne de cette façon me paraît mal...

– Mal ? Alors que vous vous servez de vos connaissances pour l'aider ?

Luke eut un geste futile.

– J'essaie de comprendre, Maître C'baoth. Tout cela est tellement nouveau pour moi.

– Vraiment, Jedi Skywalker? Vous voulez dire que jamais vous n'avez violé les choix intimes de quelqu'un afin de l'aider? Que vous n'avez pas ignoré telle ou telle petite règle bureaucratique qui s'opposait à ce qui devait être fait?

Luke se sentit rougir en repensant au craqueur qu'ils avaient utilisé avec Lando pour faire réparer son aile X dans les chantiers de Sluis Van.

– Oui, ça m'est arrivé, reconnut-il. Mais là, c'est différent. C'est comme... comme si je prenais trop de responsabilités par rapport aux existences de ces gens.

– Je comprends votre préoccupation, fit C'baoth, d'un ton moins sévère. Mais c'est là le problème crucial. Ce sont précisément l'acceptation et l'usage de cette responsabilité qui différencient un Jedi du reste de la galaxie. (Il soupira.) Luke, vous ne devez jamais oublier qu'en ultime analyse, ces gens sont des primitifs. Ce n'est que guidés par nous qu'ils peuvent espérer accéder à une véritable maturité.

– Pour ma part, ce ne sont pas des primitifs, Maître C'baoth. Ils ont une technologie moderne, un système de gouvernement plutôt efficace...

– Toutes les chausse-trapes de la civilisation sans la substance, rétorqua C'baoth avec un air de mépris. Les machines et les structures sociales ne définissent pas la maturité culturelle, Jedi Skywalker. La maturité n'est définie que par la compréhension et l'usage de la Force. (Son regard parut se perdre dans le passé.) Une telle société existait autrefois, Luke. Durant un millier de générations, nous nous sommes dressés au-dessus des êtres inférieurs de la galaxie, tels des gardiens de l'ordre et de la justice. Créateurs de la civilisation véritable. Le Sénat pouvait toujours débattre et décréter des lois, mais les Jedi seuls transformaient ces lois en réalité. En récompense, la galaxie nous a détruits.

Luke plissa le front.

– Je pensais que c'était seulement l'Empereur et quelques Jedi Sombres qui avaient exterminé les Jedi.

C'baoth eut un sourire amer.

– Vous croyez vraiment que même l'Empereur serait

venu à bout d'une pareille tâche sans le consentement de la galaxie tout entière? Non, Luke : ils nous haïssaient, tout comme les êtres inférieurs. Pour notre pouvoir, notre savoir, notre sagesse. Pour notre maturité. Et cette haine existe encore. Ils n'attendent que les Jedi reviennent pour frapper.

Luke secoua lentement la tête. Tout cela ne correspondait pas avec le peu qu'il connaissait de la destruction des Jedi. Mais, par ailleurs, il n'avait pas vécu cette époque, contrairement à C'baoth.

— C'est difficile à croire, murmura-t-il.

— Croyez-le, Jedi Skywalker. (Il y avait soudain un feu ardent dans le regard de C'baoth.) C'est pour cela que nous devons rester ensemble, vous et moi. Que nous ne devons jamais relâcher notre garde face à un univers qui nous détruirait. Me comprenez-vous?

— Je le pense. Mais je n'ai jamais rencontré une telle haine.

C'baoth le fixait sous ses sourcils broussailleux.

— Vous la rencontrerez. De même que votre sœur. Et ses enfants.

Luke sentit sa poitrine se serrer.

— Je peux les protéger.

— Et leur donner l'enseignement? Avez-vous la sagesse et le talent pour leur apporter la pleine connaissance de la Force?

— Je le crois.

— Mais vous n'en êtes pas certain, et vous jouez avec leurs vies. Par votre caprice égoïste, vous risquez leur avenir.

— Il ne s'agit pas d'un caprice. Ensemble, avec Leia, nous en sommes capables.

— Si vous essayez, vous risquez de les livrer au côté sombre. Nous ne pouvons courir ce risque, Luke. Nous sommes tellement peu nombreux. Cette guerre sans fin pour le pouvoir fait encore rage. Nous devons rester unis contre ceux qui risqueraient de tout détruire. Non. Il faut que vous ameniez jusqu'à moi votre sœur et ses enfants.

— Je ne peux le faire, du moins pas tout de suite. (L'expression de C'baoth avait brusquement changé.) Leia ne pourrait voyager en toute sécurité. Les Impériaux la pourchassent depuis des mois, et Jomark n'est pas très éloigné de leur territoire.

– Vous doutez que je puisse la protéger?

– Non... Je... je n'en doute pas, fit Luke en choisissant ses mots avec prudence. C'est seulement que...

Il se tut. C'baoth s'était brutalement raidi, et il regardait dans le néant.

– Maître C'baoth? Vous allez bien?

Pas de réponse. Luke se porta à ses côtés et projeta la Force, tout en se demandant si l'autre n'était pas soudain malade. Mais, comme toujours, l'esprit de C'baoth était fermé.

– Venez, Maître C'baoth, fit-il en le prenant par le bras. Je vais vous reconduire à vos appartements.

C'baoth cligna deux fois des yeux avant de le regarder en face. Il inspira profondément, et fut de nouveau normal.

– Luke, vous êtes fatigué. Laissez-moi et allez dormir.

Luke dut admettre qu'il était vraiment fatigué, oui.

– Vous vous sentez bien?

– Très bien, l'assura C'baoth d'un ton bizarrement sinistre.

– Parce que si vous avez besoin d'aide...

– Je vous ai dit de me laisser! Je suis un Maître Jedi. Je n'ai besoin de l'aide de personne.

Luke se trouva soudain à deux pas de lui sans se souvenir d'avoir reculé.

– Je suis navré, Maître C'baoth. Je ne voulais pas vous manquer de respect.

Le visage du Jedi se radoucit quelque peu.

– Je sais. Amenez-moi votre sœur, Jedi Skywalker. Je la protégerai de l'Empire, et je lui enseignerai des pouvoirs que vous ne sauriez imaginer...

Tout au fond de l'esprit de Luke, un tintement avertisseur résonna. Cela tenait aux paroles de C'baoth... ou peut-être à la façon dont il les avait prononcées.

– A présent, regagnez vos appartements. Dormez, et nous reparlerons demain matin.

Il se dressait devant elle, le visage à demi dissimulé par la capuche de sa longue robe, ses yeux jaunes la transperçaient à travers une distance infinie. Elle voyait bouger ses lèvres, mais ses paroles étaient noyées dans les sirènes d'alarme qui résonnaient autour d'eux, et Mara basculait dans la panique. Entre elle et l'Empereur, deux silhouettes apparurent alors, celle de Dark Vador, imposante et obscure, et celle de Luke Skywalker, tout vêtu de noir. Ils se tenaient devant l'Empereur, face à face, et ils activèrent leurs sabrolasers. Les lames se croisèrent, passant du rouge ardent et blanc vert. Ils étaient prêts au combat.

Et puis, soudain, les lames se séparèrent, et avec deux exclamations de haine, l'un et l'autre se tournèrent vers l'Empereur.

Mara s'entendit crier tout en se débattant pour secourir son maître. Mais il était trop loin et ses gestes étaient mous et lents. Elle hurla un défi pour tenter de détourner leur attention. Mais Vador pas plus que Skywalker ne parut l'entendre. Ils se portèrent en avant et, à la seconde où ils levaient leurs sabres, elle vit que l'Empereur la regardait toujours.

VOUS ALLEZ TUER LUKE SKYWALKER!

En sursautant, elle fut expulsée du rêve.

Une minute, elle demeura le souffle court dans le cockpit étroit du Skipray, tandis que la vision s'effaçait. Sa combinaison était collante de sueur. Dans le lointain, une alerte de proximité s'était mis à tinter.

Encore ce rêve. Ce rêve qui l'avait poursuivie autour de la galaxie depuis cinq années.

Mais, cette fois, les choses allaient être différentes. Cette fois, elle avait le pouvoir de tuer Luke Skywalker.

Elle observa le ciel diapré de l'hyperespace au-delà du cockpit et une partie de son esprit s'éveilla pleinement. Non, elle se trompait. Elle n'allait pas tuer Luke Skywalker. Elle allait lui demander son aide.

Car si elle voulait sauver Karrde, elle devait en passer par-là.

Skywalker devait bien cela à Karrde. Plus tard, quand il aurait remboursé ses dettes, elle aurait tout le temps de le tuer.

L'alerte de proximité changea de fréquence, indiquant qu'il ne restait plus que trente secondes avant le contact. Mara s'empara des leviers de pilotage hyperspatial, attendit que l'indicateur atteigne le zéro, et les bascula. L'espace diapré se changea en multiples traits d'étoiles, puis redevint l'espace noir. Avec une sphère droit devant.

Mara avait atteint Jomark.

Croisant mentalement les doigts, elle composa le code

qu'elle avait programmé durant le trajet. La chance était avec elle : ici, au moins, les gens de Thrawn utilisaient encore les transpondeurs de guidage standard de l'Empire. Sur les écrans du Skipray, elle repéra l'île, au centre d'un lac en anneau, tout près de la ligne du crépuscule. Elle déclencha encore une fois le transpondeur avant de passer en vitesse sub-luminique et d'entamer sa descente. Tout en essayant d'oublier le visage de l'Empereur...

La plainte de la sirène d'alarme l'éveilla totalement.

– Quoi ? lança-t-elle en se penchant vers l'écran pour tenter de repérer l'origine de l'alerte. Ce ne fut pas difficile : le Skipray avait roulé sur le côté tandis que l'ordinateur luttait pour que l'appareil ne parte pas en vrille à travers le ciel. Inexplicablement, elle se trouvait déjà très bas dans l'atmosphère, bien au-delà du point où elle aurait dû déclencher ses répulseurs.

Elle consulta la carte de scanning. Elle n'avait été déroutée qu'une ou deux minutes mais, à la vitesse du Skipray, même quelques secondes pouvaient être fatales. Elle se frotta les orbites, luttant contre la fatigue, le front humide de sueur. Son vieil instructeur le lui avait souvent répété : voler à demi endormie, c'était le moyen le plus rapide et le plus lamentable d'en finir. Si elle s'était écrasée là en bas, ç'aurait été entièrement sa faute.

Ou bien ?...

Elle redressa l'appareil, s'assura qu'il n'y avait aucune montagne sur sa trajectoire, et passa en autopilote. L'ysalamir et son support nutritif étaient près du sas arrière et du panneau d'accès du moteur. Elle déboucla son harnais et se leva.

Ce fut comme si quelqu'un venait d'éclairer le cockpit. La seconde d'avant, elle était aussi épuisée qu'après quatre jours de bataille, et tout à coup, après un pas de plus, à moins d'un mètre de l'ysalamir, la fatigue disparut brutalement.

Elle eut un sourire sombre : ainsi donc, ses soupçons avaient été fondés. Le Maître Jedi fou de Thrawn ne tenait pas à avoir de la compagnie.

– C'était bien joué, dit-elle. Puis elle détacha l'ysalamir du panneau d'accès, le transporta jusque dans le cockpit, et l'installa sur le siège de copilote.

Le cercle de montagnes qui entourait le lac était à

présent visible sur le scanner. Une structure d'habitation apparaissait en infra-rouge sur le côté le plus éloigné. Elle décida que c'était sans doute là que se trouvaient Skywalker et ce Jedi fou. L'instant d'après, les senseurs lui confirmèrent la présence de la masse métallique d'un vaisseau spatial à proximité du bâtiment. Elle ne détectait aucun bouclier de défense, aucun armement, que ce fût autour du cratère ou sur l'île, immédiatement au-dessous. Maître C'baoth pensait apparement qu'il n'avait pas besoin de choses aussi primitives que des turbolasers pour le protéger.

Il avait peut-être raison. Prête à tous les dangers, Mara se pencha sur la console et plongea.

Elle était à mi-chemin du cratère quand elle ressentit l'attaque. Un impact soudain sous le ventre du Skipray qui projeta l'appareil quelques centimètres plus haut. Le deuxième impact suivit de près. Il toucha cette fois l'aileron ventral, et le Skipray embarda violemment à tribord. Il fut secoué une troisième fois avant que Mara identifie l'arme : il ne s'agissait ni de missiles ni de tirs de blasters, mais de petits rochers lancés à grande vitesse, que les senseurs sophistiqués du Skipray étaient incapables de détecter.

Le quatrième impact fit sauter les répulseurs, et le Skipray s'abattit du haut du ciel.

21

Mara souffla un juron et passa les surfaces de contrôle du Skipray en mode planeur avant de demander un scanning de contour de la falaise qui se dressait derrière le bâtiment. Il n'était plus question désormais de se poser sur la crête : elle pourrait y arriver sans ses répulseurs, mais pas avec un Maître Jedi. Elle pouvait essayer l'île obscure immédiatement en dessous, où elle aurait plus d'espace pour opérer, mais cela lui posait le problème de regagner la rive. Donc, elle devait essayer de trouver une zone d'atterrissage suffisamment grande quelque part au pied des montagnes.

A moins de s'admettre vaincue, de relancer le moteur principal et de regagner l'espace pour tenter seule d'aller à la rescousse de Karrde.

Elle étudia le contour. La grêle de rochers avait cessé après le quatrième impact – Le Maître Jedi attendait sans doute qu'elle s'écrase sans autre encouragement. Avec un peu de chance, elle arriverait peut-être à le convaincre sans totalement détruire l'appareil. Si elle parvenait à trouver un creux dans cette falaise... Oui. A un tiers du sommet, elle venait de repérer une cavité grossièrement hémisphérique creusée par l'érosion. Le surplomb était relativement plat et le Skipray pourrait vraisemblablement se loger là confortablement.

Elle diminua encore sa vitesse et redressa.

Le jet de propulsion dessina brièvement la mosaïque dansante des ombres et des lumières des montagnes. Mara reprit un peu d'altitude, stabilisa le Skipray qui menaça un instant de basculer, recula, et se positionna. Si

C'baoth soupçonnait ce qu'elle essayait de faire, il n'aurait guère besoin d'efforts pour en finir avec elle.

Les mâchoires bloquées, son regard allant du scope d'approche à l'indicateur de poussée, elle s'avança vers la cavité.

Elle faillit échouer. Le Skipray était à moins de dix mètres du surplomb lorsque le jet de propulsion toucha la paroi rocheuse. Sous l'effet de la chaleur, le roc se mit à fondre et, la seconde d'après, l'appareil baignait dans un jaillissement de couleurs. Mara maintint son cap, sans se soucier des sirènes d'alarme. Il ne restait plus que cinq mètres et la température, dans le cockpit, commençait à monter sérieusement. Trois, un...

L'aileron ventral laboura le rocher dans un crissement atroce. Mara coupa le moteur, sentit tous ses muscles se crisper, et l'appareil tomba d'un mètre de haut sur la saillie. Une seconde, il parut hésiter, puis, avec une certaine grâce, il bascula vers l'avant et se bloqua sur ses patins.

Mara essuya la sueur de ses yeux et demanda une lecture de statut.

Elle avait eu de la chance : les patins d'atterrissage et l'aileron ventral étaient bousillés, mais les moteurs, l'hyperdrive, les systèmes vitaux et le cockpit n'avaient pas souffert. Elle passa tous les circuits en standby, hissa l'ysalamir sur ses épaules et se dirigea vers l'arrière.

L'écoutille principale était inutilisable, car elle s'ouvrait dans le vide. Mais il en existait une autre derrière la tourelle du canon laser dorsal. Gagner l'échelle d'accès avec l'ysalamir sur le dos ne fut pas une partie de plaisir, mais, après quelques essais ratés, elle ouvrit enfin l'écoutille, laissa l'air frais de la planète affluer dans l'habitacle surchauffé, et leva les yeux.

Et découvrit qu'elle avait mal calculé ses distances. Elle n'était pas à dix ou quinze mètres du cratère, comme elle l'avait estimé, mais à près de cinquante mètres plus bas. Les dimensions de l'anneau montagneux et ses conditions d'approche en catastrophe avaient altéré sa perception.

– Après un long voyage, rien de tel qu'un peu d'exercice, marmonna-t-elle en sortant le bâton lumineux de son ceinturon. L'escalade n'allait pas être facile, surtout avec le poids supplémentaire du support de l'ysalamir, mais c'était possible. Elle attacha le bâton lumineux à son épaule, repéra ses premières prises, et s'élança.

Elle s'était hissée de deux mètres, guère plus, quand un faisceau lumineux intense se posa sur le rocher, juste devant elle.

Sous l'effet du choc, elle redévala la pente pour atterrir brutalement sur le Skipray. Mais elle avait déjà son blaster au poing. Deux phares étaient braqués sur elle. Elle tira rapidement et éteignit le premier. L'autre s'éteignit rapidement de lui-même. C'est alors qu'elle entendit un bruit très faible mais qu'elle ne pouvait pas ne pas reconnaître.

Le gazouillis d'un droïd R2.

– Hé! appela-t-elle doucement. Hé, toi, le droïd. Tu es l'unité astromécano de Skywalker? Dans ce cas, tu sais qui je suis. On s'est rencontrés sur Myrkr – tu te souviens?

Apparemment, le droïd n'avait pas oublié. Mais, à en juger par le ton indigné de sa réponse, il n'était pas particulièrement fier de ce souvenir.

– Bon, oublions tout ça, fit-elle d'une voix acerbe. Ton maître est en danger. Je suis venue le prévenir.

Une autre trille électronique, franchement marquée par le sarcasme.

– Mais c'est vrai, insista Mara.

Sa vision redevenait nette et elle discernait la silhouette sombre de l'aile X soutenue par ses champs répulseurs à cinq mètres de là. Les deux canons laser de tribord étaient pointés droit sur elle.

– Il faut que je lui parle immédiatement. Avant que ce Maître Jedi s'aperçoive que je suis encore en vie et n'essaie de corriger la situation.

Elle s'était attendue à un autre sarcasme, mais le droïd ne dit rien. Peut-être avait-il été témoin de la brève bataille entre le Skipray et les rafales de cailloux de C'baoth.

– Oui, il essayait de me tuer, ajouta-t-elle. Discrètement, sans histoire, afin que ton maître ne s'aperçoive de rien et ne lui pose des questions embarrassantes.

Le droïd bipa une question. Mara en devina le sens.

– Je suis venue ici parce que j'ai besoin de l'aide de Skywalker. Karrde a été capturé par les Impériaux et je ne pourrai jamais le libérer seule. Karrde, au cas où tu l'aurais oublié, est celui qui a aidé tes amis à monter une embuscade contre ces troupes d'assaut qui vous avaient chassés de Myrkr. Tu lui dois cela.

Le droïd eut un reniflement de dédain.

– D'accord, lança-t-elle. Ne le fais pas pour Karrde, ni pour moi. Mais conduis-moi là-haut, sinon ton maître adoré ne saura pas avant qu'il soit trop tard que son nouvel éducateur, C'baoth, travaille pour l'Empire.

Le droïd réfléchit. Puis, lentement, l'aile X se mit en rotation, détourna ses lasers et vint se placer près du Skipray. Mara rengaina son blaster et se prépara, tout en se demandant comment elle allait pouvoir se hisser dans l'habitacle avec son attirail.

Mais elle s'inquiétait en vain. Au lieu de manœuvrer pour lui présenter le cockpit de l'aile, le droïd stabilisa l'un des patins de l'aile à sa hauteur.

– Tu plaisantes, protesta-t-elle, en pensant à la hauteur à laquelle ils se trouvaient.

Mais le droïd était sérieux et, après un instant, elle se hissa sur le patin et assura sa prise du mieux possible.

– Allons-y. Et attention aux cailloux volants.

L'aile X commença son ascension. Mara se tenait sur ses gardes, s'attendant d'une seconde à l'autre à ce que C'baoth reprenne l'attaque là où il l'avait interrompue. Mais ils atteignirent le faîte sans incident et, à la seconde où le droïd posait doucement l'aile X, Mara découvrit la silhouette d'un homme en cape qui attendait en silence près de la clôture de la maison.

– Vous devez être C'baoth, dit-elle en se laissant glisser du patin d'atterrissage pour saisir son blaster.

« Vous accueillez toujours vos visiteurs de cette manière ?

Un instant, l'autre demeura silencieux. Mara fit un pas dans sa direction, avec une impression étrange de déjà vu. Elle essayait de discerner ses traits sous sa capuche. L'Empereur lui était apparu ainsi, cette nuit où il était venu la chercher chez elle...

– Je ne reçois pas de visiteurs, hormis les laquais du Grand Amiral Thrawn, dit enfin la silhouette. Tous les autres, par définition, sont des intrus.

– Qu'est-ce qui vous fait croire que je suis avec l'Empire ? Au cas où vous ne l'auriez pas remarqué, j'ai suivi la balise impériale jusqu'à cette île avant que vous me descendiez.

Sous la clarté des étoiles, elle eut l'impression que C'baoth souriait sous sa capuche.

– Et qu'est-ce que ça prouve exactement? demanda-t-il. Simplement que d'autres peuvent jouer avec les petits jouets du Grand Amiral.

– Et les autres peuvent-ils s'emparer aussi des ysalamari du Grand Amiral? demanda-t-elle. Ça suffit. Le Grand Amiral...

– Le Grand Amiral est votre ennemi! trancha C'baoth. Ne m'insultez pas avec vos dénégations enfantines, Mara Jade. J'ai tout lu dans votre esprit tandis que vous approchiez. Vous pensiez vraiment pouvoir me reprendre mon Jedi?

Mara, la gorge serrée, frissonna dans le vent froid, et aussi parce qu'un froid plus intense montait en elle. Thrawn avait dit que C'baoth était dément, et elle avait perçu la trace vacillante de la folie dans sa voix. Mais il y avait plus que cela. Elle sentait l'acier derrière la voix, son esprit impitoyable et calculateur, et le sens du pouvoir suprême et de l'absolue confiance, tout au fond.

C'était comme si elle venait d'entendre à nouveau l'Empereur.

– J'ai besoin de l'aide de Skywalker, fit-elle en se maîtrisant. Tout ce que je veux, c'est vous l'emprunter quelque temps.

– Et vous me le restituerez après? fit C'baoth, sardonique.

– Il va m'aider, C'baoth. Que ça vous plaise ou non.

Cette fois, sans aucun doute, le Maître Jedi avait souri. D'un sourire fantomatique.

– Oh, non, Mara Jade, murmura-t-il. Vous vous trompez. Vous croyez vraiment que parce que vous vous trouvez dans un espace vide à l'intérieur de la Force, je suis impuissant face à vous?

– Il y aussi cela, dit Mara en pointant son blaster sur la poitrine de C'baoth.

Il ne fit pas un geste, mais elle sentit tout à coup une tension nouvelle dans l'air.

– Nul ne me menace d'une arme en toute impunité, fit-il sur un ton de menace tranquille. Vous allez payer cher.

– Je prends le risque.

Elle recula d'un pas afin de prendre appui contre l'aile de tribord. Au-dessus d'elle, elle entendit le droïd R2 qui gazouillait d'un ton perplexe.

– Allez-vous vous écarter pour le laisser passer ou bien faudra-t-il que nous utilisions un moyen plus dur?

C'baoth parut la jauger.

– Je pourrais vous détruire, savez-vous. Sur place, avant même que vous en deviniez l'attaque. (La menace avait disparu de sa voix et il s'exprimait sur le simple ton de la conversation.) Mais je ne le ferai pas. Pas maintenant du moins. J'ai senti votre présence au fil des années, Mara Jade. Les mouvements de marée de votre pouvoir après la mort de l'Empereur ont épuisé la plus grande part de votre énergie. Et je vous ai vu méditer. Un jour, vous viendrez à moi, de votre plein gré.

– Là aussi, je suis prête à prendre le risque, fit Mara.

– Vous ne me croyez pas, mais cela viendra. L'avenir est inscrit, ma jeune future Jedi, de même que votre destinée. Un jour, vous vous agenouillerez devant moi. Je l'ai vu.

– Je ne me fierais pas à une pareille vision de Jedi si j'étais vous. (Elle risqua un regard vers la demeure et se demanda ce que ferait C'baoth si elle osait crier le nom de Skywalker.) L'Empereur lui aussi avait des visions. Mais à terme, elles ne l'ont guère aidé.

– Je suis peut-être plus sage que ne l'était l'Empereur. (Il tourna légèrement la tête.) Je vous avais dit de gagner vos appartements, lança-t-il.

– Oui, vous me l'avez dit, répondit une voix familière.

Et une silhouette s'avança dans la cour. Celle de Skywalker.

– Alors que faites-vous ici? demanda C'baoth.

– J'ai senti une turbulence dans la Force, dit le jeune Jedi en s'avançant sous la clarté des étoiles, le regard fixé sur Mara.

« C'était comme si un combat se déroulait à proximité. Bonjour, Mara.

– Skywalker, parvint-elle à dire entre ses lèvres desséchées.

Après tout ce qui lui était arrivé dans le système de Jomark, elle commençait à entrevoir l'énormité de la tâche qu'elle s'était fixée. Elle, qui avait dit ouvertement à Skywalker qu'elle le tuerait un jour, elle était là maintenant pour le convaincre de lui faire confiance, à elle et non au Maître Jedi.

– Ecoutez... Skywalker...

– Est-ce que vous ne vous trompez pas de cible? fit-il paisiblement. Je croyais que c'était moi que vous vouliez abattre?

Elle avait presque oublié son blaster.

– Je ne suis pas venue pour vous tuer. (Même à ses propres oreilles, ces quelques mots sonnaient faux.) Karrde a des ennuis avec l'Empire. J'ai besoin de votre aide pour le libérer.

– Je vois. (Skywalker se tourna vers C'baoth.) Que s'est-il donc passé, Maître C'baoth?

– Qu'importe? En dépit de ce qu'elle vient de déclarer, elle est bel et bien venue afin de vous détruire. Vous auriez voulu que je ne l'arrête pas?

– Skywalker... répéta Mara.

Il leva la main pour l'interrompre, les yeux toujours fixés sur C'baoth.

– Vous aurait-elle attaqué? Ou menacé de quelque façon?

Mara observa C'baoth... et sentit l'air se geler dans ses poumons. La confiance avait disparu du visage du Maître Jedi pour faire place à une expression mortellement froide. Dirigée contre Skywalker.

Et elle comprit soudain. Il serait inutile de persuader Skywalker de la traîtrise de C'baoth après cela. Il savait déjà.

– Qu'importent les actes qu'elle a pu commettre? demanda le Maître Jedi. Qu'importe qu'elle soit l'exemple vivant du danger contre lequel je vous ai mis en garde dès votre arrivée. Le danger qui menace tout Jedi face à la haine d'une galaxie qui nous hait et nous craint.

– Non, Maître C'baoth, répliqua Skywalker d'un ton presque aimable. Vous devez certainement comprendre que les moyens sont aussi importants que la fin. Un Jedi se sert de la Force pour la connaissance et la défense, jamais pour attaquer.

– Une banalité pour les simples d'esprit, railla C'baoth. Ou pour ceux qui n'ont pas suffisamment de sagesse pour prendre leurs propres décisions. Je suis bien au-delà de tout cela, Jedi Skywalker. Tout comme vous le serez un jour. *Si* vous choisissez de rester.

Skywalker secoua la tête.

– Je suis désolé, mais je ne peux pas.

Il se détourna et se dirigea vers Mara.

– Ainsi, vous tournez le dos à la galaxie! s'exclama C'baoth, d'une voix nouvelle, sincère. Ce n'est qu'avec votre force et votre soutien que ces gens pourront espérer parvenir à la vraie maturité. Vous le savez aussi bien que moi.

Skywalker s'arrêta.

– Mais vous venez de dire qu'ils nous haïssaient? Comment pouvons-nous enseigner à des gens qui refusent notre soutien?

– Nous pouvons guérir cette galaxie, Luke. Ensemble, vous et moi. Sans nous, ils n'ont aucun espoir. Aucun.

– Peut-être y parviendra-t-il sans vous, lança Mara d'une voix forte, essayant de briser le sortilège des mots de C'baoth.

Elle avait vu l'effet de ce genre de tour sur l'Empereur, et Skywalker avait déjà les paupières lourdes.

Trop lourdes, en fait. Comme les siennes, songea-t-elle, lorsqu'elle s'était approchée de Jomark.

Elle se détacha de l'aile X et se porta au devant de Skywalker. C'baoth esquissa un mouvement, comme s'il s'apprêtait à l'arrêter. Elle leva son blaster, et il parut oublier son idée.

Sans même regarder Skywalker, elle sut à quel instant précis il pénétra dans la zone neutralisante de l'ysalamir. Il inspira profondément. En détournant les yeux, elle le vit redresser les épaules et hocher la tête, comme si une dernière pièce de puzzle se mettait en place dans son esprit.

– Est-ce donc ainsi que vous voudriez guérir la galaxie, Maître C'baoth? demanda-t-il. Par la cœrcition et la traîtrise?

Brusquement, C'baoth éclata de rire. C'était la dernière réaction à laquelle Mara se serait attendue et, sous l'effet de la surprise, ses muscles furent momentanément tétanisés.

Dans ce bref instant, le Maître Jedi frappa.

Le caillou lancé de nulle part frappa la main de Mara avec une violence qui la laissa paralysée. Le blaster fut projeté dans l'obscurité et la douleur jaillit dans son bras.

– Attention! cria-t-elle à Skywalker tout en se jetant au sol à la recherche de son arme, tandis qu'un autre caillou passait en sifflant près de son oreille.

Il y eut un claquement, puis un grésillement, et l'éclat blanc vert du sabrolaser de Skywalker inonda la cour.

– Mettez-vous à l'abri derrière l'aile. Je vais le retenir.

Le souvenir de Myrkr traversa l'esprit de Mara. Mais, à l'instant où elle ouvrait la bouche pour le mettre en garde, il s'avança pour échapper à l'influence de l'ysalamir et retrouver l'usage de la Force. Il leva son sabre sur le côté et elle entendit deux chocs violents quand la lame de lumière intercepta deux cailloux volants.

C'baoth riait toujours. Il leva la main et projeta sur eux un éclair bleu.

Skywalker le bloqua avec son sabre et, une seconde, la lame blanc-vert fut entourée d'une couronne bleutée. Il bloqua encore deux autres décharges.

A tâtons, Mara sentit enfin sous ses doigts quelque chose de métallique : son blaster. Elle le saisit et le braqua sur C'baoth...

Et, dans une grande nappe de feu laser, la scène parut s'embraser sous ses yeux.

Elle avait oublié le droïd qui veillait dans l'aile X. Et C'baoth aussi, à ce qu'il semblait.

– Skywalker? appela-t-elle dans la brume mauve et l'odeur piquante d'ozone. Où êtes-vous?

– Là, près de C'baoth. Il vit encore.

– Ça, on peut s'en occuper, grommela-t-elle.

Elle se fraya un chemin entre les sillons bouillonnants que le tir du canon laser avait tracés dans le sol.

C'baoth gisait sur le dos. Il était inconscient mais respirait encore. Skywalker était penché sur lui.

– Il n'est même pas brûlé, murmura Mara. Très impressionnant.

– D2 n'a pas tiré pour le tuer, fit Skywalker en promenant les doigts sur le visage du vieillard. C'est probablement le choc sonique qui l'a assommé.

– Ou simplement parce qu'il est tombé sous l'effet de l'onde de choc, acquiesça Mara.

Elle pointa son blaster sur le corps immobile.

– Ecartez-vous. Je vais l'achever.

Skywalker leva les yeux sur elle.

– Non, nous n'allons pas le tuer. Pas comme ça.

– Vous préférez qu'il se réveille et reprenne le combat?

– Nous n'avons pas besoin de le tuer. Nous serons loin de Jomark avant qu'il ne reprenne conscience.

– On ne laisse pas un ennemi derrière soi, dit-elle d'un ton roide. Pas quand on souhaite vivre.

– Mara, il n'est pas nécessairement un ennemi, insista Skywalker avec cette sincérité qui irritait tellement Mara. Il est malade. On pourra peut-être le guérir.

– Vous n'avez pas entendu ce qu'il disait avant que vous apparaissiez? Il est complètement fou, d'accord, mais il y a plus que ça. Il est très puissant et plus dangereux que vous ne le croyez. (Elle hésita.) Il a parlé comme l'Empereur et Vador.

Un muscle trembla sur le visage de Skywalker.

– Vador était loin dans le côté sombre, dit-il. Il a pourtant su briser ce lien pour revenir. C'baoth pourra peut-être faire de même.

– Je ne parierais pas là-dessus.

Mais elle rengaina son blaster : ils n'avaient pas le temps de poursuivre cet argument. Et puis, elle avait besoin de l'aide de Skywalker, ce qui lui donnait à lui le droit de veto pour ce genre de décision.

– Mais rappelez-vous : si vous vous trompez, c'est vous qui recevrez le premier coup de poignard dans le dos.

– Je sais. (Il jeta un dernier regard à C'baoth, puis se tourna vers elle.) Vous avez dit que Karrde avait des ennuis...

– Oui, acquiesça Mara, soulagée de changer de sujet.

Ils avaient évoqué l'Empereur et Vador, et elle venait de se rappeler son cauchemar récurrent.

– Le Grand Amiral l'a capturé. Il faut que nous le fassions évader.

Elle se prépara à ses protestations mais, à sa grande surprise, il se contenta d'acquiescer en se redressant.

– D'accord. On y va.

D2 annonça le décollage d'une dernière lugubre plainte électronique, et l'aile X disparut en un éclair.

– Je pense qu'il n'est pas content, dit Luke en coupant le communicateur. Mais je crois avoir réussi à le persuader de rentrer tout droit à la maison.

– Vous feriez bien d'en être certain, dit Mara, les yeux fixés sur l'écran de navigation. S'infiltrer dans un dépôt de l'Empire, c'est déjà assez dur comme ça, mais avec une aile X de la Nouvelle République en remorque.

– C'est vrai, fit-il en lui lançant un regard en biais.

Il se demanda si le fait de monter avec elle dans le Skipray était une des meilleures choses qu'il eût faites récemment.

Mara avait déposé l'ysalamir à l'arrière et il sentait sa haine en arrière-plan de sa conscience, comme un feu à demi éteint. Elle était imprégnée de souvenirs agréables de l'Empereur, celui qui avait éduqué Mara, et il se demanda brièvement s'il n'était pas pris dans quelque piège compliqué destiné à le supprimer.

Mais Mara semblait maîtriser sa haine, et il ne décelait pas de traîtrise en elle.

Mais il n'en avait pas décelée non plus chez C'baoth, jusqu'à ce qu'il soit presque trop tard.

Il s'agita dans son siège, gêné à l'idée de l'aisance avec laquelle il s'était laissé abuser par la comédie de C'baoth. Mais après tout, se dit-il, cela n'avait pas été qu'une comédie. L'instabilité émotionnelle du Maître Jedi était authentique – il était au moins convaincu de ça. Et même si cette instabilité n'allait pas jusqu'à la folie que Mara avait évoquée, on pouvait considérer C'baoth comme un malade.

Et si elle disait vrai en prétendant que C'baoth travaillait avec l'Empire...

Je lui enseignerai des pouvoirs que vous ne sauriez imaginer, avait déclaré C'baoth en parlant de Leia. Sur Endor, quand il s'était adressé à Luke, Vador n'avait pas exactement prononcé ces paroles, mais leur sens obscur avait été le même. Quoi qu'ait pu être C'baoth dans le passé, il ne faisait aucun doute dans l'esprit de Luke que le Maître Jedi s'était engagé dans le chemin qui menait au côté sombre.

Pourtant, il avait été capable de faire rebrousser chemin à Vador. Etait-ce de l'orgueil que de croire qu'il pouvait faire de même avec C'baoth?

Il chassa cette idée. Même si le destin de C'baoth était mêlé au sien, de tels affrontements étaient encore trop loin dans l'avenir pour qu'il pût déjà dresser des plans. Pour l'immédiat, il devait se concentrer sur la tâche qui les attendait, et laisser le futur à la Force.

– Comment le Grand Amiral a-t-il réussi à trouver Karrde? demanda-t-il.

Elle avait les lèvres serrées et il devina le sentiment de culpabilité qu'elle éprouvait.

– Ils avaient mis une balise sur mon vaisseau. Et je les ai conduits tout droit jusqu'à son refuge.

Luke hocha la tête. Il repensait au sauvetage de Leia et de leur fuite désespérée de l'Etoile Noire à bord du *Faucon*.

– Ils nous ont fait le même coup, dit-il. C'est comme ça qu'ils ont trouvé la base de Yavin.

– Si l'on considère ce que ça leur a coûté, je ne pense pas que vous receviez des plaintes, fit Mara, sarcastique.

– Je ne pense pas que cela ait plu à l'Empereur, murmura Luke.

– Non, fit Mara, la voix chargée de souvenirs. Et Vador a bien failli mourir à cause de cette bévue. (Elle regarda délibérément les mains de Luke.) C'est là qu'il a perdu sa main droite, en fait.

Luke plia les doigts de sa main droite artificielle, et perçut comme un écho fantôme de la douleur déchirante qu'il avait ressentie quand le sabre de Vador avait tranché sa peau, ses muscles, puis les os. Un fragment d'un aphorisme de Tatooine lui traversa l'esprit : il y était question du mal que l'on transmettait d'une génération à la suivante...

– Et quel est notre plan? demanda-t-il.

Mara inspira profondément et il devina l'effort qu'elle faisait pour rejeter le passé.

– Karrde est détenu à bord du vaisseau-amiral de Thrawn, le *Chimaera*. Selon leur plan de vol, ils vont se ravitailler dans le système de Wistril dans quatre jours. En forçant un peu, nous pourrons être sur place quelques heures avant eux. Nous planquerons le Skipray, nous prendrons l'une des navettes de ravitaillement, et nous suivrons les autres.

Luke réfléchit un instant. Cela semblait compliqué, mais pas si ridicule que ça.

– Et que se passera-t-il quand nous serons à bord?

– La procédure impériale standard est d'interdire à tous les équipages des navettes de sortir pendant que les équipes du *Chimaera* procèdent au déchargement. Ou du moins, il en était ainsi ii y a cinq ans. Ce qui implique une diversion si nous voulons quitter la navette.

– Ça me semble risqué, fit Luke en secouant la tête. Nous n'avons pas intérêt à attirer l'attention.

– Vous avez une meilleure idée?

Il haussa les épaules.

– Pas pour l'instant. Mais il nous reste encore quatre jours. On va bien trouver.

22

Mara coupa les répulseurs et, avec un choc métallique discret, la navette se posa dans la baie du hangar.

– Navette 37, annonça Luke dans le communicateur. Attendons instructions.

– Bien reçu, navette 37, dit la voix du contrôleur. Coupez tous vos systèmes et tenez-vous prêt pour le déchargement.

– Confirmé.

Luke s'apprêta à couper la communication quand Mara l'arrêta.

– Contrôle, c'est mon premier ravitaillement, fit-elle avec une légère note de curiosité. Combien de temps faudra-t-il que nous attendions avant de pouvoir repartir?

– Je vous suggère de vous détendre un peu. Nous déchargeons toutes les navettes avant de donner l'autorisation de départ. Comptez deux bonnes heures au moins.

– Oh, fit Mara, d'un ton déconcerté. Merci... Eh bien, on va peut-être faire la sieste.

Elle coupa.

– Bon. (Elle défit son harnais et se leva.) Cela devrait nous donner le temps d'aller jusqu'au centre de détention et d'en revenir.

– En espérant qu'ils n'aient pas transféré Karrde sur un autre bâtiment, fit Luke tout en la suivant vers l'arrière du pont de commandement, en direction de l'escalier en spirale qui accédait aux entrepôts du niveau inférieur.

– Non. Le seul danger, c'est qu'ils aient commencé le traitement maximal.

Luke fronça les sourcils.

– Le traitement maximal?

– L'interrogatoire, dit Mara en posant le pied dans l'entrepôt et en promenant autour d'elle un regard évaluateur.

« Bien... Ça devrait aller... (Elle désignait une section du pont, droit devant elle.) Loin des regards indiscrets, et vous ne devriez rien toucher de vital.

– C'est juste.

Luke activa son sabrolaser et entreprit consciencieusement de découper un orifice dans le sol. Il avait presque terminé quand un éclair éblouissant jaillit du trou. Et les lumières s'éteignirent brusquement dans l'entrepôt.

Mara jura, mais il la rassura :

– Ça ira. Le sabre va nous éclairer suffisamment.

– Ce qui m'inquiète, c'est que le câble a pu faire jaillir un arc sur le pont du hangar. Et ça ne peut pas passer inaperçu.

Luke lança ses sens Jedi.

– Personne à proximité ne semble s'être aperçu de quoi que ce soit, dit-il enfin.

– Espérons. (Elle désigna l'orifice inachevé.) Continuez.

Il s'exécuta. Une minute plus tard, avec l'aide d'un treuil magnétique, ils soulevèrent le morceau de pont et de coque jusqu'à l'intérieur de l'entrepôt. Le pont du hangar leur apparut à quelques centimètres de distance, sous la clarté verdâtre du sabrolaser.

Mara y fixa le grappin du treuil. Luke, à plat ventre, plongea son sabre dans le trou. Puis, il s'interrompit et sonda le corridor qui se trouvait immédiatement sous le pont du hangar.

Il était désert.

– N'oubliez pas de tailler en biseau, lui rappela Mara à la seconde où le sabrolaser pénétrait doucement dans le métal.

« Un trou béant dans le plafond n'échapperait même pas au regard d'un conscrit.

Luke acquiesça en achevant la découpe. Mara était prête. Dès qu'il éteignit le sabre, avec le treuil, elle remonta la plaque de métal jusqu'à un mètre de haut, puis coupa le moteur.

– C'est assez haut, fit-elle.

Le blaster au poing, elle s'assit avec précaution sur le rebord encore brûlant et sauta. Elle retomba en douceur sur ses pieds et observa les alentours.

— Ça va! souffla-t-elle.

Luke, à son tour, s'assit sur le rebord et fixa son regard sur la commande du treuil. Il lança la Force, et sauta à la suite de Mara.

Le pont était un peu plus bas qu'il ne l'avait cru, mais ses muscles de Jedi compensèrent sans mal l'impact. Il reprit son équilibre et leva les yeux : le couvercle de métal s'était parfaitement remis en place.

— Ça me paraît bien, murmura Mara. Je ne crois pas que quiconque puisse le remarquer.

— A moins d'avoir les yeux dessus. Où est le centre de détention?

— Par-là, fit Mara en pointant son blaster. Mais nous ne pouvons y aller habillés comme ça. Venez.

Elle précéda Luke vers l'extrémité du passage. Ils franchirent un carrefour et pénétrèrent dans un couloir plus large. Luke avait tous ses sens en alerte, mais il ne détecta que quelques rares traces de vie.

— C'est incroyablement tranquille.

— Ça ne durera pas, lui dit Mara. C'est un secteur de service, et la plupart de ceux qui travaillent habituellement ici sont occupés au déchargement des navettes. Mais nous avons besoin d'uniformes ou de combinaisons de vol avant d'aller plus loin.

Luke se rappela la dernière fois où il avait tenté de se faire passer pour un Impérial.

— D'accord, mais laissons de côté les armures de troupes d'assaut. On a du mal à voir avec ces casques.

— Je ne savais pas que les Jedi se servaient de leurs yeux, fit Mara d'un ton aigre. Attention : nous y sommes. Là-bas, ce sont des quartiers d'équipage.

Luke avait brusquement ressenti ce bond soudain dans la population proche.

— Je ne crois pas que nous puissions nous glisser parmi tant de gens.

— Je n'en avais pas l'intention. (Mara lui montra un autre corridor qui partait vers la droite.) Tout au fond, il devrait y avoir des chambres de briefing pour les pilotes de Tie. Allons voir si nous pouvons en trouver une avec des combinaisons spatiales.

Mais si l'Empire était assez laxiste pour ne pas surveiller ses secteurs de service, il n'en était pas de même avec les chambres de briefing. Il y en avait six, regroupées autour des turbo-élévateurs, au bout du corridor. Et, à en juger par le murmure des conversations, il était évident qu'elles étaient toutes occupées, au moins par deux personnes chacune.

– Et maintenant ? chuchota Luke.

– Qu'est-ce que vous en pensez ? fit-elle en rengainant son blaster et en pliant les doigts. Montrez-moi seulement celle qui est la moins occupée et écartez-vous. Je me charge du reste.

– Une minute.

Luke réfléchit intensément. Il ne voulait pas tuer de sang-froid les hommes qui étaient derrière ces portes. Mais il ne tenait pas non plus à se retrouver dans la situation dangereuse qu'il avait connue durant le raid des Impériaux sur les entreprises minières de Lando sur Nkllon, quelques mois auparavant. Il avait utilisé la Force pour dérouter les chasseurs Tie, mais il avait bien failli se retrouver au seuil du côté sombre. Il ne tenait pas à répéter l'expérience.

Mais s'il parvenait seulement à effleurer l'esprit de ces hommes, plutôt que de les tordre...

– On va essayer celle-ci, dit-il à Mara en montrant une chambre où il n'avait décelé que trois hommes.

« Mais nous n'allons pas donner l'assaut. Je crois que je peux détourner suffisamment leur curiosité pour entrer, prendre les combinaisons, et ressortir.

– Et si vous n'y arrivez pas ? Nous aurons perdu tout le bénéfice de l'effet de surprise.

– Ça marchera, l'assura Luke. Préparez-vous.

– Skywalker...

– De plus, je doute que, même avec l'effet de surprise, vous puissiez supprimer ces trois-là sans faire de bruit, ajouta-t-il. Vous ne croyez pas ?

Elle lui décocha un regard laser, mais lui montra la porte sans un mot. Il aligna son esprit sur la Force et s'avança. Le lourd panneau de métal s'ouvrit devant lui, et il entra.

Les trois hommes étaient allongés autour de la table du moniteur, au centre de la pièce. Deux d'entre eux portaient l'uniforme brun des hommes d'équipage de l'Empire, et le troisième la tenue noire et le casque scintillant d'un soldat de la Flotte. Tous trois levèrent la tête, et Luke perçut leur manque de curiosité pour ce nouveau-venu. Il lança la Force et effleura leurs esprits afin d'atténuer leur curiosité. Les deux hommes d'équipage finirent par l'ignorer. Le soldat l'observa encore un instant, mais par simple intérêt. Luke, en s'efforçant de paraître aussi désinvolte et insouciant que possible, se dirigea vers la penderie et choisit trois tenues de vol. Les hommes avaient repris leur conversation autour du moniteur et il regagna la porte. Qui coulissa derrière lui.

– Alors ? ... souffla Mara.

Luke acquiesça.

– Allez, enfilez-en une, fit-il. Il faut que j'essaie de réprimer leur curiosité pendant deux minutes encore. A moins qu'ils aient déjà oublié que je suis entré là-dedans.

Mara acquiesça et entreprit de se glisser dans la combinaison.

– Bien joué, je dois dire.

– Pour cette fois, du moins, ça a marché.

Avec précaution, il se retira de l'esprit des Impériaux, guettant l'épanchement d'émotion qui révélerait que tout le subterfuge s'effondrait. Mais il ne surprit qu'un flot paisible de conversation.

Comme il l'avait dit à Mara, pour cette fois, au moins, cela avait marché.

Il s'éloigna de la chambre de briefing. Mara l'attendait devant une cabine de turbo-élévateur.

– Vite, vite ! (Elle avait déjà revêtu sa combinaison et jeté les deux autres sur son épaule.) Vous pourrez vous habiller en route.

– J'espère que personne ne va monter, marmonna-t-il en entrant. Ça serait difficile à expliquer.

– Personne ne va monter, dit-elle à l'instant où la porte de la cabine se refermait. Je l'ai verrouillé en non-stop. (Elle lui jeta un coup d'œil.) Vous persistez à vouloir faire le coup comme ça ?

– Je ne pense pas que nous ayons vraiment le choix, dit-il en commençant à s'habiller, avec peine, car il se sentait à l'étroit dans les deux combinaisons. Yan et moi, nous avons tenté une attaque de front contre l'Etoile Noire. Ça n'a pas été franchement un succès.

– Oui, mais vous n'aviez pas eu accès à l'ordinateur

principal. Si je peux bricoler les enregistrements et transférer les ordres, nous pourrons tirer Karrde de là avant même qu'ils s'en rendent compte.

– Mais vous allez laisser des témoins derrière nous, et eux sauront que Karrde s'est enfui. Et si jamais l'un d'entre eux décide de vérifier verbalement les ordres, tout s'écroule. Et je ne pense pas que ce tour d'escamotage dont je viens de me servir marchera avec les gardiens du centre de détention – eux, ils sont dressés pour être vigilants.

– D'accord. (Mara revint au tableau de contrôle du turbo-élévateur.) Moi, ça ne me dit rien. Mais si c'est ce que vous voulez, je suis.

Le centre de détention était situé loin à l'arrière du destroyer, à quelques ponts sous le commandement et les sections de contrôle, à la verticale du secteur des machines et des énormes propulseurs sub-luminiques.

La cabine du turbo-élévateur changea plusieurs fois de direction, passant de la verticale à l'horizontale. Luke finit par se dire que cet itinéraire était bien compliqué et il commença à se demander si Mara n'essayait pas de le duper. Mais il ne lisait aucun mensonge en elle, et il finit par comprendre qu'elle brouillait délibérément leur trajet pour tromper les services de sécurité internes du *Chimaera*.

La cabine stoppa enfin, et la porte coulissa. Ils sortirent dans un long couloir où quelques hommes d'équipage en combinaison d'entretien étaient au travail.

– Votre porte d'accès se trouve là-bas, fit Mara en montrant le fond du couloir. Je vous donne trois minutes pour être prêt.

Il hocha la tête et s'éloigna en s'efforçant de se comporter comme un habitué des lieux. Ses pas résonnaient sur le sol de métal, lui rappelant cette première visite sur l'Etoile Noire qui avait bien failli tourner au désastre.

Mais alors, il n'était qu'un gamin ébloui par des visions de gloire et d'héroïsme, trop naïf encore pour comprendre les dangers mortels qui le guettaient. Aujourd'hui, il était plus âgé, plus expérimenté, et il savait exactement dans quoi il plongeait.

Mais il ne ralentissait pas pour autant. Il se demanda vaguement s'il était plus inconscient ou non.

Il atteignit la porte et s'arrêta, faisant semblant de

consulter le bloc de données qu'il avait trouvé dans une poche de la combinaison, jusqu'à ce que le couloir redevienne désert. Puis, avec une inspiration profonde, il ouvrit et entra.

Même en retenant son souffle, il perçut les relents. Ce fut comme une gifle violente. Il se pouvait que l'Empire eût fait quelques progrès ces dernières années, mais les puits d'évacuation des détritus puaient autant qu'avant.

Il laissa la porte se refermer, et entendit le faible déclic d'un relais de sécurité. Il avait joué trop serré et Mara avait déjà activé le cycle de compression. En respirant par la bouche, il attendit... et, un moment plus tard, avec un claquement assourdi de pistons hydrauliques, les parois commencèrent à se rapprocher.

La gorge serrée, il agrippa son sabrolaser tout en essayant de garder l'équilibre sur l'amas de détritus qui commençait à basculer et à osciller sous lui. Ce plan pour pénétrer dans le niveau de détention était de lui, et il avait eu bien du mal à convaincre Mara. Mais à présent, alors que les parois se refermaient sur lui, l'idée ne lui semblait plus aussi bonne. Si Mara ne parvenait pas à contrôler exactement le mouvement hydraulique – ou si elle était interrompue...

Ou si elle retrouvait toute sa haine durant quelques secondes.

Les parois se rapprochaient toujours en grinçant. Luke luttait pour conserver son équilibre. Il avait conscience que si jamais Mara voulait le trahir maintenant, il le saurait bien trop tard. Les parois à compression étaient bien trop épaisses pour qu'il puisse se tailler un chemin avec son sabre, et la masse mouvante qui vibrait sous ses pieds l'avait d'ores et déjà entraîné trop loin de la porte pour s'enfuir par-là. Dans les craquements de métal et de plastique torturés, il regarda l'espace se réduire entre les deux parois : deux mètres... un mètre et demi...

Elles s'immobilisèrent en vibrant à un mètre l'une de l'autre.

Luke inspira profondément l'air fétide de la pièce. Mara ne l'avait pas trahi, et elle avait même parfaitement joué. A présent, c'était son tour. Il recula jusqu'au fond de la pièce, prit son élan, et bondit.

Sa position était instable, les murs de compactage de détritus incroyablement hauts, et même avec son énergie

Jedi, il n'était arrivé qu'à mi-chemin du sommet. Mais il lança ses genoux vers le haut et réussit à extraire ses pieds. D'un soubresaut violent, il projeta ses jambes vers le haut et s'arrima entre les parois. Il s'accorda une seconde pour reprendre son souffle et ses repères, et entreprit sa remontée.

Ce ne fut pas aussi difficile qu'il l'avait redouté.

Enfant, sur Tatooine, il avait fait pas mal d'escalade et attaqué une demi-douzaine de fois les cheminées des montagnes sans trop d'enthousiasme. Les parois lisses du compacteur offraient moins de prises que la roche, mais les distances restaient égales et il n'y avait pas d'aiguillons rocheux pour lui égratigner le dos. En deux minutes, il atteignit le sommet et le déversoir d'entretien qui – il l'espérait – aboutissait au niveau de détention. Si Mara avait bien déchiffré son plan, il disposait d'environ cinq minutes avant la relève de la garde. Serrant les dents, il pénétra dans l'écran magnétique, au fond du déversoir, et, inspirant une fois encore une bouffée d'air douteux, il remonta.

Ça lui prit cinq minutes. Et il s'aperçut que Mara n'avait pas commis d'erreur. A travers le grillage qui couvrait le déversoir, il entendit des bruits divers et des voix qui provenaient de la chambre de contrôle, en même temps que le sifflement régulier des portes de cabines de turbo-élévateurs. C'était l'heure de la relève. Dans les deux minutes qui allaient suivre, les deux équipes de garde seraient rassemblées dans la chambre de contrôle. Le moment idéal, s'il frappait vite, pour évacuer un prisonnier sous leur nez. Tout en se maintenant au grillage d'une main, il alluma son sabrolaser. En prenant garde de ne pas laisser pointer la lame dans le couloir du dessus, il découpa une section de grillage et la ramena à l'intérieur du puits. Il se servit d'un des crochets de sa combinaison pour maintenir ce qui subsistait du grillage et se hissa par l'ouverture.

Le corridor était désert. Il consulta le numéro de la plus proche cellule afin de s'orienter avant de se diriger vers celle que Mara lui avait désignée. Les conversations semblaient prendre fin dans la chambre de contrôle et les nouveaux gardiens ne tarderaient plus à prendre leurs postes dans les divers corridors du bloc. Tous ses sens en alerte, Luke progressait. Enfin, il fit jouer le verrou de la cellule.

Dès que la porte s'ouvrit, Talon Karrde quitta son bât-flanc avec son sourire sardonique si familier. Qu'il perdit quand il reconnut son visiteur.

– Ça, je ne peux pas le croire, marmonna-t-il.

– Moi non plus, fit Luke en promenant rapidement le regard autour de la cellule. Vous êtes prêt?

– Prêt et paré, dit Karrde en se dirigeant vers la porte. Heureusement, ils sont encore dans la phase de mise en condition. Manque de nourriture, de sommeil... mais vous connaissez la routine.

– J'en ai entendu parler. (Luke jeta un coup d'œil de part et d'autre du corridor toujours désert.) La sortie est dans cette direction. Venez.

Ils regagnèrent le puits sans incident.

– Bien sûr, vous devez plaisanter, dit Karrde à l'instant où Luke le précédait dans le trou, bloquant son dos et ses pieds contre la paroi.

– De l'autre côté, il y a des gardiens, lui rappela Luke.

– Gagné. (Karrde se pencha avec répulsion au-dessus de l'orifice.) Je suppose que ce serait trop que d'espérer une corde.

– Désolé. Le seul point d'accroche possible, c'est ce grillage, et nous serions repérés en un rien de temps. Mais vous n'avez pas le vertige, n'est-ce pas?...

– Non, c'est seulement l'idée de la chute qui me contrarie, repartit Karrde d'un ton sec.

Mais, déjà, il s'insérait dans l'ouverture, agrippé à la grille, les jointures des doigts blanchies par la tension.

– On va descendre comme dans une cheminée jusqu'au compacteur de détritus, lui dit Luke. Vous avez déjà fait ça?

– Non, mais j'apprends vite.

Karrde prit modèle sur la position de Luke.

– Je présume que vous souhaitez que cet orifice soit rebouché, dit-il.

Et il remit en place le grillage.

– Quoique, ajouta-t-il, je ne pense pas que ça puisse abuser quiconque y regardera de près.

– Avec un peu de chance, nous aurons regagné le hangar avant que ça se passe. Allons, venez. Doucement, on y va.

Ils regagnèrent le compacteur de détritus sans ennui.

– Un aspect de l'Empire que les touristes ne voient jamais, commenta Karrde en suivant Luke. Et il ajouta :

« Comment on en sort ?

Luke pointa un doigt vers la masse sur laquelle ils progressaient.

– La porte est là. Mara est censée rouvrir les parois dans deux minutes pour nous permettre de redescendre.

– Ah... fit Karrde. Mara est avec vous ?

– Elle m'a expliqué comment ils vous avaient capturé, dit Luke. (Si Karrde avait de la rancune à l'encontre de Mara, il le cachait bien.) Elle m'a dit qu'elle n'était pour rien dans ce piège.

– Oh, j'en suis certain, dit Karrde. Ne serait-ce que parce que ceux qui m'ont interrogé ont tout fait pour me persuader du contraire. (Il dévisagea Luke d'un air songeur.) Qu'est-ce qu'elle vous a promis pour votre aide ?

Luke secoua la tête.

– Rien. Elle m'a seulement rappelé que je vous devais cela pour ne pas m'avoir livré aux Impériaux sur Myrkr.

Karrde grimaça un sourire.

– Vraiment. Et elle n'a pas parlé des raisons pour lesquelles le Grand Amiral voulait m'avoir ?

Luke se rembrunit. L'autre l'observait attentivement, et Luke, tout soudain, eut la certitude qu'il lui dissimulait un secret.

– Je suppose que c'était par pure vengeance, parce que vous m'aviez laissé fuir. Y a-t-il autre chose ?...

Karrde détourna les yeux.

– Disons seulement que si nous arrivons à ficher le camp d'ici, la Nouvelle République y gagnera beaucoup.

Il fut interrompu par un claquement métallique étouffé. Et les parois du compacteur commencèrent à s'écarter. Luke aida Karrde à conserver son équilibre tout en projetant ses sens de Jedi vers le corridor qui se déployait au-delà. Il décela quelques membres d'équipage, mais aucun signe de méfiance ou de soupçon.

– C'est Mara qui fait tout ça ? demanda Karrde.

Luke acquiesça.

– Elle avait un code d'accès à l'ordinateur du vaisseau.

– Intéressant. D'après tout ce qui s'est passé, j'ai déduit qu'elle avait été en rapport avec l'Empire dans le passé. Il est évident qu'elle avait un poste plus important que je le croyais.

Luke acquiesça en se souvenant de ce que lui avait révélé Mara dans la forêt de Myrkr. Mara Jade, la Main de l'Empereur...

– Oui, fit-il brièvement. Elle avait un poste important.

Les parois s'arrêtèrent. L'instant d'après, un relais cliqueta. Luke attendit que le corridor soit désert avant de sortir. Deux techniciens de maintenance qui travaillaient sur un panneau ouvert un peu plus loin jetèrent un vague regard de curiosité aux nouveaux venus avant de revenir à leur tâche. Luke sortit le bloc de données de sa poche et affecta d'entrer quelques notes. Karrde joua le jeu en se mettant à débiter des phrases dans un jargon convaincant. Dès que la porte se fut refermée sur eux, Luke remit le bloc dans sa poche et accéléra le pas.

Mara les attendait près des cabines de turbo-élévateurs, avec la troisième combinaison de vol sur le bras.

– La cabine arrive, murmura-t-elle.

Une seconde, en rencontrant le regard de Karrde, ses traits se durcirent presque imperceptiblement.

– Il sait que vous ne l'avez pas trahi, dit Luke.

– Je n'ai rien demandé, fit-elle, mais il sentit une part de sa tension s'effacer.

« Tenez. (Elle lança la tenue de vol à Karrde.) Un petit peu de camouflage.

– Merci. Et nous allons où ?

– Nous sommes arrivés avec une navette de ravitaillement, expliqua Mara. Nous avons découpé un trou dans le bas de la coque pour en sortir, mais il va falloir que nous prenions le temps de ressouder le tout avant de pouvoir retourner à la surface de la planète.

Le turbo-élévateur arriva comme Karrde achevait d'ajuster les brides de sa tenue.

Deux hommes qui poussaient un générateur d'énergie sur une table flottante passèrent devant eux, occupant presque tout le volume de la cabine.

– Vous allez où ? demanda l'un d'eux avec la politesse absente d'un homme préoccupé.

– Chambre de briefing pilote 33-129-T, répondit Mara sur le même ton.

Le technicien pianota la destination sur le panneau et la porte se referma. Et pour la première fois depuis que Mara avait posé le Skipray sur Wistril cinq heures auparavant, Luke inspira plus paisiblement. Encore un quart d'heure, et ils seraient de retour à la navette.

Envers et contre toutes les probabilités, ils avaient réussi.

Le rapport de demi-quart du hangar arriva et Pellaeon interrompit son monitoring du contrôle du déflecteur de passerelle pour y jeter un bref coup d'œil. Excellent : les opérations de déchargement se déroulaient avec huit minutes d'avance sur le programme. A cette allure, le *Chimaera* serait en mesure de rallier son point de rendez-vous avec le *Stormhawk* largement à temps pour monter cette embuscade destinée au convoi rebelle qui se formait au large de Corfai. Il annota le rapport et le retourna aux archives. Il était à peine revenu à son monitoring de déflecteur quand il entendit un pas discret derrière lui.

— Bonsoir, capitaine, fit Thrawn en s'arrêtant près de lui et en balayant la passerelle d'un regard bienveillant.

— Amiral, fit Pellaeon en faisant pivoter son siège. Je pensais que vous vous étiez retiré pour la nuit.

— J'étais dans ma chambre de commandement, dit Thrawn en examinant les écrans. J'ai pensé que je ferais bien de vérifier une dernière fois le statut du vaisseau avant de gagner mes quartiers. C'est le déflecteur de passerelle ?

— Oui, amiral. (Pellaeon se demanda quelle sorte d'art indigène avait la faveur du Grand Amiral, ce soir.) Pas de problème jusque-là. Et le déchargement de la Baie Arrière Deux est en avance sur le programme.

— Très bien. Pas de nouvelle de la patrouille d'Endor ?

— Seulement un addendum au dernier rapport, amiral. Apparemment, ils confirment que le vaisseau qu'ils ont intercepté était en fait un contrebandier qui venait fouiller ce qui reste de la base impériale. Mais ils continuent à interroger l'équipage.

— Rappelez-leur de faire le travail à fond avant de laisser repartir le contrebandier, fit Thrawn d'un air sombre. Organa Solo n'a pas pu abandonner le *Faucon Millenium* en orbite comme ça. Tôt ou tard, elle viendra le récupérer... Et alors, j'ai bien l'intention de la capturer.

— Oui, amiral, acquiesça Pellaeon.

Il était bien certain que le commandant du groupe d'Endor n'avait pas besoin qu'on lui rappelle tout ça.

— A propos du *Faucon Millenium*, avez-vous décidé si nous devions poursuivre les scannings ?

Thrawn secoua la tête.

— Je doute que nous y gagnions quoi que ce soit. L'équipe de scanning serait plus utile dans la maintenance des systèmes du *Chimaera*. Faites transférer le *Faucon Millenium* dans les entrepôts de fond jusqu'à ce que nous lui trouvions un usage.

– Bien amiral, fit Pellaeon en notant l'ordre. Oh, il y a aussi un rapport bizarre qui m'est parvenu il y a seulement quelques minutes. Une patrouille a découvert dans le périmètre de ravitaillement de la base un Skipray qui s'était apparemment crashé.

– Crashé dans le périmètre? fit Thrawn, les sourcils froncés.

– Oui, amiral. (Pellaeon afficha le rapport.) Oui, le dessous de sa coque est en très mauvais état, et toute la superstructure est grillée.

L'image apparut et Thrawn se pencha.

– Des cadavres?...

– Non, amiral. La seule chose que nous ayons trouvée à bord – et c'est là le détail bizarre – est un ysalamir.

Il devina le raidissement de Thrawn.

– Montrez-le moi.

Pellaeon passa à l'image suivante, une vue en gros plan de l'ysalamir sur son support nutritif.

– Ce support n'est pas de notre fabrication. Impossible de dire d'où il vient.

– Oh, mais si, fit Thrawn. (Il se redressa.) Capitaine, donnez l'alerte : nous avons des visiteurs à bord.

Pellaeon lui décocha un regard d'absolue surprise tout en pianotant sur les touches d'alerte.

– Des visiteurs?

Les sirènes s'étaient mises à lancer leur plainte rauque.

– Oui, des visiteurs, fit Thrawn avec un feu plus intense encore dans ses yeux rouges. Donnez l'ordre qu'on inspecte immédiatement la cellule de Karrde. S'il s'y trouve encore, qu'on le déménage aussitôt et qu'on le place sous bonne garde. Je veux aussi qu'on mette en place un nouveau cordon de troupe autour des navettes et qu'on vérifie les identités de tous leurs équipages. Et aussi... (Il hésita.) Faites éteindre l'ordinateur central du *Chimaera*.

Les doigts de Pellaeon se figèrent sur son clavier.

– *L'éteindre?*

– Exécutez les ordres, capitaine.

– Oui, amiral.

Pellaeon avait l'impression que ses lèvres étaient

gelées. Durant toutes ses années de service au sein de l'Empire, jamais il n'avait vu désactiver délibérément un ordinateur de l'espace dock. Car le vaisseau allait être totalement aveugle et infirme. Ce qui risquait d'être fatal si des intrus s'étaient glissés à bord.

Thrawn devina les craintes de son commandant.

— Je reconnais que cela va gêner quelque peu nos mouvements. Mais encore plus ceux de nos ennemis. Voyez-vous, s'ils ont eu connaissance des destinations du *Chimaera*, c'est parce que Mara Jade a dû avoir accès à l'ordinateur quand nous les avons amenés à bord, elle et Karrde.

— C'est impossible, protesta Pellaeon en regardant s'effacer les images des écrans. Tous les codes d'accès dont elle aurait pu avoir connaissance ont été modifiés depuis des années.

— A moins qu'il n'existe des codes permanents dans le système. Des codes définis par l'Empereur, pour lui et ses agents. Jade, et ça ne fait aucun doute, compte sur cet accès à l'ordinateur pour cette tentative de fuite. Et nous venons de l'en priver.

Un soldat entra.

— Oui, commandant? ... fit Thrawn.

— Nous avons reçu un message comlink du secteur de détention, annonça-t-il sous le filtre électronique. Le prisonnier Talon Karrde n'est plus dans sa cellule.

— Parfait, fit le Grand Amiral d'un ton sinistre. Donnez l'alerte à toutes les unités pour qu'elles fouillent tout le secteur entre les quartiers de détention et les baies des hangars arrière. Karrde doit être capturé vivant – pas forcément indemne, mais vivant. Quant à ses complices, je les veux vivants eux aussi. Mais sinon... Sinon, je me montrerai compréhensif.

23

La plainte de la sirène jaillit du haut-parleur et, quelques secondes après, la cabine du turbo-élévateur s'arrêta net.

— Bon sang! grommela l'un des deux artilleurs qui avaient remplacé les techniciens de service, tout en sortant une carte d'identification de la boucle de son ceinturon.

« Ils n'en ont pas marre de déclencher des simulations d'alerte, les gars de la passerelle?

— C'est en disant ce genre de truc qu'on se retrouve devant un peloton d'assaut, fit son collègue en jetant un regard de biais à Luke, Karrde et Mara.

Il contourna son collègue, inséra sa propre carte dans le tableau de contrôle et tapa le code de validation.

— C'était bien pire avant que le Grand Amiral arrive. Et qu'est-ce que tu veux qu'ils fassent? Qu'ils annoncent les exercices d'alerte à l'avance?

— Tout ça, ça ne sert à rien, dit le premier en introduisant à son tour sa carte dans la fente. Qui est-ce qui pourrait bien s'introduire à bord? Un commando de pirates ou quoi? ...

Luke adressa un regard interrogateur à Karrde. Mais Mara se portait déjà au devant des deux artilleurs en brandissant la carte qu'elle avait trouvée dans sa combinaison. Elle se plaça entre eux, l'introduisit dans la fente...

Et sa main s'abattit comme un couperet sur la nuque du premier homme.

Il s'écroula sans un son. L'autre eut à peine le temps de

gargouiller quelques sons avant que Mara ne l'envoie rejoindre son collègue.

– Allez, on fiche le camp d'ici! lança-t-elle en palpant les contours de la porte.

« C'est bien bouclé. Tenez, Skywalker, c'est à vous de jouer.

Il activa son sabre.

– Nous avons combien de temps encore? demanda-t-il tout en découpant un orifice étroit dans la porte.

– Pas beaucoup, fit Mara. Les turbo-élévateurs sont équipés de senseurs qui indiquent le nombre de personnes qui se trouvent dans les cabines. Dans une minute environ, nos relevés d'identification seront transférés dans le système de l'ordinateur. Il faut que je parvienne à un terminal avant que les commandos d'assaut nous tombent dessus.

Luke acheva de découper la porte et éteignit son sabre tandis que Mara et Karrde faisaient basculer la plaque de métal et la dégageaient. Ils se retrouvèrent face à la paroi, légèrement décalés par rapport au trou.

– Bon, fit Mara en s'insinuant à l'extérieur. On commençait juste notre rotation quand le système s'est refroidi. Il y a suffisamment de place pour que nous nous glissions jusque dans le tunnel.

Les autres la suivirent. Le tunnel du turbo était plus ou moins rectangulaire. Les rails-guides brillaient sur les parois, et Luke sentit le picotement des champs électriques. Il se dit que mieux valait ne pas s'en approcher.

– Où allons-nous? chuchota-t-il.

Mara s'était soudain arrêtée devant une plaque cernée de rouge, entre les rails-guides de la paroi.

– Ici. C'est un tunnel d'accès. Il devrait nous conduire à un entrepôt d'androïdes d'entretien et à un terminal.

Le sabrolaser leur tailla rapidement une issue. Mara, comme d'habitude, plongea la première, le blaster au poing, et disparut dans les profondeurs. Luke et Karrde la suivirent plus lentement, au milieu d'une double rangée de droïds désactivés, qui présentaient leurs outils d'entretien comme des soldats figés au garde-à-vous. Plus loin, le tunnel débouchait dans une petite pièce qui s'avéra être, ainsi que Mara l'avait prévu, un terminal enrobé de câbles et de tubes. Elle était déjà penchée dessus et, en entrant, Luke ressentit un choc soudain en elle.

– Que se passe-t-il?

– Ils ont éteint l'ordinateur central, fit-elle avec une expression de désarroi. Ils n'ont pas mis de bypass en place. Il n'est pas en standby. Il est éteint.

– Le Grand Amiral s'est dit que vous pouviez y avoir accès, dit Karrde. Nous ferions bien de bouger. Est-ce que vous avez la moindre idée de l'endroit où nous sommes?

– Je crois que nous nous trouvons un peu au-dessus des baies des hangars de poupe. Ces techniciens ont quitté la cabine alors que nous étions à l'avant de la section centrale des quartiers d'équipage, et nous ne sommes pas descendus très loin.

– Au-dessus des baies des hangars, répéta Karrde d'un ton songeur. Autrement dit, tout près des entrepôts de véhicules, non?

Mara le dévisagea en plissant le front.

– Vous suggérez que nous nous emparions d'un vaisseau?

– Pourquoi pas? Ils s'attendent probablement à ce que nous allions tout droit jusqu'à l'un des hangars. Il y a peut-être une chance pour qu'ils ne s'attendent pas à ce que nous arrivions dans l'entrepôt des véhicules .

– Et si c'est le cas, on sera pris au piège comme des mynocks si les commandos arrivent. S'il faut nous frayer la route à coups de blaster...

– Un instant, l'interrompit Luke en levant la main. (Tous ses sens Jedi étaient en alerte.) Quelqu'un arrive.

Mara marmonna un juron et s'accroupit derrière l'ordinateur, le blaster braqué sur la porte.

Karrde recula dans le tunnel de service, entre les droïds pétrifiés.

Luke, quant à lui, s'aplatit contre la paroi, près de la porte, le sabrolaser au poing. Il laissa la Force monter en lui, prêt au combat, à l'écoute des ombres. Des soldats approchaient au pas de course et il dut admettre à regret que de simples effleurements d'esprit seraient inutiles dans cette situation. Il serra plus fort son sabre, et attendit...

Brusquement, la porte s'ouvrit et deux soldats d'assaut entrèrent, le fusil-blaster pointé droit devant eux. Luke leva son sabre, le pouce sur la détente d'activation.

Et du tunnel où Karrde avait disparu jaillit un lot de lumière éblouissante accompagné par un tintamarre métallique.

Les deux soldats s'avancèrent d'un pas, de part et d'autre de la porte, et pivotèrent instinctivement vers le tunnel alors que deux soldats de la Flotte en uniforme noir les rejoignaient. Les deux commandos découvrirent Mara accroupie derrière le terminal et leurs fusils-blasters pivotèrent.

Elle fut plus rapide. Elle fit feu quatre fois, deux coups pour chacun. Les deux Impériaux s'effondrèrent. Les marines plongèrent pour tenter de se mettre à couvert, en ouvrant frénétiquement le feu. Luke les faucha d'un seul revers de sabre.

Il éteignit son arme et jeta un coup d'œil au dehors.

– Tout va bien, fit-il en reculant.

– Pour l'instant. (Elle récupéra deux des fusils-blasters.) Venez.

Karrde les attendait près du panneau d'accès par lequel ils étaient venus.

– On dirait que les turbo-élévateurs n'ont pas été réactivés, dit-il. Il serait plus sûr de continuer par les tunnels pendant quelque temps. Des ennuis avec la patrouille?

– Non, fit Mara en lui tendant un des fusils-blasters. En tout cas, la diversion était réussie.

– Merci, fit Karrde. Les droïds d'entretien sont toujours très utiles. On va jusqu'à l'entrepôt?

– L'entrepôt, oui, acquiesça Mara d'un air grave. Je souhaite que vous ne vous soyez pas trompé.

– Si tel est le cas, veuillez m'excuser par avance. Allons-y.

Un par un, lentement, les rapports arrivaient par comlink et intercom. Ils n'étaient guère encourageants.

– Aucun signe de leur présence dans le secteur de détention, annonça un commandant des sections d'assaut à Pellaeon d'un air presque distrait. On a découpé un passage dans la grille d'un des déversoirs de détritus. C'est par-là qu'ils ont dû passer pour aller libérer Karrde.

– Peu importe comment ils ont réussi à libérer Karrde, grommela Pellaeon. Ça peut attendre. Le plus important, c'est de mettre la main sur eux.

– Les équipes de sécurité fouillent le secteur où l'alerte turbo-élévateur a été déclenchée, fit le commandant du ton définitif de celui qui ne saurait être mis en doute. Aucun contact jusque-là.

Thrawn abandonna un instant les deux officiers de communication qui lui transmettaient les messages en provenance des hangars.

– Mais comment a-t-on découpé cette grille dans le puits à détritus? demanda-t-il.

– Je n'ai aucune information, à ce sujet, fit le commandant.

– Trouvez-en, répliqua Thrawn d'un ton glaçant. Et informez également vos équipes de recherche que deux techniciens de maintenance ont rapporté avoir vu un homme en tenue de pilote de chasseur Tie à proximité de ce collecteur de détritus. Et profitez-en pour prévenir votre dispositif de garde aux hangars.

– Oui, amiral.

Pellaeon se tourna vers Thrawn.

– Je ne vois pas quel est l'intérêt de savoir comment ils ont sorti Karrde de là, amiral. Est-ce que nous ne ferions pas mieux de consacrer toutes nos ressources à les retrouver?

– Vous suggérez que nous envoyions tous nos soldats et nos commandos d'assaut vers les hangars? En pariant sur le fait que nos proies ne vont pas tenter de causer des dégâts quelque part ailleurs avant de tenter de fuir?

– Non, amiral. J'ai conscience que nous devons protéger l'ensemble du bâtiment. Mais cette enquête ne me paraissait pas prioritaire.

– Pardonnez-moi, capitaine, fit Thrawn, calmement. Ce n'est qu'une intuition, mais...

– Amiral, les interrompit le commandant des troupes d'assaut, nous avons un rapport de la patrouille 207, sur le pont 98, nexus 326-K K.

Automatiquement, Pellaeon se pencha sur son clavier. Et s'interrompit en réalisant que l'ordinateur n'était plus à leur disposition pour désigner le point de repérage.

– On a retrouvé les hommes de la patrouille 102 morts, reprit le commandant. Deux ont été abattus par un tir de blaster. Les deux autres... (Il hésita.) Il semble que le constat soit confus.

– Il n'y aucune confusion, commandant, dit Thrawn d'une voix soudainement mortelle. Donnez des intructions afin que l'on recherche des entailles quasi microscopiques dans les corps, avec cautérisation partielle.

Pellaeon le fixa. Jamais il n'avait lu un tel feu glacial dans le regard du Grand Amiral.

– Une cautérisation partielle ? répéta-t-il supidement.

– Informez-les également, poursuivit Thrawn, que l'un des intrus est le Jedi Luke Skywalker.

Pellaeon réussit à éructer :

– *Skywalker ?* Mais c'est impossible. Il se trouve sur Jomark, avec C'baoth.

– Il *était* sur Jomark, capitaine. Maintenant, il est ici. (Thrawn inspira lentement, et la colère parut s'effacer de son visage.) A l'évidence, notre glorieux Maître Jedi n'a pas réussi à le retenir, contrairement à ce qu'il prétendait. Et je puis dire maintenant que nous avons la preuve que la fuite de Skywalker de Myrkr ne s'explique pas par une décision à l'improviste.

– Vous pensez que Karrde et la Rébellion travaillaient ensemble depuis longtemps ?

– Nous le découvrirons bientôt. Rukh ?...

La créature grisâtre apparut silencieusement.

– Oui, monseigneur ?

– Rassemble une escouade de personnel non-combattant. Qu'ils aillent prendre tous les ysalamari dans les secteurs d'Ingénierie et de Contrôle des Systèmes pour les conduire jusqu'aux hangars. Ils ne sont pas suffisamment nombreux pour couvrir toute la zone, aussi sers-toi de ton instinct de chasseur pour les disposer. Plus nous réussirons à bloquer les tours de Jedi de Skywalker, moins nous aurons de problèmes pour le capturer.

Le Noghri hocha la tête et se dirigea vers la porte.

– Nous pourrions ajouter l'ysalamir de la passerelle... commença Pellaeon.

– Calmez-vous un instant, capitaine, lui intima Thrawn. (Ses yeux rouges contemplaient sans le voir le croissant de planète qui passait sous le vaisseau.) J'ai besoin de penser. Oui. Ils vont tenter de se déplacer sans être repérés dans la mesure du possible, je crois. Dans l'immédiat, cela signifie qu'ils vont emprunter les tunnels des turbo-élévateurs. (Il fit un signe aux deux officiers de communication qui attendaient toujours.) Donnez l'ordre au contrôle de turbo-élévateur de remettre le système en service normal, à l'exception du nexus 326-K K entre le pont 98 et les baies de hangar arrière. Toutes les cabines de cette zone doivent être regroupées au point de rassemblement le plus proche et verrouillées jusqu'à nouvel ordre.

L'un des deux officiers relaya les ordres par son comlink.

– Vous essayez de les pousser vers les hangars ? risqua Pellaeon.

– Oui, j'essaie de les orienter dans une direction spécifique, acquiesça Thrawn.

Il était abîmé dans ses pensées, le regard absent.

– La question est de savoir ce qu'ils vont faire quand ils vont comprendre. Ils tenteront probablement de s'échaper du nexus. Mais dans quelle direction ?...

– Je doute qu'ils soient assez fous pour tenter de regagner la navette, suggéra Pellaeon. Je dirais qu'ils vont contourner les hangars de poupe et essayer de capturer l'une des navettes d'assaut dans les baies d'avant.

– Peut-être, fit Thrawn en hochant lentement la tête. Si Skywalker dirige leur fuite, je pense que c'est probable. Mais si c'est Karrde qui donne les ordres...

Il replongea dans ses pensées.

– Faites renforcer la garde autour des navettes d'assaut, dit Pellaon au commandant des troupes d'assaut. Il vaudrait mieux prévoir des hommes à l'intérieur des vaisseaux, au cas où nos intrus arriveraient jusque-là.

– Non, si c'est Karrde qui commande, ils ne viseront pas les navettes, murmura Thrawn. Il va sans doute tenter quelque chose de moins évident. Les chasseurs Tie, peut-être. Ou bien, il va décider de retourner aux navettes de ravitaillement, après tout, en supposant que nous ne nous y attendrons pas. A moins que...

Brusquement, il leva les yeux vers Pellaeon.

– Le *Faucon Millenium* ? Où est-il ?

– Ma foi, amiral... (Pour la seconde fois, Pellaeon tendit en vain les mains vers son clavier.) J'ai donné l'ordre de le mettre dans l'entrepôt, amiral. J'ignore si on a exécuté cet ordre.

Thrawn pointa le doigt vers le commandant des troupes d'assaut.

– Vous... Mettez-moi n'importe qui sur l'ordinateur du hangar et qu'il me trouve ce vaisseau. Ensuite, envoyez une escouade sur place.

Le Grand Amiral revint à Pellaeon... et pour la première fois depuis qu'il avait déclenché l'alerte, un sourire apparut sur ses lèvres.

– Capitaine, nous les tenons.

Karrde arracha la section de canalisation que Luke venait de couper et jeta un regard prudent au dehors.

– Personne aux alentours, murmura-t-il par-dessus son épaule, dans le grondement des machines.

« Je pense que nous les avons battus de vitesse.

– A supposer qu'ils viennent, remarqua Luke.

– Ils vont venir, grommela Mara. Vous pouvez y compter. S'il y a une chose que Thrawn a en plus de tous les Grands Amiraux, c'est son don de prévoir les « tactiques » de l'ennemi.

– Il y a une demi-douzaine de vaisseaux, reprit Karrde. Des unités de renseignement banalisées, si j'en juge par leur apparence. N'importe laquelle devrait convenir.

– Vous avez une idée de l'endroit où nous sommes ? demanda Luke en essayant de voir, lui aussi, de l'autre côté du trou qu'il avait ménagé.

Il vit une vaste étendue de sol désert autour des vaisseaux, plus une ouverture cernée de lumière qui correspondait sans doute à un puits d'accès pour les engins de levage. Il remarqua qu'à la différence du hangar de l'Etoile Noire, ici, le puits avait son équivalent dans la voûte du plafond, ce qui permettait sans doute de remonter les vaisseaux un peu plus haut vers le centre du superdestroyer.

– Nous devons être tout au fond de l'entrepôt, estima Karrde. A un ou deux ponts des baies des hangars arrière. La principale difficulté, c'est que nous risquons de rencontrer le monte-charge au niveau du pont inférieur, ce qui nous bloquerait l'accès à la baie d'entrée.

– En tout cas, on peut toujours monter à bord et voir après, dit Mara en palpant nerveusement son fusil-blaster. On ne gagnera rien à attendre ici.

– Je suis d'accord, fit Karrde en inclinant la tête. Je crois que j'entends le monte-charge arriver. Mais il va lentement, et nous aurons suffisamment de couverture derrière les vaisseaux. Skywalker ?...

Luke activa à nouveau son sabre et découpa rapidement une ouverture.

Karrde s'y engagea le premier, suivi par Luke, Mara fermant la marche.

– La liaison d'ordinateur du hangar est par-là, fit-elle en pointant le doigt vers une console isolée, sur leur droite, alors qu'ils s'accroupissaient près d'un cargo délabré.

« Dès que le monte-charge sera passé, j'irai voir si nous pouvons être remontés.

– C'est bon, fit Karrde. Mais ne mettez pas trop de temps. Un faux ordre de transfert ne nous donnera pas le moindre effet de surprise. Nous ne pourrons attendre plus longtemps.

La superstructure d'un vaisseau apparut peu à peu. Elle leur était très familière...

Luke resta la bouche ouverte.

– Mais c'est... non. C'est impossible!

– Mais si, fit Mara. J'avais oublié... Le Grand Amiral a dit qu'ils allaient le charger à bord quand je lui ai parlé, sur Endor.

Le *Faucon Millenium* montait peu à peu, et Luke sentit une boule glacée se former dans sa gorge. Leia et Chewbacca avaient été à bord du *Faucon*...

– Il a parlé de prisonniers?

– Pas à moi en tout cas. Je crois qu'ils l'ont retrouvé sans personne à bord.

Ce qui signifiait que, quel que fût l'endroit où Leia et Chewbacca s'étaient rendus, ils y restaient désormais naufragés. Mais le moment était mal choisi pour s'en inquiéter.

– Nous allons le récupérer, déclara-t-il en rengainant son sabre. Couvrez-moi.

– Skywalker! siffla Mara.

Mais il courait déjà vers le puits. Le plateau du monte-charge venait d'apparaître, avec deux hommes : un soldat de la Flotte et un technicien qui semblait tenir une unité combinée de contrôle et de donnée. Ils l'aperçurent aussitôt.

– Hé! lança-t-il en agitant la main. Attendez!

Le technicien tapota sur son bloc et le monte-charge stoppa.

Luke perçut la méfiance du soldat.

– J'ai reçu de nouveaux ordres pour celui-là, dit Luke en s'avançant au pas de course. Le Grand Amiral veut qu'on le ramène en bas. Il a parlé d'un appât, à ce que j'ai compris...

Le technicien plissa le front en consultant son bloc. Il était jeune, sans doute moins de vingt ans.

– Je ne vois pas d'ordres nouveaux.

– Moi non plus, je n'ai rien entendu à ce propos, grogna le soldat en pointant vaguement son blaster dans la direction de Luke et en inspectant le hangar.

– C'est arrivé il y a une minute à peine, insista Luke en montrant la console d'ordinateur. Aujourd'hui, rien ne passe très vite, je me demande pourquoi.

– Ça pourrait être vrai, grinça le soldat. (Cette fois, il pointait son arme droit sur Luke.) A moins que ça ne soit une histoire bien montée. On peut voir votre identification ?

Luke haussa les épaules. Et, lançant la force, il arracha le blaster de la main de l'autre.

Qui ne prit même pas une demi-seconde avant de bondir, les mains tendues vers le cou de Luke.

Le blaster pivota dans les airs et le soldat reçut le canon dans le ventre. Il toussa de douleur et s'écroula sur le pont.

Luke bondit vers le technicien tout en faisant signe à Mara et Karrde de le rejoindre.

– Je vous prends ça !

L'autre lui tendit le bloc de données sans un mot.

– Beau travail, commenta Karrde. (Il regarda le technicien :) Du calme. On ne va pas te faire de mal. (Il préleva le comlink du soldat qui continuait d'étouffer.) A moins que tu ne te montres pas compréhensif. Emmène ton camarade jusqu'à ce placard électrique, là-bas, et bouclez-vous dedans. Le technicien le regarda, revint à Luke, et acquiesça en silence.

Il prit le soldat sous les bras et le traîna jusqu'au placard.

– Assurez-vous que tout est réglé ici, dit Karrde à Luke. Ensuite, rejoignez-moi au vaisseau. Je vais démarrer le pré-vol. Y a-t-il des codes de sécurité que je dois connaître ?

– Je ne pense pas, fit Luke, tout en regardant Mara qui s'activait déjà sur la console d'ordinateur. Le *Faucon* est déjà suffisamment difficile à piloter comme ça. Bien. Et rappelez à Mara de ne pas perdre trop de temps sur cet ordinateur.

Il disparut sous la coque du *Faucon*. Luke attendit que le technicien se soit enfermé avec le soldat de la Flotte dans le placard comme on le lui avait ordonné, puis suivit.

– La séquence de lancement est remarquablement

rapide, fit Karrde quand il le rejoignit dans le cockpit Deux minutes, trois au plus, et nous serons prêts à nous envoler. Vous avez encore ce contrôleur? ...

– Le voilà, fit Luke en lui tendant le bloc. Je vais aller récupérer Mara.

Il jeta un regard par la baie...

Une porte venait de coulisser dans le hangar, et une escouade d'assaut déferlait à l'intérieur.

– Hé, hé... fit Karrde en découvrant les Impériaux dans leurs armures blanches qui marchaient droit sur le *Faucon*. Est-ce qu'ils savent que nous sommes là?

Luke projeta ses sens de Jedi.

– Non, je ne le pense pas, murmura-t-il. Ils semblent penser plus comme des gardes que comme des soldats à l'attaque.

– Il y a sans doute trop de bruit dans le coin pour qu'ils entendent les moteurs, fit Karrde tout en plongeant de son siège. Mara avait raison à propos du Grand Amiral. Mais on dirait bien que nous avons encore une petite longueur d'avance sur lui.

Une pensée soudaine traversa Luke et il jeta un regard au dehors. Mara était accroupie près de la console et, pour l'instant, les Impériaux ne l'avaient pas encore repérée.

Mais elle ne resterait pas longtemps ainsi... Et Luke, la connaissant, se dit qu'elle serait la première à manifester sa présence. Si seulement il pouvait la prévenir de ne pas ouvrir le feu sur eux...

Oui, il y avait peut-être un moyen. Il se concentra.

Mara! Attendez que je vous dise d'attaquer.

Aucune réponse. Mais elle se tourna brièvement vers le *Faucon* et se recroquevilla un peu plus.

– Je vais jusqu'au sas, dit-il à Karrde. Je vais essayer de les prendre en tir croisé avec Mara. Restez planqué.

– D'accord.

Luke descendit le corridor. Juste à temps : il avait à peine atteint le sas qu'il sentit la vibration des bottes blindées sur la rampe d'accès. Ils étaient quatre, calcula-t-il, et quatre autres s'étaient déployés pour les couvrir. Encore une seconde, et ils le verraient. Encore deux secondes, et ils repéreraient Mara.

Mara! Allez-y!

Un éclair de blaster jaillit de la console, si vite que

Luke eut le sentiment que Mara avait décidé elle-même du déclenchement de son attaque sans attendre son ordre. Il alluma alors son sabre et bondit sur la rampe à la seconde où les commandos se tournaient vers la nouvelle menace. D'un premier coup de sabre, il trancha le canon du fusil-blaster du premier commando et, lançant la Force, il souleva l'homme et le projeta sur ses camarades. Ils s'effondrèrent tous sur le socle du monte-charge. Luke bondit sur le côté, évita un jet de blaster et plongea son sabre dans la cuirasse de son adversaire. En quelques tirs, Mara expédia le suivant. Les deux autres étaient déjà définitivement neutralisés.

Luke sentit une pression dans la Force et découvrit que le groupe qu'il avait envoyé rouler hors de la rampe venait de se dégager. Il poussa un cri en chargeant et en faisant tournoyer son sabrolaser. Il attendait que Mara profite de cette distraction pour ouvrir le feu. Mais rien ne vint. Il n'avait pas le choix : les tirs se concentraient sur lui. Le sabre s'abattit par quatre fois, et ce fut fait.

Haletant, il rabaissa sa lame... et découvrit pourquoi Mara avait cessé de tirer. Le monte-charge descendait lentement au-dessous du pont, et les commandos n'était plus dans la ligne de tir de Mara depuis quelques secondes.

– Mara! appela-t-il.

– Oui, quoi?

Elle apparut au bord du puits, à plus de cinq mètres déjà.

– Mais qu'est-ce que fiche donc Karrde?

– Je crois que nous allons partir. Sautez... Je vous récupère.

Brièvement, une expression de contrariété traversa le visage de Mara. Mais le *Faucon* descendait rapidement et elle obéit sans hésiter. Luke lança la Force vers elle comme un filet invisible, ralentit sa chute, et la déposa sur la rampe d'accès. Elle fut à l'intérieur en trois foulées.

Luke referma le sas et retourna dans le cockpit. Elle était déjà assise à côté de Karrde.

– Il vaudrait mieux vous boucler! lança-t-elle par-dessus son épaule.

Luke faillit lui ordonner de libérer le siège de copilote. Il connaissait mieux le *Faucon* qu'elle ou Karrde, mais l'un et l'autre devaient avoir l'habitude de ce genre de vaisseau.

Et, à la façon dont se présentaient les choses, le vol n'allait pas être une partie de plaisir. A travers le cockpit, Luke vit qu'ils arrivaient non pas dans une baie de hangar, ainsi qu'il l'avait espéré, mais dans un vaste corridor équipé de plaques de répulseurs.

– Ça s'est passé comment l'ordinateur? demanda-t-il à Mara.

– Impossible d'entrer. Mais ça n'aurait guère eu d'importance, en fin de compte : l'escouade d'assaut a eu tout le temps de demander du renfort. A moins que vous n'ayez brouillé leurs comlinks, ajouta-t-elle en se tournant vers Karrde.

– Allons, Mara, la gronda Karrde. Bien sûr que j'ai brouillé leurs comlinks. Malheureusement, vu qu'ils devaient probablement transmettre leur rapport en arrivant sur place, nous ne disposons que de quelques minutes. Au mieux.

– C'est par-là qu'on va sortir? demanda Luke en observant le corridor immense. Je pensais que le monte-charge nous ferait descendre jusqu'aux hangars.

– Celui-ci, apparemment, ne descend pas jusqu'au dernier étage, dit Karrde. C'est un latéral du puits des hangars, apparemment. Ce trou éclairé que vous apercevez devant nous, ça doit être lui.

– Et on fait quoi? demanda Luke.

– On va voir si ce contrôle peut commander le monte-charge, dit Karrde en se penchant sur le bloc de données qu'ils avaient pris au technicien.

« J'en doute, néanmoins. Ne serait-ce que pour ces questions de sécurité, ils ont dû probablement...

– Regardez!

Mara pointait un doigt vers le fond du corridor.

Un autre plateau de charge venait d'apparaître. Il descendait droit vers le puits éclairé que Karrde leur avait désigné. C'était à l'évidence la voie d'accès aux hangars – et le monte-charge s'arrêtait là et leur bloquait le passage...

Karrde avait apparemment la même crainte. Brutalement, Luke fut rejeté dans son siège. Le *Faucon* venait de bondir en avant, fonçant dans le corridor tel un tautaun ébouillanté. Un instant, il vacilla follement d'avant en arrière entre les parois quand ses champs répulseurs entrèrent en conflit avec ceux du pont.

Les dents serrées, Luke regardait le plateau de charge qui se rapprochait, avec le même goût amer d'impuissance qu'il avait eu dans la bouche lorsqu'il s'était trouvé sous la chambre du trône de Jabba le Hutt. La Force avait été avec lui, comme à présent, mais, dans l'instant, il n'avait pas su comment domestiquer sa puissance.

Le *Faucon* bondit vers le plateau descendant – et il se prépara à l'inévitable collision.

Et brutalement, dans un crissement strident de métal, ils s'enfoncèrent dans le puits. Le *Faucon* tangua en atteignant l'immense salle en contrebas.

Et là, droit devant eux, ils découvrirent l'écoutille d'accès du hangar. Et, au-delà, l'espace obscur.

A l'instant où ils survolaient les vaisseaux garés, une demi-douzaine de tirs de blasters jaillirent. Mais ils étaient plus ou moins bien ajustés et se perdirent dans le vide. Et ils se retrouvèrent à l'extérieur, plongeant vers la planète.

Dans le même instant, Luke surprit les chasseurs Tie qui venaient de jaillir des baies de proue pour les intercepter.

Il se dégagea de ses harnais.

– Venez, Mara. Vous savez vous servir d'une batterie laser quadruple ?

– Non, j'ai besoin d'elle ici, protesta Karrde.

Il avait plongé sous le superdestroyer, à présent, et filait vers le flanc bâbord.

– Allez-y, vous. Prenez la baie de tir dorsale. Je pense que je peux me débrouiller pour qu'ils concentrent leur attaque dans cette direction.

Luke ne voyait pas comment il pouvait réussir cela, mais ce n'était pas le moment de discuter. Déjà, le *Faucon* était secoué par les premiers tirs et il savait par expérience que les boucliers déflecteurs du vaisseau avaient leurs limites. Il quitta le cockpit et se précipita vers l'échelle d'accès. Il grimpa et se faufila tout à la fois jusqu'à la batterie laser. Il s'installa et, à la seconde où il tournait la tête, il comprit ce que Karrde avait l'intention de faire. Le *Faucon* venait de plonger jusqu'au flanc bâbord du *Chimaera*, avant de repartir vers la poupe en suivant le dessus de la coque, et il accélérait à présent vers l'espace en suivant un vecteur juste au-dessus des gigantesques exhausteurs subluminiques du bâtiment. D'un peu trop près, estima Luke, mais une chose était certaine : les chasseurs Tie ne se colleraient pas à eux pendant un certain temps.

L'intercom tinta dans son oreille.

– Skywalker ? fit la voix de Karrde. Ils sont presque sur nous. Vous êtes prêt ?

– Prêt.

Ses doigts effleurèrent les détentes, il se concentra et laissa la Force se répandre en lui.

L'engagement fut bref autant que furieux. Il rappela à Luke cette fuite de l'Etoile Noire, il y avait si longtemps. Leia avait admis alors qu'ils s'en étaient tirés trop facilement.

Tandis que les Tie tourbillonnaient, tiraient, crépitaient et explosaient tout autour de lui, Luke se demanda avec un certain malaise si les Impériaux n'avaient pas quelque chose d'aussi sournois à lui offrir en riposte.

Puis, le ciel s'emplit de traits de lumière, devint diapré tout entier, et ils furent libres enfin.

Luke éteignit la batterie laser.

– Bien vu pour le pilotage, commenta-t-il.

– Merci, répondit Karrde d'un ton sec. On dirait qu'on s'en est tirés, plus ou moins, quoiqu'on ait reçu un coup dans le convertiseur tribord. Mara est en train de le vérifier.

– On pourra s'en sortir sans lui, dit Luke. Yan a installé tellement de circuits de doublage que le *Faucon* pourrait voler avec la moitié de ses systèmes grillés. Quel est notre objectif ?

– Coruscant. On va vous y déposer, ne serait-ce que pour tenir la promesse que je vous ai faites.

Luke dut fouiller dans ses souvenirs.

– Vous voulez parler du fait que la Nouvelle République avait intérêt à vous sauver ?

– Oui, exactement. Si je me souviens bien des propositions de Solo sur Myrkr, vous avez besoin de bâtiments de transport. Exact ?

– Nous en avons terriblement besoin, appuya Luke. Vous en avez de côté ?

– Pas exactement de côté, mais je n'aurais pas de mal à les récupérer. Qu'est-ce que vous croyez que la Nouvelle République dirait si on lui amenait environ deux cents croiseurs lourds de la période des Guerres pré-Cloniques ?

Luke en resta muet. Il avait grandi dans le secret sur Tatooine, mais pas dans un pareil secret !

– Est-ce que... vous voulez dire... *la Force Sombre* ?

– Redescendez et nous en discuterons. Oh... Si j'étais vous, je n'en parlerais pas à Mara... Pas dans l'immédiat du moins.

– J'arrive.

Luke coupa l'intercom et redescendit. Et, pour une fois, il ne s'aperçut pas de la modification de gravité alors qu'il était entre deux échelons.

Le *Faucon Millenium* venait de jaillir hors de portée du *Chimaera*, de déjouer l'attaque des chasseurs Tie et de s'enfoncer dans l'espace. Pellaeon, les poings serrés, observait le drame, silencieux, impuissant. Impuissant parce que l'ordinateur principal ne fonctionnait encore que partiellement et que les armements sophistiqués et les rayons tracteurs du superdestroyer étaient inutilisables contre un vaisseau aussi petit, rapide, à une pareille distance. Et il gardait le silence parce que ce désastre allait bien au-delà de son répertoire de jurons.

L'image du vaisseau clignota et s'éclipsa... et Pellaeon se prépara au pire.

Qui ne se matérialisa pas.

– Rappelez les chasseurs Tie à leur base, capitaine, dit Thrawn sans la moindre trace d'agacement ou de colère dans la voix. Levez l'alerte et que le Contrôle rétablisse les circuits de l'ordinateur. Ah oui, et qu'on reprenne le déchargement des navettes.

– Oui, amiral, fit Pellaeon, non sans jeter un regard dubitatif à son supérieur : Le sens de ce qui venait de se produire avait-il pu échapper à Thrawn ?

Les yeux ardents se posèrent sur lui.

– Capitaine, nous avons perdu un round. Rien de plus.

– Amiral, il me semble que nous avons perdu bien plus que cela. Désormais, nous n'avons aucune certitude que Karrde ne va pas livrer la flotte *Katana* à la Rébellion.

– Mais, il ne va pas se contenter de la leur *livrer*, rectifia Thrawn d'un ton nonchalant. Karrde n'a jamais donné rien pour rien. Il va tenter de marchander, ou alors poser des conditions que la Rébellion jugera inacceptables. Les négociations prendront du temps, surtout dans l'atmosphère politique hautement soupçonneuse que nous avons réussi à susciter sur Coruscant. Et nous n'avons besoin que d'un petit répit.

Pellaeon secoua la tête.

— Vous êtes certain que ce voleur de vaisseau, ce Ferrier, saura retrouver le fournisseur corellien avant que Karrde et la Rébellion enlèvent l'affaire ?

— Je ne mets aucune certitude en avant, déclara tranquillement Thrawn. Ferrier est actuellement sur les traces de Solo et il a d'ores et déjà extrapolé sa destination pour notre bénéfice... Remercions l'excellent travail que les Renseignements ont fait sur le passé de Karrde : je sais maintenant très exactement qui est l'homme qu'il va rencontrer au bout de la piste.

Il se tourna vers la baie et observa les chasseurs Tie qui regagnaient le bâtiment.

— Donnez l'ordre à la Navigation de déterminer un trajet pour le système de Pantolomin, capitaine. Nous devrons partir dès que le déchargement des navettes sera achevé.

— Bien, amiral.

Pellaeon transmit l'ordre au navigateur et effectua un bref calcul dans sa tête. Le temps que devait mettre le *Faucon Millenium* pour rallier Coruscant. Et le temps qu'il faudrait au *Chimaera* pour atteindre Pantolomin...

— Mais oui oui, fit Thrawn, comme s'il s'insinuait dans ses pensées. Désormais, c'est une course.

24

Le soleil s'était couché derrière les collines brunes d'Honoghr, ne laissant qu'une ultime trace rouge et mauve au-dessus de l'horizon. Leia observait les couleurs qui s'estompaient peu à peu depuis le seuil du *dukha*, avec ce sentiment familier de crainte qui s'éveillait toujours en elle lorsqu'elle allait affronter le danger, la bataille. Encore quelques minutes et, avec Chewbacca, ils tenteraient de libérer Khabarakh et de fuir. Et ils risquaient de mourir.

Elle eut un soupir et regagna l'intérieur du *dukha* en se demandant si elle ne s'était pas totalement trompée dans cette affaire. Il lui avait paru tellement sensé de venir sur Honoghr – tellement *justifié*, de faire ce geste de courage et de bonne foi pour un Noghri. Avant même de quitter Kashyyyk, elle avait acquis la conviction que cette proposition n'était pas seulement une idée personnelle, mais qu'elle s'était également pliée à la règle subtile de la Force.

C'était sans doute vrai. Mais elle ne savait plus à quel côté de la Force elle avait obéi.

La brise fraîche du soir s'infiltra par l'entrebâillement, et Leia frissonna. *Leia, la Force est puissante dans ma famille.* Telles avaient été les paroles de Luke à la veille de la Bataille d'Endor. Elle ne l'avait pas cru d'abord, jusqu'à ce que sa longue formation lui apporte la preuve de ses pouvoirs. Mais son père avait suivi le même entraînement et ces pouvoirs... avaient finalement basculé vers le côté sombre.

Elle sentit au creux de son ventre un coup de pied d'un

des jumeaux. Elle s'immobilisa et posa doucement la main sur ces deux petits êtres qu'elle portait, et dans le même mouvement, des fragments de souvenirs s'imposèrent à son esprit. Le visage rigide et triste de sa mère qui la tirait du creux de l'arbre où elle s'était cachée dans l'ombre. Des visages inconnus qui se penchaient sur elle, tandis que sa mère parlait d'un ton qui l'avait effrayée et fait pleurer. D'autres larmes encore, à la mort de sa mère. Elle se serrait contre cet homme qu'elle avait appris à appeler Père.

Le chagrin, le malheur et la peur... et tout cela à cause de son véritable père, l'homme qui avait renié le nom d'Anakin Skywalker pour se faire appeler Dark Vador.

Il y eut un bruit de pas traînants au dehors et elle se retourna pour découvrir le droïd doré.

— Qu'y a-t-il donc, 6PO ?

— Votre Altesse, Chewbacca m'a informé que vous devrez partir avant peu, dit 6PO avec un accent d'anxiété dans sa voix précieuse. Dois-je supposer que je vais vous accompagner ?

— Oui, bien sûr. Quoiqu'il advienne à Nystao, je ne pense pas que tu tiennes à être ici pour observer les conséquences.

— Je suis tout à fait d'accord. (Le droïd hésita et elle devina qu'elle ne l'avait pas totalement soulagé de son anxiété.) Néanmoins, il est une chose que je désirerais vous faire savoir. L'un des droïds de décontamination a été activé d'une façon très étrange.

— Vraiment ? fit Leia. Et en quoi ?

— Il semble s'intéresser à beaucoup trop de choses. Il a posé beaucoup de questions, non seulement à votre propos mais aussi sur Chewbacca et moi. Et je l'ai également vu se diriger vers le village alors qu'il était censé se désactiver pour la nuit.

— C'est sans doute dû à un mauvais nettoyage de sa mémoire, dit Leia, qui ne se sentait pas exactement d'humeur à discuter des inquiétudes personnelles du droïd.

« Et je crois connaître un ou deux droïds qui se montrent plus curieux que ne le prévoyait leur programmation originale.

— Votre Altesse ! fit 6PO d'un ton blessé. D2 est un cas différent !

– Mais je ne faisais pas allusion à lui, dit Leia en levant la main afin de repousser tout autre argument. Mais je comprends tes préoccupations. Alors je vais te dire : tu ne quittes pas ce droïd. D'accord?

– Bien entendu, Votre Altesse.

6PO s'inclina brièvement et repartit dans la lumière déclinante du soir.

Les errances de Leia dans le *dukha* l'avaient instinctivement ramenée devant la carte généalogique et elle leva les yeux. Un sens intense de l'histoire habitait cette grande fresque de bois sculpté, ainsi qu'un orgueil familial profond et serein. Elle laissa son regard suivre les lignes qui reliaient les noms, tout en se demandant ce qu'éprouvaient les Noghri eux-mêmes quand ils lisaient cette carte comme elle le faisait en ce moment. N'y voyaient-ils que leurs triomphes, ou bien aussi leurs faiblesses? Les deux, décida-t-elle. Les Noghri lui donnaient l'impression d'une race qui ne se retirerait pas délibérément de la réalité.

– Est-ce que vous lisez dans le bois la fin de votre famille, Dame Vador?

Leia tressaillit.

– Parfois, je souhaiterais que votre peuple ne soit pas aussi habile à cela, grommela-t-elle en retrouvant son contrôle.

– Pardonnez-moi, fit la maitrakh, d'un ton sans doute un peu plus sec qu'à l'ordinaire, je ne voulais pas vous surprendre. (Elle montra la carte.) Mais voyez-vous votre fin inscrite ici, Dame Vador?

Leia secoua la tête.

– Je n'ai aucune vision du futur, maitrakh. Ni du vôtre, ni du mien. Je pensais seulement aux enfants. J'essayais d'imaginer ce que sera leur éducation. Et je me demandais à quel point une famille peut mouler leur caractère, et ce qu'ils ont d'inné. (Elle hésita.) Je me demandais aussi comment on pourrait effacer le mal de l'histoire d'une famille, ou s'il se transmet toujours d'une génération à la suivante.

La maitrakh inclina faiblement la tête et ses grands yeux scrutèrent Leia.

– Vous parlez comme celle qui doit servir l'enfant.

– Oui, admit Leia, tout en caressant son ventre. Je ne sais si Khabarakh vous l'a dit, mais je porte deux enfants.

– Et vous avez peur pour eux?

– L'Empire veut me les enlever.

La maitrakh siffla doucement.

– Pourquoi?

– Je ne sais pas vraiment. Mais leur but est malveillant.

La maitrakh baissa les yeux.

– Je suis désolée, Dame Vador. Je vous aiderais si je le pouvais.

Leia posa la main sur l'épaule de la Noghri.

– Je le sais.

La maitrakh regardait la carte généalogique.

– Dame Vador, j'ai envoyé mes quatre fils vers le danger. Dans les batailles de l'Empereur. Ça n'a jamais été facile pour moi de savoir qu'ils allaient vers la guerre et vers la mort.

Leia songea à tous ses compagnons, tous ses alliés qui avaient péri dans cette longue guerre.

– Ce sont mes amis que j'ai envoyés à la mort, dit-elle calmement. C'était difficile. Je ne peux pas imaginer que j'envoie de même mes enfants.

– Trois d'entre eux ont trouvé la mort, poursuivit la maitrakh, comme pour elle-même. Loin d'ici, sans nul auprès d'eux pour les pleurer. Le quatrième est revenu infirme pour vivre le peu qu'il lui restait à vivre dans le désespoir silencieux du déshonneur avant que la mort ne l'emporte enfin.

Leia eut une grimace de chagrin. Et Khabarakh, conclut-elle, pour l'avoir aidé, affrontait aujourd'hui le déshonneur et la mort...

Ses pensées se figèrent soudain.

– Attendez. Vous m'avez dit que vos quatre fils étaient partis à la guerre? Et que tous étaient morts?

– C'est exact, acquiesça la maitrakh.

– Mais Khabarakh? N'est-il donc pas aussi votre fils?

– Il est mon troisième fils, fit la Noghri avec une expression opaque. Il est le fils du fils de mon premier né.

Leia la fixa. Elle comprenait soudain, avec horreur. Si Khabarakh n'était pas son fils mais son arrière-petit-fils, et si la maitrakh avait été elle-même témoin de la bataille qui avait anéanti Honoghr...

– Maitrakh, depuis combien de temps votre monde est-il ainsi? souffla-t-elle. Depuis combien d'années?

La Noghri la regarda, soudain consciente de son revirement d'esprit.

– Dame Vador, qu'ai-je donc pu dire?...

– *Depuis combien d'années?...*

La maitrakh s'écarta d'elle.

– Quarante-huit années noghri, dit-elle. Quarante-quatre, pour l'Empereur.

Leia posa la main sur la surface lisse de la carte de bois. Elle eut l'impression que ses genoux allaient se dérober sous elle. Quarante-quatre années. Non pas huit, ou dix, ainsi qu'elle l'avait supposé. Quarante-quatre années.

– Ça ne s'est pas passé durant la Rébellion, fit-elle à haute voix. Mais pendant les Guerres Cloniques.

Et soudain, le choc initial se changea en un mur blanc, éblouissant, de colère pure.

– Quarante-quatre années! gronda-t-elle. Ils vous gardent comme ça *depuis quarante-quatre années!*

Elle pivota vers la porte.

– Chewie! Chewie, arrive!

Peu lui importait en cet instant qu'on puisse l'entendre. Elle sentit une main peser sur son épaule et fit face à la maitrakh, dont l'expression était indéchiffrable.

– Dame Vador, voulez-vous me dire ce qui se passe?

– Ce qui s'est passé, maitrakh, c'est quarante-quatre années. (Le feu de sa fureur se dissipait, laissant derrière lui une détermination de glace.) Ils vous gardent en esclavage depuis près d'un demi-siècle. Ils vous mentent, ils vous manipulent, ils tuent vos fils.

Elle pointa l'index vers le sol.

– Non, il n'y en avait pas pour quarante-quatre années de décontamination. Alors, s'ils ne se contentent pas de nettoyer la crasse...

Un pas lourd résonna près du seuil et Chewbacca chargea, l'arbalète prête. En voyant Leia, il gronda une question tout en faisant pivoter son arme vers la maitrakh.

– Je ne suis pas en danger, Chewie. Seulement très en colère. Je veux que tu m'apportes d'autres échantillons de ce terrain contaminé. Et aussi de l'herbe *kholm*.

Elle lut la surprise sur le visage du Wookie. Mais il se contenta de grogner et repartit.

– Pourquoi voulez-vous examiner l'herbe *kholm*? demanda la maitrakh.

– Vous avez dit vous-même qu'elle avait une odeur

différente depuis les pluies, lui rappela Leia. Je crois qu'il doit exister un rapport qui nous a échappé.

– Quel genre de rapport?

Leia secoua la tête.

– Maitrakh, je ne peux vous en dire plus pour le moment. Pas jusqu'à ce que j'aie une certitude.

– Vous souhaitez toujours vous rendre à Nystao?

– Plus que jamais, fit Leia d'un air sombre. Mais pas seulement pour un coup de commando. Si les échantillons de Chewie font apparaître ce que je pense, j'irai droit devant les dynastes.

– Et s'ils refusent de vous entendre?

– Ils ne peuvent pas refuser. Vous avez déjà perdu trois générations. Vous ne pouvez vous permettre de laisser partir d'autres fils.

Une minute, la Noghri la dévisagea en silence.

– Vous dites vrai. (Elle siffla entre ses dents acérées et, avec sa grâce fluide, gagna la porte.) Je reviendrai dans une heure. Serez-vous prête à partir, alors?...

– Oui, acquiesça Leia. Mais où allez-vous?

La maitrakh s'immobilisa et ses yeux sombres se rivèrent dans ceux de Leia.

– Vous dites vrai, Dame Vador : ils devront écouter. Je reviens.

La maitrakh fut de retour vingt minutes plus tard, précédant Chewbacca de cinq minutes. Le Wookie avait ramassé deux brassées d'herbe *kholm* dans divers sites et sortit l'unité d'analyse de sa cachette dans l'abri des droïds de décontamination.

Leia mit l'unité au travail sur deux des affreuses plantes brunâtres, puis ils partirent pour Nystao.

Mais ils n'étaient pas seuls. A sa grande surprise, Leia découvrit une jeune femelle noghri déjà installée dans le siège de pilotage du landspeeder cabriolet que la maitrakh avait réussi à leur procurer. Ils quittèrent le village à vitesse mesurée et une dizaine de Noghri les rejoignirent pour former une sorte de garde d'honneur de part et d'autre du véhicule. La maitrakh elle-même les accompagnait, et son visage était indéchiffrable dans la faible clarté du panneau de bord. Chewbacca, installé sur le siège arrière près de l'unité d'analyse, triturait son arbalète tout en émettant de vagues grognements de défiance. Et derrière lui, coincé dans le compartiment à bagages, 6PO s'était enfermé dans un silence inquiet qui ne lui ressemblait guère.

Ils sortirent du village pour s'avancer dans les terres cultivées, tous feux éteints. Le petit groupe de Noghri était presque indiscernable sous la clarté des étoiles filtrée par les nuages. Ils atteignirent bientôt un autre village, à peine distinct des champs dans la nuit, qu'ils traversèrent sans incident. D'autres terres, un autre village, d'autres terres encore. Parfois, Leia discernait les lumières de Nystao devant eux, et elle se demanda si le fait d'affronter les dynastes en face était la solution la plus sage. Ils dirigeaient avec l'appui ou, du moins, le consentement de l'Empire, et les accuser de collaborer avec un mensonge risquait de provoquer une réaction de la part de ce peuple orgueilleux et dirigé par des principes d'honneur.

C'est alors que, dans le ciel du nord-est, la plus grande des trois lunes d'Honoghr se leva au travers d'un épais banc de nuages... et que Leia s'aperçut qu'elle et son escorte n'étaient plus isolées. Elle vit autour d'eux une mer de silhouettes silencieuses, une marée d'ombres qui accompagnait et semblait porter le landspeeder.

Derrière elle, Chewbacca eut un grondement de surprise. Ses sens de chasseur lui avaient déjà appris que leur nombre avait grossi avec chaque village qu'ils passaient. Mais, jusqu'alors, il n'avait pas dû évaluer l'importance du recrutement, et apparemment, il n'était pas certain que ça lui plaise.

Mais Leia, en se laissant retomber dans son siège, sentit diminuer un peu de la pression qu'elle avait éprouvée dans la poitrine. Quoiqu'il puisse advenir à Nystao, la simple constitution de cette escorte empêcherait les dynastes de l'arrêter et de dissimuler sa présence sur Honoghr.

La maitrakh lui avait garanti qu'elle aurait une chance de s'exprimer.

Quant au reste, il lui appartenait.

Ils atteignirent Nystao un peu avant le lever du soleil... pour découvrir une autre foule qui les attendait.

— La nouvelle nous a précédés, dit la maitrakh. Ils sont

venus pour voir la fille du Seigneur Vador et entendre son message.

Leia observait la foule.

– Et quel est le message qu'ils attendent et que vous leur avez annoncé?...

– Que la dette d'honneur envers l'Empire avait été entièrement réglée. Et que vous êtes venue pour offrir une vie nouvelle au peuple des Noghri.

Dans ses yeux sombres, il y avait une question muette. Leia se tourna vers Chewbacca d'un air interrogatif. Le Wookie grommela une réponse et lui présenta l'unité d'analyse.

Durant leur course nocturne, l'unité, apparemment, avait achevé son travail. Et Leia lut l'analyse finale. Et elle ressentit un nouvel afflux de colère contre l'Empire, pour tout ce qu'il avait fait à ces gens.

– Oui, fit-elle à la maitrakh. Je peux maintenant prouver que la dette a été réglée.

Elle observa la foule et constata dans la pâle clarté de l'aube que la plupart des Noghri qui les entouraient étaient des femelles. Elle distingua aussi quelques enfants et des adolescents à la peau plus claire. Mais, droit devant le landspeeder, courait un groupe d'une dizaine de mâles à la peau d'acier sombre.

– Je constate que les dynastes ont reçu le mot également.

– C'est notre escorte officielle, dit la maitrakh. Elle va nous accompagner jusqu'au Grand *Dukha*, où les dynastes vous attendent.

L'escorte officielle – composée de gardes, de soldats... Leia n'aurait su le dire – maintint un absolu silence tout en se plaçant en formation de flèche devant le landspeeder. Des flots de chuchotements et de murmures circulaient dans la foule des villageois et des citadins. Leia n'aurait su dire ce qu'ils se disaient, mais dès que le regard de la Noghri les effleurait, ils redevenaient silencieux et répondaient par un regard fasciné.

La ville se révéla plus petite que Leia ne s'y était attendue, ce qui était sans doute un effet du territoire réduit que les Noghri leur avaient octroyé. Et il ne leur fallut que quelques minutes pour parvenir au Grand *Dukha*.

Leia s'était attendu à une version plus ample du *dukha* du village. Le bâtiment était certainement plus grand, mais si l'on ignorait la similitude dans l'architecture, il était très sensiblement différent. Les murs et le toit étaient faits dans un métal bleu argenté et non en bois, et ils n'étaient pas sculptés. Quant aux piliers, ils étaient noirs, mais Leia ne put voir s'ils étaient en métal ou en pierre taillée. Un large escalier de marbre rouge et noir accédait à une terrasse de dalles grises. Tout cela semblait froid, lointain, absolument différent de l'esthétisme qu'elle avait pu observer chez les Noghri durant ces derniers jours. Elle eut une pensée fugace : le Grand *Dukha* avait-il été construit par l'Empire et non par les Noghri ?...

En haut des marches, une rangée de jeunes mâles noghri adolescents les attendaient. Ils étaient tous vêtus d'un habit ouvragé qui évoquait à la fois un gilet et un châle. Et, derrière eux, bras et jambes attachés à deux poteaux, au centre de la terrasse, il y avait Khabarakh.

Leia leva les yeux vers lui, par-dessus les rangs des dynastes, et une onde douloureuse de sympathie la parcourut. La maitrakh lui avait décrit le mécanisme de l'humiliation publique des Noghri, mais, devant cette scène, elle saisit la réelle profondeur de la honte qu'impliquait ce rituel. Le visage de Khabarakh était pâle et hagard, et il ployait sous le poids des chaînes qui maintenaient ses poignets et ses avant-bras. Mais il gardait la tête dressée, et son regard était vif et vigilant.

La foule s'écarta devant le landspeeder qui approchait du *dukha*. L'escorte officielle monta les marches et se déploya en ligne entre l'assistance et les dynastes.

– Rappelle-toi : nous ne sommes pas venus ici pour nous battre, murmura Leia à Chewbacca.

Et, avec toute la dignité altière dont elle était capable, elle descendit du landspeeder et monta à son tour les marches.

Les derniers murmures de conversation cessèrent lorsqu'elle arriva en haut.

– Je vous salue, dynastes du peuple des Noghri, fit-elle d'une voix forte. Je suis Leia Organa Solo, fille de votre Seigneur Dark Vador. Celui qui est venu à vous dans la détresse pour vous apporter son aide.

Elle leva la main vers le Noghri qui se trouvait au centre.

Il l'observa sans un mot, puis, avec une réticence évidente, il s'avança vers elle et renifla prudemment sa main. Il répéta par deux fois le test avant de se redresser.

– Le Seigneur Vador est mort, dit-il. Notre nouveau seigneur, le Grand Amiral, nous a donné l'ordre de vous amener à lui, Leia Organa Solo. Vous allez nous suivre en attendant que le transport soit prêt.

Du bas des marches, Chewbacca lui lança un grondement d'avertissement. Leia l'apaisa d'un geste tout en secouant la tête.

– Je ne suis pas venue ici pour me rendre à votre Grand Amiral, dit-elle au dynaste.

– Vous le ferez malgré tout.

Il leva la main et deux gardes sortirent du rang pour se diriger vers Leia.

Elle ne bougea pas, intimant d'un geste à Chewbacca de l'imiter.

– Servez-vous l'Empire, ou bien le peuple d'Honoghr? demanda-t-elle.

– Tout Noghri digne d'honneur sert les deux, rétorqua le dynaste.

– Vraiment? Et servir Honoghr implique d'envoyer des générations et des générations de jeunes hommes mourir dans les guerres de l'Empire?

– Vous êtes étrangère, fit le dynaste avec mépris. Vous ne savez rien de l'honneur des Noghri. (Il fit un signe de tête aux deux gardes qui encadraient à présent Leia.) Conduisez-la dans le *dukha*.

– Auriez-vous donc peur des paroles d'une femme étrangère? demanda-t-elle à l'instant où les deux gardes la saisissaient fermement par les bras. Ou bien redoutez-vous que votre pouvoir soit diminué par ma venue?

– Vous n'avez pas à prononcer des paroles de discorde et de poison! rugit le dynaste.

Chewbacca répondit par un nouveau grondement, et Leia sentit qu'il était sur le point de se ruer vers le haut des marches.

– Je n'ai pas prononcé de paroles de discorde, fit-elle en haussant encore le ton afin que la foule puisse l'entendre. J'ai parlé de trahison.

Des mouvements divers agitèrent l'assistance.

– Vous allez vous taire, insista le dynaste. Sinon, je vous ferai garder le silence.

– J'aimerais l'entendre parler, dit la maitrakh, tout en bas.

– Toi aussi, garde le silence! aboya le dynaste, alors même que la foule murmurait son approbation à la demande de la maitrakh.

« Tu n'as pas le droit de t'exprimer ici, maitrakh du clan Kihm'bar. Je n'ai pas convoqué le peuple noghri.

– Pourtant, il est rassemblé ici, répliqua la maitrakh. La Dame Vador est venue. Nous aimerions l'entendre.

– Alors, vous l'entendrez en prison.

Le dynaste fit un nouveau geste, et deux autres gardes sortirent des rangs pour se diriger vers les marches du *dukha*.

Leia jugea que le moment était opportun. Elle porta le regard sur son sabrolaser, lança la Force de toute la puissance dont elle était capable...

Et le sabre jaillit jusqu'à sa main ouverte. Elle déclencha la détente avec ses yeux et son esprit tout à la fois. Il y eut un crissement, un sifflement, et la lame projeta sa lumière blanc-vert autour d'elle, traçant une ligne mortelle entre Leia et le rang des dynastes.

Un halètement aigu monta de la foule. Les deux gardes noghri qui se dirigeaient vers la maitrakh restèrent paralysés sur place... et un silence total s'établit. Leia sut alors qu'elle venait de capter leur attention, enfin.

– Je ne suis pas simplement la fille du Seigneur Vador, fit-elle avec une trace de colère dans la voix. Je suis la *Mal'ary'ush*, héritière de son autorité et de son pouvoir. J'ai traversé bien des dangers afin de révéler au peuple des Noghri la trahison dont il a été victime.

Elle diminua autant que possible sa concentration, pour observer le rang des dynastes.

– Allez-vous m'écouter? Ou bien choisir la mort?

Durant un long moment, le silence persista. Leia écoutait les battements de son cœur et le vrombissement profond du sabrolaser, en se demandant combien de temps encore elle pourrait garder son arme suspendue avant d'en perdre le contrôle. Puis, un dynaste se dressa sur la gauche et fit un pas en avant.

– Je veux entendre les paroles de la *Mal'ary'ush*, déclara-t-il.

Le premier dynaste cracha.

– N'ajoute pas à la discorde, Ir'khaim, menaça-t-il. Nous avons encore une chance de sauver l'honneur du clan Kihm'bar.

– Il se peut que je voie une chance de sauver l'honneur du peuple des Noghri, Vor'corkh, répliqua Ir'khaim. Je veux que la *Mal'ary'ush* parle. Suis-je donc seul à le demander?

Silencieux, un autre dynaste s'avança auprès du premier. Puis un autre. Et un autre encore... Jusqu'à ce qu'ils soient treize à encadrer Ir'khaim. Vor'corkh émit un sifflement entre ses dents, mais ne bougea pas.

– Les dynastes d'Honoghr ont choisi, gronda-t-il. Vous pouvez donc parler.

Les deux gardes noghri libérèrent les bras de Leia. Elle attendit encore deux secondes avant de reprendre son sabre et de l'éteindre.

– Je vais vous dire ce récit deux fois, fit-elle tout en se tournant vers la foule et en rengainant son sabre.

« Dans la version que l'Empire vous a donnée, et dans celle qui est vraie. Ensuite, il vous reviendra de décider si les Noghri se sont acquittés de leur dette.

« Vous savez tous comment votre monde a été dévasté par cette bataille qui a eu lieu dans l'espace. Et combien de Noghri furent tués par les volcans et les séismes et les inondations, jusquà ce que les survivants se regroupent ici. Et comment le Seigneur Dark Vador est venu vous offrir son aide. Et comment, après les pluies à l'odeur étrange, toutes les plantes se sont flétries et ont péri, sauf l'herbe *kholm*. Et aussi comment l'Empire vous a expliqué que le sol avait été contaminé par des produits chimiques répandus par le vaisseau détruit, en vous proposant des machines pour nettoyer le sol. Et vous savez tous très bien le prix qui a été exigé pour ces machines.

– Mais le sol est réellement empoisonné, intervint l'un des dynastes. Tous, nous avons cherché à cultiver les terrains où les machines n'avaient pas travaillé. Mais nous y avons perdu nos semences, car rien n'y a poussé.

– Oui, acquiesça Leia. Mais ce n'était pas le sol qui était empoisonné. Du moins, pas directement...

Elle fit un geste à l'adresse de Chewbacca. Il sortit l'unité d'analyse du landspeeder, un plant d'herbe *kholm* et monta les marches pour les lui apporter.

– A présent, je vais vous raconter l'histoire vraie, annonça Leia tandis que le Wookie repartait. Après que le Seigneur Vador fut reparti dans son vaisseau, d'autres vaisseaux sont venus. Ils ont volé très haut dans le ciel de votre monde. Leurs équipages ont sans doute prétendu qu'ils surveillaient les terres, ou bien qu'ils cherchaient des survivants, ou d'autres régions habitables. Mais tout cela n'était que mensonge. Ce qu'ils voulaient, c'était ensemencer votre monde avec une plante nouvelle. (Elle brandit l'herbe *kholm*.) Celle-ci!

– Votre vérité n'est faite que de rêves! cracha Vor'corkh. L'herbe *kholm* pousse sur Honoghr depuis mémoire de Noghri.

– Je n'ai pas dit que c'était de l'herbe *kholm*, fit Leia. Certes, elle ressemble à celle dont vous vous souvenez, et son parfum est presque identique. Mais pas vraiment. C'est en fait une création très subtile de l'Empire... un cadeau de l'Empereur destiné à empoisonner votre monde.

Le silence fut tout à coup brisé par un flot d'exclamations. Leia promena les yeux sur la foule. Il leur fallait le temps d'accepter cette révélation. Elle estimait qu'il y avait un millier de Noghri rassemblés autour du Grand *Dukha*, et d'autres affluaient encore. La parole avait dû se répandre, et elle essaya de voir d'où ils venaient.

A cet instant, sur la gauche, elle surprit un éclat métallique. Dans les ombres allongées du matin, à l'arrière du Grand *Dukha*, elle devina la forme oblongue d'un droïd de décontamination.

Et elle ne put réprimer un frisson d'horreur. 6PO lui avait parlé d'un droïd de ce genre particulièrement curieux – mais elle l'avait oublié dans le flot de ses préoccupations. Mais un droïd de décontamination ici, à Nystao, à plus de cinquante kilomètres de son secteur d'activité, cela dépassait l'étrangeté. Car ça signifiait...

Elle s'accroupit brusquement, tout en maudissant son insouciance. Il était évident que le Grand Amiral n'avait pu se retirer sans laisser quelqu'un ou quelque chose derrière lui, afin de surveiller.

– Chewie! lança-t-elle. Là-bas, sur ta droite! Il a l'air d'un droïd de décontamination, mais c'est un espion, je pense.

Le Wookie poussa un grognement redoutable et se fraya un chemin dans la cohue. Mais Leia savait déjà qu'il n'atteindrait pas sa proie : les droïds-espions n'étaient pas dotés d'un esprit brillant, mais ils étaient suffisamment malins pour ne pas rester sur place dès qu'ils étaient débusqués. Et celui-là aurait disparu avant que Chewbacca ne l'atteigne. Et s'il était muni d'un émetteur et si jamais un vaisseau de l'Empire était à distance de réception...

– Peuple d'Honoghr! proféra-t-elle. Je vais maintenant vous prouver le bien fondé de ce que j'avance. L'un des droïds de décontamination de l'Empire se trouve ici. Amenez-le moi!

La foule entière se détourna, et Leia sentit l'incertitude des Noghri. Mais, avant même que quiconque ait esquissé un mouvement, le droïd s'élança du recoin d'ombre où il s'était dissimulé. La seconde d'après, elle entrevit sa silhouette entre deux bâtiments.

Tactiquement, il avait opté pour la pire des solutions. En s'enfuyant, il venait de prouver sa culpabilité, surtout en face d'un peuple qui connaissait parfaitement le comportement des droïds de décontamination.

Une rumeur furieuse s'éleva de la foule et une cinquantaine d'adolescents se lancèrent à la poursuite du droïd.

Et, dans le même instant, l'un des gardes qui se trouvait auprès de Leia mit la main en coupe sur sa bouche et poussa un glapissement suraigu.

Leia ne put s'empêcher de tressaillir. Le garde appela une fois encore, et une réponse lui parvint. Il passa alors à un bizarre gazouillis, très bref, comme si des dizaines d'oiseaux piaillaient dans la même seconde. Puis, le silence se rétablit.

– Il en a appelé d'autres à se joindre à la poursuite, dit la maitrakh à Leia.

Leia hocha la tête tout en serrant les poings. Si le droïd disposait d'un émetteur, il devait être en train de transmettre frénétiquement ses données...

Et puis, soudain, les chasseurs réapparurent, accompagnés d'une demi-douzaine de Noghri adultes. Ils brandissaient au-dessus de leurs têtes, comme une prise de chasse, le droïd qui se débattait frénétiquement.

Leia inspira profondément et dit :

– Amenez-le moi.

Six adolescents escaladèrent les marches et déposèrent le droïd sur le dos devant elle. Elle activa son sabrolaser et examina le droïd : apparemment, il n'était pas muni d'une antenne émettrice. Mais cela ne prouvait rien. S'attendant au pire, elle découpa la cuirasse du droïd.

Deux autres entailles en croix, et elle eut sous les yeux ses dispositifs internes.

A la seconde où elle éteignit son sabre, Chewbacca s'agenouilla auprès du droïd. Ses gros doigts plongèrent avec délicatesse dans le labyrinthe des fibres, des câbles et des tubes. Tout en haut du torse, il extirpa une petite boîte grise et jeta un regard à Leia avant de la déconnecter.

Il la posa devant Leia et elle sentit sa gorge se nouer. Oui, elle reconnaissait cette chose. Elle l'avait rencontrée plusieurs fois, dans des circonstances pénibles : c'était une unité de motivation/enregistrement destinée aux droïds de l'Empire. Mais le connecteur d'antenne était absent. La chance était de leur côté, avec la Force.

Chewbacca fouillait maintenant le bas de la cavité. Il en extirpa plusieurs cylindres dont il examina les marques, avant de les remettre en place. La foule s'était remise à murmurer quand il exhiba un gros cylindre accompagné d'une fine aiguille qu'il venait de prélever dans la trémie.

Leia prit le cylindre. Il ne devait pas présenter de danger, mais elle devait prendre des risques.

— Je demande aux dynastes de témoigner que ce cylindre a bel et bien été prélevé à l'intérieur de cette machine ! proféra-t-elle à l'intention de l'assistance.

— Est-ce donc là votre preuve ? demanda Ir'khaim en observant le cylindre d'un air dubitatif.

— Exactement. Je vous ai dit que ces plantes ne sont pas l'herbe *kholm* d'avant le désastre. Mais je ne vous ai pas encore appris quelle était la différence. (Elle prit la pousse d'herbe et l'exhiba.) Les savants de l'Empereur vous ont pris l'herbe *kholm* et ils l'ont changée. Ils ont créé des différences qui se transmettent de génération en génération. Ce parfum différent que vous avez senti est produit par un élément chimique induit dans la tige, dans les racines, et qui reste secret. Un élément chimique qui n'a qu'un seul but : inhiber la croissance de toutes les autres plantes. Ces machines qui, selon le Grand Amiral, nettoient le sol, ne font en fait que détruire cette herbe *kholm* plantée par l'Empire.

— Une fois encore, vous ne nous offrez que des rêves, railla Vor'corkh. Les machines droïds ont besoin de deux dizièmes de journées pour nettoyer un seul *pirkha* de terrain. Il en faudrait une seule à mes filles pour en venir à bout.

Leia eut un sourire sans joie.

— Mais les machines n'ont peut-être pas besoin d'autant de temps qu'il n'y paraît. Voyons...

Elle leva le plant d'herbe *kholm* à hauteur de ses yeux et déposa une goutte de liquide sur la tige.

La démonstration fut parfaitement dramatique. La goutte de liquide fut absorbée par la surface brunâtre de la plante et, durant quelques secondes, apparemment, il ne se passa rien. Puis, un son faible et grésillant s'éleva et, sans autre signe avertisseur, l'herbe noircit et se flétrit. Le mal se propagea très vite dans les feuilles et les racines, et l'assistance relâcha désespérément son souffle. Leia, un instant encore, retint l'herbe *kholm* avant de la lâcher. Elle tomba sur la terrasse de pierre, comme une brindille recroquevillée et noirâtre. Leia la poussa du bout du pied et elle se désintégra en poussière.

Elle s'était attendue à une vague de hurlements outragés, mais le silence qui persistait était plus grave : les Noghri avaient parfaitement compris sa démonstration.

Et, quand elle affronta leurs regards, elle sut qu'elle avait gagné.

Elle reposa le cylindre sur la terrasse auprès de la plante flétrie et se tourna à nouveau vers les dynastes.

— Je vous ai présenté ma preuve, dit-elle. C'est maintenant à vous de décider si la dette des Noghri a été payée.

Son regard se fixa sur Vor'corkh. Et soudain, obéissant à une impulsion inexplicable, elle tira son sabre de sa ceinture, le mit entre les mains du dynaste, et s'avança jusqu'au côté de Khabarakh.

— Je suis navrée, fit-elle doucement. Je ne m'attendais pas à ce que vous souffriez ainsi à cause de moi.

Khabarakh entrouvrit la bouche sur un sourire dentu de Noghri.

— Depuis longtemps, l'Empire nous a apppris que le devoir et l'honneur d'un guerrier sont de savoir faire face à la douleur devant son souverain. Pouvais-je faire moins pour la *Mal'ary'ush* du Seigneur Vador ?

Leia secoua la tête.

— Khabarakh, je ne suis pas votre souveraine, et je ne le serai jamais. Les Noghri sont un peuple libre. Je ne suis venue ici que pour vous rendre cette liberté.

– Et pour nous rappeler à votre côté contre l'Empire, lâcha Vor'corkh d'un ton caustique.

Elle se retourna brusquement.

– Oui, je le souhaiterais. Mais je ne le demande pas.

Le dynaste la scruta un instant. Puis, lentement, il lui restitua son sabrolaser.

– Les dynastes d'Honoghr ne peuvent et ne sauraient prendre une décision aussi importante en un seul jour. Il y a bien des éléments à considérer, et nous devons convoquer toute l'assemblée du peuple des Noghri.

– Alors, convoquez-la, dit Khabarakh. La *Mal'ary'ush* du Seigneur Vador est parmi nous.

– Et la *Mal'ary'ush* peut-elle nous protéger du pouvoir de l'Empire si jamais nous le défions? demanda Vor'corkh.

– Mais...

– Non, Khabarakh, il a raison, intervint Leia. L'Empire préférerait encore vous tuer tous plutôt que de vous voir changer de camp ou même devenir neutres.

– Est-ce que les Noghri auraient oublié comment se battre? railla Khabarakh.

Mais Vor'corkh contra :

– Khabarakh du clan Kihm'bar aurait-il oublié, lui, ce qui est arrivé à Honoghr il y a quarante-huit années? Si nous nous opposons de nouveau à l'Empire, nous n'aurons plus qu'une issue : quitter notre monde et nous cacher n'importe où.

– Ce qui vous vaudrait d'être massacrés sur l'heure par les commandos qui sont encore au service de l'Empire, déclara Leia. Vous voudriez qu'ils meurent sans en connaître la raison? Il n'y a pas d'honneur à ça.

– Vos paroles sont sages, dit Vor'corkh.

Et, pour la première fois, Leia se dit qu'elle lisait du respect dans son regard. Même s'il était réticent.

– Les vrais guerriers comprennent la valeur de la patience. Vous allez nous quitter maintenant?

– Oui, acquiesça Leia. Ma présence ici est encore un danger pour vous. Je vous demanderai une faveur : permettez à Khabarakh de me raccompagner à mon vaisseau.

Vor'corkh regarda Khabarakh.

– La famille de Khabarakh a conspiré pour qu'il soit libéré. Ils ont réussi, et il s'est évadé dans l'espace. Trois équipes commandos se sont lancées à sa poursuite. Tout le clan Kihm'bar sera en disgrâce jusqu'à ce qu'ils nous donnent le nom des responsables.

Leia hocha la tête. C'était une histoire qui en valait bien une autre.

— Assurez-vous que les commandos ne prennent pas contact avec d'autres équipes, dit-elle. Si jamais l'Empire a vent de cela, il vous détruira.

— Vous n'avez pas à dire aux guerriers ce qu'ils doivent faire, rétorqua Vor'corkh. Puis il hésita et leva le cylindre :

« Pourriez-vous nous en avoir d'autres ?

— Oui. Il faut d'abord que nous allions sur Endor pour récupérer mon vaisseau. Khabarakh pourra alors m'accompagner jusqu'à Coruscant et je lui en donnerai.

Le dynaste hésita encore.

— Il n'est pas possible d'en avoir plus tôt ?

Une bribe de conversation apparut dans la mémoire de Leia : la maitrakh lui avait dit que la période de plantation était presque achevée.

— Oui, ça se pourrait, fit-elle. Khabarakh, combien de temps pourrions-nous gagner en évitant le détour par Endor pour rallier directement Coruscant ?

— Approximativement quatre jours, Dame Vador.

Elle hocha la tête. Yan pourrait bien l'étrangler pour avoir abandonné son précieux *Faucon* en orbite au large d'Endor, mais il n'y avait pas d'autre solution.

— D'accord. C'est ce que nous allons faire. Mais soyez prudent en utilisant les cylindres : vous courrez le risque que l'Empire détecte de nouvelles plantations.

— Vous n'avez pas à dire aux fermiers comment faire leur travail, fit Vor'corkh, mais cette fois avec une trace d'humour.

« Nous allons les attendre avec impatience.

— Nous ferions donc bien de partir tout de suite.

Leia se tourna vers la maitrakh et inclina la tête. Enfin... enfin, tout semblait s'incliner dans le bon sens. Et en dépit de ses premiers doutes, la Force lui était revenue.

Elle regarda Khabarakh, activa son sabre, et trancha ses chaînes.

— Venez, dit-elle. Il est temps de partir.

25

Le *Coral Vanda* se vantait d'être le casino le plus spectaculaire de toute la galaxie... et Yan, en observant le décor de l'immense Salle Tralla, comprit pourquoi personne n'avait jamais relevé ce défi.

Une douzaine de tables de sabbac au moins étaient dispersées sur ses trois niveaux, auxquelles s'ajoutaient des bars à lugjack, des cabines de tregald, des tables d'holo-échecs, et même quelques-unes de ces enceintes en fer-à-cheval tellement prisées par les fanatiques de crinbid. L'immense bar qui partageait la salle en deux proposait tout ce que l'on pouvait boire dans l'univers, pour fêter un gros coup ou noyer sa ruine. Tout au fond de la salle, un mini-serveur était à la disposition de ceux qui ne voulaient même pas s'arrêter de jouer pour se restaurer.

Et, quand on était fatigué de regarder ses cartes ou le fond de son verre, il y avait la vue qu'offrait le dôme transparent. Dans les flots d'eau vert-bleu, des centaines de poissons aux couleurs intenses s'ébattaient avec de petits mammifères marins dans les ondulations et les trames fascinantes des célèbres coraux de Pantolomin.

La Salle Tralla, en fait, était le plus beau casino que Yan ait jamais vu de toute sa vie... et le *Coral Vanda* en avait sept autres du même genre.

Lando finit son verre.

– Et maintenant? demanda-t-il.

– Il est ici, Lando, quelque part, fit Yan en s'arrachant au spectacle des coraux.

– Je crois qu'il n'est pas venu parce qu'il n'avait plus

d'argent. Rappelle-toi ce que Sena a dit : ce type balance le fric comme si c'était du poison.

— Oui, mais s'il est à court, il va justement essayer de vendre un autre vaisseau. (Yan finit lui aussi son verre et se leva.) Viens, on va essayer encore dans d'autres salles.

— Et après on recommencera, grommela Lando. Et ainsi de suite. On perd notre temps.

— Tu as une meilleure idée ?

— Oui, en fait, fit Lando à l'instant où ils contournaient un énorme Herglic installé de façon précaire sur deux sièges .

Ils se dirigèrent vers la sortie.

— Au lieu de tourner en rond comme on le fait depuis six heures, on ferait mieux de nous planter à une table de sabbac et de perdre du fric. On ne tardera pas à raconter qu'il y a deux crétins qui sont bons à râtisser. Et si ce type balance ses crédits comme le dit Sena, il va peut-être penser qu'il peut se refaire sur notre dos.

Yan dévisagea son camarade avec une certaine surprise. La même idée lui était venue deux heures auparavant, mais jamais il n'aurait imaginé que Lando la lui sorte.

— Tu penses que ton orgueil de joueur pourra encaisser ça ?

Lando le regarda bien en face.

— Pour autant que ça me ramène vers mes mines, mon orgueil est prêt à encaisser n'importe quoi.

Yan grimaça : il avait parfois le sentiment d'avoir entraîner Lando dans toute cette histoire malgré lui.

— Oui. Désolé. Alors, je vais te dire. On va jeter un dernier coup d'œil dans la Salle Saffkin. Et s'il n'y est pas, on revient ici et on...

Il s'interrompit net. Car là, sur le bar, en face du tabouret vide, un cigare fumait dans un cendrier. Et son odeur inhabituelle était cependant familière...

— Hon, hon, fit Lando.

— Je n'arrive pas à y croire, dit Yan tout en portant la main à son blaster et en promenant les yeux sur la salle.

— Mais il faut y croire, mon ami, dit Lando. (Il posa la main sur le siège.) Il est encore chaud. Il ne doit pas être... le voilà.

Niles Ferrier était là, derrière l'arche de verre-miroir, un cigare planté entre les dents. Il leur sourit, leur adressa un salut narquois, et disparut.

– Ça c'est splendide, fit Lando. Et maintenant?...

– Il veut qu'on le suive, fit Yan en jetant un bref coup d'œil alentour.

Il ne vit personne de familier, ce qui ne signifiait rien. Les hommes de Ferrier les entouraient sans doute.

– Voyons ce qu'il veut.

– Ça peut être un piège, le prévint Lando.

– Ou alors, il est prêt à négocier. N'oublie pas ton blaster.

– Tu veux rire.

Ils étaient à mi-chemin de l'arche lorsqu'ils entendirent comme un lointain roulement de tonnerre. Il fut suivi d'un second, puis d'un troisième. Le brouhaha des conversations s'interrompit. Tous les clients du casino étaient attentifs et, soudain, le *Coral Vanda* tout entier parut trembler.

Yan regarda Lando.

– Tu penses ce que je pense? marmonna-t-il.

– Des coups de turbolaser dans l'eau, fit Lando d'un air sombre. C'est pour Ferrier. Pas pour nous.

Yan acquiesça, l'estomac douloureusement noué. Ferrier avait fait accord avec l'Empire... et si l'Empire mettait la main sur la flotte *Katana*, l'équilibre des forces dans la guerre en cours serait en sa faveur.

Et l'Empire était sous le commandement d'un Grand Amiral...

– Il faut qu'on rattrape ce trafiquant de vaisseaux, et très vite! lança-t-il en se précipitant vers la sortie. On peut essayer de le mettre dans une capsule de secours ou je ne sais quoi.

– J'espère, avant que les passagers ne commencent à paniquer, ajouta Lando. Allons-y!

Ils se ruèrent vers l'arche, mais trop tard. Un nouveau coup de tonnerre résonna, plus proche cette fois, droit au-dessus d'eux, et durant une seconde, le récif de corail fut violemment illuminé en vert. Le *Coral Vanda* vacilla comme un animal blessé, et Yan dut s'agripper à l'arche pour ne pas tomber...

Quelqu'un lui saisit alors le bras et l'attira en arrière, le faisant basculer sur sa droite. Instinctivement, il tenta de saisir son blaster, mais des bras poilus et puissants se refermèrent sur son torse et son visage, et il fut soudain aveugle et impuissant, tandis que la panique se propa-

310

geait dans le corridor. Il voulut crier, mais l'étreinte velue ne se relâcha pas. Il se débattait en jurant, mais on le traînait déjà au long du corridor. Deux coups de tonnerre éclatèrent, qui faillirent le séparer de son adversaire. Ils changèrent alors de direction, et son coude heurta l'embrasure d'une porte.

Une poussée violente, et il se retrouva libre tout à coup, le souffle court.

Il était dans une sorte de petit entrepôt. Des caisses de bouteilles étaient empilées jusqu'au plafond. Certaines étaient tombées sous les chocs subis par le *Coral Vanda*, et il vit un ruisseau rouge qui se répandait.

Et Ferrier, près du seuil, qui lui souriait.

— Salut, Solo. C'est gentil à toi de venir me rendre visite.

— L'invitation était trop tentante, fit Yan d'un ton aigre.

Son blaster semblait suspendu en l'air, à deux mètres de distance, au centre de ce qui pouvait être une ombre étrangement dense.

— Tu te souviens de mon spectre, bien sûr, reprit Ferrier d'un ton enjoué. C'est lui qui a collé la balise de repérage sur votre *Lady Luck*. Et c'est lui qui était *à bord.*

Ainsi, Ferrier avait trouvé ce moyen pour aller aussi vite. Un autre coup de tonnerre secoua le *Coral Vanda*, et une autre caisse tomba. Yan s'écarta et observa l'ombre vivante de plus près. Cette fois, il réussit à discerner deux yeux ainsi que des crocs. Il avait toujours pensé que les spectres appartenaient aux légendes de l'espace. Ce qui n'était apparemment pas le cas.

— Il n'est encore pas trop tard pour conclure un marché, déclara-t-il à Ferrier.

L'autre lui renvoya un regard surpris.

— Mais, Solo, c'est *ton* marché. Pourquoi crois-tu que tu es ici et non dehors, où la bagarre commence? Nous allons te garder ici bien au chaud, jusqu'à ce que les choses soient réglées. (Il haussa un sourcil.) Par contre, Calrissian, c'est un autre problème...

— Qu'est-ce que tu veux dire?

— Je veux dire que j'en ai assez de toujours le trouver en travers de ma route, fit Ferrier d'un ton suave. Par conséquent, lorsque le *Coral Vanda* décidera de se rendre et de faire surface, je m'assurerai que Calrissian se porte en avant pour protéger ce pauvre capitaine Hoffner des méchants commandos de l'Empire. Avec un peu de chance...

Il leva les mains avec un sourire radieux.

– Hoffner... C'est comme ça qu'il s'appelle, hein? (Yan essayait de refréner sa colère. Ça n'aiderait en rien Lando.) Et supposons qu'il ne soit pas à bord? Ça ne plaira pas du tout aux Impériaux.

– Oh, mais si, il est à bord. Quoique je pense qu'il commence à devenir un peu dingue. On l'a enfermé dans notre appartement environ une heure après le départ.

– Tu es certain que c'est vraiment lui?

Ferrier haussa les épaules.

– Si ce n'est pas lui, c'est le problème du Grand Amiral : c'est lui qui m'a donné le nom.

Un autre choc secoua le bâtiment.

– Bien, dit Ferrier, ça été un plaisir, encore une fois, de bavarder avec toi, Solo, mais je dois m'occuper d'un marché. (Il reprit son équilibre et posa la main sur la porte.) A un de ces jours.

– Nous sommes prêts à te payer le double du prix que t'offre l'Empire, insista Yan.

Ferrier ne se donna même pas la peine de répondre. Avec un dernier sourire, il disparut.

Yan leva les yeux vers le spectre.

– Et toi? fit-il. Tu veux être riche?

L'ombre lui dévoila ses crocs sans répondre. Un nouveau coup de tonnerre éclata et ils basculèrent sur le côté. Le *Coral Vanda* avait été solidement construit, mais Yan savait qu'il ne résisterait pas longtemps à ce genre de harcèlement. Tôt ou tard, il devrait faire surface et se rendre... et les commandos impériaux donneraient l'assaut.

Il ne lui restait que quelques minutes pour trouver un moyen de s'enfuir d'ici.

Les batteries de turbolasers du *Chimaera* tirèrent une autre salve et, sur le moniteur holographique, une ligne rouge se dessina fugacement dans la mer, à proximité du cylindre noir qui figurait la position du *Coral Vanda*. Une brève seconde, elle fut cernée du vert pâle de l'eau de mer avant de flamboyer en vapeur à haute température.

Puis, le vert aigue-marine se répandit dans toutes les directions, et le *Coral Vanda* oscilla de façon visible sous l'onde de choc.

– Ils sont bien entêtés, ça, je dois le reconnaître, fit Pellaeon.

– Ils ont à bord des hommes influents et riches, lui rappela Thrawn. La plupart préféreraient sans doute mourir noyés plutôt que d'abandonner leur argent sous la force.

Pellaeon consulta ses écrans.

– Ils devront choisir avant peu. Leur système de propulsion principal est détruit, et des microfractures sont lisibles dans leur coque. Selon l'ordinateur, s'ils ne font pas surface dans dix minutes, ils sont perdus.

– Capitaine, ils ont une multitude de joueurs à bord. Ils sont sans doute en train de parier sur la résistance du bâtiment tout en cherchant une alternative.

– Et quelle pourrait être cette alternative? demanda Pellaeon sans quitter l'écran des yeux.

– Voyez un peu, fit Thrawn.

Il effleura quelques touches, et un petit cercle blanc se matérialisa devant le *Coral Vanda* et se déploya comme un ver frénétique.

– Il semble qu'il existe une issue pour eux, sous cette section du récif de corail. Et elle leur permettrait de s'évader, du moins temporairement. Je crois que c'est ce qu'ils vont tenter.

– Ils ne réussiront jamais. Pas avec toutes ces secousses Mais il vaut mieux nous en assurer. Un tir bien ajusté sur l'entrée de leur labyrinthe suffira.

– Oui, fit Thrawn, d'un ton méditatif. Quel dommage, néanmoins, que de toucher à ces récifs coraliens. De véritables œuvres d'art. Uniques du fait qu'elles ont été créées par des êtres vivants, certes, mais inintelligents. J'aurais tellement aimé les étudier plus à fond. (Il inclina la tête à l'adresse de Pellaeon.) Vous pourrez ouvrir le feu dès que vous serez prêt, capitaine.

Un autre coup de tonnerre. L'eau bouillonna autour du *Coral Vanda*. Et Yan choisit cette seconde pour entrer en action.

Il avait été projeté sur le côté et, plutôt que de s'immobiliser, il se laissa rouler à travers la pièce et percuta les piles de caisses en se présentant de dos à l'ultime seconde. Il lança alors les mains vers le haut, retrouva son équilibre, et retint la caisse la plus haute. Puis, comme l'onde de l'impact se prolongeait, il la fit pivoter, assura sa prise, et la lança ausi fort que possible en direction du spectre.

Le non-humain la reçut en pleine poitrine, bascula, et tomba en arrière.

Yan fut sur lui dans la seconde qui suivit et lui arracha son blaster. Il pivota. Le spectre s'était emparé de la boîte et il essayait de se rétablir dans une mare de whisky Menkeroo.

– Stop! lança Yan en braquant son blaster.

Il aurait pu tout aussi bien s'adresser à un trou dans les nuages : le spectre se redressait.

Yan n'avait qu'une dernière solution avant de l'abattre. Il abaissa son blaster et tira dans la flaque de whisky. Avec un *flouf!* discret, le centre de la pièce s'embrasa en bleu.

Le non-humain se rejeta en arrière en hurlant quelque chose que Yan ne put comprendre. Heureusement, se dit-il. Il fut projeté contre une pile de caisses qui faillit bien s'abattre sur lui. Il tira deux fois au-dessus du spectre, déclenchant des cascades d'alcool. Le spectre hurla une fois encore, et retrouva son équilibre...

Au troisième tir, Yan mit le feu à la cascade d'alcool.

Le spectre lança un hurlement suraigu en se débattant entre les flammes. Mais Yan se dit qu'il obéissait plus à la colère qu'à la douleur. L'alcool en flammes n'était pas aussi brûlant que cela et, avant quelques secondes, le spectre lui briserait le cou.

Mais il n'en eut pas le temps. Les systèmes d'extinction entrèrent en action et le spectre fut étouffé sous la mousse.

Yan n'attendit pas de voir le résultat. Il fila vers la porte.

Le corridor était à présent désert. Tous les passagers paniqués avaient fui vers les capsules d'évacuation. D'un coup de blaster, Yan fit sauter la serrure et courut vers le sas du bâtiment. Avec l'espoir de récupérer Lando à temps.

Dans les tréfonds du bâtiment, entre les cris et les plaintes des passagers, Lando pouvait entendre le ronronnement assourdi des pompes. Le *Coral Vanda* allait se rendre plus tôt qu'il ne l'avait prévu.

Il jura en jetant un autre regard par-dessus son épaule. Mais par tous les démons, où Yan était-il donc passé? Il pourchassait sans doute Ferrier pour savoir ce que ce satané voleur mijotait... Ça, c'était du Yan pur et dur : il courait derrière son intuition juste au moment où il y avait un maximum de travail à faire.

Quand il atteignit le sas, il trouva une dizaine de membres d'équipage du *Coral Vanda* qui s'installaient aux postes de défense.

– Il faut que je parle au commandant ou à un autre officier! lança-t-il.

– Retournez dans votre salle! Nous allons aborder!

– Je le sais. Et je sais aussi ce que veulent les Impériaux.

L'homme lui décocha un regard inquiet.

– Ah oui?

– L'un de vos passagers a quelque chose destiné à l'Empire.

– Il s'appelle comment?

– Je l'ignore. Mais je peux vous le décrire.

– Splendide! fit l'autre tout en vérifiant le niveau de charge de son blaster. Je vais vous dire ce que vous devez faire : vous filez droit vers l'arrière et vous inspectez toutes les chambres. Et vous revenez nous dire si vous l'avez trouvé.

– Je parle sérieusement, fit Lando en grinçant des dents.

– Moi aussi. Allez, fichez le camp.

– Mais...

– J'ai dit : dégagez. (Il pointa son blaster sur Lando.) Si votre passager a un peu de bon sens, il s'est déjà éjecté dans une capsule.

Lando recula dans le corridor, et le poids de toute cette situation reflua dans son esprit. Non, le trafiquant de vaisseau ne pouvait être dans une capsule de secours. Mais il ne pouvait être non plus dans sa cabine. Ferrier était là, et le connaissant, il ne se serait certainement pas montré avant d'avoir gagné la partie.

Le pont bougea : le *Coral Vanda* venait d'atteindre la surface. Lando courut vers la poupe. Il trouva un terminal d'ordinateur deux couloirs plus loin. S'il pouvait afficher une liste des passagers et trouver la cabine de Ferrier, il pourrait le rejoindre avant que les Impériaux ne prennent le contrôle du navire.

Il s'élança au pas de course et tourna dans un couloir latéral.

Ils arrivaient droit sur lui : quatre types musclés, le blaster braqué, accompagnés d'un personnage mince, aux cheveux rares. Qui repéra instantanément Lando, et fit feu.

Le premier coup le manqua de peu. Le deuxième carbonisa un pan de la paroi et Lando dut plonger dans un recoin.

— Plus question de retrouver la cabine de Ferrier, murmura Lando.

Une autre salve lui coupa la route, et puis, soudain, les tirs cessèrent. Le blaster au poing, Lando contourna l'angle et risqua un coup d'œil.

Ils avaient disparu.

— Parfait, marmonna-t-il en inspectant un peu plus longuement le corridor.

Ils s'étaient sans doute repliés dans l'un des quartiers d'équipage réservés qui s'étendaient jusqu'au centre du bâtiment. Se lancer à leur poursuite dans un environnement aussi peu familier n'était sans doute pas une bonne idée, mais il n'avait guère d'autres options. Avec une dernière grimace, il franchit l'angle...

Et étouffa un cri à la seconde où un trait de blaster lui effleura la manche. Il plongea dans le couloir latéral et entrevit brièvement trois autres adversaires qui arrivaient par le corridor principal. Il se cogna la tête contre le tapis, roula sur le flanc, dégagea ses jambes de la ligne de tir, conscient que si les premiers agresseurs étaient toujours là, il était mort. Un tir de barrage des nouveaux venus écorcha la paroi. Le souffle coupé par le bond qu'il venait de faire, Lando se redressa et plongea sous une arche qui coupait le corridor, devant lui. Ça n'était pas un abri très sûr, mais il n'avait rien d'autre à sa disposition.

Il venait à peine de parvenir sur le seuil quand il entendit jurer ses assaillants. Puis des coups de blaster d'un calibre différent résonnèrent...

Et ce fut le silence.

Lando se demanda ce qu'ils préparaient. Il entendit un bruit de course et s'aplatit autant que possible, tout en pointant son arme.

– Lando ?

Il poussa un soupir de soulagement.

– Par ici, Yan. Viens... Les types de Ferrier tiennent notre homme.

Yan tourna l'angle et se précipita vers lui.

– Ça n'est pas tout, mon pote, fit-il entre deux halètements. Ferrier en a aussi après toi.

Lando grimaça.

– Ne t'en fais pas pour moi. Je pense qu'ils sont descendus vers le centre du navire. Il faut les rattraper avant qu'ils atteignent l'écoutille principale.

– On peut essayer, fit Yan en regardant autour d'eux. Là-bas : ça ressemble à une porte destinée à l'équipage.

C'était bien le cas. Mais elle était fermée.

– Les types de Ferrier ont réussi à entrer, grommela Lando en se baissant pour examiner le panneau de commande.

« Oui, c'est ça...On l'a trafiqué. Voyons voir...

Il introduisit prudemment un doigt dans le mécanisme et, avec un *cliquetis*, le panneau s'ouvrit.

– On y va, dit-il.

Il se redressa...

Et se rejeta en arrière au premier tir de blaster.

– Oui, c'est ça, on y va, dit Yan.

Il se plaquait contre la paroi, le blaster au poing. Mais il n'avait pas la moindre chance de riposter au feu de l'arrière-garde.

– Ferrier a combien d'hommes à bord ?

– Beaucoup, fit Lando.

La porte décida que personne ne devait franchir le seuil, et se referma.

– On va employer les gros moyens, décida Lando. On file jusqu'au sas et on essaie de les épingler.

Yan le prit par l'épaule.

– Trop tard. Ecoute.

Lando se figea et écouta. Par-dessus la rumeur sourde des machines du navire, il perçut des rafales de fusils-lasers.

– Les commandos, murmura-t-il. Ils ont débarqué.

– Oui, acquiesça Yan. (Le pont vibra sous leurs pieds et, soudainement, les tirs s'apaisèrent.) Une grenade subsonique ! Oui, c'est bien ça. Viens.

– Mais où est-ce que nous allons ? jeta Lando tandis que Yan s'élançait dans le corridor latéral.

– Vers la poupe. On va essayer de prendre une capsule et de ficher le camp.

Lando, stupéfait, dévisagea son ami, et il ravala toutes les protestations qui venaient de lui traverser l'esprit. Yan avait les traits tendus et on lisait la colère dans son regard. Il savait ce que tout cela signifiait. Et sans doute bien mieux que Lando.

La capsule surgit à la surface de la mer en même temps que des centaines d'autres. Ils étaient entourés de débris de coraux à la dérive. A travers le hublot minuscule, Yan observa les dernières navettes d'assaut qui s'élevaient du *Coral Vanda* et regagnaient l'espace.

– Alors c'est fini, hein ? risqua Lando, assis à ses côtés.

– Oui. Et ils vont probablement commencer à récupérer les capsules.

– On a fait notre possible, fit Lando, tranquillement. Et ç'aurait pû être pire. Ils auraient pu faire sauter le *Coral Vanda* – et on aurait passé des jours à attendre qu'on nous repêche.

– Ce qui aurait donné un peu plus d'avance à l'Empire.

– Oui, concéda Yan avec un sourire amer. Maintenant, on domine la situation.

– Mais qu'est-ce qu'on aurait pu faire d'autre, je te le demande ? Saborder le navire pour les empêcher d'entrer ? En tuant quelques centaines de personnes ? A moins que trois navettes bourrées de troupes d'assaut ne nous aient liquidés ? Au moins, Coruscant a maintenant une chance de se préparer avant que les vaisseaux de la Force Sombre n'entrent dans la bataille.

Lando avait du tempérament – on ne pouvait pas lui retirer ça. Et il faisait tout ce qu'il pouvait. Mais Yan n'avait pas besoin qu'on lui remonte le moral en ce moment.

– Comment se prépare-t-on, à ton avis, à subir l'assaut de deux cents cuirassés lourds ? Nous sommes presque à la limite de nos moyens.

– Allons, Yan, fit Lando avec une pointe d'irritation. Même en supposant que les vaisseaux soient en parfait état et prêts à partir, il va leur falloir deux mille hommes d'équipage. Ce qui représente des années de recrutement et de formation pour l'Empire.

– Si l'on oublie le fait que l'Empire a d'ores et déjà

demandé de nouveaux vaisseaux. Ce qui implique que de nouvelles recrues sont prêtes à embarquer.

– Je doute qu'ils en aient quatre cent mille. Allez, essaie de voir les choses sous un angle meilleur, pour une fois.

– Je n'en vois aucun, fit Yan en secouant la tête.

– Mais si. Grâce à ton intervention rapide, la Nouvelle République est encore en mesure de riposter.

– Que veux-tu dire?

– Tu m'as sauvé la vie, rappelle-toi! Tu as abattu les gorilles de Ferrier.

– Oui, d'accord, mais quel rapport avec les chances de la Nouvelle République?

– Yan! s'écria Lando d'un ton scandalisé. Tu sais très bien que la Nouvelle République s'effondrerait si je n'étais pas toujours là!

En dépit de ses efforts, Yan ne put réprimer un sourire. Qui ressemblait plutôt à une grimace?

– D'accord, je me rends. Si j'arrête de ronchonner, est-ce que tu vas te taire?

– Marché conclu.

Yan se pencha vers le hublot, et son faible sourire s'effaça. Lando pouvait dire n'importe quoi, mais la perte de la flotte *Katana* serait un désastre majeur. Ils le savaient aussi bien l'un que l'autre. Il fallait absolument qu'ils empêchent l'Empire de faire main basse sur ces vaisseaux.

Par n'importe quel moyen.

26

Mon Mothma secoua la tête avec une expression d'incrédulité.

— La flotte *Katana*, dit-elle dans un souffle. Après tant d'années. C'est incroyable.

— Certains exprimeraient cela plus fortement, commenta Fey'lya d'un ton froid.

Une lente ondulation parcourut son pelage tandis qu'il observait le visage impassible de Karrde.

Il avait réagi plusieurs fois ainsi, remarqua Leia. Il observait tour à tour Karrde, puis Luke, puis elle d'un regard acéré. Il ne s'intéressait même plus à Mon Mothma.

— Certains, ajouta-t-il, pourraient sérieusement douter de la vérité des faits que vous nous rapportez.

Luke s'agita dans son siège, et Leia sentit son irritation. Mais Karrde se contenta de hausser un sourcil.

— Etes-vous en train d'insinuer que je mens?

— Un contrebandier qui mentirait? railla Fey'lya. Quelle idée!

— Il ne ment pas, fit Yan d'une voix tendue. On a retrouvé la flotte. J'ai vu l'un des vaisseaux.

— Peut-être...

Le regard de Fey'lya s'appesantit sur la table lisse. De tous les participants de la réunion, Yan avait été le seul, jusqu'alors, à échapper aux regards du Bothan. Pour une raison qu'il ignorait, l'autre ne se tournait vers lui qu'avec réticence.

— Peut-être pas. Il y a dans cette galaxie bien d'autres cuirassés lourds en dehors de ceux de la flotte *Katana*.

– Je ne le crois pas, déclara Luke en observant tour à tour Fey'lya et Mon Mothma. La flotte *Katana* a été retrouvée, l'Empire est sur sa piste, et nous, nous restons là à bavarder ?...

– Le problème est sans doute que *vous* croyez trop de choses, ou trop facilement, dit Fey'lya en le fixant. Solo nous a appris que l'Empire cache quelqu'un qui pourrait les conduire à ces prétendus vaisseaux. Et pourtant, Karrde nous dit que lui seul connaît la position de la flotte.

– Je l'ai dit déjà au moins une fois, répliqua Karrde d'un ton acerbe. Nous n'avons fait que supposer que personne d'autre n'était au courant de notre découverte. Le capitaine Hoffner, à sa façon, était un personnage très astucieux, et j'aurais tendance à penser qu'il a très bien pu tirer une copie des coordonnées de la flotte à son propre usage avant que je ne les efface.

– Je suis ravi de constater la confiance que vous placiez en votre ex-associé, dit Fey'lya. Pour ma part, je pense que c'est le capitaine Solo qui est dans l'erreur. Ou alors... (Un nouveau frisson parcourut son pelage.) Il aura été délibérément abusé.

Leia sentit le changement d'humeur de Yan.

– Conseiller, pouvez-vous vous expliquer ? demanda-t-il.

– Oui, je crois qu'on vous a menti, dit Fey'lya d'un ton tranchant, tout en évitant son regard. Je pense que votre contact – qui, soit dit en passant, a été extrêmement difficile à identifier – vous aura raconté une histoire construite de toutes pièces, consolidée avec de fausses preuves. Cet élément mécanique que vous et Calrissian avez examiné pouvait venir de n'importe où. Vous avez admis vous-même que vous n'avez jamais pris pied à bord d'un de ces vaisseaux.

– Et le raid impérial sur *Coral Vanda* ? demanda Yan. *Eux*, ils pensaient qu'ils avaient une bonne prise à faire.

Fey'lya eut un mince sourire.

– A moins qu'ils n'aient voulu nous le faire croire. Ce qui se pourrait très bien... si votre contact anonyme travaille en fait pour eux.

Leia regarda Yan. Ele devinait quelque chose, sous la surface. Un brassement d'émotion qu'elle ne pouvait identifier.

– Yan?... demanda-t-elle calmement.

– Non, fit-il sans quitter Fey'lya des yeux. Il ne travaille pas pour les Impériaux.

– C'est vous qui le dites, fit Fey'lya d'un ton hautain. Mais vous n'avez guère de preuves.

– D'accord, intervint Karrde. Supposons donc que tout cela ne soit qu'une bulle de savon géante. Qu'est-ce que le Grand Amiral pourrait bien en tirer?

Fey'lya se hérissa et Leia décida qu'il était sans doute irrité. Avec Karrde, elle s'était opposée à la théorie du Bothan, qui prétendait que Thrawn, en vérité, n'était pas un Grand Amiral de l'Empire. Fey'lya n'avait pas très bien accepté cette défaite mineure.

– Je pense que c'est évident, dit-il d'un ton roide. Combien de systèmes, selon vous, devrait-il laisser sans défense pour recruter des équipages parfaitement formés afin de réactiver deux cents cuirassés lourds? Non, l'Empire a beaucoup à gagner de toute action hasardeuse de notre part.

– Il a aussi beaucoup à gagner si nous ne faisons rien, le coupa Karrde, d'une voix glacée. J'ai travaillé avec Hoffner durant plus de deux ans. Et je peux vous dire une chose : il ne faudra pas longtemps aux Impériaux pour qu'il leur livre l'emplacement de la flotte. Si vous n'agissez pas très vite, vous allez tout perdre.

– S'il y a quoi que ce soit à perdre, dit Fey'lya.

Leia posa la main sur le bras de Yan d'un geste pressant.

– Voilà qui est facile à vérifier, intervint-elle avant que Karrde ait pu répondre. Nous pouvons dépêcher un vaisseau sur place avec une équipe technique. Si la flotte est bien là et paraît opérationnelle, nous pourrons alors lancer une opération de récupération.

A en juger par l'expression de Karrde, cette solution lui paraissait bien trop lente. Mais il l'approuva cependant.

– Je suppose que c'est raisonnable.

Leia consulta Mon Mothma.

– Je suis d'accord moi aussi. Conseiller Fey'lya, vous allez dire à l'amiral Drayson de préparer une frégate d'escorte ainsi que deux escadrons d'ailes X en vue de cette mission. Prenez de préférence un vaisseau qui soit déjà ici, sur Coruscant. Nous ne tenons pas à ce que quiconque, hors du système, puisse soupçonner nos mouvements.

Fey'lya inclina brièvement la tête.

— Il en sera comme vous le souhaitez. Est-ce que demain matin vous convient?

— Oui, fit Mon Mothma en coulant un regard vers Karrde. Et nous aurons besoin des coordonnées de la flotte.

— Certes, acquiesça Karrde. Je vous les donnerai dès demain matin.

Fey'lya grinça :

— Capitaine Karrde, laissez-moi vous rappeler...

— A moins, bien entendu, Conseiller, poursuivit Karrde d'un ton serein, que vous ne préfériez que je quitte Coruscant dès ce soir pour offrir le marché au meilleur preneur.

Fey'lya lui décocha un regard furieux et tout son pelage se rida. Mais il ne pouvait rien contre Karrde et il le savait.

— Demain matin, donc, grogna-t-il.

— Parfait, acquiesça Karrde. Je pense que je vais regagner mes quartiers et me reposer un peu avant le dîner.

Il regarda Leia... et, soudain, quelque chose changea dans son expression, et dans son esprit. Elle hocha légèrement la tête, et il détourna le regard avec insouciance en se levant.

— Mon Mothma, Conseiller Fey'lya. Cet entretien a été très intéressant.

— A demain matin, fit Fey'lya d'un air sombre.

Un sourire vaguement sardonique joua sur les lèvres de Fey'lya.

— Bien sûr.

— Je déclare donc cette réunion ajournée, fit Mon Mothma, très officielle.

— Allons-y, murmura Leia à Yan tandis que les autres ramassaient les blocs de données.

— Que se passe-t-il?

— Je crois que Karrde veut nous parler, dit-elle. Viens... Je ne tiens pas à rester coincée ici avec Mon Mothma.

— Bon, d'accord, vas-y, fit Yan d'un ton bizarrement inquiet.

Elle plissa le front.

— Tu es certain?

— Oui. (Il regarda par-dessus son épaule, et elle surprit Fey'lya en train de quitter rapidement la pièce.) Vas-y. Je te rejoindrai.

– D'accord.

– Tout se passera bien. (Il lui pressa la main.) J'ai seulement besoin de parler à Fey'lya pendant une minute.

– A propos de quoi?

– C'est personnel.

Il lui fit un de ces sourires obliques qu'elle aimait tant d'habitude. Mais, cette fois, Yan ne semblait plus aussi innocent.

– Allez... Tout va bien. Je veux juste lui dire quelques mots. Fais-moi confiance.

– *Ça*, tu me l'as déjà dit, soupira-t-elle.

Mais Luke s'était déjà retiré... et elle vit dans le regard de Mon Mothma qu'elle n'allait pas tarder à la rejoindre pour lui demander un service.

– Essaie seulement d'être un peu diplomate, d'accord?

– Bien sûr. Fie-toi à moi.

Fey'lya descendait le Grand Corridor qui conduisait à la salle du Conseil lorsque Yan le repéra. Il pressait le pas avec l'attitude de celui qui ne veut pas qu'on le remarque.

– Hé! lança Yan. Conseiller Fey'lya!

Yan se hâta à son tour, et, en quelques foulées, il se retrouva à la hauteur du Bothan.

– Conseiller, j'aimerais vous dire un mot.

Fey'lya ne lui accorda même pas un regard.

– Nous n'avons à discuter de rien, dit-il.

– Oh, mais si. Peut-être de la façon dont vous pouvez vous sortir de ce pétrin.

– Je croyais que votre femelle était la diplomate de la famille, grinça Fey'lya en lançant un bref regard torve à Yan.

– On se relaie, disons, fit Yan en s'efforçant de ne pas être trop désagréable.

« Vous voyez, si vous avez des problèmes, c'est parce que vous essayez de jouer la politique à la façon des Bothans. L'ennui, c'est que personne ne vous a suivi, et vous voilà mouillé, et votre réputation en prend un coup. Vous ne savez pas faire des concessions avec élégance, et vous vous imaginez que l'unique solution pour sauver votre prestige, c'est de faire tomber Ackbar.

– Vraiment? fit Fey'lya d'un ton aigre. Il ne vous est pas venu à l'idée que je me suis mouillé, comme vous dites, parce que je croyais vraiment qu'Ackbar était coupable de trahison?

— Pas vraiment, non. Mais beaucoup de gens le pensent, et c'est pour ça que votre réputation en a pris un coup. Ils n'arrivent pas à imaginer qu'on puisse faire un tel cirque sans la moindre preuve.

— Et qu'est-ce qui vous fait croire que je n'ai pas de preuve?

— Pour commencer, le simple fait que vous n'en ayez produit aucune, dit Yan d'un ton acerbe. Et puis aussi que vous ayez expédié Breyl'lya sur New Cov pour essayer de conclure une espèce de marché de prestige avec le Sénateur Bel Iblis. Car c'est bien ce que Breyl'lya essayait de faire là-bas, non?...

— J'ignore de quoi vous parlez, marmonna le Bothan.

— D'accord. Et, troisième chose : il y a à peine cinq minutes, vous étiez prêt à balancer Bel Iblis rien que pour avoir un peu de temps afin de ramener la flotte *Katana*.

Brusquement, l'autre s'arrêta.

— Laissez-moi vous parler franchement, capitaine Solo. Que vous compreniez ou non mes motifs, ce qui importe, c'est que moi je comprends les vôtres. Vous espérez ramener vous-même la flotte *Katana* sur Coruscant. Et, fort de cet exploit, provoquer ma chute et rétablir Ackbar dans ses fonctions.

— Non, fit Yan en secouant la tête d'un air las. Et c'est bien ce qui ne va pas, Conseiller. Leia et les autres n'obéissent pas aux règles des Bothans. Ils prennent des décisions en se fondant sur des preuves, et non des coups de prestige. Si Ackbar est coupable, il sera puni. S'il est innocent, il sera libéré. C'est aussi simple que ça.

Fey'lya eut un sourire mordant.

— Croyez-en mon conseil, capitaine Solo, et contentez-vous de batailles et de contrebande : ce sont des choses que vous comprenez. Les règles secrètes de la politique vous dépassent de loin.

— Une autre erreur, Conseiller. Vous pouvez faire marche arrière dès maintenant sans rien perdre, vraiment. Mais si vous persistez, vous risquez d'entraîner toute la Nouvelle République dans votre chute.

Fey'lya se dressa de toute sa hauteur.

— Capitaine Solo, je n'ai pas l'intention de chuter. Mes partisans militaires au sein de la Nouvelle République y veilleront. Ackbar tombera, et j'occuperai son poste. Maintenant, veuillez m'excuser, je dois m'entretenir avec l'amiral Drayson.

Il se détourna et s'éloigna. Yan l'observa un instant, avec le goût amer de la défaite dans la bouche. Fey'lya ne comprenait-il donc pas ce qu'il était en train de faire ? Qu'il risquait tout pour un pari à long terme ?

Il fallait sans doute un joueur expérimenté pour comprendre quels étaient les enjeux.

Ou un politicien moins installé dans son système personnel au point d'être incapable d'en sortir.

Fey'lya atteignit le bout du corridor et se dirigea vers le centre de l'Amirauté. Yan, en secouant la tête, prit le chemin des quartiers de Karrde. D'abord, le *Coral Vanda*, et maintenant ça. Il espéra que ce n'était pas une nouvelle habitude.

Mara Jade, debout devant la fenêtre de sa chambre, observait les Monts Manarai dans le lointain, l'esprit oppressé par de sombres souvenirs. Le Palais Impérial. Elle était de retour après cinq années. Elle revoyait toutes les réunions, les cérémonies, les intrigues. C'était ici que sa vie avait vraiment commencé.

Et c'était ici qu'elle avait pris fin.

Ses ongles grattèrent les incrustations du montant. Des visages familiers défilaient devant elle : le Grand Amiral Thrawn, le Seigneur Vador, le Grand Moff Tarkin, plus des centaines de politiciens, de conseillers, de sycophantes. Mais, au-dessus, tout au-dessus, il y avait l'Empereur. Il était là, aussi net et présent que s'il l'observait de l'autre côté de la fenêtre. Son visage ridé avait une expression de mécontentement, et, dans ses yeux à l'éclat jaune, elle lut la désapprobation, la colère.

TU VAS TUER LUKE SKYWALKER.

– J'essaie, souffla-t-elle.

Mais, alors même que ces mots se répandaient en échos dans ses pensées, elle se demanda si c'était vrai.

Elle avait aidé à sauver la vie de Skywalker sur Myrkr. Elle était allée implorer son aide sur Jomark. Et maintenant, voilà qu'elle l'avait suivi sur Coruscant sans protester.

Elle ne courait aucun danger. Karrde non plus. Elle ne

voyait pas comment Skywalker pouvait lui être utile à elle comme aux gens de Karrde.

En résumé, elle n'avait aucune excuse.

Elle entendit le bruit sourd d'une porte qui s'ouvrait et se refermait dans la chambre voisine. Karrde était de retour de leur réunion. Heureuse de cette excuse pour interrompre le cours de ses réflexions, elle se dirigeait vers la porte quand Karrde entra le premier.

— Mara ? Entrez, s'il vous plaît.

Elle le rejoignit près de son terminal. Et elle n'eut besoin que d'un bref regard pour savoir.

— Ça s'est mal passé ? demanda-t-elle.

— Je n'en suis pas vraiment certain, fit-il en extrayant une carte de données de la fente de duplication.

« Ce Bothan résiste de façon surprenante à notre offre. Il a véritablement forcé Mon Mothma à surseoir à toute mission de récupération jusqu'à ce que la localisation de la flotte ait été vérifiée. Il nous a fait préparer un vaisseau pour demain matin.

— Un piège ?

— C'est possible, mais je ne vois pas lequel. Thrawn a déjà Hoffner. Il retrouvera très vite la flotte *Katana*. Non, je pense plutôt que Fey'lya a son propre jeu politique, sans doute en rapport avec sa campagne contre l'amiral Ackbar. Mais je préfère ne pas prendre de risque.

— J'ai entendu bien des histoires sur les jeux politiques des Bothans, fit Mara d'un air sombre. Qu'attendez-vous de moi ?

— Je voudrais que vous partiez dès ce soir pour le système de Trogan, fit Karrde en lui tendant une carte de données.

« Je suis persuadé que c'est là-bas qu'Aves se terre. Entrez en contact avec lui et dites-lui que je veux que tout ce qui est capable de voler et de combattre me retrouve près de la flotte *Katana* dès que possible.

Elle prit la carte avec précaution et ses doigts effleurèrent le plastique froid. C'était la flotte *Katana* qu'elle avait là, dans la main. Toute une vie de pouvoir et de richesse.

— Il se peut que j'aie quelque difficulté à convaincre Aves de me faire confiance, dit-elle.

— Je ne pense pas. Les Impériaux se sont sans doute remis en chasse — et rien que ce fait devrait le persuader que je me suis enfui. Et il y a aussi un code de reconnaissance sur cette carte. Un code que le Grand Amiral n'aurait pu m'arracher aussi vite.

— Espérons qu'il n'a pas une plus haute opinion des méthodes d'interrogatoire des Impériaux, fit Mara en glissant la carte sous sa tunique. Rien d'autre?...

— Non... Ou plutôt si : Dites à Ghent que j'aimerais qu'il vienne sur Coruscant au lieu de rallier la flotte *Katana*. Je le verrai quand tout cela sera terminé.

— Ghent? Mais pourquoi?

— J'aimerais savoir ce qu'un craqueur de talent peut trouver dans ce versement bizarre sur le compte d'Ackbar. Skywalker a une théorie : le casse et le dépôt auraient eu lieu au même moment. Mais il n'a rien pour le prouver. Je parie que Ghent saura le faire.

— Je croyais que ces rapports avec la Nouvelle République n'étaient qu'un coup unique.

— Certes oui. Mais je ne veux pas non plus laisser ce Bothan ambitieux derrière moi.

— Je vois. D'accord. Vous avez un vaisseau pour moi?

On frappa à la porte.

— J'en aurai un dans une minute, dit Karrde en ouvrant.

C'était la sœur de Skywalker.

— Vous avez demandé à me voir? demanda t-elle.

— Oui. Je pense que vous connaissez déjà mon associée, Mara Jade?...

— Nous nous sommes entrevues sur Coruscant.

Un instant, le regard d'Organa Solo croisa celui de Mara, et Mara se demanda avec un certain malaise ce que Skywalker avait pu lui raconter.

— J'ai besoin que Mara parte en expédition pour moi, dit Karrde. Elle a besoin d'un vaisseau au long-cours, et rapide.

— Je peux lui en avoir un, déclara Organa Solo. Est-ce qu'une aile Y de reconnaissance vous conviendrait, Mara?

— Parfaitement, fit Mara.

— Je vais appeler le port et arranger ça? (Organa se tourna vers Karrde.) Autre chose?

— Oui. Je veux savoir si vous pouvez rassembler une équipe technique qui puisse prendre l'espace cette nuit?

— Le Conseiller Fey'lya est d'ores et déjà en train de former une équipe.

– Je le sais. Je veux que la vôtre parte la première.
Elle le dévisagea.

– Vous voulez une équipe de quelle importance?

– Pas trop élaborée, dit Karrde. Un cargo ou un petit transporteur, peut-être un escadron de chasseurs si vous en trouvez qui ne risquent pas les foudres de l'administration. L'important, c'est que Fey'lya ne récupère pas les seuls équipages disponibles.

Mara ouvrit la bouche, puis la referma sans rien dire. Si Karrde voulait qu'Organa Solo sache que ses hommes allaient se joindre à l'expédition, il pourrait toujours le lui apprendre plus tard. Karrde l'observa, puis revint à Organa Solo.

– Vous pouvez faire ça?

– Je le pense. Fey'lya s'est noué des tas de relations avec les militaires, mais je connais beaucoup de gens qui aimeraient que l'amiral Ackbar reprenne ses fonctions.

Karrde lui tendit une carte.

– Voilà les coordonnées. Plus tôt vous aurez rassemblé l'équipe, mieux ce sera.

– Deux heures, promit Organa Solo.

– Bien, fit Karrde, le visage soudain durci.

« Une dernière chose encore. Je voudrais que vous compreniez qu'il y a exactement deux raisons pour lesquelles je fais ça. D'abord, par gratitude pour votre frère qui a risqué sa vie afin d'aider Mara à me sauver la vie. Ensuite, parce que je ne veux plus avoir les Impériaux sur le dos. C'est tout. En ce qui concerne votre guerre et vos histoires politiques, mon organisation entend demeurer complètement neutre. Est-ce clair?

Organa Solo hocha la tête.

– Très clair.

– Bien. Il vaudrait mieux que vous y alliez à présent. Et il faut absolument que vous preniez de l'avance sur Fey'lya.

– D'accord. (Organa Solo regarda Mara.) Venez. Je vous conduis jusqu'à votre vaisseau.

Le communicateur lança son signal de réveil près de la couchette de Wedge Antilles. Il grogna et tendit la main à tâtons.

– Oh, ça va... Fous-moi la paix. Je vis encore sur le temps d'Ando.

– Wedge, c'est Luke, dit une voix familière. Désolé de

te tirer du lit, mais j'ai besoin d'un service. Tu crois que ça te plairait de replonger dans les ennuis avec tes gars ?

— Mais est-ce que nous ne sommes pas *toujours* dans les ennuis ? fit Wedge en se réveillant vraiment. C'est quoi ton coup ?

— Rassemble tes pilotes et on se retrouve au spatioport dans une heure. Zone de parking 15. On a un vieux cargo. On devrait pouvoir y faire tenir toutes tes ailes X.

— Parce que c'est un long voyage ?

— Quelques jours, dit Luke. Je ne peux pas t'en dire plus maintenant.

— C'est toi le chef. On sera là d'ici une heure.

— A tout à l'heure. Et merci.

Wedge coupa la communication et s'extirpa du lit en retrouvant soudain une vieille excitation. Durant les dix dernières années qu'il avait passées avec la Rébellion, puis la Nouvelle République, il avait beaucoup bougé, beaucoup volé, et s'était pas mal battu. Mais les meilleurs souvenirs qu'il gardait étaient ceux de ses missions avec Luke. Il ne savait pas vraiment pourquoi : c'était peut-être à cause de ses trucs de Jedi.

Il l'espérait en tout cas. Entre les embrouilles politiques de Coruscant et les raids d'intervention, il se sentait de plus en plus frustré. Un peu de changement lui ferait le plus grand bien.

Il alluma, sortit une tunique propre de sa garde-robe et s'habilla.

Faire décoller un cargo de Coruscant à minuit ne posa aucun problème avec l'autorisation de Leia. Mais rassembler une douzaine d'ailes X, c'était suffisamment inhabituel pour déclencher des critiques et des commentaires... Et, inévitablement, ils reviendraient aux oreilles des partisans de Fey'lya.

Et, dès les premières heures du matin, il savait tout.

— Tout cela dépasse de loin nos querelles politiques, gronda-t-il à l'adresse de Leia, son pelage parcouru de longues ondulations de colère. C'est parfaitement illégal. Et frise la traîtrise.

— Je n'irais pas jusque-là, intervint Mon Mothma, l'air troublée. Mais pourquoi avez-vous fait cela, Leia ?

— Elle l'a fait parce que je le lui ai demandé, intervint

Karrde avec sérénité. Et, étant donné que la flotte *Katana* ne se trouve pas encore techniquement sous la juridiction de la Nouvelle République, je ne vois pas pourquoi toute activité s'y rapportant pourrait être illégale.

– Nous nous expliquerons plus tard sur la procédure légale, contrebandier, fit Fey'lya d'un ton aigre. Pour l'heure, nous avons affaire à une infraction à la sécurité. Mon Mothma, je requiers un mandat d'arrêt envers Solo et Skywalker.

Mon Mothma elle-même parut stupéfaite.

– Un mandat d'arrêt?

– Ils savent où est la flotte de la Force Sombre. Ils doivent être retenus jusqu'à ce que la Nouvelle République rentre en possession de toutes les unités *Katana*.

– Je ne pense pas que ce soit nécessaire, déclara Leia en jetant un regard à Karrde. Yan et Luke ont souvent eu accès à des informations classées secrètes dans le passé...

– Mais nous sommes dans le présent, l'interrompit Fey'lya. Et ils n'ont aucun droit d'accès à de telles informations (Son pelage s'aplatit.) Dans les circonstances présentes, je considère qu'il vaut mieux que je prenne personnellement cette mission en charge.

Leia et Karrde se consultèrent du regard. Si jamais le Bothan parvenait à récupérer seul la flotte...

– Mais, Conseiller, c'est avec plaisir que nous vous acceptons, dit Karrde. Croyez-moi : la Conseillère Organa Solo et moi, nous nous réjouissons de votre compagnie.

Il fallut une seconde à Fey'lya pour digérer cette déclaration.

– Mais de quoi parlez-vous? Nul ne vous a autorisé à quitter Coruscant.

– *Moi*, je m'accorde cette autorisation, Conseiller, dit froidement Karrde. La flotte *Katana* m'appartient encore, jusqu'à ce que la Nouvelle République en prenne possession. En attendant, c'est moi qui fixe les règles.

Un bref instant, Leia se dit que le Bothan allait sauter à la gorge de Karrde.

– Je n'oublierai pas cela, contrebandier, siffla-t-il enfin. Votre heure arrivera bien.

Karrde eut un sourire sardonique.

– Peut-être. Nous y allons?...

27

L'alerte de proximité retentit et Luke se redressa. Cinq jours s'étaient écoulés et ils avaient atteint leur objectif.

– Vous êtes prêts? lança-t-il.

– Tu me connais, fit Yan. Toujours prêt.

Luke risqua un regard vers son ami. Yan semblait parfaitement normal mais, sous l'habituelle attitude désinvolte, Luke avait senti autre chose depuis quelques jours. Un sentiment plus sombre, presque sinistre. Depuis qu'ils avaient quitté Coruscant. Et il le percevait en cet instant.

– Ça va? s'inquiéta-t-il.

– Oui, bien sûr. (Le visage de Yan se tendit un peu plus, presque imperceptiblement.) Mais j'aimerais un jour que quelqu'un d'autre fasse ces petits voyages à travers la galaxie. Tu sais que Leia et moi, nous n'arrivons jamais à passer vraiment une journée ensemble? On vient d'être séparés pendant un mois et on a eu droit à quelques heures, c'est tout.

Luke soupira.

– Je sais. Quelquefois, j'ai l'impression que je n'arrête pas de traverser l'espace depuis que nous avons quitté Tatooine avec les droïds et Ben Kenobi.

Yan continuait de secouer la tête.

– Un mois, répéta-t-il. Elle a le ventre encore plus gros, et je ne sais même pas ce qui lui est arrivé avec Chewie – tout ce qu'elle a réussi à me dire, c'est que ces Noghri seraient maintenant de notre côté. Quoique j'ignore l'importance que ça peut avoir. Et je n'ai rien réussi à tirer de Chewie. Il me répète que c'est son histoire à elle qui compte et que c'est à elle de la raconter. Je crois que je vais l'étrangler.

Luke haussa les épaules.

– Il faut regarder les choses en face, Yan. Nous sommes trop bons.

Yan parut se détendre un peu.

– Oui. Exact.

– Et le plus important, c'est que nous sommes sur la liste des gens auxquels Leia peut se fier. Et jusqu'à ce que nous mettions le doigt sur cette source d'informations dont l'Empire dispose au palais Impérial, cette liste restera très limitée, crois-moi.

– Oui, grimaça Yan. Quelqu'un m'a dit que les Impériaux l'appellent la Source Delta. Tu as une idée là-dessus ?...

– Pas vraiment, dit Luke. Mais elle est certainement très proche du conseil. Une chose est certaine : plus tôt nous la repérerons, mieux ça vaudra.

– On y va, fit Yan en empoignant les leviers d'hyperdrive.

L'instant d'après, ils avaient regagné l'espace normal et obscur.

– Nous y sommes, annonça Luke. En plein milieu du néant.

– Ce qui devrait t'être familier, risqua Yan en activant un senseur.

– Merci bien. Mais je ne tiens pas à me retrouver trop souvent coincé entre deux systèmes avec un hyperdrive mort.

– Je ne faisais pas allusion à ça mais à Tatooine. Wedge ?

– Présent, dit la voix familière.

– On dirait que nous avons une cible en relevé à zéro-quatre-sept – point – un-six-six. Tu es paré ?

– Paré et très en colère.

– Parfait alors. (Yan jeta un ultime regard par la baie et déclencha l'ouverture du sas.) Vas-y.

Luke se pencha dans la direction indiquée par Yan. Tout d'abord, il ne discerna que les étoiles, mais, un instant après, il devina la lueur atténuée des feux d'un vaiseau.

– Oui. C'est bien un cuirassé lourd.

– Et il y en a un autre un peu plus loin, dit Yan. Plus trois à bâbord et quelques-uns en-dessous.

Luke hocha la tête avec une impression étrange. La flotte *Katana*. Maintenant seulement, il réalisait qu'il n'avait jamais cru tout à fait à son existence.

– On explore lequel en premier?

– On ferait tout aussi bien de choisir le plus proche.

– Non, fit Luke, lentement, suivant l'instinct qui montait en lui.

« Non, prenons celui-là...

Il désigna une unité qui se trouvait quelques kilomètres plus loin.

– Tu as des motifs particuliers?

– Je ne sais pas...

Il sentit le regard de Yan s'appesantir sur lui.

– O.K. On va prendre celui-là. Wedge, tu nous reçois?

– Clair et net, confirma Wedge. On se place en dispositif d'escorte autour de vous. Mais il n'y a rien à signaler jusque-là.

– Parfait. On y va, dit Yan. Mais restez sur vos gardes. (Il consulta son chrono.) Lando? Tu es où?...

– Dans le sas du cargo. On a préparé la luge.

– Bon, on arrive.

Ils approchaient du cuirassé à présent, et Luke pouvait déjà apercevoir la forme de la coque sous les étoiles. Elle était presque cylindrique, avec une demi-douzaine d'habitacles de tir dans la partie centrale. Avec sa proue qui évoquait un coquillage entrouvert, le vaisseau avait une allure quasi archaïque. Mais les cuirassés lourds avaient constitué l'épine dorsale et la force de frappe de l'Ancienne République. Même si les superdestroyers de l'Empire étaient plus élancés et mieux armés, il leur était difficile de rivaliser avec les monstrueux turbolasers de ces bâtiments.

– Et comment monter à bord? demanda Luke.

– Le sas principal est là-bas, dit Yan en désignant un rectangle de balises.

– S'il est assez grand pour nous.

Mais les craintes de Luke se révélèrent sans fondement : le sas était bien plus vaste qu'il n'y paraissait. Yan y fit entrer le cargo sans problème.

– O.K. (Il désactiva les systèmes et se défit de son harnais.) Il y a du travail qui nous attend.

Lando, Chewbacca et les quatre techniciens les attendaient dans le sas. Les techniciens semblaient très mal à l'aise avec les blasters qu'on leur avait demandé de porter à la ceinture.

– Anselm, vous avez vérifié l'atmosphère intérieure? demanda Yan.

– Elle m'a l'air O.K., dit le technicien en présentant un bloc de données à Yan. Surprenant après toutes ces années. Il doit y avoir encore des droids en activité pour faire le ménage.

Yan jeta un bref coup d'œil sur l'analyse avant de faire un signe de tête à Chewbacca.

– O.K., Chewie, ouvre-nous le sas. Tomrus, c'est vous qui piloterez la luge. Faites attention aux points morts dans les plaques gravifiques – on ne tient pas à ce que la luge crève le plafond.

L'air, dans le sas, portait une senteur musquée. Luke se dit qu'il respirait en fait un mélange d'huile et de poussière, avec des relents métalliques.

– Très impressionant, fit-il en s'avançant dans le sas. Surtout après si longtemps.

– Ces systèmes à asservissement total étaient prévus pour durer, dit Lando. Alors, Yan, quel plan on suit?...

– Je crois qu'on ferait mieux de se séparer. Tu vas avec Chewie, Anselm et Tomrus, et vous prenez la luge pour aller vérifier toute l'installation. Nous, on inspecte la passerelle.

Pour Luke, ce fut la visite la plus sinistre de son existence, justement parce que tout paraissait tellement normal. Les coursives étaient bien éclairées, les plaques gravifiques fonctionnaient parfaitement, de même que tout le système d'environnement Les portes coulissaient docilement devant eux, les réserves de machinerie étaient huilées, luisantes, de même que les quartiers des équipages et les chambres d'équipement. L'ensemble ronronnait en harmonie avec leurs pas et, occasionnellement, ils entrevoyaient un vieux droïd au travail. A première vue, le bâtiment aurait pû être abandonné la veille.

Mais tel n'était pas le cas. Ces vaisseaux flottaient dans le vide depuis un demi-siècle... et leurs équipages ne les avaient pas abandonnés : ils avaient péri ici-même, dans la folie et la douleur. Et Luke, tandis qu'ils progressaient dans les coursives, se demanda ce que les droïds de maintenance avaient bien pu faire de tous ces cadavres.

La passerelle était très éloignée du sas et il leur fallut un long moment pour y parvenir.

– On y est! lança Yan dans son comlink, à la seconde où les portes coulissaient.

« Pas de dégâts majeurs à signaler. Qu'est-ce que vous avez sur les moteurs subluminiques?

– Rien de bon, répondit Lando. Tomrus a évalué que huit convertisseurs principaux étaient été désalignés. Il refait un autre contrôle, mais je crois que cette poubelle ne bougera plus jusqu'à ce qu'on fasse une révision générale.

– Ça alors, ça me surprend, fit Yan d'un ton sec. Et l'hyperdrive? Est-ce qu'on aurait au moins une petite chance de le ramener dans un chantier de réparation?

– Anselm examine tout ça. Pour ma part, je ne serais pas très optimiste.

– Bon. Ecoute : nous ne sommes là que pour examiner l'ensemble, pas pour le remettre en route. On va simplement voir quel genre de systèmes de contrôle on peut mettre en place, et c'est tout.

Luke examinait les portes et il s'était arrêté sur une plaque...

– Oui, c'est bien le *Katana*, murmura-t-il.

– Comment? (Yan lui lança un regard intrigué.) Ah oui.... Et c'est pour ça que tu voulais ce vaisseau en particulier?

– Je pense que oui. C'est une intuition qui m'est venue de la Force.

– Yan, Luke! lança soudain Wedge dans l'intercom. On a de la visite.

– Quelle direction? demanda Luke.

– Vecteur deux-dix-point-vingt-et-un. Configuration... C'est une frégate d'escorte.

Luke relâcha son souffle.

– Il vaudrait peut-être mieux l'appeler. Et leur dire où nous sommes.

– Mais c'est eux qui nous appellent, précisa Wedge. Attendez... Je vous les passe...

– ...pitaine Solo, ici le commandant Virgilio de la frégate d'escorte *Quenfis*! Vous me recevez?

– Ici Solo, dit Yan. Je vous appelle depuis un bâtiment *Katana*, de la Nouvelle République...

– Capitaine Solo, à mon grand regret, je dois vous

informer que vous et votre équipage êtes mis aux arrêts. Vous devez regagner immédiatement votre unité et vous rendre.

Les paroles de Virgilio résonnèrent dans le silence de la passerelle du *Quenfis*. Fey'lya, installé devant la console principale, décocha un regard moqueur à Leia, un autre plus modéré à Karrde, avant de revenir au tracé des ailes X.

— Commandant, dit-il dans l'intercom, ils ne semblent pas vous prendre au sérieux. Peut-être réussirons-nous à les convaincre en lançant nos ailes X ?...

— Oui, Conseiller, fit Virgilio d'un ton vif.

Leia essaya en vain de déceler des signes de mécontentement dans sa voix. La plupart des commandants de bord qu'elle connaissait auraient été totalement irrités de recevoir des ordres d'un civil, et plus particulièrement d'un civil sans expérience militaire. Mais Fey'lya n'avait certainement pas choisi le *Quenfis* au hasard, et Virgilio était un de ses plus fidèles partisans. Et elle savait désormais qui commandait à bord.

— Ailes X larguées, annonça Virgilio.

Des détonations sourdes lui répondirent : les deux escadrons de chasseurs venaient de décoller du vaisseau.

— Capitaine Solo, ici le capitaine Virgilio. Répondez.

— Commandant, ici Wedge Antilles, commandant de l'Escadron Rogue ! Puis-je vous demander qui vous autorise à nous placer sous arrestation ?

Fey'lya pressa une touche.

— Commandant, je peux me permettre d'intervenir ? Ici le Conseiller Borsk Fey'lya. Je pense que vous l'ignorez, mais le capitaine Solo s'est placé en situation illégale.

— Désolé, Conseiller, mais je ne vois pas comment. Nous tenons nos ordres de la Conseillère Leia Organa Solo.

— Et les miens, plus récents, émanent directement de Mon Mothma. Par conséquent, vos ordres...

— Vous pouvez prouver cela ?...

Fey'lya parut déconcerté.

— Mais, capitaine, j'ai ces ordres sous les yeux. Je vous invite à venir à bord pour les vérifier.

— Commandant, ajouta Virgilio d'un ton irrité, peu

importe l'origine de cet ordre d'arrestation. En tant qu'officier supérieur de ce vaisseau, je vous ordonne *personnellement* de vous rendre et de ramener votre escadron de chasse à mon bord.

Un long silence suivit. Leia observa Karrde, qui était assis à deux sièges de là. Mais lui semblait porter tout son intérêt vers la bulle de transparacier, impassible.

— Et si je refuse? demanda enfin Wedge Antilles.

— Laisse tomber, intervint Yan. Inutile de risquer de se retrouver en cour martiale. Vas-y, on n'a plus besoin de toi. Fey'lya, ça m'a fait plaisir d'avoir de vos nouvelles.

Suivit le déclic d'une déconnexion.

— Solo! aboya Fey'lya. (Puis, il se retourna vers Leia.) Rappelez-le! Je veux l'entendre!

Elle secoua la tête.

— Je suis désolée, Conseiller. Quand il est dans cet état, Yan n'entend plus personne...

— Conseillère, je vous le répète : si vous refusez...

Fey'lya ne put finir sa menace. Quelque chose se déplaça à la périphérie du champ de vision de Leia. Et, à la seconde même où elle détournait la tête, les sirènes du *Quenfis* se turent.

— Mais... qu'est-ce que?... glapit Fey'lya en s'extirpant de son siège, l'air hagard.

— C'est un superdestroyer impérial, lança Karrde. Et on dirait bien qu'il arrive droit sur nous.

— Rogue Leader! Rogue Leader! On a de la compagnie! lança l'un des pilotes d'ailes X. Un superdestroyer! Dans le quadrant un-sept-huit-point-huit-six.

— On le tient, dit Wedge en s'arrachant aux chasseurs du *Quenfis* pour effectuer un virage à 180 degrés. Oui, c'était bien un superdestroyer qui venait de surgir, entre le *Quenfis* et la flotte *Katana*.

— Luke?

— On les voit, répondit Luke instantanément. On se dirige vers la baie d'amarrage.

— Attendez! (Wedge s'interrompit. Sous la coque du superdestroyer, des pistes de lancement venaient d'apparaître.)

— Ils vont larguer des vaisseaux. Des unités d'abordage, probablement.

– Alors, on fonce! lança Yan. Merci. Et retournez au *Quenfis*.

– C'est ça, grommela Wedge. Escadron Rogue : à tous, on y va!

Le capitaine Virgilio tentait vainement de dire quelque chose sur le canal libre. Wedge passa sur la fréquence de ses pilotes, lança l'aile X à pleine puissance et plongea vers la flotte *Katana*.

Au-delà des pistes de lancement des ailes X du *Quenfis*, l'Escadron Rogue voltigea en direction du superdestroyer.

– Ils vont attaquer! souffla Fey'lya. Ils doivent être déments!

– Mais non : ils vont se mettre à couvert, fit Leia en essayant d'estimer les points d'interception.

Ç'allait être bien trop juste.

– Il faut les appuyer, dit-elle. Commandant Virgilio...

– Commandant Virgilio, vous allez rappeler immédiatement vos ailes X! la coupa Fey'lya. Navigation : préparez-vous à passer en luminique.

– Conseiller? s'exclama Virgilio, abasourdi. Vous suggérez de les abandonner?

– Notre devoir, commandant, est de nous replier d'ici vivants et d'aller donner l'alerte. Si l'Escadron Rogue persiste à désobéir aux ordres, nous ne pouvons rien pour eux.

Leia se dressa.

– Commandant...

Fey'lya fut plus rapide, et coupa l'intercom.

– Conseillère, dit-il comme elle s'avançait sur lui. C'est moi qui commande ici. J'ai été investi par Mon Mothma elle-même.

– Au diable votre autorité!

Leia résista à l'impulsion de saisir son sabrolaser pour taillader ce visage inerte...

La haine déferla en elle.

– Mon Mothma n'avait pas prévu ces événements, fit-elle en maîtrisant sa voix. Fey'lya, ce sont mon mari et mon frère qui sont là-bas. Si nous ne les aidons pas, ils vont mourir.

– Si nous les aidons, ils mourront aussi, très probablement. De même que les enfants que vous portez.

Ce fut comme si un stylet de glace lui transperçait le cœur.

— C'est injuste, souffla-t-elle.

— On ne demande pas à la réalité d'être juste. Et, dans le cas présent, la réalité est que je me refuse à gaspiller des vies et des vaisseaux pour une cause perdue.

— Mais elle n'est pas perdue!

Leia leva les yeux au-delà de la bulle, sa voix soudain brisée.

Non, ça ne pouvait se terminer ainsi. Pas après tout ce qu'ils avaient vécu, Yan et elle. Elle fit un autre pas en direction de Fey'lya...

— Le *Quenfis* va se retirer, répéta calmement le Bothan. Et il extirpa de son pelage un blaster qu'il braqua sur elle.) Ni vous ni personne n'empêcherez cela.

— Rapport des senseurs, commandant, annonça l'officier de scanning sur la passerelle. Négatif en ce qui concerne toute forme de vie dans tous les autres cuirassés.

— Donc, ils ne se concentrent que sur celui-là, approuva le commandant Brandei. C'est donc lui que nous allons frapper. Les Rebelles hésiteront à ouvrir le feu sur un vaisseau où se trouvent certains de leurs hommes. Il n'y a toujours que cet unique escadron de chasse en vecteur d'interception?

— Oui, commandant. La frégate d'escorte et les deux autres escadrons n'ont toujours pas riposté. Ils ont été pris par surprise.

— Peut-être, fit Brandei avec un mince sourire.

Ça se passait toujours ainsi avec les Rebelles. Ils se battaient comme des bêtes en furie quand ils n'avaient rien à perdre. Mais dès qu'ils avaient goûté à la victoire et aux butins de la guerre, ils se montraient bien moins décidés à risquer leurs vies. C'était une des raisons qui feraient que l'Empire serait finalement vainqueur.

— Donnez l'ordre aux vaisseaux d'abordage de se placer en position de défense, dit-il à l'officier des communications. Et que le commandement de la chasse largue deux escadrons de chasseurs Tie pour intercepter ces ailes X. (Il sourit de nouveau.) Envoyez aussi un message au *Chimaera*. Informez le Grand Amiral que nous avons engagé le combat avec l'ennemi.

Durant une longue minute, Yan observa l'approche des unités impériales, se livra à une rapide estimation des distances et des temps, ignorant les techniciens qui s'agitaient au seuil du pont.

— Est-ce qu'on ne devrait pas y aller? demanda Luke.

Yan prit sa décision.

— Non, nous ne partons pas, fit-il en portant la main à son comlink. On serait à peine sortis de la baie qu'on aurait ces unités d'abordage et ces chasseurs Tie sur le dos. Lando?

— Je te reçois. Qu'est-ce qui se passe chez vous?

— Les Impériaux arrivent, répondit Yan tout en se portant vers la console de commande de tir et en faisant signe aux techniciens de le rejoindre.

« L'Escadron Rogue se porte en interception, mais on dirait bien que Fey'lya va ficher le camp.

Lando jura.

— On ne peut quand même pas rester assis là tranquillement en laissant Wedge se les colleter tout seul.

— Pas question, fit Yan d'un ton grave. On se remet au travail. Il faut voir dans quel état est le générateur couplé aux batteries turbolaser. On règlera le tir d'ici. Il faut faire vite : dès qu'ils vont rompre leur formation, on aura du mal à les abattre.

— D'accord.

Yan se tourna vers l'un des techniciens.

— A quoi ça ressemble, Shen?

— Ç'a m'a l'air de tenir, répondit Shen, accroupi sous la console.

— Kline?

— Oui, là aussi, les connexions ont l'air en bon état. Si on arrive à relancer l'ordinateur pour qu'il gère tout le système... On y va. (Il se tourna vers Yan.) C'est bon.

Yan s'installa devant la console de défense, parcourut du regard les contrôles dont la disposition ne lui était guère familière et se demanda s'ils n'allaient pas cracher dans le vide en pure perte. Ces monstrueux cuirassés, après tout, totalement asservis, avec ordinateur central, avaient toujours nécessité deux mille hommes d'équipage pour être opérationnels.

Mais, d'un autre côté, les Impériaux ne devaient pas s'attendre à ce qu'une épave abandonnée depuis si longtemps puisse ouvrir le feu. Du moins, il fallait l'espérer.

– Allons-y, murmura-t-il en appelant le ciblage.

Les vaisseaux d'abordage étaient toujours en formation serrée. Ils avaient déployé leurs boucliers pour se protéger des tirs éventuels des ailes X qui se rapprochaient rapidement. Les chasseurs Tie les avaient rejoints et se déployaient autour de la formation pour la dépasser.

– Tu n'as droit qu'à une salve, une seule, marmonna Luke.

– Merci de me l'apprendre.

Yan retint son souffle et pressa doucement les détentes de tir.

Le *Katana* fut secoué tout entier et, à l'instant où les faisceaux éblouissants du turbolaser jaillissaient vers l'ennemi, une double explosion assourdie annonça la désintégration d'une banque de capaciteur. Luke ne s'était pas trompé : ils avaient eu droit à une salve, et une seulement. Mais une très belle salve. Les jets de laser touchèrent le centre de la formation. Et, soudain, toute la force d'attaque impériale se dispersa dans un déchaînement d'explosions secondaires. Durant quelques secondes, tout fut brouillé par des nuages de débris et de détonations résiduelles. Puis, plusieurs vaisseaux se dégagèrent, apparemment endommagés.

– A première vue, vous avez eu cinq de leurs unités d'abordage, commenta Kline, les yeux rivés à ses lunettes d'observation. Et aussi quelques chasseurs Tie.

– Ils partent en esquive, ajouta Luke.

– O.K. (Luke quitta son siège et reprit son comlink.) Terminé avec ce jeu. Lando ?

– Je ne sais pas ce que tu as fait, mais ici, c'est un vrai carnage. Le couplage de tir a sauté avec au moins un des générateurs. Et qu'est-ce qu'on fait maintenant ?...

– On se prépare pour l'abordage. On se retrouve dans le corridor de bâbord, juste à l'avant de la baie d'amarrage. On va voir ce qu'on peut monter comme dispositif de défense.

– Vu.

– Allons-y, fit Yan.

– Il vaudrait mieux que nous ayons du solide, commenta Luke tandis qu'ils quittaient la passerelle. Surtout à quarante contre un.

– Ah, ne me parle pas de rapport de forces! gronda Yan en secouant la tête et en consultant son chrono. Comme si l'heure avait encore une importance.

« On ne sait jamais quand ces rapports peuvent changer.

– Nous ne pouvons pas les abandonner, insista Leia. Elle avait vaguement conscience qu'elle s'adressait à Fey'lya comme à un enfant.

– Là-bas, il y a non seulement mon mari et mon frère, mais une bonne dizaine d'excellents pilotes d'ailes X. Nous ne pouvons pas les laisser seuls face aux Impériaux.

– Conseillère, nul ne doit placer ses considérations personnelles au-dessus de son devoir envers la Nouvelle République, fit le Bothan, sans cesser de la menacer de son blaster. (Un long frisson parcourut son pelage.) Vous le comprenez certainement.

– Je n'obéis pas seulement à des considérations personnelles. C'est que...

– Un instant, l'interrompit Fey'lya en pressant la touche d'intercom. Commandant? Combien de temps avant le passage en luminique?

– Une minute. Peut-être deux.

– Faites aussi vite que possible. (Fey'lya revint à Leia.) Vous disiez, Conseillère?...

Leia serrait les dents. Si seulement Fey'lya déviait sa ligne de tir ne serait-ce que de quelques millimètres... elle pourrait prendre le risque de lui sauter dessus. Mais, pour l'instant, elle n'avait aucune chance. Sa Force encore rudimentaire ne lui permettrait pas dévier le tir du blaster, et le Bothan était bien trop proche pour qu'elle puisse dégainer son sabre.

– Yan et Luke sont d'une importance vitale pour la Nouvelle République, dit-elle. S'ils meurent ou sont capturés...

– Le *Katana* a ouvert le feu, commenta Karrde d'une voix paisible tout en se redressant comme pour mieux observer.

Leia jeta un bref regard aux vaisseaux de l'Empire soudain embrasés.

— Fey'lya, ils connaissent nombre de choses sur le fonctionnement de la Nouvelle République. Vous tenez vraiment à ce que l'Empire en bénéficie?

— Leia, fit Karrde en s'approchant, je crains que le point de vue du Conseiller ne vous échappe.

Il passa devant elle, et laissa tomber d'un geste nonchalant un bloc de données sur la console, tout près d'elle.

— Vous êtes inquiète pour les vôtres, continua-t-il avant de se retourner pour faire face à Fey'lya. Mais le Conseiller a d'autres priorités.

— Ça, j'en suis convaincue, fit-elle tout en jetant un regard en biais sur le bloc de données. L'écran affichait un message succinct :

Ouvrez l'intercom et le communicateur.

Elle releva les yeux. Fey'lya pointait toujours son blaster sur elle, mais ses yeux violets observaient Karrde. Leia se concentra, lança la Force... et sans même un déclic, l'intercom s'ouvrit. Une autre poussée, et elle activa le communicateur.

— Ce que je ne comprends pas, fit-elle à Karrde, c'est la nature des priorités du Conseiller Fey'lya?

— Mais c'est simple, dit Karrde. Le Conseiller n'est motivé que par sa survie politique. Il veut se dégager de cette bataille parce que ses plus fidèles partisans sont à bord de ce vaisseau et qu'il ne peut se permettre de les perdre.

Leia cilla.

— Quoi? Mais je croyais que...

— Que le *Quenfis* avait son équipage normal? Pas du tout. Seuls le capitaine et les officiers de passerelle étaient assignés à l'origine, mais ils étaient déjà de son côté. C'est pour cette raison que Fey'lya avait besoin de quelques heures avant de quitter Coruscant : il lui a fallu recruter de nouveaux hommes d'équipage auxquels il pouvait se fier entièrement. (Il eut un sourire oblique.) Mais ils n'en ont pas eu conscience. On leur a fait croire qu'il s'agissait d'une mesure de sécurité.

Leia acquiesça, gagnée par un froid intense. Ainsi, il n'y avait pas que le capitaine. Le vaisseau tout entier appartenait à Fey'lya.

Ce qui signifiait qu'elle avait perdu la partie. Même si elle parvenait à convaincre Fey'lya.

– Ainsi, vous comprenez maintenant que Fey'lya ait quelque réticence à perdre ses partisans pour un acte aussi démodé que la simple loyauté envers un camarade. Surtout après avoir tout fait pour les convaincre que le simple combattant était au centre de ses préoccupations.

Leia lança un regard acéré à Karrde en comprenant son but.

– Est-ce donc vrai, Conseiller? demanda-t-elle à Fey'lya en essayant de prendre un ton incrédule. Tout ce que vous avez raconté sur vos soutiens militaires était plus qu'une simple manœuvre politique?

– Ne soyez pas stupide, Conseillère, dit Fey'lya d'un ton hautain. A quoi donc pourraient servir les soldats pour un politicien?

– Et c'est ce qui expliquerait pourquoi la mort des hommes de l'Escadron Rogue vous est indifférente? demanda Karrde. Parce qu'il préfère ne pas se mêler de politique?

– Nul ne se soucie de la mort de ses ennemis, fit le Bothan avec froideur Et tous ceux qui ne sont pas de mon côté sont mes ennemis. (Il leva son blaster.) Capitaine Karrde, je pense que je n'ai rien à ajouter.

Karrde leva les yeux vers l'espace.

– Non, Conseiller. Je crois que vous en avez suffisament dit.

Leia suivit son regard. Entre le *Quenfis* et le *Katana*, les ailes X de Fey'lya se portaient en renfort des unités de Wedge. Leurs pilotes venaient d'abandonner le politicien qui avait si bien expliqué l'intérêt qu'il portait à leur survie.

– Oui, murmura Leia. Vous en avez suffisamment dit.

Fey'lya plissa le front, perplexe. Mais, à l'instant où il allait parler, la porte de la passerelle coulissa, et le commandant Virgilio apparut, flanqué de deux soldats.

– Conseiller Fey'lya, dit-il d'un ton roide, je vous demande avec respect de bien vouloir regagner vos quartiers. Ces hommes vont vous accompagner.

Le pelage de Fey'lya s'aplatit.

– Commandant, je ne comprends pas...

– Conseiller ce poste va être fermé, ajouta Virgilio avec un accent d'irritation. (Il passa auprès du Bothan et annonça dans l'intercom :) Ici le commandant. Tous aux postes de combat.

A l'instant où l'alarme se déclenchait, Leia discerna un éclair de compréhension dans les yeux de Fey'lya.

– Commandant...

– Voyez-vous, Conseiller, coupa Virgilio tout en regardant Leia, il se trouve que certains d'entre nous ne considèrent pas la loyauté comme démodée. Conseillère Organa Solo, j'aimerais que vous me rejoigniez sur le pont dès que vous le pourrez. Nous avons appelé un superdestroyer à la rescousse, mais il lui faudra quelque temps pour nous rejoindre.

– Il va falloir les contenir. (Leia se leva et consulta Karrde.) Merci.

– Ça n'était pas pour vous ni pour votre guerre, dit-il. Mara et mes hommes peuvent arriver à tout instant. Je préférerais qu'ils n'affrontent pas seuls un superdestroyer de l'Empire.

– Ils ne seront pas seuls, dit Virgilio. Conseiller ?

– C'est une cause perdue d'avance, fit le Bothan en remettant son blaster à l'un des soldats.

– En ce cas tout va bien, fit le commandant. Toute la Rébellion a toujours été considérée comme une cause perdue. Mais, excusez-moi : j'ai une bataille à livrer.

– Intéressant, commenta le Grand Amiral Thrawn en prenant connaissance du rapport du *Judicator*. Ils ont répondu plus vite que prévu.

– Karrde doit avoir décidé de se montrer généreux, fit Pellaeon en lisant le rapport détaillé.

Cinq unités d'abordage et trois chasseurs Tie détruits. L'un des cuirassés était apparemment contrôlé par la Rébellion et était entré dans la bataille. Apparemment, ils risquaient un revers sérieux.

– Amiral, je recommande que l'on envoie un autre superdestroyer dans le secteur. Il est possible que les Rebelles aient des unités plus importantes en route.

– Nous allons y aller nous-mêmes, capitaine, dit Thrawn. Navigation : déterminez un cap pour faire route sur la flotte *Katana*.

L'officier de navigation ne bougea pas. Il demeurait immobile à son poste, et son attitude n'était pas normale.

– Navigation? répéta Thrawn.

– Amiral, annonça soudain l'officier des communications, nous avons un message transmis par la ligne sentinelle. Une frégate non identifiée de la classe *Lancier* vient d'entrer dans le système. Elle est en approche. Ils insistent pour vous parler personnellement et immédiatement.

Les yeux ardents de Thrawn se rétrécirent à la seconde où il pianotait sur le clavier... et Pellaeon comprit soudain qui devait se trouver à bord de ce vaisseau en approche.

– Ici Thrawn. Maître C'baoth, je présume?

– Vous présumez à juste titre. J'aimerais m'entretenir avec vous, Grand Amiral. Et tout de suite.

– Nous nous apprêtons à porter assistance au *Judicator*, fit Thrawn en jetant un bref regard à l'officier de navigation toujours imperturbable.

« Mais vous le savez sans doute déjà. Ensuite, nous nous replierons...

– Je veux que nous nous entretenions *tout de suite*, Grand Amiral.

Pellaeon demanda un affichage de la trajectoire du vaisseau de C'baoth.

– Il faudra au moins quinze minutes avant qu'il soit à bord, marmonna-t-il.

Thrawn émit un sifflement et Pellaeon sut ce que pensait son amiral. Dans la situation fluide d'une bataille spontanée, un retard de quinze minutes pouvait aisément faire la différence entre la victoire et la défaite.

– Capitaine, donnez l'ordre au *Péremptoire* de seconder le *Judicator*, dit enfin Thrawn. Nous resterons ici afin de consulter notre allié.

– Merci, Grand Amiral. dit C'baoth. J'apprécie votre générosité.

Et, tout à coup, l'officier de Navigation, avec un cri étouffé, s'affaissa dans son siège.

Thrawn coupa les communications d'un geste féroce. Puis il fit signe à deux gardes.

– Infirmerie, fit-il en leur désignant l'officier qui était à présent agité de violents frissons.

– Et, selon vous, où C'baoth aurait-il trouvé ce *Lancier*? murmura Pellaeon tandis que les gardes soulevaient l'officier.

– Il l'aura probablement détourné, fit le Grand Amiral. S'il peut nous envoyer des messages à travers des années-lumière, il sait très certainement comment contrôler les êtres. Apparemment, il a réussi à mêler ces deux talents.

Pellaeon jeta un regard dans le puits d'équipage, et ne put réprimer un frisson.

– Amiral, tout ça ne me plaît guère.

– Moi non plus, capitaine, je n'apprécie pas ce genre de chose, fit Thrawn, en se tournant vers la baie. Et il serait temps de reconsidérer nos arrangements avec Maître C'baoth. A fond.

28

Les turbolasers du *Katana* flamboyèrent, désintégrèrent le cœur de la formation impériale, et l'un des pilotes d'ailes X poussa un cri de triomphe.

– Vous avez vu ça?

– On se tait, Rogue Sept! le réprimanda Wedge, en essayant de discerner quelque chose au travers des débris embrasés.

Les Impériaux en avaient pris un coup, rien de plus.

– Ils ont encore beaucoup de chasseurs Tie en réserve.

– Wedge?

– Oui, Luke, je suis là.

– Nous avons décidé de ne pas quitter le vaisseau. On est tombés en plein milieu des Impériaux, et tu sais comment les cargos se comportent au combat. Tu ferais aussi bien de dégager et d'aller nous chercher du secours.

Wedge vit que les unités d'abordage de l'Empire se reformaient pour se replier, précédées par les chasseurs Tie.

– Vous ne tiendrez jamais le coup, fit-il à Luke. Il doit y avoir au moins trois cents hommes dans ces vaisseaux d'abordage.

– Avec eux, nous serons en meilleure position que face à un superdestroyer, répliqua Luke. Allez, on fonce.

Wedge se tut. Luke avait raison, et ils le savaient tous deux. Mais abandonner des amis...

– Rogue Leader, ici Gold Leader! lança brusquement une voix nouvelle. On peut se joindre à votre fête? Requérons autorisation.

Wedge leva les yeux : les deux escadrons d'ailes X du *Quenfis* qui arrivaient sur le secteur.

– Autorisation accordée, dit-il. Je ne pensais pas que le Conseiller Fey'lya vous aurait permis de venir jouer avec nous.

– Fey'lya n'a plus droit à la parole. Je vous raconterai plus tard. Le capitaine ne reçoit plus ses ordres que d'Organa Solo.

– C'est la première bonne nouvelle de la journée, grommela Wedge. Bien, voilà le plan : Vous allez détacher quatre unités de votre groupe pour se porter à l'attaque de leurs vaisseaux d'abordage. Tout le reste se concentrera sur les chasseurs Tie. Avec de la chance, nous pourrons les nettoyer avant l'arrivée d'une nouvelle vague. Je n'ose supposer que nous pouvons attendre des renforts ?...

– Le commandant dit qu'un autre superdestroyer est en route. Mais je ne sais pas quand il pourra nous rejoindre.

Sans doute pas assez tôt, songea Wedge.

– O.K. Alors on passe à l'action.

Un nouveau faisceau de traces venaient d'apparaître près de la baie du superdestroyer : une deuxième vague de Tie se portait à l'attaque. Ce qui signifiait des ennuis à venir mais, pour le moment, les ailes X étaient supérieures en nombre. Et les Impériaux le savaient. Ils s'étaient dispersés pour tenter d'attirer leurs adversaires hors de toute couverture. Wedge évalua rapidement la situation.

– A toutes les ailes X : On va faire une manœuvre un-sur-un. Choisissez votre cible et foncez.

Il repéra deux chasseurs impériaux plus rapides que les autres. Il s'en choisit un pour lui, se dégagea de la formation, et piqua droit sur l'ennemi.

L'Empire avait pu souffrir d'une certaine érosion au niveau du matériel et des équipages durant ces cinq dernières années, mais il était évident que l'entraînement des pilotes de chasse n'avait pas été touché. Le pilote du Tie esquiva adroitement son approche en se laissant glisser sur le côté hors de la trajectoire de l'aile X. Il déclencha le feu de ses lasers. Wedge dut lancer son aile en boucle de descente. Les senseurs thermiques réagirent quand la salve l'effleura, et il pivota sur tribord. Il se prépara à une seconde attaque de l'autre, mais rien ne vint. Redressant l'aile X, il chercha son adversaire.

– Rogue Leader, attention derrière vous! lança Rogue Trois dans son casque.

Et Wedge plongea dans une nouvelle boucle à la seconde où un jet de laser effleurait en crépitant son cockpit. Non seulement le pilote impérial ne s'était pas laissé avoir par la manœuvre en vrille de Wedge, mais il avait réussi à ne pas le lâcher.

– Il est toujours avec toi, confirma Rogue Trois. Dégage! Je suis là dans une minute.

– Ne t'inquiète pas, fit Wedge.

Dans le tournoiement des étoiles, il entrevit un autre chasseur impérial qui le dépassait sur la gauche. Il redressa et se porta droit sur lui. Le Tie découvrit soudain ce nouvel adversaire et tenta de virer.

Ce que Wedge avait prévu. Plongeant sous le Tie, il lança l'aile X en tonneau vers le haut, vira dangereusement près du cockpit de l'autre et pivota.

Le Tie, qui s'était instinctivement écarté pour éviter d'entrer en collision avec un des siens, fut totalement surpris. Et en un seul tir de laser, il fut effacé du ciel.

– Joli travail, Rogue Leader, commenta Gold Leader. A moi, maintenant.

Wedge comprit. Lançant toute la puissance de l'aile, il se dégagea du Tie qu'il avait utilisé comme couverture pour permettre à Gold Leader d'ouvrir le feu.

Le cockpit de Wedge fut brièvement illuminé par les déflagrations.

– Où en sommes-nous? demanda-t-il.

– C'est fait, dit Gold Leader.

– Sûr?

Il lança son aile X dans une vaste trajectoire circulaire. Partout, il ne vit que des ailes X. Et des essaims de débris qui dérivaient.

– Et les unités d'abordage?

– Je ne sais pas. Gold Trois, Gold Quatre : au rapport.

– Gold Leader, on en a eu six, annonça une voix nouvelle. J'ignore où est le septième.

Wedge étouffa un juron tout en changeant de fréquence de communication, le regard fixé sur le superdestroyer. Le nouvel escadron de Tie arrivait rapidement sur eux. Pas le temps de faire quoi que ce soit pour le *Katana,* si ce n'est de le prévenir.

– Luke? On a encore de la compagnie qui arrive.

– On le sait, répliqua Luke d'une voix tendue. Ils sont déjà là.

Ils surgirent du premier vaisseau d'abordage dans un feu roulant de lasers tout en progressant vers les deux portes explosives qui accédaient à la baie d'amarrage. Luke les voyait très bien, aussi nettement que les hommes de Yan qui les attendaient en embuscade de l'autre côté.

Il écouta l'écho des tirs des Impériaux, et un picotement familier monta dans sa nuque. Il y avait là quelque chose d'anormal.

Son comlink bipa.

– Luke? fit la voix étouffé de Lando. Ils arrivent. Tu es prêt?

Luke vérifia son sabrolaser. Une large portion du plafond avait cédé et quelques lames de métal menaçaient de s'abattre sur lui. Et, au-delà, deux sections de la paroi avaient été piégées.

– Tout est prêt, oui.

– O.K. Alors, c'est parti...

Brusquement, le bruit des armes de défense se joignit au vacarme de l'attaque. Durant quelques secondes, les deux groupes s'affrontèrent puis, sur un grincement de métal qui ployait, les sons furent coupés.

Les quatre techniciens furent les premiers à rejoindre Luke. Sur leurs visages, on lisait des expressions diverses, où dominaient la peur, la nervosité et l'excitation de ceux qui vont au feu pour la première fois. Lando arriva, suivi de Chewbacca et de Yan.

– Prêt? demanda Yan à Luke.

Luke montra les parois et le plafond piégés.

– Oui. Mais ça ne va pas les retenir très longtemps.

– Et alors? Si ça nous débarrasse de quelques-uns, c'est déjà bon.

– Attends, fit Luke en lançant la Force.

Il percevait toujours ces pensées dérangeantes...

– Ils se séparent. La moitié sont devant les portes de bâbord, et les autres vont attaquer la section des Opérations, à tribord...

– Oui, ils nous prennent en tenaille, acquiesça Yan. Lando, comment sont les blindages?

– Ils ne tiendront pas longtemps. Les portes explosives

de la baie résisteront un moment, mais il y a tout un labyrinthe de salles de stockage et de magasins d'entretien autour des Opérations qu'ils pourront probablement atteindre à partir du corridor principal de tribord. Il y avait trop de parois à sécuriser.

L'explosion sourde d'une charge calibrée leur parvint.

– Donc, ce groupe-là nous occupe pour nous faire croire qu'ils sont tous rassemblés devant les portes explosives, pendant que les autres essaient de nous prendre à revers, décida Yan. Après tout, on n'avait pas l'intention de tenir tout le corridor. Chewie, toi et Lando, vous allez vous occuper des autres et leur tomber dessus depuis le pont. Rassemble un maximum d'hommes. Luke et moi, on va passer à tribord et voir si on peut les ralentir un peu.

Chewbacca grogna et détala derrière les quatre techniciens.

– Bonne chance! lança Lando en les suivant.

Yan consulta Luke du regard.

– Il n'y a toujours que deux groupes, tu es sûr?

– Oui, confirma Luke, l'air tendu.

Il essayait de localiser avec précision l'ennemi, mais cette étrange impression persistait.

– Bien. En ce cas, on y va.

Yan prit la tête en s'enfonçant dans une coursive étroite qui devait être celle des quartiers d'équipage.

– On va où? demanda Luke.

– Vers les tourelles de tribord numéro deux. On devrait trouver quelque chose d'efficace pour inonder le corridor principal – un réfrigérant de turbolaser... n'importe quoi.

– A moins qu'ils n'aient des combinaisons de protection vitale, hasarda Luke.

– Ils n'en ont pas. En tout cas, ils n'en avaient pas lorsqu'ils ont attaqué. Ils avaient des filtres atmosphériques standard, mais ils ne leur serviront à rien si on envoie du réfrigérant. Et puis... le réfrigérant est inflammable.

– Dommage que la flotte *Katana* n'ait pas été composée de galions interstellaires, fit Luke.

Apparemment, l'ennemi progressait dans le labyrinthe que Lando avait mentionné, en direction du corridor tribord.

– Ces défenses anti-intrusion nous auraient été vraiment utiles.

– Oui, mais si c'était un galion, l'Empire ne se donnerait pas autant de mal pour le récupérer entier, répliqua Yan. Ils auraient fait tout sauter et ça serait terminé.

– Exact. grimaça Luke.

Ils surgirent dans le corridor. Et Yan s'arrêta soudain.

– Qu'est-ce que?...

Luke se détourna. A dix mètres de distance, dans une zone d'ombre, sous des panneaux d'éclairage grillagés, une grosse boîte métallique reposait, légèrement inclinée, sur un amas de câbles et d'entretoises. Un double canon laser pointait sous un hublot étroit. Les parois du corridor, dans les alentours immédiats, étaient déformées et noircies.

– C'est quoi, ça? demanda Luke.

– On dirait une version réduite d'un bipode-éclaireur. Voyons ça de plus près.

– Je me demande ce que ça fait là.

Le sol aussi était déformé. Les responsables de ce tir avaient fait leur travail à fond.

– Quelqu'un l'aura sans doute sorti des magasins pendant l'attaque virale qui a tué tous les équipages, suggéra Yan. Peut-être pour protéger le pont ou bien parce qu'ils étaient devenus dingues eux-mêmes.

Luke hocha la tête, totalement glacé à cette idée.

– Pour pénétrer ici, ç'a n'a pas dû être simple.

– Mais nous ne savons pas vraiment comment sortir, ajouta Yan en observant les débris sur lesquels le bipode était planté.

« A moins que?...

Luke sentit sa gorge se serrer. Le Maître Yoda avait soulevé son aile X d'un marais de Dagobah, autrefois... mais il avait été infiniment plus exercé dans la Force que lui.

– Il faut qu'on trouve, dit-il.

Il inspira à fond, s'éclaircit l'esprit, leva la main, et lança la Force.

Le bipode ne vacilla même pas. Luke essaya encore une fois. Mais en pure perte. Ou bien la machine était scellée aux parois, ou bien il n'avait pas la puissance nécessaire pour la soulever.

– Aucune importance, dit Yan en jetant un regard dans

le corridor. Ç'aurait été bien de le rendre mobile – on aurait pu le mettre dans cette grande salle de monitoring derrière le pont et repérer n'importe qui. Mais on peut quand même l'utiliser ici, non?... Voyons...

Il rengaina son blaster et grimpa sur la jambe intacte du bipode.

– Ils se rapprochent, le prévint Luke. Encore deux minutes et ils seront en vue...

– Tu ferais mieux de t'abriter derrière moi.

Yan était devant la porte du bipode, à présent. Dans un grondement, il la fit pivoter...

– Alors?... demanda Luke d'un ton vibrant.

– Tu ne le croiras jamais, fit Yan avant de monter à l'intérieur. Il est encore activé. Voyons voir...

Au-dessus de Luke, le canon blaster pivota de quelques degrés.

– Et encore manœuvrable. Formidable.

Luke, à présent, avait gagné le haut de la jambe, en contournant avec prudence les arêtes vives. L'adversaire du bipode, quel qu'il ait été, s'était bien battu. Luke éprouva un picotement familier dans la nuque.

– Ils arrivent! siffla-t-il à Yan tout en atterrissant silencieusement sur le pont.

Il s'accroupit et risqua un regard au-delà du bipode, en espérant que la pénombre le dissimulait.

Il était temps. Les Impériaux déferlaient dans le corridor en formation militaire. Les deux premiers s'arrêtèrent en découvrant le bipode endommagé, hésitant à donner directement l'assaut ou à se mettre à couvert. Leur leader, apparemment, choisit un compromis : les hommes d'avant-garde s'avancèrent, tandis que les autres se baissaient ou se collaient aux parois.

Yan les laissa s'approcher jusqu'à la base du bipode. Puis il fit pivoter le canon laser, et ouvrit le feu sur le groupe.

Ils ripostèrent aussitôt, mais ils n'avaient aucune chance. Systématiquement, Yan balayait le sol et les parois, et les quelques chanceux qui avaient échappé au déluge plongèrent dans une porte latérale. Les deux hommes d'avant-garde avaient eux réagi : le premier en tirant vers le hublot de vision de la machine, l'autre en tentant de se glisser vers la porte d'accès.

Luke l'attendait. Il reçut trois tirs de blaster – renvoyés

par sa cuirasse – avant que le sabrolaser ne finisse le travail.

Brusquement, le canon laser se tut. Luke lança la Force dans le corridor.

– Il en reste trois!

Yan s'extirpait du bipode.

– Laissons-les, fit-il en se laissant descendre avec prudence au long de la jambe endommagée tout en consultant son chrono.

« Il faut qu'on rejoigne Lando et Chewie. (Il lança à Luke un sourire sans joie.) Et puis, les cristaux de l'actuator viennent de griller. On se replie avant qu'ils ne s'en aperçoivent.

La première vague de chasseurs Tie avait été annihilée, et tous les vaisseaux d'abordage, sauf un. La frégate d'escorte et ses ailes X avaient commencé leur engagement avec les escadrons Un et Trois, et semblaient bien se comporter.

Le commandant Brandei ne souriait plus.

– Escadron Quatre, paré au largage, annonça le Contrôle de Chasse. Les Escadrons Cinq et Six attendent les ordres.

– Qu'ils restent en standby, ordonna Brandei.

Mais il n'avait pas vraiment le choix. Le Cinq et le Six étaient des formations de reconnaissance et de bombardement, peu utiles dans un engagement direct avec des ailes X.

– Des nouvelles du *Péremptoire*?

– Non, commandant. Le dernier rapport du *Chimaera* – avant la mise en place de nos boucliers – annonçait que les unités n'étaient plus qu'à sept minutes.

Mais des batailles avaient été perdues en moins de temps que cela. Et c'était bien ce qui semblait s'annoncer.

Ce qui laissait une unique option à Brandei. L'idée de s'avancer à portée des turbolasers de ces cuirassés lourds lui était détestable, mais il devait lancer le *Judicator* dans le combat.

– En avant toutes, ordonna-t-il. Boucliers à pleine puissance. Batteries turbolaser parées. Et informez le leader de la force d'abordage que je veux que ce cuirassé tombe aux mains de l'Empire *immédiatement*.

– Oui, commandant.

Un ronronnement étouffé annonça le passage en vitesse subluminique.

C'est alors que les sirènes d'alerte se déchaînèrent.

– Vaisseaux-bandits en sortie de luminique en proue. Dix-huit unités – classe cargo et inférieure. Ils attaquent.

Brandei jura rageusement en affichant l'image du moniteur. Ce n'était pas des vaisseaux rebelles, et il se demanda d'où diable ils pouvaient venir. Mais peu importait en cette minute.

– Venez au deux-sept-un. Activez les turbolasers arrière. Larguez l'Escadron Six.

Ces nouveaux venus n'allaient pas tarder à apprendre ce qu'il en coûtait de s'attaquer à l'Empire. Quant à leur identité... Le Renseignement la découvrirait bien dans les carcasses qu'ils allaient laisser...

Attention Mara, dit Aves dans l'intercom. Ils essaient de virer de bord. Et des chasseurs Tie rappliquent.

– Exact, fit Mara avec un sourire sardonique.

Le gros des forces du superdestroyer affrontait les ailes de la Nouvelle République, ce qui signifiait que les équipages de Karrde n'auraient devant eux que des bombardiers et des vaisseaux de reconnaissance. Rien de terrible.

– Dankin, Torve : plongez en interception.

Les deux pilotes accusèrent réception et Mara reporta son attention sur la partie peu visible située sous la tuyère subluminique du superdestroyer sur laquelle elle avait dirigé le tir de ses lasers Z-95. Sous le bouclier, à ce point précis, elle avait repéré une partie vulnérable du groupe de senseurs arrière. Si elle pouvait la neutraliser, ils pourraient manœuvrer librement sous le grand vaisseau.

Dans une gerbe de plastique et de métal vaporisés, les lasers touchèrent soudain au but.

– Je l'ai eu! lança-t-elle à Aves. La section centrale inférieure arrière est aveugle, maintenant.

– Beau travail. Vous tous : rapprochez-vous.

Mara repoussa le Z-95, heureuse d'échapper enfin à la chaleur et aux radiations. Le *Wild Karrde* et les autres cargos pouvaient maintenant se charger de déchirer la coque du superdestroyer. Elle utiliserait plus efficacement son petit chasseur en distrayant les Tie.

Mais, d'abord, elle devait prendre le temps de s'assurer d'une chose :

– Jade appelle Karrde! Vous allez bien?

– Bien, Mara, et merci, répondit la voix familière.

Alors, elle sentit une grande partie de sa tension s'estomper. Cela voulait dire que tout se passait bien à bord du vaisseau de la Nouvelle République.

Pour autant qu'ils soient en face d'un superdestroyer de l'Empire.

– La situation se présente comment?

– On a subi quelques dégâts, mais on tient le coup. Il y a une petite équipe technique à bord du *Katana* et il semble qu'ils aient réussi à remettre en marche les turbo-lasers, ce qui explique que le superdestroyer n'ait pas très envie de se rapprocher. Mais ils vont bien finir par se décider.

– Je crois que c'est déjà fait. Le vaisseau était activé quand nous sommes arrivés. Et on ne pourra pas les distraire très longtemps encore.

– Mara, ici Leia Organa Solo. Un de nos super-destroyers est en route.

– Mais les Impériaux eux aussi vont avoir du renfort, répliqua Mara. Ne poussons pas l'héroïsme jusqu'à la stupidité, non?... Faites évacuer vos gens du *Katana* et dégageons.

– On ne peut pas, dit Leia. Les Impériaux ont abordé. Les nôtres sont coupés de la baie d'amarrage.

– En ce cas, ordonnez-leur de se rendre. Les Impériaux ne sont certainement plus très loin – et leur renfort va arriver bien avant le nôtre.

Et, comme en réaction à ses paroles, il y eut un mouvement sur sa gauche. Brusquement, trois cuirassés en formation triangulaire venaient de surgir.

– Mara! lança Aves.

– Je les vois, dit-elle à la seconde où un second trio apparaissait par-dessus le premier. Karrde! Il faut vous retirer!

– Forces de la Nouvelle République, gronda une voix nouvelle, écoutez-moi! Ici le Sénateur Garm Bel Iblis, à bord du vaisseau de guerre *Faucon Pèlerin* . Puis-je vous offrir notre assistance?

Leia éprouva un mélange étrange de surprise, d'espoir et d'incrédulité. Elle consulta Karrde du regard. Il haussa les épaules en secouant la tête.

– J'avais entendu dire qu'il était mort, murmura-t-il.

Leia avait la gorge nouée. Elle reconnaissait la voix de Bel Iblis. A moins que ce ne fût une excellente imitation.

– Garm, ici Leia Organa Solo, fit-elle.

– Leia! s'exclama Bel Iblis. Ça fait bien longtemps, n'est-ce pas? Je ne m'attendais pas à ce que vous soyez ici en personne. Et tout ça, c'est votre idée?

Leia fronça les sourcils en se tournant vers le hublot

– Je ne vois pas ce que vous entendez par *tout ça*? Et qu'est-ce que vous faites ici, d'ailleurs?

– Le capitaine Solo a envoyé les coordonnées à mes assistants et nous a demandé d'accourir en renfort, fit Bel Iblis avec une trace de méfiance. Je suppose que c'est vous qui le lui avez demandé, non?

Leia eut un sourire crispé. Oui, elle aurait dû le deviner...

– Yan a quelquefois la mémoire un peu courte. Mais, pour être sincère, nous n'avons guère eu le temps de comparer nos notes, récemment.

– Je vois. Donc, ça n'était pas une requête officielle de la Nouvelle République?

– Ça l'est désormais. Pour le compte de la Nouvelle République, je vous demande assistance. (Elle se tourna vers Virgilio.) Veuillez porter cela sur le livre de bord, commandant.

– Oui, Conseillère. Quant à moi, Sénateur Bel Iblis, je suis personnellement ravi de vous avoir à nos côtés.

– Merci, commandant, fit Bel Iblis, et Leia retrouva dans son esprit ce vieux sourire si familier.

« Bon, et si nous faisions quelques dégâts? *Faucon Pèlerin*, terminé.

Les six cuirassés s'étaient refermés sur le super-destroyer, à présent, et le vaisseau impérial était enveloppé dans un tissu de tirs ioniques.

– Mara a cependant raison, déclara Karrde en s'avançant au côté de Leia. Dès que nous pourrons faire évacuer les techniciens, il vaudra mieux les récupérer et nous replier.

Leia secoua la tête.

– On ne peut pas laisser la flotte *Katana* à l'Empire.

– Je suis certain que vous n'avez pas compté combien de cuirassés sont encore ici.

– Non. Pourquoi?

– Moi, j'ai fait un scanning. Pendant que vous discutiez avec Fey'lya. Des deux cents vaisseaux d'origine, il n'en reste que quinze...

– Quinze? fit-elle dans un souffle.

– Je crains que nous n'ayons sous-estimé le Grand Amiral, Conseillère. Je sais que dès qu'il a eu la localisation précise de la flotte, il a déplacé les vaisseaux. Mais je ne m'attendais pas à ce qu'il obtienne aussi rapidement ces informations d'Hoffner.

Leia frissonna. Elle aussi avait été soumise à un interrogatoire de l'Empire. Après toutes ces années, le souvenir était encore comme une cicatrice en elle.

– Je me demande s'il est encore en vie.

– Inutile de gaspiller votre compassion, dit Karrde. Rétrospectivement, il semble improbable que Thrawn ait eu à utiliser un art aussi barbare que celui de la cœrcition. Si Hoffner a parlé si vite et si librement, c'est sans doute parce que le Grand Amiral a invoqué des sommes importantes.

Leia se détourna vers le spectacle de la bataille. Après tous ces efforts, elle entrevoyait l'ombre de l'échec. Ils avaient perdu.

– Vous avez raison, dit-elle à Karrde. Nous ferions aussi bien de limiter nos pertes. Commandant Virgilio, dès que ces chasseurs Tie auront été neutralisés, je voudrais que l'on dépêche une équipe sur le *Katana* afin d'assister nos techniciens.

Elle ne reçut aucune réponse et se retourna.

– Commandant?

Il était tourné vers la baie, et son visage était de pierre.

– Trop tard, Conseillère, fit-il enfin.

Leia observa. Un second superdestroyer venait de surgir à proximité de l'hyperespace.

Le renfort de l'Empire venait d'arriver.

– Dégagez! lança Aves, d'un ton déchirant. A toutes les unités : dégagez! Un deuxième superdestroyer vient de s'engager!

Le dernier mot fut couvert par le claquement sec de l'alerte de proximité du Z-95. Mara lança son petit chasseur en dérapage à la dernière seconde, évitant de justesse le tir d'un Tie.

– On dégage pour où? demanda-t-elle.

Son attaquant, sans doute trop rassuré par l'apparition du superdestroyer, fonça un peu trop rapidement sur elle et la manqua. Mara le fit exploser froidement.

– Au cas où vous l'auriez oublié, certains d'entre nous ne disposent pas d'ordinateurs capables de déterminer un saut hyperspatial...

– Je vais vous donner les chiffres, annonça Aves. Karrde...

– D'accord, fit Karrde depuis la frégate. Sortons d'ici.

Mara jeta un coup d'œil au nouveau superdestroyer. Bel Iblis avait dégagé trois de ses cuirassés pour affronter cette nouvelle menace, mais, même avec leurs canons ioniques, les cuirassés ne pourraient résister très longtemps à un superdestroyer. S'ils ne se repliaient pas avant peu, il ne leur resterait plus une chance...

Brusquement, elle sentit le danger. Elle fit basculer le Z-95, mais trop tard cette fois. Le chasseur fut secoué et elle perçut le sifflement aigu du métal surchauffé qui se vaporisait dans l'espace.

– Je suis touchée! cria-t-elle.

D'une main, elle coupa les commandes et, de l'autre, boucla son casque. Juste à temps : une deuxième secousse lui apprit que la cabine n'était plus étanche.

– Fuite d'énergie! Fuite d'air! Je m'éjecte!

Elle tendit la main vers l'anneau de commande d'éjection... et s'interrompit. Par bonheur – ou parce qu'elle avait réagi à son instinct – son chasseur blessé filait tout droit sur le hangar béant du superdestroyer impérial. Si elle pouvait arracher encore un peu d'énergie au système auxiliaire...

Il lui fallut le solliciter énormément mais, en saisissant l'anneau d'éjection, elle eut au moins la satisfaction de savoir qu'en mourant, le petit chasseur prendrait une part de vengeance sur la machine de guerre impériale.

L'instant d'après, elle fut arrachée à son siège par les rivets explosifs, traversa le cockpit et fut catapultée loin dans l'espace.

Elle entrevit la coque de bâbord du superdestroyer, puis un chasseur Tie qui la dépassait...

Et soudain, les circuits électroniques de son siège hurlèrent et crépitèrent... Dans le choc qui suivit, Mara réalisa qu'elle avait sans doute commis l'ultime erreur de son existence. En lançant son chasseur vers le hangar du superdestroyer, elle s'était beaucoup trop rapprochée du monstre et s'était projetée elle-même dans le champ du bombardement ionique des cuirassés.

Et elle avait tout perdu : son circuit de communication, ses lumières, ses fusées de manœuvre, le régulateur de soutien vital, et ses balises d'alerte.

Tout.

Une seconde, elle songea à Skywalker. Lui aussi s'était retrouvé perdu dans l'espace. Mais elle avait eu ses raisons pour le retrouver. Là, maintenant, personne n'avait de raison particulière de la rechercher.

Un chasseur Tie embrasé la contourna et explosa. Un shrapnel frappa la cuirasse de céramique qui lui protégeait les épaules, et elle fut rejetée en arrière. Sa nuque vint cogner l'appuie-tête. En sombrant dans le noir, elle revit le visage de l'Empereur. Et sut qu'elle avait encore failli à son devoir.

Ils approchaient de l'antichambre de monitoring, immédiatement à l'arrière de la passerelle du *Katana*, quand Luke tressaillit.

— Qu'est-ce qu'il y a? demanda Yan.

— Mara. Elle a des ennuis.

— Elle a été touchée?

— Oui. Et elle est perdue. (Luke accentua sa concentration.) Elle a dû pénétrer dans les faisceaux ioniques.

Luke semblait s'inquiéter pour sa meilleure amie, et non pour une fille qui n'avait eu de cesse de vouloir le tuer. Mais Yan décida de ne pas s'en préoccuper : c'était probablement encore l'un de ces jeux fous de Jedi qui n'avaient aucun sens.

— En tout cas, on ne peut pas la secourir pour l'instant. Viens.

Lando et Chewbacca se tenaient de part et d'autre de l'entrée du corridor de bâbord, soutenant un tir de barrage laser en ripostant de loin en loin.

— Comment ça se présente, Lando? lança Yan.

— Pas très bien, mon vieux, grommela Lando. Il en reste au moins dix. Shen et Tomrus ont été touchés tous les deux. Shen va sans doute mourir si on ne trouve pas un droïd médic dans l'heure qui suit. Anselm et Kline s'occupent d'eux.

– On a fait un peu mieux, mais il en reste encore derrière nous, annonça Yan. Je ne pense pas qu'on arrivera à tenir à quatre. On ferait mieux de se replier sur la passerelle.

– Mais on n'aura plus nulle part où aller, remarqua Lando. J'espère que tu as pensé à ça?...

Yan perçut la soudaine tension de Luke.

– D'accord, fit-il. Vous tous, vous allez sur la passerelle. Et moi, je me charge du reste.

– Tu... *quoi*? fit Lando.

– Je me charge du reste, répéta Luke.

Et, dans un grésillement, il activa son sabre.

– Allez : je sais ce que je fais.

La minute d'après, ils étaient prêts : Yan et Lando à l'intérieur des portes explosives, Chewbacca quelques mètres plus loin, sous une console, et Luke seul sous l'arche, son sabrolaser vibrant au poing. Il fallut encore un instant aux Impériaux pour prendre conscience qu'ils étaient maîtres des coursives et des corridors. Mais, alors, ils progressèrent très vite et un torrent de lasers se déchaîna.

Yan tenta de ne pas broncher sous le feu et riposta, conscient qu'il ne faisait qu'émettre du bruit et des éclairs. Le sabre de Luke balayait le corridor comme un être vivant et affamé, repoussant tous les tirs qui l'effleuraient. Jusque-là, le Jedi n'avait pas été touché... mais Yan savait que cela ne durerait pas. Dès que les Impériaux cesseraient de tirer au hasard et se concentreraient sur leurs cibles, Luke ne serait plus à l'abri.

– Prêt! hurla-t-il par-dessus les détonations... Et à la fraction de seconde où Yan se demandait à quoi il était prêt, il releva son sabre, traversa l'antichambre, et frappa la paroi...

Dans un craquement qui évoquait le tonnerre, le métal fut déchiré. Une brèche béante était ouverte sur l'espace.

Luke sauta en arrière à l'instant où les portes explosives se déclenchaient en réponse à la décompression. L'alarme résonna jusqu'à ce que Chewbacca la coupe et, dans la minute suivante, Yan put entendre les tirs frénétiques des Impériaux coincés.

Puis, le silence revint. C'était fini.

Luke était déjà devant la baie principale et observait le déroulement de la bataille.

– Du calme, Luke, dit Yan en rengainant son blaster. Nous sommes hors-jeu.

– Mais c'est impossible, fit Luke, ouvrant et refermant nerveusement sa main artificielle.

Il se souvenait peut-être de Myrkr, et de son long périple dans la forêt avec Mara.

– Il faut que nous fassions quelque chose pour les aider. Sinon, les Impériaux vont tous les tuer.

– Nous ne pouvons pas tirer, ni manœuvrer, grogna Yan, gagné par le désespoir.

Leia était là-bas, à bord de la frégate d'escorte.

– Qu'est-ce qu'il nous reste comme solution?...

Luke leva la main en un geste impuissant.

– Je ne sais pas. C'est toi le malin. C'est à *toi* de trouver.

– Mmoui, marmonna Yan en parcourant la passerelle du regard. Sûr. Il suffit que je fasse un geste et...

Il s'interrompit net – et un sourire oblique se dessina sur son visage.

– Chewie, Lando : passez sur ces écrans de senseurs, ordonna-t-il en consultant la console devant laquelle il se trouvait... Non, ça n'était pas la bonne.

« Luke, aide-moi à la trouver... Non, attends : la voilà.

– Voilà quoi ? demanda Lando.

– Mais réfléchis une minute, fit Yan. (Il examina rapidement les contrôles. Tout semblait encore en prise. Il ne restait qu'à espérer que l'ensemble allait fonctionner.) Mais où sommes-nous ?

Il alla jusqu'à la console de gouverne et l'activa.

– Nulle part, dit Lando avec une patience calculée. Et tu ne gagneras rien en bricolant cette gouverne.

– Tu as raison. Ça nous mènera de nulle part à rien, fit-il avec un mince sourire.

Lando le dévisagea... et, lentement, il répondit au sourire de son ami.

– Exact. C'est la flotte *Katana*. Et nous sommes très précisément à bord du *Katana*.

– Tu y es.

Yan croisa mentalement les doigts, inspira profondément, et lança la propulsion.

Bien sûr, le *Katana* ne bougea pas. Mais si toute la flotte *Katana* avait disparu la première fois...

– J'en tiens un ! annonça Lando, penché sur son écran. Relevé quarante-trois – point – vingt.

– Un seul? demanda Yan.

– Un seul, oui. Reconnais que nous avons de la chance : après toutes ces années, on a encore un vaisseau qui fonctionne.

– Espérons que ça dure, grommela Yan. Donne-moi un cap d'interception pour ce deuxième superdestroyer.

– Hon... Ça fait dans les quinze degrés bâbord, à un poil près.

– Exact.

Yan corrigea subtilement le cap. Il éprouvait une sensation étrange à piloter un vaisseau sous circuits asservis.

– Ça donne quoi?

– Ça me semble bon, confirma Lando. Un peu plus de puissance.

– Les moniteurs de contrôle de tir ne fonctionnent pas, les prévint Luke en se portant au côté de Yan.

« J'ignore si nous pourrons viser correctement sans eux.

– Je ne vais même pas essayer, fit Yan d'un air sombre. Lando?...

– Un peu plus à bâbord. Encore... On y est... (Il regarda Yan.) Tu es parfaitement aligné.

– Alors c'est parti, dit Yan.

Et il lança les moteurs à fond.

Le superdestroyer vit approcher le cuirassé, évidemment. Il ne pouvait le manquer. Mais tous ses systèmes électroniques étaient encore brouillés par les rafales ioniques de Bel Iblis, et il n'avait aucune chance de se dérober.

Même à la distance où ils se trouvaient, l'impact et l'explosion furent particulièrement spectaculaires.

Yan admira la boule de feu qui se dilatait lentement avant de se tourner vers Luke.

– Là, oui, maintenant, on est hors-jeu.

Par la baie du *Judicator,* le commandant Brandei, incrédule, vit s'embraser le *Péremptoire* . Non, se dit-il, c'est impossible. Pas un superdestroyer de l' Empire. Pas le *plus puissant* de tous les vaisseaux de l'Empire.

Le claquement d'un tir contre l'écran déflecteur de la passerelle le rappela à la réalité immédiate.

– Rapport?

– L'un des cuirassés ennemis semble avoir été endommagé dans l'explosion du *Péremptoire* . Les deux autres reviennent sur nous.

Pour renforcer les trois autres qui continuaient à faire feu de toutes leurs pièces ioniques.

Brandei jeta un bref regard sur le moniteur tactique. Mais il savait quelle était infailliblement leur trajectoire.

– Rappelez tous les chasseurs, ordonna-t-il. Nous passerons en luminique dès qu'ils seront rentrés.

– Bien, commandant.

Un mince sourire effleura ses lèvres. Oui, ils avaient perdu cette bataille. Mais pas la guerre. Ils reviendraient... Et alors, ce serait la Force Sombre et le Grand Amiral Thrawn qui commanderaient.

Que les Rebelles profitent de cette victoire. Elle serait sans doute leur dernière.

29

L'équipe du *Quenfis* répara la brèche en un temps record. Le vaisseau appelé par Luke attendait dans la baie d'amarrage, et il se retrouva dans l'espace une heure à peine après la destruction du second superdestroyer et la retraite du premier.

Repérer un siège d'éjection inerte parmi les débris de la bataille, c'était sans espoir pour les gens de Karrde. Pour un Jedi, c'était relativement facile.

Mara était inconsciente quand ils la retrouvèrent, à cause du manque d'air et de l'effet de choc. Aves la porta à bord du *Wild Karrde* et mit lentement le cap vers le superdestroyer qui était enfin arrivé. Luke repartit enfin vers le *Katana* et le cargo qui devaient les ramener jusqu'à Coruscant tout en se demandant pourquoi il avait pensé qu'il était tellement important de sauver Mara en priorité.

Il ignorait la réponse. Il pouvait avancer toutes sortes de bonnes raisons : de la simple gratitude pour l'aide qu'elle lui avait apportée dans la bataille jusqu'au simple fait qu'il était du devoir d'un Jedi de sauver la vie des autres. Mais rien de tout cela n'était vraiment rationnel. Il n'avait qu'une certitude : il s'était dit qu'il devait le faire.

Peut-être était-il guidé par la Force. Ou encore par son idéalisme et sa naïveté.

Le communicateur tinta et il entendit la voix de Yan.

– Luke ?

– Oui ?...

– Reviens au *Katana*, et très vite.

Il leva la tête vers la forme obscure du vaisseau. Yan avait eu un ton lugubre.

– Que se passe-t-il?...

– On a des problèmes. Je sais ce que l'Empire prépare. Et ça n'a rien de réjouissant.

– J'arrive.

– Ainsi, fit le Grand Amiral Thrawn en levant les yeux du rapport du *Judicator*, à cause de votre insistance à vouloir me retarder, nous avons perdu le *Péremptoire*. J'espère que vous êtes satisfait.

C'baoth soutint son regard.

– Ne me reprochz pas l'incompétence de vos prétendus conquérants, répliqua-t-il sur un ton aussi glacé que celui de Thrawn. A moins que ce ne soit l' habileté de la Rébellion qui explique sa victoire. Si le *Chimaera* était intervenu, vous seriez peut-être mort à l'heure qu'il est.

Le visage du Grand Amiral s'assombrit encore. Pellaeon se rapprocha de lui, se plaçant sous la sphère de protection de l'ysalamir, et il se prépara à l'explosion.

Mais Thrawn était capable de se maîtriser.

– Pourquoi êtes-vous donc là? demanda-t-il.

C'baoth sourit avant de se détourner délibérément.

– Vous m'avez fait bien des promesses depuis que vous êtes arrivé sur Wayland, Grand Amiral Thrawn. (Il observa l'un des hologrammes.) Je suis venu m'assurer que vous comptiez tenir ces promesses.

– Et comment?

– En m'assurant que je suis trop important pour vous pour... disons... que vous ne m'oubliiez pas. Je vous informe donc que je vais regagner Wayland et prendre le commandement du projet Mont Tantiss.

Pellaeon sentit sa gorge se serrer.

– Le projet Mont Tantiss? fit Thrawn d'un ton égal.

– Oui. (C'baoth accorda un sourire à Pellaeon.) Oh, je sais, commandant. Vous avez vainement tenté de me cacher la vérité...

– Nous ne souhaitions que vous épargner une inquiétude inutile, l'assura Thrawn. Ces souvenirs déplaisants, par exemple, que le projet pourrait vous ramener en mémoire.

C'baoth l'étudia.

– Oui, si telles étaient vos raisons, je vous en remercie, fit-il, sarcastique. Mais ces temps sont dépassés. Depuis que j'ai quitté Wayland, Grand Amiral Thrawn, j'ai acquis de nouveaux pouvoirs, ainsi qu'une puissance plus grande. Je n'ai plus besoin d'avoir recours à votre prévenance.

Il se dressa brusquement de toute sa hauteur. Et lorsqu'il reprit la parole, sa voix résonna en échos de tonnerre dans toute la salle.

— Je suis C'baoth, Maître Jedi ! La Force qui soustend la galaxie est ma servante.

Lentement, Thrawn, à son tour, se dressa.

— Et vous, vous êtes mon serviteur, dit-il.

C'baoth secoua la tête.

— Plus maintenant, Grand Amiral Thrawn. Le cercle vient de se refermer. Les Jedi vont régner à nouveau.

— Prenez garde, C'baoth. Prétendez tout ce que vous voudrez, mais n'oubliez jamais que vous n'êtes nullement indispensable à l'Empire.

C'baoth haussa ses sourcils broussailleux et son sourire fit courir un frisson de glace dans la poitrine de Pellaeon. Car il avait eu le même sur Wayland.

Ce même sourire qui lui avait appris que C'baoth était un Jedi fou.

— Au contraire, dit lentement C'baoth. Désormais, je suis tout ce qui n'est *pas* indispensable à l'Empire. (Il leva les yeux vers les étoiles.) Venez, dit-il. Discutons de ce nouvel accord avec votre Empire.

Luke examinait les cadavres des Impériaux qui avaient trouvé la mort dans la brusque décompression de l'antichambre du *Katana*. Et il comprenait seulement à présent cette étrange impression qui lui était venue.

— Il n'y a pas la moindre chance d'erreur, s'entendit-il dire.

Yan haussa les épaules.

— Leia a fait une vérification génétique. Mais oui : je pense que c'est exact.

Luke acquiesça, toujours penché sur les cadavres. Ou, plutôt, sur cet unique visage qui se répétait.

Des clones.

— C'est bien ça. Quelque part, l'Empire s'est procuré des cylindres de clonage Spaarti. Et les a utilisés.

— Ce qui signifie qu'il ne leur faudra que quelques

années pour se procurer des équipages pour leurs nouveaux cuirassés lourds et les former, fit Yan d'un ton sinistre. Quelques mois seulement, peut-être. Ou encore moins...

Luke inspira profondément.

– Yan, tout ça ne me plaît pas du tout.

– A moi non plus. Bienvenue au club.

A suivre ...

OUVRAGES DE LA COLLECTION « SCIENCE-FICTION »

*Achevé d'imprimer en décembre 1995
sur les presses de l'Imprimerie Bussière
à Saint-Amand (Cher)*

POCKET - 12, avenue d'Italie - 75627 Paris Cedex 13
Tél. : 44-16-05-00

— N° d'imp. 3006. —
Dépôt légal : janvier 1996.
Imprimé en France